Holly-Jane Rahlens

EVERLASTING

DER MANN, DER AUS DER ZEIT FIEL

Roman

Aus dem Englischen
von Ulrike Wasel und
Klaus Timmermann

Rowohlt Taschenbuch Verlag

«Everlasting» wurde mit einem Stipendium
der Stiftung Preußische Seehandlung Berlin gefördert.

Veröffentlicht im Rowohlt Taschenbuch Verlag,
Reinbek bei Hamburg, Oktober 2013

Umschlaggestaltung Hafen Werbeagentur, Hamburg
(Umschlagabbildung: Nico Reitze de la Maza;
Alkestida/Shutterstock; cg-textures)
Satz Berthold Baskerville, PostScript (InDesign),
bei hanseatenSatz-bremen, Bremen
Druck und Bindung CPI – Clausen & Bosse, Leck
Printed in Germany
ISBN 978 3 499 25666 0

Für Noah und seine Zukunft ...

Vorbemerkung

«Everlasting» wurde 2265 in nordamerikanischem Englisch (NAE) verfasst. Die folgende Übertragung ins Deutsch des frühen 21. Jahrhunderts entstand als Übersetzungsübung im Rahmen des Fachseminars «Die toten Sprachen und ihre Kulturen – Deutsch, Teil II». Einige englischsprachige Begriffe wurden im Original belassen, da es nicht möglich war, adäquate deutsche Äquivalente zu finden. Die Übersetzerin dankt ihrem Mentor, Dr. Nelhar N. Suiled, für seine Hilfe bei der Entschlüsselung einiger schwieriger Passagen und Wörter.

Bella Tema Mo Wald
Fachbereich Andere Sprachen / EU Berlin
4. Juni 2450

1 Die Insel

Finn setzte den Moon Zoomer auf und schaute in den tiefen Nachthimmel. Zwischen den schwach glitzernden Sternen konnte er einen Space-Racer ausmachen, der Geologen zum Mars brachte. Oder waren sie auf dem Weg nach Hause? Aus dieser Entfernung war das schwer zu erkennen. Oh! – die Scheinwerfer des Racers blinkten grün. Vielleicht ein Grußsignal für den Sonnenkreuzer weiter rechts, vollbesetzt mit Bungee-Jumpern, vermutete Finn. Er mochte sie nicht, diese Sprünge in die Schwerelosigkeit, diese Suche nach dem ultimativen kosmischen Kick.

Sehr viel tiefer schwebte der Elf-Uhr-Citygleiter. Er flog eine geräuschlose Schleife landeinwärts und segelte über Finn hinweg, ehe er hinter ihm, auf der anderen Seite der Bucht, sanft auf dem Long Island Metroport landete.

Und das Meer rauschte weiter. Die Wellen rollten heran. Und wieder hinaus. Vor und zurück. Das Wasser stieg. Und fiel.

Die Luft war noch bleiern von der Hitze des Tages, von Salz, Gischt und dem Duft von Jasmin im Nachbarsgarten. Finn glaubte, glatt einschlafen zu können, gleich hier am Strand, unter den Sternen – so müde war er. Aber dann huschte ihm ein Krebs über den nackten Fuß. Und dann noch einer. Irgendwas musste sie aufgeschreckt haben.

Finn hörte, wie sich leise Schritte näherten. Das Rascheln von Stoff. Er drehte sich um … und da stand Rouge.

«Oh!», keuchte sie erschrocken, doch dann lachte sie auf. «Finn! Was in aller Welt trägst du da im Gesicht? Das sieht ja gespenstisch aus!»

Finn stand auf und zog sich den Moon Zoomer vom Kopf. «Entschuldigung. Dein Besuch kommt etwas überraschend.»

Rouge ließ ihre Sandalen in den Sand fallen. Sie begrüßten sich mit Wangenküssen rechts, links und wieder rechts. Aber irgendwie herrschte eine gewisse Verlegenheit zwischen ihnen. Finn mochte keine Überraschungen, nicht einmal so hinreißende wie Rouge Marie Moreau, so elegant, so schön, eine langstielige Rose auf diesem verlassenen Streifen Strand von Fire Island.

«Ist nicht leicht, dich zu finden», sagte sie und strich sich Haarsträhnen aus den Augen. Ah, diese Augen! Stahlgrün und scharf. «Stimmt was nicht mit deinem Brain Button?» Im Mondlicht schimmerten ihre Locken metallisch, metallisch rot, wie Kupfer.

Finn schüttelte den Kopf. «Nein. Der ist abgeschaltet. Alles ist für ein paar Tage abgeschaltet.»

«Alles?», fragte sie.

Er nahm einen feinen, verführerischen Unterton in ihrer Stimme wahr. Sie waren einmal ein Paar gewesen. Die Affäre war schon nach kurzer Zeit wieder zu Ende gewesen – er hatte das Gefühl gehabt, dass sie als Partner schlecht zueinander passten –, aber sie waren Freunde und sogar Wohngenossen geblieben. Doch in letzter Zeit glaubte Finn eine leichte Veränderung in ihrem Verhalten wahrzunehmen. Waren das Annäherungsversuche? Oder bildete er sich das nur ein?

Rouge schien seine Zurückhaltung zu spüren. «Was ist das denn für ein Ding?», fragte sie, um das Thema zu wechseln.

«Ein Moon Zoomer», sagte er. Er wiederholte das Wort noch einmal – Moon Zoomer –, und ließ sich den Binnenreim auf der Zunge zergehen.

Rouge dagegen schien ihn gar nicht zu bemerken.

«Der hat Mannu gehört», erklärte er. «Ein Geschenk von unserem Vater. Vor vielen Jahren. Er lag in einer von Mannus Schubladen.» Finn reichte Rouge das Gerät und zeigte auf einen Schriftzug innen am Rahmen. «Siehst du? Da steht: ‹Made in USA›. Also muss er auf jeden Fall vor 2095 hergestellt worden sein. Unser Vater meinte, so um 2030.»

«Hm», machte Rouge und betrachtete die klobig aussehende Brille. «Über 230 Jahre alt. Mitten im Dark Winter hergestellt.» Sie musterte das Teil, drehte und wendete es in den Händen. «Die Hälfte der Weltbevölkerung lag im Sterben, und die Amis suchten noch immer fröhlich nach neuen Welten.»

«Na und?», entgegnete Finn mit einer gewissen Schärfe. Gerade bei Rouge fühlte er sich häufig genötigt, sein Heimatland verteidigen zu müssen. Er betrachtete sich selbst gern als Kontinentaleuropäer, aber jetzt musste er schon wieder eine Lanze für die Nordamerikaner brechen. «Sie glaubten, diese Welt sei am Ende. Warum dann nicht nach neuen suchen?»

«*Touché*», sagte Rouge und widmete sich dann wieder der Brille. «Funktioniert das Ding denn noch?»

«Ja», sagte er. «Mehr oder weniger. Aber nur bis zu einer maximalen Entfernung von 400 000 Kilometern. Vor ein paar Minuten war ein Space-Racer in der Nähe von

Alpha Sextantis zu sehen. Aber es war nicht zu erkennen, ob er sich auf dem Hin- oder Rückflug befindet.»

«Mit den Teleskop-Programmen für unsere BBs sehen wir doch um Klassen besser. Mit Skyze, C-Stars, Astro–»

«Rouge, es ist bloß ein Gag», sagte er, wie so oft verwundert über ihren Mangel an Humor. «Es war ein Spielzeug. Für Kinder.» Er lächelte sie an. «Komm, möchtest du ihn mal aufsetzen?»

Sie schüttelte den Kopf. «Nein. Danke. Nein.» Sie blickte nach oben in den Nachthimmel.

Ob er sie gekränkt hatte? Aber nein, sie versuchte nur, den Space-Racer mit ihrem Brain Button zu orten. «Kannst du ihn sehen?»

«Ja. Da ist er.»

Finn war beeindruckt. Rouge war die mit Abstand schnellste BB-Impulsträgerin, die er kannte. Nahezu genial.

«Er ist auf dem Rückflug. Er kommt auf uns zu», meldete sie. Dann fing sie Finns Blick auf. «Wie geht's dir, Finn?»

Er holte tief Luft und schaute aufs Meer hinaus. «Es ist schwer», sagte er schließlich. «Vor allem, Lulu und Mannu zu verlieren. Wir standen uns so nah, wir drei. Unsere Eltern haben ja immer viel gearbeitet, und als Lulu noch ein Kleinkind war, haben wir für sie gesorgt. Sie hat uns Manny und Fanny genannt.»

«Fanny?», sagte Rouge amüsiert. «Das passt ja gar nicht zu dir.»

Finn zuckte die Achseln und blickte nach unten, wo er mit dem Fuß gegen einen Stein gestoßen war. Er hob ihn auf, und darunter kam eine Libelle zum Vorschein. «Huch! Was macht die denn da?» Die Libelle umkreiste sie mit schwirrenden phosphoreszierenden Flügeln und flog dann davon. «Lulu hat immer versucht, Libellen zu fangen, als sie klein war. Sie hat gequietscht wie ein wildes Ferkel, wenn sie hinter ihnen herrannte. Jetzt ist das Haus so furchtbar still ohne sie. Sie war ein richtiges Plappermäulchen. Den ganzen Tag ging es *yakety-yak.*»

«*Yakety-yak?*», fragte Rouge nach. Sie hätte die Bedeutung des Wortes sekundenschnell mit ihrem BB finden können, aber sie wusste, wie sehr es Finn genoss, ihr kleine Pralinen der historischen englischen Sprache zu servieren.

Er lächelte. «Nordamerikanisch, um 1950, es bedeutet: unaufhörlich reden. Abgeleitet von dem Verb *‹to yack›*, Herkunft unbekannt. Möglicherweise ahmt es das Geräusch von Geplapper nach.»

«*‹Yakety-yak›*», kicherte sie. «Hört sich wirklich wie Geplapper an.»

Finns Blick glitt wieder aufs Meer. «Lulu wird vermisst. Schmerzlich. Sie werden alle vermisst.» Er musterte den Stein, den er noch immer in der Hand hielt, dann warf er ihn. Er sah, wie sich das verzerrte Spiegelbild des Mondes auf der Wasserfläche kräuselte, als der Stein über die Wellen hüpfte und dann versank. «Mannu konnte richtig gut Steine werfen. Wir haben oft hier gestanden und um die Wette Steine übers Wasser hüpfen lassen. Er hat immer gewonnen.»

Rouge schwieg, wartete, dass er weitersprach.

«Wenn die See glatt war», sagte er und sah wieder auf das mondbeschienene Meer, «hüpfte sein Stein zehn oder sogar fünfzehn Mal hintereinander. Manchmal sogar noch öfter. Und alle Mädchen am Strand sind fast in Ohnmacht gefallen, wenn sie ihn sahen.» Er schaute zu Rouge hoch. «Es war nicht leicht, mit ihm mitzuhalten. Aber dieser Bruder hat ihn verehrt. Bedingungslos.» Finn versuchte ein Lächeln, gab es dann aber auf und biss sich auf die Lippe. «Niemand sollte mit sechsundzwanzig schon seine ganze Familie verlieren. Tot. Alle vier. Von einer Sekunde auf die nächste!»

Rouge atmete tief ein.

«Vollwaise», sagte er empört. «Finn Nordstrom, Vollwaise.»

Sie legte ihm eine Hand auf die Schulter. Er spürte ihre Wärme durch sein dünnes Shirt.

«Sollen wir reingehen?», fragte sie.

«Lass uns noch ein bisschen hier draußen sitzen bleiben.»

Rouge trug ein leichtes Sommerkleid, hauchdünn, durchwirkt mit schimmernden blauen und grünen Metallfäden. Es war tief ausgeschnitten, sodass ihr Dekolleté im Mondlicht zu sehen war und ihre Brüste fast aus dem Oberteil quollen. Finn bemerkte einen braunen Schönheitsfleck auf der blassen Haut, direkt über der rechten Brust. War ihm das Muttermal einfach noch nie aufgefallen, oder hatte sie es sich kürzlich für eine Nacht wie diese machen lassen? Er schaute weg.

Rouge raffte den Stoff ihres Kleides zusammen und ließ sich auf den Sand nieder, streckte die langen, endlos langen Beine aus und zog sie dann artig an den Körper. Das alles machte sie in einer einzigen anmutigen und zugleich sparsamen Bewegung, dass Finn an jene antiken Klappmesser aus Solingen denken musste, die im Museum der Europäischen Kulturen ausgestellt waren, nicht weit von seiner Wohnanlage in Berlin. Faszinierend.

Er musste lächeln. Was für ein Vergleich! Aber Rouge hatte wirklich schon immer etwas Gefährliches, beinahe

Raubtierhaftes an sich gehabt, ganz so als wäre sie kurz davor, ihn in eine Falle zu locken, ihn mit ihren langen Gliedmaßen zu fangen und bei lebendigem Leibe zu verspeisen.

«Du lächelst», stellte Rouge fest.

«Was führt dich eigentlich her?», wollte er wissen.

«Ein Gefallen. Für deine Universität. Für die Bibliothek.»

«Die Universität Greifswald? Die haben dich geschickt? Hierher?»

«Sie sind in Sorge, du könntest kündigen. Und nach Nordamerika zurückgehen.»

«Recht so!», sagte er. «Die letzten drei Monate haben diesen Übersetzer regelrecht *bonkers* gemacht!»

«*Bonkers*?»

«Irre. Verrückt. Nordamerikanisch, 1940er Jahre, Herkunft unbekannt.»

«Schreibung?»

«*B-o-n-k-e-r-s.*»

«*Bonkers*», sagte sie, als probiere sie das Wort an und drehe sich damit vor dem Spiegel. «Und?», fragte sie dann. «Warum *bonkers*?»

«Wir mussten die computergenerierten Übersetzungen dieser Bank-Geschäftsberichte auf Interpunktion überprüfen. Reines Korrekturlesen! Man sollte eigentlich meinen, die Programme hätten inzwischen Grammatik gelernt. Und das Zeug ist dermaßen langweilig!»

Finn war ausgebildeter Übersetzer aus dem Neuen Standardmandarin und aus der toten Sprache Deutsch ins Englische. Außerdem war er Spezialist für das Entschlüsseln handschriftlicher Texte in Deutsch und Englisch, und darüber hinaus ein hochqualifizierter, wenn auch chronisch unterforderter Historiker für die Alltagskultur der Jahre 1950–2018, der Periode unmittelbar vor dem Zeitalter des Dark Winter. «Die sollen uns die Werke der Weltliteratur zum Übersetzen geben», sagte er, «nicht die ‹Aufstellung der im Konzern erfassten Erträge und Aufwendungen für das erste Quartal 2017› der Deutschen Bank. Wen interessiert's, ob es darin vor Interpunktionsfehlern nur so wimmelt?»

Rouge lachte. «Du bist Junior-Historiker, Finn. Das ist dein Job.»

«Und du bist Junior-Physikerin. Musst du deshalb unter einem Baum sitzen und abwarten, bis dir ein Apfel auf den Kopf fällt, ehe du über Schwerkraft nachdenken darfst?»

Rouge lachte wieder. Sie hatte zwar wenig eigenen Humor, war aber leicht zum Lachen zu bringen. Wenn sein BB nicht abgeschaltet gewesen wäre, hätte er sich den Witz notiert. Jetzt würde er ihn vielleicht vergessen.

«Aber alle haben gesagt, die Geschäftsberichte seien ein Weltkulturschatz», wandte Rouge ein.

Gewiss, die Berichte hatten Aufsehen erregt, als sie 2260, vor vier Jahren, aus fünfzig Metern Tiefe ausgegraben worden waren, direkt an der Stelle, wo einst die Zentrale der Bank in Frankfurt gestanden hatte. Die Archäologen waren dort auf ein paar Metallaktenschränke gestoßen, randvoll mit deutschsprachigen Geschäftsberichten. Dass sie den Großen Feuersturm von 2050 überhaupt überlebt hatten, war wie ein Wunder. Denn der Große Feuersturm hatte zwar den Kontinent von der Deutschen Pest befreit, aber auch die Kultur Europas fast restlos vernichtet.

«Diese Bankberichte ein Weltkulturschatz? Unsinn!», entgegnete er.

«Ist ja gut.» Sie stützte sich auf die Ellbogen und blickte hinauf in die Sterne. «Ist ja gut.»

Auch Finn lehnte sich zurück. «Aber die in Greifswald haben dich doch bestimmt nicht von Berlin in einen verschlafenen New Yorker Strandort geschickt, bloß weil sie Angst haben, einen Junior-Historiker zu verlieren.»

«Richtig», sagte sie und streckte die langen Beine wieder aus.

«Also, warum bist du hier?»

Sie schaute ihm direkt ins Gesicht. «Baltische Archäologen in Stralsund haben auf der Halbinsel Fischland-Darß einen Fund gemacht.»

«Einen Fund gemacht?», wiederholte er und setzte sich wieder auf.

«Ein Köfferchen. Staubdicht. Luftdicht. Wasserdicht. Allesdicht. Wie man sie im frühen einundzwanzigsten Jahrhundert auf Booten benutzt hat. Es lag auf dem Grund des Saaler Boddens bei Wustrow.»

«Auf dem Grund des Boddens?» Das war absurd. Der Bodden war völlig flach und nicht ansatzweise zu vergleichen mit einem richtigen Meer, in dem man versunkene Schiffe und ihre Schätze vermuten konnte.

Die Boddenlandschaft, eine Reihe von salzhaltigen Seen mit Verbindung zum Meer entlang der südlichen Ostseeküste, einst Rastplatz für Zugvögel und Naturschutzgebiet, hatte im Zeitalter des Dark Winter schwer gelitten. Aber jetzt, da Europa größtenteils wieder besiedelt war, gestaltete man einige Gebiete an der Ostseeküste zu Meeresbergbau-Regionen um.

«Das Wasser dort ist doch ganz flach», sagte Finn. «Da müsste man doch schon längst alles rausgefischt haben.»

Rouge zuckte die Achseln. «An der Stelle, wo der Koffer gefunden wurde, ist das Wasser mindestens sechs Meter tief. Anscheinend hat er über zweihundert Jahre da gelegen. Sie sind zufällig drauf gestoßen, als sie das Gebiet für Baumaßnahmen vorbereiten wollten.»

Finn spürte, dass sein Herz zu klopfen begann. «Ist es ein wichtiger Fund?», fragte er.

«Ein Weltkulturschatz.» Es klang ein wenig spöttisch, deshalb war sich Finn nicht sicher, ob das die Meinung der Experten war oder ob Rouge ihn einfach nur foppen wollte.

«Wieso?», fragte er. «Ist irgendwas Wichtiges darin?»

«Möglicherweise, sagen sie.»

«Und was hat das alles mit diesem Historiker zu tun?»

«Sie haben etwas im Koffer gefunden, Finn. Etwas Handschriftliches. In Deutsch. Es muss entschlüsselt und übersetzt werden.»

«Aber warum gerade *dieser* Übersetzer? Und warum haben sie dich geschickt? Wieso die Eile?»

Rouge zuckte die Achseln. «Vielleicht, weil sie Angst haben, Berlin könnte ihnen den Fund vor der Nase wegschnappen, wenn sie nicht schnell handeln. Und offensichtlich sind sie der Meinung, dass du der Richtige bist für den Job.» Sie sah ihn an. «Vielleicht ist das die Chance, auf die du gewartet hast.»

Es war kaum anzunehmen, dass auf dem Grund eines flachen Salzwassersees so etwas wie Geschäftsberichte einer Bank gelegen hatten. Erst recht keine handschriftlichen. Aber *was* dann?

«Sprichst du wenigstens mal mit Greifswald darüber?», fragte Rouge.

«Ja. Sicher. Natürlich.»

«Gut», sagte sie und stand auf. Sie wischte sich den Sand

von den Händen. «Der Direktor der Europäischen Bibliothek erwartet deinen Anruf. Gleich morgen früh.»

«Wieso so schnell?», sagte er und stand ebenfalls auf.

«Sogar noch schneller, als du denkst. Morgen früh für *ihn.* Das heißt also in –» Sie neigte leicht den Kopf, griff auf ihre BB-Uhr zu. «Zwei Stunden.»

«In zwei Stunden?»

Sie nickte und gähnte dann.

«Du bist müde», sagte Finn.

«Ja. Sollen wir reingehen?»

Sie standen nah beieinander. Sehr nah. Das Muttermal auf ihrer rechten Brust hob und senkte sich mit jedem Atemzug. Er hätte sie an sich ziehen und sie küssen können.

«Hier entlang», sagte Finn stattdessen, und zeigte auf das große Holzhaus strandabwärts. «Die Residenz der Nordstroms.»

Rouge nahm ihre Sandalen und folgte ihm.

2 Doc-Doc

Für das Holocasting räumte Finn extra das Familienzimmer auf. Man konnte schließlich nie wissen – vielleicht würde der Direktor der Europäischen Bibliothek ihm einen spontanen Besuch abstatten. Bei Doc-Doc – wie Dr. Dr. Rirkrit Sriwanichpoom von seinen Mitarbeitern nicht ohne einen gewissen Spott genannt wurde – musste man auf alles gefasst sein.

Finn öffnete die Vorhänge. Der Mond schwebte wie ein dicker weißer Ballon über einem glatten Atlantik. Ein ausgezeichneter Hintergrund für ein Holocasting. Finn spürte, wie er immer aufgeregter wurde. Was befand sich nur in diesem Bodden-Koffer? Durfte er sich Hoffnungen auf ein Millennium-Mirakel machen?

Die letzte große Entdeckung einer Handschrift in Deutsch lag fast 130 Jahre zurück. 2136 hatten Arbeiter in Kalifornien, die ein verwahrlostes Haus für den Abriss vorbereiten sollten, eine wurmstichige Eichentruhe gefunden, die eine Stahlkassette enthielt. Darin befand sich ein Stapel handschriftlich beschriebener Seiten. Die Experten für tote Sprachen hatten sie schließlich als Deutsch identifiziert, geschrieben in der alten Schreibschrift, die um 1900 in Gebrauch war. Weitere Untersuchungen ergaben, dass es sich bei diesen Seiten um das Original des

Buddenbrooks-Manuskripts des Nobelpreisträgers Thomas Mann handelte.

Das kalifornische Amt für Kulturschätze sprach sich vehement dafür aus, das Manuskript in Nordamerika zu belassen – immerhin hatte Thomas Mann die amerikanische Staatsbürgerschaft angenommen, argumentierten sie –, doch letztlich wurde es dem Archiv für die toten Sprachen in der Europäischen Bibliothek Greifswald überlassen, wo es Finns Meinung nach auch hingehörte. Inzwischen war es sicher unter Verschluss, aber eine Tru-Copy davon stand zur Verfügung. Finn hatte sie studiert und gelesen – keine leichte Aufgabe, da die alte Schrift selbst für Paläographen, die Deutsch konnten, ungemein schwer zu entziffern war, besonders wenn ihr Schwerpunkt eher auf den späteren Schriftarten nach 1945 lag.

Das *Buddenbrooks*-Manuskript war ein echtes Millennium-Mirakel gewesen, eine Auszeichnung für die Übersetzer, die sich damit beschäftigen durften. Vielleicht hatte Finn ja ebensolches Glück.

Als Finn an der Treppe vorbeikam, die auf die untere Ebene des Hauses führte, sah er, dass das Licht in Rouges Zimmer aus war. Einen Moment lang spürte er wieder, wie erschöpft er war, aber Müdigkeit war kein Zustand, den Sriwanichpoom schätzte. Bisher hatte Finn höchstens ein oder zwei Worte mit dem Direktor gewechselt, da war es nicht ratsam, jetzt einen schlechten Eindruck zu machen. Er machte sich in der Küche einen Zing, um die Hirnzellen zu aktivieren, ging dann wieder ins Familienzimmer und stellte Verbindung zur Holo-Kamera her. Dann wartete er auf Doc-Docs Anruf.

Dr. Dr. Rirkrit Sriwanichpoom war eine schillernde Persönlichkeit, im wahrsten Sinne des Wortes: Alles an ihm blendete den Betrachter. Sein gutes Aussehen, sein silberweißes Haar, das zu einem Pferdeschwanz gebunden war, sein blitzendes Elfenbeinlächeln, seine Augen, groß und schimmernd wie graue Tahitiperlen, seine brillante Intelligenz – ja selbst seine Schuhe glänzten. Seine Füße steckten in diesen neuen, durchsichtigen, glasähnlichen Halbstiefeln. Er trug sie bequem über glitzernden Silbersocken.

Als Finn in das Büro des Direktors holoiert wurde, sprangen ihm die Stiefel prompt ins Auge, denn die Beine des Mannes lagen lässig gekreuzt auf dem Schreibtisch. «Mr. Nordstrom!», sagte er und stand langsam auf. Er trat vor, und Finn gab seinem Vorgesetzten zur Begrüßung die Hand. Außer Luft gab es natürlich nichts zum Händeschütteln – ein Hologramm war ja nur ein Hologramm und nicht aus Fleisch und Blut –, aber Finn und Doc-Doc taten der Höflichkeit halber dennoch so als ob.

«Sir», sagte Finn. «Guten Morgen.»

«Wie spät haben Sie's denn da drüben?» Sriwanichpoom sprach einwandfreies Englisch mit dem unterkühlten nasalen Tonfall, für den die Bewohner der britischen Provinz bekannt waren, den aber Ausländer wie Doc-Doc selbst zur Perfektion gebracht hatten.

«Es ist … äh … zwei Uhr morgens.»

«Sie bleiben aber ganz schön lange auf, was?», bemerkte der Direktor mit einem leisen Lachen. «Bitte, nehmen Sie Platz.» Er zeigte auf einen durchsichtigen Hängetisch, um den vier Hocker herum gruppiert standen. Finn brauchte einen Moment, um sich in dem Thronsaal – so nannte man das geräumige Büro des Direktors – zu orientieren, ehe er Platz nahm. In Wirklichkeit setzte er sich natürlich auf einen Stuhl im Familienzimmer seines Elternhauses, aber solche Details waren unwichtig, wenn man sich in einer 3-D-Bildfläche traf.

Der Direktor zog seine weiße Hose etwas höher, setzte sich und schlug die Beine übereinander. Sein Glasstiefel hing jetzt fast in Finns Gesicht. «Nun denn», fuhr er fort, «wir brauchen nicht lange. – Sie wissen doch sicher, wo das Köfferchen gefunden wurde?»

«Ja», sagte Finn. «Im Bodden.»

«Richtig. Bei Wustrow.»

Ein Plinkblink erschien auf Finns BB-Raster – *plink!*

«Sie haben soeben zwei Dateien erhalten», sagte der Direktor. «Schauen Sie mal rein.»

Die erste Datei war ein Bild, das von einem Boot aus aufgenommen worden sein musste. Finn sah fast nur Wasser und einen ziemlich öden Streifen Land, vermutlich die Küstenlinie des Boddens. Links standen ein paar Pappeln, und im Hintergrund ragten die Ruinen einer Ortschaft mit einem Kirchturm auf.

«Da wurde das Köfferchen gefunden», sagte Doc-Doc.

Die zweite Datei war das Bild eines schwarzen Koffers mit Griff, ähnlich den kleinen Hartschalenkoffern, die um die Jahrtausendwende so beliebt gewesen waren.

«In diesem Koffer befand sich das Dokument», sagte der Bibliotheksdirektor.

Die Plinkblinks verschwanden plötzlich von Finns BB.

«Ach, Verzeihung», sagte Doc-Doc etwas gereizt. «Mir ist das auch gerade passiert. Muss ein Virus sein. Falls Sie die Bilder noch mal brauchen, sagen Sie einfach Bescheid. Also, wo waren wir? Ach ja, genau. Sie wissen, dass das Dokument auf Deutsch handgeschrieben wurde?»

Finn nickte.

«Leider gehört Deutsch nicht zu den Fachgebieten dieses Direktors, als da wären: Italienisch, Französisch, Russisch, die tote Sprache Niederländisch, selbstverständlich Englisch und natürlich seine Muttersprache Thai», fuhr Doc-Doc fort. «Somit konnte dieser Leser sich nur einen oberflächlichen Eindruck verschaffen. Der allerdings war höchst interessant. Einer der Archäologen drüben in Stralsund, ein Dr. …» Der Direktor hob den Blick zur Decke und klickte sich in seinen BB ein. «Ja, da ist er. Ein Dr. Beyer. Spezialist für das Zeitalter Dark Winter. Er hat sich den Inhalt gründlicher angeschaut, fühlte sich aber nicht kompetent genug, um dessen Bedeutung zu beurteilen.»

«Warum das?», fragte Finn. «Dieser Übersetzer kennt Dr. Beyer. Er ist einer der führenden Experten für den Dark Winter.»

«Aber eben leider kein Fachmann für die Alltagskultur um die Jahrtausendwende. Das Dokument, das wir heute für Sie haben, stammt von einem Teenager aus dem Jahr 2003.»

«Oh.» Finn spürte, wie Enttäuschung in ihm aufstieg. Ein Dokument von einem *Teenager*? Das war ganz sicher kein Millennium-Mirakel.

«Sie scheinen enttäuscht», sagte der Direktor. «Haben Sie sich Hoffnungen auf ein Millennium-Mirakel gemacht?»

Finn lachte verblüfft auf. Der Direktor war berüchtigt für seine genialische Intuition.

Sriwanichpoom lachte mit. «Sie sind ehrgeizig, Finn Nordstrom. Das ist gut. Wie wir von den Kollegen unten im Archiv für die toten Sprachen hören, sind Sie Spezialist für das frühe einundzwanzigste Jahrhundert und verfügen über ein ausgezeichnetes Gespür für deutsche und englische Umgangssprache. Beides werden Sie für dieses Projekt benötigen.»

«Dieser Übersetzer ist dankbar für die Gelegenheit, sein Können unter Beweis zu stellen.»

Der Direktor stand auf. «Sie werden gleich sehen können, was wir für Sie vorbereitet haben. Wir haben eine Tru-Copy des Dokuments angefertigt. Ihr Historiker arbeitet ja bekanntlich lieber mit Hard-Docs als mit digitalen BB-Dateien. Ist im Übrigen sehr vernünftig, wenn es um Handschriften geht.»

«Befand sich in dem Koffer denn nur *ein* Dokument?»

«Es steht diesem Direktor nicht zu, Ihnen das mitzuteilen», erwiderte Sriwanichpoom kühl, beinahe herablassend.

Das war keineswegs üblich. Die Bankgeschäftsberichte hatte er zwar einzeln und chronologisch erhalten, aber man hatte ihn vorab über Dauer und Umfang des Projektes in Kenntnis gesetzt.

Der Bibliotheksdirektor hielt Finns Blick ganze Momente lang stand. Es waren kalte, fast bedrohliche Augen. Und Finn hatte das seltsame Gefühl, dass der Direktor ihn an irgendwen erinnerte. Aber an wen?

Dr. Dr. Rirkrit Sriwanichpoom drehte sich abrupt um, ging zu einer Wand und nickte knapp. Die Wand glitt auf, und dahinter kam ein Bücherregal zum Vorschein. Er nahm ein Buch heraus.

Der glänzende Kunststoffumschlag – Vinyl wahrscheinlich – war pink. Sehr pink. Grellpink. Sie hatten diese Farbe früher Hotpink genannt. Oder Neonpink. Er war mit winzigen roten Herzen bedruckt. Mit Herzen und Blumen und Schmetterlingen. Ein nicht besonders robust aussehendes Schloss war daran angebracht, und im Schlüsselloch steckte ein kleiner goldener Schlüssel an einem pinkfarbenen Seidenbändchen. Finn schaute Dr. Dr. Rirkrit Sriwanichpoom ratlos an. «Was ist das?», fragte er.

«Das ist ein Tagebuch», sagte der Direktor. «Handgeschrieben, natürlich.»

«Ein Tagebuch?», wiederholte Finn erstaunt.

Finn hatte schon einige alte Tagebücher gesehen. Aber keines hatte so ausgesehen wie das da. Die meisten waren geschmackvoll, in Leder oder Leinen gebunden. Bei manchen standen die Wörter Moleskine® oder Filofax® auf dem Deckel oder dem Buchrücken. Doch dann fiel ihm ein, dass er mal das Tagebuch einer gewissen Anne Frank gesehen hatte. Das hatte auch so ein Schloss mit Schlüssel gehabt. Die Originaltagebücher des Holocaustopfers waren leider allesamt im Dark Winter verlorengegangen, aber zwei Reproduktionen ihres weiß-rot-grün karierten Tagebuchs, die Kunsthandwerker 2002 angefertigt hatten, waren in den Ruinen von Amsterdam geborgen worden. Sie befanden sich nun im Bestand der Europäischen Bibliothek.

«Wer ist der Autor?», fragte Finn.

«Das wissen wir nicht. Manche Einträge sind mit dem Buchstaben ‹E› unterschrieben. Man nimmt an, es handelt sich um ein Mädchen.»

«Ein Mädchen?»

«Ja, ein Mädchen. Dreizehn Jahre alt, meinte Dr. … äh …»

«Beyer?»

«Ja. Das Tagebuch beginnt offenbar am dreizehnten Geburtstag des Kindes.»

Das Tagebuch eines dreizehnjährigen Mädchens aus dem frühen einundzwanzigsten Jahrhundert? Das war ja wohl so weit entfernt von großer Literatur, wie es nur ging. Es sei denn, es handelte sich um die frühen Ergüsse eines Menschen, der später zu Berühmtheit gelangt war. Aber wie groß war die Wahrscheinlichkeit? Finn ertappte sich bei dem Gedanken, dass es vielleicht doch ein Fehler wäre, die Geschäftsberichte der Deutschen Bank abzugeben.

«Wir hoffen, der Name der Verfasserin steht irgendwo im Text», sagte der Direktor, der offenbar schon wieder Finns Gedanken erriet. «Vielleicht sind spätere Arbeiten von ihr bekannt. Das herauszufinden ist natürlich Ihre Aufgabe. Sie werden jedes Wort lesen. Jedem Hinweis nachgehen. Wo wohnt sie? Aus welcher Familie stammt sie? Wer sind ihre Freunde? Bestimmt finden sich Anhaltspunkte. Und zwar bald, wie wir hoffen. Es könnte sich um ein bedeutsames Projekt handeln. Vielleicht können Sie daraus sogar eine Doktorarbeit machen. Sie haben doch vor zu promovieren?»

«Gewiss. Dieser Historiker hat das in Erwägung gezogen. Zunächst wollte er aber noch ein oder zwei Jahre arbeiten und seine Recherchefähigkeiten optimieren.»

«Ausgezeichnet.» Der Direktor stand auf. «Dann sind wir uns also einig?»

Finn war verdattert. «Brauchen Sie sofort eine Antwort?»

Doc-Doc runzelte die Stirn. «Selbstverständlich. Was hätte unser Holocasting sonst für einen Sinn?»

«Wenn das so ist, ja. Ja, gern.»

«Wir haben Ihnen für heute einen Platz reserviert, 14.00 Uhr Eastern Standard Time. New York – Berlin. Die entsprechenden Informationen liegen in Ihrer Inbox. Wir erwarten Sie Mittwochmorgen in Greifswald.» Und dann stand der Direktor plötzlich im Familienzimmer der Nordstroms. «Aha!», sagte er, als er sich umschaute und die Möbel im Raum in Augenschein nahm. «Entzückend. Antik! Nordamerika, einundzwanzigstes Jahrhundert.» Er trat ans Fenster. «Der Mond! Großartige Aussicht.» Er drehte sich zu Finn um und gab ihm die Hand. «Also dann, bis Mittwoch.»

Und noch ehe Finn der Luft die Hand schütteln konnte, war der Direktor der Europäischen Bibliothek verschwunden.

3 Das Onyx-Kästchen

Als Finn erwachte, fiel Sonnenlicht durch sein Fenster. Er blieb einen Augenblick still im Bett liegen, studierte das Spiel der Schatten in seinem Zimmer und lauschte dem Klang der Brandung.

Er hatte nur wenige Stunden geschlafen. Der Tod seiner Familie vor gerade mal zwei Wochen, Rouges Besuch, das Holocasting mit Doc-Doc und jetzt eine neue Arbeit: Das war einfach zu viel auf einmal. Hoffentlich konnte er auf dem Zweieinhalbstundenflug nach Berlin ein wenig Schlaf nachholen.

Hörte er da Rouge im Nebenzimmer? Er stand leise auf, ging zu ihrer Tür und öffnete sie vorsichtig. Aber sie schlief noch und atmete ganz ruhig. Er sah, wie sich ihre Nasenflügel blähten und wieder zusammenzogen, wie der braune Fleck über ihrer rechten Brust sich hob und senkte, hob und senkte. Rouge war schön, wenn sie schlief. In diesem Moment, da die sanfte Rundung ihrer Schulter in das frühmorgendliche blassrosa Licht getaucht war, da ihr Atem so ruhig ging und ihre kupferfarbenen Locken sich wie eine Feuerkrone über das Kissen breiteten, ja, in diesem Moment konnte er sie sich fast als seine Gefährtin vorstellen. Obwohl –

Nein. Rouge konnte nie seine Gefährtin werden. Sie

passten vom Temperament her nicht zusammen. Rouge war pragmatisch und stand mit beiden Beinen fest auf dem Boden. Er dagegen war versponnen, er liebte es, ziellos auf dem offenen Meer seiner Gedanken zu treiben. Ihr lag nichts an den Dingen, die ihm etwas bedeuteten, und er hatte keine Ahnung, wofür sie sich eigentlich interessierte, abgesehen von ihrer Arbeit – von der er so gut wie nichts wusste. Quantenphysiker – «Quants», wie die Öffentlichkeit sie liebevoll nannte – waren, was ihre Arbeit betraf, nicht sehr mitteilsam. Das galt besonders für diejenigen, die wie Rouge am renommierten Olga-Zhukova-Institut für Angewandte Physik angestellt waren. Wie sollte er mit einer Frau Kinder großziehen, deren Arbeit er nicht verstand, deren Gedanken er nicht ergründen, deren Interessen er nicht teilen konnte?

«So was lernt man», hatte seine Mutter immer gesagt.

«Du bist zu wählerisch», hatte ihn sein Vater getadelt.

«Hüpf noch ein bisschen mehr durch die Betten!», hatte Mannus Rat gelautet.

«Jeder findet seine Gefährtin», hatte Lulu gesagt. «Auch Finn.»

Aber es wurde allmählich Zeit. Er war spät dran. Sehr spät dran. Sex galt als gesund und wurde schon Jugendlichen ab vierzehn Jahren empfohlen. Es war selbstverständlich, dass die meisten jungen Leute mit spätestens achtundzwanzig entweder einen Partner gefunden oder einen zugeteilt bekommen hatten. Falls Finn nicht innerhalb eines Jahres eine Gefährtin fand, musste er eine beantragen. Viele junge Erwachsene hatten nichts dagegen, einen Partner zugeteilt zu bekommen, bei dem einfach alles, von der DNA-Verträglichkeit, über die Spermienzahl bis hin zu den Essgewohnheiten, getestet, verglichen und ausgewertet worden war. Dennoch war die Zahl der Geburten im Verlauf der vergangenen hundert Jahre dramatisch, ja fatal zurückgegangen. Das Problem war nicht auf den europäischen Kontinent beschränkt, dort aber besonders ausgeprägt. Familien wie die von Finn mit drei Kindern von denselben Eltern waren eine absolute Ausnahme. Paare waren in diesen Zeiten schon überglücklich, wenn sie überhaupt ein einziges Kind bekamen, und das General Global Government, die Weltregierung, wäre schon mehr als zufrieden, wenn durchschnittlich jedes Paar tatsächlich ein Kind in die Welt setzen würde statt nur jedes zweite Paar, wie es derzeit der Fall war.

Vorsichtig schloss Finn die Tür und schlich die Treppe hinauf.

Eine rötliche Sonne ging im Osten auf und färbte den Strand rosa. Nach Süden hin schimmerte der Atlantik metallisch grau, im Norden lag die Great South Bay glatt und ruhig da. An der Westwand des Raumes stand der Bücherschrank, den sein Vater gebaut und seine Mutter mit Lesestoff gefüllt hatte. Links davon hing ein Spiegel. Finn sah darin einen jungen Mann, ansehnlich, aber nicht außergewöhnlich; einen sonnengebräunten Körper, mit zwei Metern mittelgroß; dunkles kräftiges Haar, noch ganz zerzaust vom Schlaf; zwei Tage alte Gesichtsbehaarung; Augen so schwarz wie das Onyx-Kästchen, das auf dem Walnussholztisch stand.

Finn ging zu dem Tisch, auf dem Gegenstände aus dem Haus verstreut waren. Manche davon wollte er wegwerfen oder verschenken. Andere, wie das schwarze Onyx-Kästchen, Mannus Moon Zoomer, Lulus Teddy und den Slapback-Schläger seines Vaters, würde er mit nach Berlin in seine Zweitwohnung nehmen. Die hölzerne Werkzeugkiste seiner Mutter würde hierbleiben. Sie war zu schwer, und was hätte er mit all den Sachen einer Buchrestauratorin auch anfangen sollen? Er öffnete sie, mochte, wie sie sich nach beiden Seiten aufklappen ließ, wie eine Treppe, bei der jede Stufe ein Fach war, voll mit Lösungsfläschchen und Arbeitsutensilien. Der Geruch, der daraus aufstieg – eine herbe Mischung aus Ölen und Chemikalien –, versetzte ihn schlagartig zurück in seine Kindheit. Er erlebte einen betörend süßen Augenblick, als wäre er tatsächlich wieder das Kind und würde, erfüllt von tiefem Staunen, die Schätze erkunden, die in der Kiste lagen: die weichen Tücher zum Reinigen der Bücher, manche davon aus Stoffen wie Wolle, die es nicht mehr gab; das Nähzeug zum Ausbessern der Buchheftung; ein Beutelchen mit Fussel aus einem nie verwendeten Papierherstellungsset; ein Papier mit ganz feiner Körnung, mit dem man Tintenflecke entfernte. «Sandpapier» hatte seine Mutter es genannt. Mit einem sogenannten «Radiergummi» wurden graue Bleistiftstriche aus Büchern entfernt. Er erinnerte sich daran, wie seine Mutter ihm einmal einen Bleistift gezeigt hatte. «Der ist aus Holz und Graphit, und damit wurde früher geschrieben», hatte sie ihm erklärt. Sie hatte mit dem Stift ein paar Striche auf die Innenseite der Kiste gemalt. «Da steht Finn», hatte sie gesagt. «In Großbuchstaben. F-I-N-N.» Er hatte es damals nicht lesen können, aber er erinnerte sich, dass er sehr stolz darauf gewesen war. Diese Striche da waren sein Name!

Finn beugte sich über die Holzkiste, um nachzusehen, ob sein Name noch immer da stand. Ja, da war er, wenn auch blasser, als er es in Erinnerung hatte. Er fuhr mit dem Finger über die Linien, und für einen kurzen Moment überkam ihn ein Gefühl der Leere. Er vermisste seine Mutter, seine ganze Familie, aber sobald das Gefühl in ihm aufstieg, riss er sich zusammen. Es war unklug, sich von solchen Gefühlen überwältigen zu lassen, vor allem mit Rouge im Haus.

Finn fuhr seinen BB hoch. Für das Holocasting mit Doc-Doc hatte er ihn kurz eingeschaltet, aber er hatte schon ein paar Tage nicht mehr in seine Inbox gesehen. Jetzt sah er zahllose Nachrichten von seinem Freund Renko Hoogeveen, einem Bibliothekar in der Europäischen Bibliothek. Finn fand sein Ticket für den Flug nach Berlin ebenso wie den Bericht der Aeronautikbehörde zu dem Weltraumunfall, der seiner Familie zum Verhängnis geworden war. Eigentlich hatte er bei dieser Reise auch dabei sein sollen, aber er hatte nicht frei bekommen und deshalb absagen müssen. Welche Ironie des Schicksals! Dank der Geschäftsberichte der Deutschen Bank war er nun der einzige noch lebende Nordstrom an der nordamerikanischen Ostküste.

Unten im Haus regte sich etwas. Rouge war aufgestanden. Sie wollte bestimmt frühstücken.

Finn ging in die Küche. Er würde Koch Carlo Canelli-NY-FireIs3 bitten müssen, etwas zum Mittagessen zuzubereiten. Vielleicht Hummer? Oder Wal von der East End Sea Farm? Aber eigentlich passte Hai besser zu Rouge, dachte er und schmunzelte.

Von der Küche aus hatte Finn einen weiten Blick über die Bucht. Der Himmel über Long Island war wolkenlos. Er klickte sich in C-Earth ein und stellte fest, dass auch weiter östlich der Himmel klar war. Es war ein guter Tag zum Fliegen. Er mixte zwei eiskalte Berryolas, stellte eine in den Kühlschrank und nahm die andere mit zum Walnussholztisch.

Laut der Familienlegende hatte ein gewisser Florian Lawrence, ein Vorfahre Finns, den Tisch eigenhändig gebaut. Im Laufe der Jahrhunderte war das gute Stück immer dem ältesten Kind der nächsten Generation vermacht worden und so von den Lawrences zu den Scheinwalds zu den Sopranos zu den Nordstroms gewandert.

Florian Lawrence hatte das Chaos des Dark Winter und der Deutschen Pest überlebt, indem er mit seiner Familie auf einem Boot von der deutschen Ostseeküste nach Schweden floh. Von dort schlug er sich auf dem Seeweg weiter nach Norwegen, dann nach Island und Grönland durch, um schließlich als einziger Überlebender seiner Familie Kanada zu erreichen. Unbeirrt reiste er weiter die Küste hinunter, bis er heiratete und sich niederließ. Irgendwann hatte er diesen Tisch gebaut. Im Laufe der Jahrhunderte war das Stück zum Symbol des Überlebens seiner Familie geworden.

Die Form des Tisches war schlicht, sogar klassisch, gerade Linien und eine dicke Platte aus dunklem, fast schwarzem Walnussholz. Jede Ecke des Tisches zierte eine Sonnenblume, deren Kopf die Größe eines Tellers hatte und deren Stiel sich nach unten über das Tischbein zog. Genau in der Mitte der Tischplatte prangte eine Sonne.

Die andere Besonderheit des Möbels war nicht auf den ersten Blick ersichtlich: die Geheimschublade, die sich unter der Tischplatte herausziehen ließ. In dieser Schublade hatte sich der einzige Gegenstand befunden, der zusammen mit Florian Lawrence die Flucht aus Europa überstanden hatte: das schwarze Onyx-Kästchen.

Finn nahm das Kästchen in die Hand.

Es war klein, so lang wie seine Hand, Boden und Deckel, der Letztere mit einer Sonnenblumenintarsie verziert, bestanden aus makellosem und auf Hochglanz poliertem schwarzem Onyx.

Finn öffnete es. Darin lagen auf einem schwarzen Samtkissen ein Füllfederhalter und ein silberner Bernsteinring, in den eine große Biene eingeschlossen war. In die Innenseite des Silberrings war das Datum 20.08.2018 graviert.

Finn erinnerte sich, wie er als Kind besonders von dem Füllhalter fasziniert gewesen war. Füller wurden schon seit über hundertfünfzig Jahren nicht mehr gebraucht, weil niemand mehr mit der Hand schrieb. Das war noch archaischer als das Benutzen einer Tastatur. Fast alle, sogar die Menschen, die in abgelegenen Gebieten oder sogar in der Wildnis lebten, übertrugen Worte und Bilder inzwischen mittels ihres Brain Buttons. Schreibschrift war längst durch computergenerierte Druckbuchstaben ersetzt worden.

Finns Finger glitten über die Platinsternchen auf dem Füller. Ein solches Exemplar, schwarz, mit Weißgoldfeder und Zierelementen aus Platin, war höchstens noch im Museum oder in dem Geschenkeladen einer Forester-Kolonie zu finden. Nur sie konnten noch etwas mit Schreibzeug anfangen, und bei den meisten Leuten galten Forester als sonderbar. Sie lebten einfach, kleideten sich schlicht, mieden die meisten modernen Annehmlichkeiten und unterrichteten ihre Kinder selbst. Ihre wenigen Kolonien, die kaum Kontakt zur Außenwelt unterhielten, lagen weit auseinander: Es gab nur vier bis sechs auf jedem Kontinent. Finns Eltern hatten schon wegen ihrer Arbeit gute Beziehungen zu den Forestern gepflegt, vor allem zur Aaronson-Aiello-Sippe, einer Familie von Druckern und Papierherstellern in Sternwood Forest, einer kanadischen Forester-Kolonie nördlich von Toronto.

Finn betrachtete den Füller, fuhr mit dem Finger über die Gravur. Sie war in silberner Schreibschrift, die Buchstaben in einem anmutigen Fluss miteinander verbunden. Schreibschrift war für den Normalmenschen ebenso unverständlich wie ägyptische Hieroglyphen.

Gewiss, für manche Berufe war es unerlässlich, Schreibschrift lesen zu können. Bibliothekare, Archäologen, Museumskuratoren, Paläographieexperten, Übersetzer und Historiker befassten sich im Zuge ihrer Arbeit oft mit handgeschriebenen Dokumenten. Solche Dokumente wurden in der Regel in Handschriften-Programme eingescannt, die mehr oder weniger gut geeignet waren, unterschiedliche Schrifttypen zu entschlüsseln, wobei sie Stil und persönliche Eigenarten der Schreiber mit berücksichtigten. Leider lieferten sie für Deutsch nur schwache Ergebnisse ab. Die Programme brauchten buchstäblich zigtausend Beispiele guter und schlechter Handschriften, um erfolgreich arbeiten zu können. Leider hatte aber der Dark Winter praktisch die gesamte deutsche Handschriftenkultur vernichtet. Die Programme hatten demzufolge einfach nicht genug Informationen, um Dokumente einigermaßen korrekt zu entschlüsseln. Aus diesem Grund wurde eine Reihe Archäologen und Museumskuratoren dazu ausgebildet, handgeschriebene Texte in Deutsch zu entziffern. Aber nur wenige verspürten je den Wunsch, nach einem Stift zu greifen und selbst zu schreiben. Finn bildete da keine Ausnahme.

Finn betrachtete die Gravur auf dem Füllfederhalter seines Vorfahren. Der Familienlegende nach hatte Alisa, Florians erste Frau, den Füller für ihn als Geschenk gravieren lassen. Im Laufe der Jahrhunderte waren einige Buchstaben abgerieben worden, aber der größte Teil war nach wie vor gut zu erkennen:

For F
In ev rla ti g lov
Y ur li
ugust 201

Das Jahr, in dem Alisa Florian den Federhalter schenkte, musste irgendein Jahr zwischen 2010 und 2019 gewesen sein, aber der Rest war –

«Guten Morgen.»

Finn fuhr herum.

Rouge lächelte ihn an. «Du träumst.»

Rouges Haar war ungekämmt, aber sie hatte geduscht. Der seidene Morgenmantel in Königsblau klebte an ihrem Körper. In dem schimmernden Blau konnte Finn deutlich die Konturen ihrer Brustwarzen erkennen.

Rouge spürte seinen Blick. «Du hast keinen Sani-Trockner», sagte sie.

«Nein. Bloß Handtücher. Wir Insulaner waren schon immer etwas altmodisch.»

«Oh. Was ist das denn?», fragte sie und griff nach dem Füllhalter in seiner Hand. «Ein Füller. Wie drollig.» Sie schnupperte daran. Zog die Kappe ab. Testete die Federspitze mit der Kuppe ihres Zeigefingers. Steckte die Kappe wieder auf. Waren alle Quants am Olga-Zhukova-Institut so gründlich? Vermutlich.

Rouge deutete auf die Gravur. «Was steht da?»

«Ein paar Buchstaben fehlen. Aber da steht: ‹*For Florian, In everlasting love, Your Alisa.*› Florian war unser Ur-Ahn.

Florian Lawrence. Er hat es 2018 gerade noch geschafft, aus Europa zu fliehen. Alisa war seine erste Frau. Angeblich ist sie im Dark Winter an dem Virus gestorben. – Bringen die euch am OZI eigentlich nicht bei, Schreibschrift zu lesen?», neckte er.

«Das Olga-Zhukova-Institut bringt uns das Denken bei.» Sanfter fügte sie hinzu: «Lesen ist was für Träumer. Und Dichter.» Sie gab ihm den Füllhalter zurück und sagte spöttisch: «‹In immerwährender Liebe.›»

Finn erinnerte sich, wie er als Kind ebenfalls über die im 21. Jahrhundert gebräuchliche englischsprachige Floskel – «In immerwährender Liebe» – gestolpert war. In der Schule hatte er gelernt, dass Liebe zu Egoismus, Eifersucht, Wahnsinn, Elend und Krieg führte. Warum also sollte man sich da wünschen, dass sie «everlasting» wäre?

In den einhundertsiebzig Jahren seit Ende des Dark Winter war es der Menschheit vordringlich ums Überleben gegangen, es ging darum, harte Arbeit für das Gemeinwohl zu leisten. Auch Fortpflanzung war zu einem Muss geworden – was natürlich keineswegs hieß, dass die Menschen zu Bumsbotern geworden waren. Der Mensch war ein soziales Wesen, dem etwas an seinen Mitmenschen lag. Jedermann wusste, wie wertvoll ein ausgewogenes Leben war. Sex war Teil dieses ausgewogenen Lebens und im Allgemeinen angenehm, Leidenschaft gehörte aber nicht dazu. Und die Liebe erst recht nicht.

Andererseits … er musste zugeben, dass es Momente gab, in denen er die Idee der romantischen Liebe unbestreitbar faszinierend fand, irgendwie …

«Finn?», sagte Rouge. «Du träumst schon wieder.»

Finn schaute sie an. «Verzeihung. – Hunger?»

«Und wie», sagte sie.

Wieder dieser verführerische Unterton in ihrer Stimme. Er legte den Füller zurück in das Onyx-Kästchen. Rouge nahm den Slapback-Schläger in die Hand und betrachtete ihn.

«Der hat Artu gehört», sagte Finn. «Wir haben oft zusammen gespielt.» Den Namen seines Vaters auszusprechen fiel ihm schwer. Seine Stimme wurde dunkel, fast heiser. Er schluckte trocken und räusperte sich.

Rouge betrachtete ihn einen Moment lang und sagte dann: «Du hast uns, Finn. Das PAD ist jetzt deine Familie.»

«Ach, Rouge», sagte er gereizt, «du klingst wie das PA-Handbuch.»

Am achtzehnten Geburtstag bekam jeder auf seinen implantierten Brain Button das Prä-Adult-Handbuch heruntergeladen. Das war der Tag, an dem man Jungerwachsener nach den Regeln der Weltregierung, des General Global Government, kurz Triple G, wurde. «Willkommen in Ihrem neuen Leben als Prä-Adult», begann es. «Die herrlichen Jahre zwischen dem achtzehnten und dreißigsten Geburtstag sind die Zeit, in der Sie kein Jugendlicher mehr sind, aber auch noch nicht den vollen Erwachsenenstatus besitzen. Sie wissen, wer Sie sind und was Sie vom Leben erwarten. Sie sind bereit, flügge zu werden und sich den Reihen der arbeitenden Bevölkerung anzuschließen. Es ist an der Zeit, Ihre Familie zurückzulassen und sich in dem Ihnen zugewiesenen Prä-Adult-Domizil eine neue Familie zu schaffen. Das PAD ist Ihr neues Zuhause. Viel Spaß!»

Das war erst acht Jahre her. Lulu war damals ein achtjähriges Schulmädchen, Mannu war zwanzig und studierte Weltraumrecht. Ihre Mutter plagte sich mit der Restaurierung einer 33-bändigen Deluxe-Ausgabe der Encylopedia Britannica aus dem Jahre 1993 ab, die mit gepolsterten Ledereinbänden ausgestattet war, die ihr unter den Händen zerbröselten. Ihr Vater hatte gerade einen Antiquitätenladen mit ausgewählten Naturholzmöbeln aus dem einundzwanzigsten Jahrhundert eröffnet. Und Finn war frisch an der Europäischen Universität Greifswald immatrikuliert – und sehr froh darüber. Die EU Greifswald war eine der wenigen Unis auf der Welt, wo der direkte Austausch zwischen Lernenden und Mentoren noch Vorrang hatte. Der sonst überall verbreitete Einsatz von künstlicher Intelligenz und Remote-Access hatte hier tatsächlich weniger zu suchen.

Greifswald war von Berlin aus, wo Finn in der wohl weltgrößten PAD-Anlage wohnte, in nur fünfzehn Minuten mit dem SwiftShuttleX, besser bekannt als «Swuttle», zu erreichen. Die Riesenwohnanlage im Märkischen Viertel, dem angesagtesten Bezirk der Stadt, hatte sich in der ganzen Welt als «BAD PAD» einen gewissen Ruf erworben. B-A-D stand nämlich für Bier, Action und Drogen.

Finn lächelte bei dem Gedanken, dass das BAD PAD jetzt seine Familie sein sollte, ein zehn Quadratkilometer großer Schmelztiegel, in dem 100 000 junge Männer und Frauen aus allen sieben Kontinenten ständig auf der Suche nach Geschlechtspartnern waren, während sie mit Hochdruck fürs Studium oder die Ausbildung arbeiteten. Rouge und Finn bewohnten eine Vierzimmereinheit zusammen mit zwei anderen PAs, der Klon-Therapeutin Yolanda Abbas und dem Fahrradingenieur Severin Boxberg. Ihr Wohnhaus zählte mit seinen 36 Appartements zu den kleineren Gebäuden im BAD-PAD-Komplex und hieß im Volksmund der «Rubik». Das dreistöckige Haus mit seinen unregelmäßig angeordneten Fenstern und Balkonen in Weiß, Orange, Rot, Blau, Gelb und Grün hatte tatsächlich eine verblüffende Ähnlichkeit mit dem Zauberwürfel, der dreihundert Jahre zuvor von einem Mann namens Rubik als Spielzeug erfunden worden war.

«Finn?», unterbrach Rouge behutsam seine Gedanken. «Hast du schon mal an Memoklone gedacht?»

Finn schüttelte den Kopf.

Sie hakte nach. «Wann sind die Erinnerungen deiner Familie das letzte Mal runtergeladen worden?»

Die Information lag wahrscheinlich in Finns persönlicher Infobank. Er hatte noch nicht nachgesehen. «Die Familie Nordstrom hat ihre Erinnerungen nie besonders gewissenhaft aktualisiert», sagte er. «Außerdem war Lulu noch zu jung für ein Memory-Transfer. Wir haben nur ihr Genom und den Inhalt ihres BB.»

Klone waren ein komplexes Thema. Normaloklone, kurz Nomoklone, die auf natürliche Weise in einer Spendermutter heranreiften, wurden gemeinhin als gesunde Menschen betrachtet. Biologisch gesehen waren sie gewöhnliche eineiige Zwillingsgeschwister, lediglich Jahre später geboren.

Mitte des einundzwanzigsten Jahrhunderts waren Nomoklone serienmäßig als Krieger gezüchtet worden, und später dann, als das General Global Government die Welt wieder aufbauen musste, als Bauarbeiter. In den Köpfen der Bevölkerung blieben Nomoklone Bürger zweiter Klasse, ihnen haftete das Stigma der «Unnatürlichkeit» an. Schließlich nahm das Triple G sie als Serienmenschen aus dem Umlauf. Stattdessen setzte die Regierung verstärkt auf menschenähnliche, aber emotionsarme (und deswegen pflegeleichte) Androide. Noch immer wurden Nomoklone unter strengen Klongesetzen erzeugt, aber sie wuchsen unter normalen Bedingungen heran, und man hielt ihre Identität vor der Öffentlichkeit geheim, um sie nicht den immer noch herrschenden Vorurteilen der Gesellschaft auszusetzen. Vom Gesetz her mussten sie aber am achtzehnten Geburtstag über ihre Herkunft aufgeklärt werden. Nur wenige kamen mit der Wahrheit zurecht. Die meisten litten schwer unter ihrem Schicksal.

Memoryklone wiederum, die man als ersten Schritt Richtung Unsterblichkeit begrüßt hatte, waren da ein ganz anderes Kaliber. Wie bei den Nomoklonen erhielten auch Memoklone die DNA eines Spenders. Sie wurden aber extern in Klonfarmen extrem schnell zur Reife gebracht – ein erwachsener Klon brauchte kein Jahr bis zur vollständigen Reifung –, und zusätzlich lud man ihm die Erinnerungen des Spenders herunter.

Wie die meisten Europäer über einundzwanzig ließ auch Finn bei Check-ups seine Erinnerungen ordnungsgemäß in einem schmerzlosen Scan-Verfahren herunterladen. Die so gewonnenen Informationen wurden in Hochsicherheitsneurobanken in der Schweizer Provinz geleitet, wo man sie lagerte, bis ein Angehöriger einen Memoklon seiner Person anfordern würde.

Im Idealfall sollten Memoklone kerngesunde exakte Kopien des Spenders zum Zeitpunkt seines Todes sein. In Wirklichkeit waren ihre Erinnerungen jedoch lückenhaft und versagten in der Regel innerhalb von fünf Jahren, was bei den Klonen zu schweren psychischen Störungen und Aggressionen führte. Daher fristeten viele Klone die letzten Jahre ihres Daseins weggesperrt in Klon-Anstalten.

«Nein, Finn, sie sind schon sehr weit mit den Memoklonen», sagte Rouge sanft. «Reynaldo Torres am OZI sagt, seine Frau sei fast perfekt.»

«Fast», wandte Finn ein. «Fast, aber nicht ganz. Und ‹nicht ganz› genügt mir einfach nicht. Außerdem, wie lange wird sie wohl noch ‹fast› perfekt bleiben?»

«Aber Reynaldo sagt –»

«Es geht doch hier um Menschen, Rouge! Menschen, die uns nahestehen, an denen wir hängen. Außerdem, wie kann ein Sohn oder ein Bruder *einen* Angehörigen zurückholen, aber den anderen nicht? Und ein Junior-Historiker kann sich keine drei Klone leisten. Und was ist mit Lulu? Wir haben keine Erinnerungen von ihr. Also, nein. Vergiss es! Der Gedanke ist absurd!»

Rouge warf ihm einen kurzen Blick zu, legte Artus Schläger vorsichtig wieder hin und deutete mit einer ausholenden Geste auf den Tisch. «Weltkulturerbe», sagte sie munter. «À la Nordstrom.»

Finn war froh über den Themenwechsel. «Die wahren Schätze sind eher da drüben», sagte er und wandte sich dem Bücherschrank zu. Er öffnete eine der dunklen Glastüren, und ein Schwall kühler Luft strömte ins Zimmer.

«Oh, ist das kalt!», sagte Rouge.

«Wegen der Bücher.»

Rouge zog wahllos eines heraus, den schmalsten Band, gerade mal 100 Seiten dick. In Blockschrift war «‹Regelwerk des Illeismus›» darauf gedruckt. Das Buch interessierte sie ganz offensichtlich nicht, aber sie schlug es trotzdem auf. «Wie alt ist es?», fragte sie.

«Eines der jüngsten in der Sammlung. Eine Neuauflage aus dem Jahr 2100. Man hat es ursprünglich in den ersten Jahren des Dark Winter in den Schulen verwendet, hauptsächlich in Nordamerika und Europa», erklärte Finn.

«Den Schulkindern fiel es schwer, sich die erste Person Singular abzugewöhnen.»

Rouge schlug die erste Seite auf. «‹Einleitung aus Anlass des 80. Jubiläums der Erstpublikation›», las sie vor. «‹Illeismus, will heißen, von sich selbst in der dritten Person zu sprechen, wurde seit den 1930er Jahren von den United States Marines praktiziert. In der Grundausbildung, früher auch Boot Camp genannt, wurden die Rekruten aufgefordert, von sich selbst als „dieser Rekrut" zu sprechen. Auf diese Weise trat das Individuum in den Hintergrund, was Gemeinschaftssinn und Zusammenarbeit erheblich förderte.›» Rouge sah zu ihm auf. «Wusstest du das?»

«Natürlich.»

Sie las weiter. «‹Als die Deutsche Pest, das von einer terroristischen Zelle in Kassel, Deutschland, im Labor erschaffene Virus, im September 2018 den amerikanischen Kontinent erreichte, war es das Gebot der Stunde, dass alle Ordnungskräfte landesweit als geschlossenes Ganzes agierten. Nicht nur die Marines, sondern auch Polizei, Armee, Navy, Air Force und Nationalgarde übernahmen in der Folge den Illeismus, um Einigkeit zu demonstrieren. Erstaunlicherweise stellte sich dieser Effekt tatsächlich ein, und nun übernahmen auch viele andere Nationen den neuen illeistischen Kodex. Binnen kürzester Zeit hatte er die Umgangssprache verändert, und das Pronomen *ich* verlor besonders in den germanischen und romanischen Untergruppen der indoeuropäischen Sprachen an Bedeutung. Als 2095 das erste General Global Government entstand und Internationalismus und globale Kooperation verstärkt wurden, galt die Verwendung des Pronomens *ich* bereits als gesellschaftlicher Fauxpas.›» Rouge hörte auf zu lesen. Offensichtlich begann sie sich zu langweilen.

«Das Buch liefert Tipps, wie sich die Verwendung der ersten Person Singular vermeiden lässt», erklärte Finn und zeigte ihr das Inhaltsverzeichnis. «Indem man zum Beispiel ‹ich› durch ‹wir› ersetzt oder eine Frage formuliert, statt eine persönliche Meinung zu äußern. Und so weiter. Alles Dinge, die uns heute selbstverständlich sind.» Er nahm ihr das Buch aus der Hand und stellte es zurück an seinen Platz im Schrank. «Hattest du nicht gesagt, du hast Hunger? Eine Berryola vielleicht?»

Rouge schaute sich in der Küche um. «Hübsch», sagte sie und wandte sich dann zu Finn. «Wie ist der Anruf letzte Nacht eigentlich gelaufen?»

Finn zuckte die Achseln. «Dieser Historiker kann nur hoffen, dass er das Richtige tut. Es ist ein Tagebuch. Vermutlich von einem dreizehnjährigen Mädchen.»

«Oje. Klingt nicht sehr prickelnd.»

Finn holte die Berryola aus dem Kühlschrank. «Vielleicht ja doch. – Hast du Lust auf Fisch zum Lunch? Auf der anderen Seite der Bucht ist eine Sea Farm.»

«Ausgezeichnet.»

«Hummer? Wal?»

«Wie wär's mit Hai?»

Finn lachte auf.

«Warum lachst du?»

«Dieser Freund hat richtigerweise vermutet, dass du dich für Hai entscheiden würdest», sagte er. Er schaute ihr in die Augen. «Du bist ein Raubtier, Rouge Marie Moreau. Das weiß doch jeder.»

Sie lachte, trank einen Schluck von ihrer Berryola und sagte dann: «Und meine Beute? Wo ist die?»

4 Der Eisberg

Es war ein strahlender Morgen, und von dem Greenway aus gesehen war Greifswald in goldenes Licht getaucht. Alles duftete nach dem Regen der letzten Nacht, nach nassem Laub, feuchter Erde, dem zu erwartenden kühleren Herbstwetter und nach Verheißung. Finn blieb kurz an einem Kiosk stehen und kaufte sich eine Tüte gebrannte Mandeln. Ein Piepston signalisierte ihm, dass der Inkasso-Sensor der Robo-Verkäuferin sich in sein BB-Bankkonto eingeloggt und die Summe abgebucht hatte. Er riss die Tüte auf und kostete die Süßigkeit, während er weiterschlenderte. So leicht war ihm schon seit dem Unfall seiner Familie nicht mehr ums Herz gewesen. Die Aussicht auf die neue Aufgabe – einen Prestige-Job! – hatte seine Stimmung gehoben. Heute würde er das Pinkfarbene Tagebuch – oder genauer gesagt, dessen Tru-Copy – in den Händen halten. Er wandte den Blick hoch zur Europäischen Bibliothek.

Das Gebäude ragte turmhoch in den Himmel und beherrschte das Stadtbild von Greifswald, gerade an der Stelle, wo bis zu seinem Einsturz der mittelalterliche Dom der Stadt gestanden hatte. Erbaut vor 150 Jahren, barg diese Bibliothek, die älteste von nur drei auf dem Kontinent, die größte Büchersammlung Europas. Leider war der

Bestand von 72 Millionen Büchern, wenn man bedachte, was alles verlorengegangen war, letztendlich nur Peanuts.

Die Bibliothek hatte den Spitznamen «Eisberg» und sah auch wirklich so aus: Sie war ringsum verglast und verspiegelt, war auf dem Erdboden 325 Meter breit, stieg unregelmäßig an und schraubte sich höher und höher hinauf, um schließlich bei 99,79 Metern Höhe in eine Spitze zu münden, die all die rot gedeckten Gebäude im näheren Umkreis winzig erscheinen ließ. Im Inneren war es trotz der Glasfassaden eher düster und still, die Schritte der Besucher hallten auf den weißen Marmorböden und das Echo ihrer Stimmen schallte von den Wänden wider. Aber es gab nur wenige Besucher.

Getreu ihrem Spitznamen lag der größte Teil der Europäischen Bibliothek unter der Oberfläche, nämlich unterirdisch, zwölf Stockwerke tief. Das Magazin, die «Katakomben» genannt, die letzte Ruhestätte für die Bücher Europas, war auf dem Grund 520 Meter lang und 400 Meter breit.

Dr. Dr. Rirkrit Sriwanichpooms Büro lag nur wenige Stockwerke unter der Spitze des Eisbergs. Bisher war Finn noch nie höher gekommen als bis zum 17. Stock, wo in den Konferenzräumen die jährliche Silvesterfeier der Bibliothek stattfand. Normalerweise fuhr er mit dem Glaskäfig nach oben, aber er hatte noch ein paar Minuten Zeit und beschloss, die Besucherroute über den Korkenzieher zu nehmen, die gewundene Rolltreppe, die sich gemächlich nach oben schraubte und einen grandiosen Ausblick über ganz Greifswald bot. Unterwegs schaute er sich die Holo-Show an, in der das Archiv für die toten Sprachen seine größten Schätze zeigte. Dort fanden sich die kläglichen Überreste der nordeuropäischen Sprachen, die während des Dark Winter durch Auswanderung, Flucht und den Tod so vieler Menschen ausgestorben waren: Deutsch, Niederländisch, Dänisch, Schwedisch, Norwegisch und Finnisch.

Einige Hauptattraktionen des Eisbergs hatte er als Student bereits im Original gesehen, etwa die Gutenberg-Bibeln. Andere hatte er in Form von Tru-Copys studiert, so zum Beispiel die Erstausgabe von Goethes *Die Leiden des jungen Werthers.* Einmal hatte sein Freund Renko Hoogeveen vom Archiv für die toten Sprachen ihn sogar einen Originalversandhauskatalog von Quelle aus dem Jahr 1992 durchblättern lassen. Das war natürlich streng verboten, denn dieser Katalog und die Erstausgabe des Groschenromans *Dr. Norden* aus dem Jahre 1973 zählten zu den bedeutendsten Funden aus dem zwanzigsten Jahrhundert.

Am letzten Ausstieg im 17. Stock trat Finn vom Korkenzieher und fuhr das letzte Stück zum 23. Stock mit dem Glaskäfig nach oben.

Man führte Finn durch den Thronsaal in Dr. Dr. Sriwanichpooms Bibliothekskammer. Auf einem Glazex-Tisch lag das Pinkfarbene Tagebuch. Der Bibliotheksdirektor reichte es Finn mit einer feierlichen Geste. «Bitte, öffnen Sie es. Werfen Sie einen Blick hinein. Unser Labor hat sich die allergrößte Mühe damit gegeben.»

Finn schlug die Tru-Copy auf. Die Handschrift darin war groß, mit betont runden Schlaufen.

«Groß, was?», sagte der Direktor. «Und dann die betont runden Schlaufen.»

Finn schaute auf. Das verblüffende Talent des Direktors, Gedanken zu lesen verunsicherte ihn jedes Mal.

«Nur zu», sagte Dr. Dr. Sriwanichpoom. «Schauen Sie weiter, bitte.»

Finn blätterte zur ersten Seite und runzelte die Stirn. Statt schlichter i-Punkte hatte die Autorin jedes i mit einem kleinen Herzen verziert. Und jedes O war ein kleines Smiley. Oje. Worauf hatte er sich da bloß eingelassen? Das Papier war liniert, dünn, von schlechter Qualität, und es raschelte. «Das Labor hat wirklich ausgezeichnete Arbeit geleistet. Die Seiten machen sogar ein knisterndes, raschelndes Geräusch», sagte Finn.

«Nett», murmelte Dr. Dr. Rirkrit Sriwanichpoom, offensichtlich nicht besonders interessiert. «Leider müssen wir es jetzt kurz machen. Dieser Direktor steht unter Termindruck. Bitte lassen Sie uns doch wissen, wenn Sie den Namen der Autorin herausgefunden haben. Oder wenn Sie mit der Entschlüsselung des Dokuments fertig sind. Je nachdem, was zuerst eintritt. Alles klar?»

«Selbstverständlich.»

«Es war ein Vergnügen», sagte der Direktor mit seinem typisch unterkühlten Näseln, sodass Finn den Eindruck gewann, er meinte eigentlich das Gegenteil. Schon wieder beschlich ihn das eigenartige Gefühl, dass ihn der Mann an irgendwen erinnerte.

«Ach so», sagte Dr. Dr. Sriwanichpoom, «richten Sie doch bitte Ihrer bezaubernden …» Er stockte einen Moment, als suchte er nach dem richtigen Wort, «… Freundin herzliche Grüße aus.»

«Sir?», fragte Finn irritiert.

«Rouge», sagte der Direktor. «Rouge. Marie. Moreau. Der Name passt zu ihr. Sie ist doch eine … Freundin, oder?»

«Ja, natürlich», sagte Finn.

«Keine … Gefährtin?», fragte der Direktor.

«Nein», sagte Finn. «Nein.»

«Eigenartig. Dieser Direktor hatte den Eindruck, Sie beide wären physisch kompatibel.»

Finn spürte, wie er rot wurde. Woher wusste der Mann von ihm und Rouge?

«Wie alt sind Sie jetzt?», erkundigte sich der Direktor.

Doc-Doc musste das sicher wissen. Finn schluckte trocken. «Sechsundzwanzig.»

«Da wird es aber allmählich Zeit, dass Sie sich eine Gefährtin suchen, finden Sie nicht? Sonst müssen *wir* eine für Sie finden. Wir sehen es gern, wenn unsere Mitarbeiter ihr Bestes geben. An allen Fronten.»

Finn nickte. «Jawohl, Sir.» Er wandte sich zum Gehen.

«Ach ja! Mr. Nordstrom?»

Finn drehte sich wieder um.

«Die Bibliothek hat mit großem Bedauern die Sache mit Ihrer Familie erfahren. Es muss ein enormer Verlust gewesen sein.»

«Ja», sagte Finn. «Das war es. Ist es.» Er nickte knapp und ging aus dem Raum.

Draußen atmete Finn tief durch. Ein Tagebuch, dachte er. Ein pinkfarbenes Vinyltagebuch. Mit Herzchen. Und Smileys. Er seufzte.

5 Das Pinkfarbene Tagebuch

Finn ließ eine Zing-Tablette in seinen dampfenden Ingwertee fallen, wartete bis sie sich auflöste, rührte kurz um, und nippte vorsichtig an dem Gebräu. Heiß. Aber er fühlte sich sofort erfrischt und wach. Er öffnete das Tagebuch und begann seine Arbeit.

Donnerstag, 22. Mai 2003

Heute ist mein Geburtstag, (ich bin jetzt 13!), deshalb bin ich total früh aufgestanden, um halb sieben, genauer gesagt, (wir alle, sogar Robert!), weil ich genug Zeit haben wollte, meine Geschenke auszupacken, bevor ich zur Schule musste, und außerdem hatte ich mir von Papa Arme Ritter zum Frühstück gewünscht, was er immer so lecker macht, und er hat gesagt, er würde mir das machen, aber dann hat Mama gesagt, nur wenn ich meine Schulsachen und alles schon am Abend vorher fertig mache und rechtzeitig angezogen bin und nicht rumtrödele, deshalb habe ich schon gestern Abend alles zusammengepackt und so (auch wenn das krasse Erpressung von Mama war) und habe auch meine Klamotten sorgfältig ausgesucht und rausgelegt (mein cranberryrotes und pfirsichfarbenes Batikkleid mit dem grün-blauen Rand, meine blauen Leggings, grüne Socken und orangefarbene Sneaker), und weil ich den Wetterbericht gehört habe und wusste, dass es heute schon wieder kalt und regnerisch wird, habe ich beschlossen, meine Jeansjacke anzuziehen, aber zuerst musste ich noch die angetrockneten Erdbeerjo-

ghurtflecken abkratzen (auf der rechten Brusttasche vom Mittagessen letzten Sonntag bei Tante Gesine), damit Mama mich deswegen nicht anmeckert, von wegen ich soll besser auf meine Sachen aufpassen und doch bitte schön ein Vorbild für meine kleine Schwester Madeline sein, die zwei Jahre jünger ist als ich und (wenn Du's genau wissen willst) eine echte Schlampe.

Finn atmete aus, als er den Punkt am Ende des Satzes erreichte. Ging es jetzt in dem ganzen Tagebuch so atemlos weiter? Musste er sich auch um die Interpunktion der Verfasserin kümmern? Behutsame Korrekturen hier und da würden den Text sicher zugänglicher machen. Andererseits war der Stil recht flüssig. Vielleicht etwas oberflächlich, aber nicht schlecht geschrieben für eine Dreizehnjährige. Alles in allem sah es nach einer unproblematischen Übertragung ins Englische aus.

Finn nahm einen Schluck von seinem Zing und studierte den ersten Satz noch mal genauer. Die Schrift machte einen ordentlichen Eindruck, auch wenn ein paar Buchstaben verschmiert waren. Er fächerte die Seiten auf, aber bewusst ohne den Text zu lesen. Wie jedermann hatte er gelernt, nicht voreilig zu sein. Die Triple-G-Maxime, «Schritt für Schritt», galt in allen Lebensbereichen.

Die Verfasserin hatte eine Vielzahl unterschiedlicher Tintenarten und Schreibgeräte verwendet. Das Tagebuch war ihr offensichtlich wichtig. Und ja, es handelte sich wohl eindeutig um ein Mädchen, schließlich erwähnte sie, dass sie ein Kleid trug. Ein Batikkleid. Und natürlich verrieten auch die Herzchen über den i ihr Geschlecht. Er blickte skeptisch auf die kleinen i – ausnahmslos alle mit winzigen Herzchen punktiert, die über die Seite trippelten wie die kleinen Fußabdrücke in alten Tanzanleitungen.

Einige Einträge waren mit «E» unterschrieben. Auch der auf der letzten Seite. War das der Anfangsbuchstabe ihres Namens? Esperanza? In der Schule hatte er viele Mädchen gekannt, die Esperanza hießen, die Hoffnung ihrer Eltern und einer Gesellschaft, die wegen des drastischen Geburtenrückgangs langsam auszusterben drohte. Oder war es ein altdeutscher Name? Edeltraut? Elburg? Falls er herausfand, wie die Schreiberin mit Vornamen hieß und wo sie gelebt hatte, könnte er vielleicht ihre Identität feststellen.

Er wandte sich wieder der ersten Seite und ihrem überschwänglichen Anfangssatz zu. Nur Thomas Mann und die Deutsche Bank schafften längere Sätze. Er zählte 219 Wörter, davon 12 «ich», das Pronomen der ersten Person Singular. Ich dies. Ich das. Ich, ich, ich. E hielt sich eindeutig für den Mittelpunkt ihres Universums. Waren 2003 alle jungen Mädchen dermaßen egozentrisch gewesen? Finn las weiter.

Du bist bestimmt schon schrecklich gespannt, was ich zum Geburtstag gekriegt habe, also will ich es Dir verraten.

Finn unterdrückte den Impuls, die Augen zu verdrehen. Er hatte ein wissenschaftliches Interesse daran, zu erfahren, was das Mädchen zum Geburtstag bekommen hatte, ja, aber schrecklich gespannt war er nun wirklich nicht.

Mama und Papa haben mir Folgendes geschenkt:

- *einen iMac! Nur für mich allein! (Bestimmt Papas Idee.)*
- *ein pink-schwarzes Princess-Skull-Skateboard*

- *einen Gutschein für ein Paar Chucks*
- *zwei total alte (und wahrscheinlich voll langweilige) Bücher: «Stolz und Vorurteil» von Jane Austen und «Jane Eyre» von Charlotte Brontë (sicher auf Mamas Mist gewachsen)*
- *eine Packung mit 10 Metallic-Gelstiften. Ich habe ihnen Namen gegeben:*

Richtig Rot Magisches Magenta Rosen Rosig Olé Orange Go-Go Gold So So Silber Trau Blau Kühnes Grün Liebliches Lila.

Das Mädchen hatte jeden Namen in der entsprechenden Metallic-Farbe geschrieben. Finn schmunzelte über Namen wie Richtig Rot, Magisches Magenta und Rosen Rosig – das Mädchen hatte offenbar einen Hang zur Alliteration.

Er hielt das Buch ins Licht. Die Metallic-Farben schimmerten, das Tru-Copy-Labor hatte gute Arbeit geleistet. Er strich sachte mit den Fingern über die Seite und spürte die sanften Hügel und Täler, die der Kugelschreiber vor vielen hundert Jahren auf der Seite hinterlassen hatte. Er wusste von seiner Mutter, dass Kugelschreibertinte oft schmierte. So zum Beispiel das «s» am Ende von «Chucks». Chucks. Was war eigentlich «ein Paar Chucks»? Socken? Oder vielleicht Handschuhe? Ohrschmuck? Er würde das Wort selbst bei Cyclops durchlaufen lassen. Man machte sich unbeliebt, wenn man die Archivleute beanspruchte, bevor man selbst versucht hatte, Begriffe zu cloppen.

Finn schickte *iMac*, *Princess Skull* und *Chucks* an seine BB-Hauptinformationsbank, die größte Faktensammlung der Welt, die allumfassende, allwissende *Encyclopedia Universa*, genannt Cyclops. Sofort tauchten Bilder vor seinem

BB-Raster auf. Ach so. Ja – klar. Der iMac. Ein Computer. Das hätte er noch aus seinem «Geschichte der Informatik»-Kurs in der Schule wissen müssen. Und Chucks waren, wie er jetzt sah, eine Art Schuhwerk, das nach seinem Schöpfer, einem Mann namens Chuck Taylor, benannt worden war und aus Segeltuch und Gummi bestand. Es war im ausgehenden zwanzigsten und frühen einundzwanzigsten Jahrhundert bei jungen Leuten sehr beliebt gewesen. Ein körniger C-digi demonstrierte, was Chucks und «Princess Skull» miteinander zu tun hatten: Ein Mädchen, das überknöchelhohe rot-weiße Chucks trug, hielt ein pinkfarbenes Skateboard so in die Kamera, dass die Abbildung auf der Oberseite zu erkennen war: ein Totenschädel mit Krone über gekreuzten Knochen, das Ganze umringt von Blumen und Herzen. Der Eintrag lieferte Verweise auf Gothic-Mode, Punk-Mode, Piratenmode, Manga-Mode, weibliche Teenagermode im zwanzigsten Jahrhundert … die Liste nahm kein Ende. Finn speicherte die Informationen und las weiter.

Von Robert habe ich zwei DVDs gekriegt, «Matrix» und «A.I. – Künstliche Intelligenz», obwohl ich mir ausdrücklich «Notting Hill» und «Bridget Jones – Schokolade zum Frühstück» gewünscht hatte. Er hat gesagt, ich hätte einen schlechten Geschmack. Ich habe gesagt: «Wenigstens habe ich überhaupt Geschmack.» Mama hat gesagt: «Kinder, hört auf zu zanken», und Madeline hat gesagt: «Ich habe Hunger.»

Mama hat mir Oma Uschis Geschenke gegeben: Eine Flasche «Everlasting» und einen wattierten BH, der mir ein klein bisschen zu groß ist, vielleicht eine Körbchengröße. «Drei Körbchen!», hat Mama gesagt und gelacht, als ich ihn anprobiert habe, und das hat mich ganz schön gekränkt. Als ich mein Nachthemd drübergezogen habe, konnte man gar nicht mehr sehen, dass er nicht richtig passt (auch wenn ich ein bisschen sehr vollbusig aussah). Madeline hat mit dem Zeigefinger in das rechte Körbchen gepiekst und eine Delle reingemacht. «Sieht aus wie ein Krater», hat Robert gesagt. «Ein Krater nach einem Meteoriteneinschlag.» Und alle haben sich nicht mehr eingekriegt vor Lachen. Alle außer mir, natürlich. Sogar Papa hat gelacht. Mama sind sogar vor Lachen die Tränen gekommen. «Ein wattierter BH!», hat sie gesagt. «Was hat sich Oma bloß dabei gedacht?» Ich war echt beleidigt. Um ehrlich zu sein, ich habe nicht so viel da oben, und ich fand es total blöd, wie sie reagiert haben. «Was ist denn an einem wattierten BH auszusetzen?», habe ich gesagt. Und da haben dann alle gemerkt, dass das für mich ein empfindliches Thema war, und sie haben aufgehört zu lachen, aber es war ihnen anzusehen, dass sie sich das Lachen nur mit Mühe verkneifen konnten, bis sie dann irgendwann wieder losprusten mussten, und da bin ich aus dem Wohnzimmer gerannt und hab meine Tür zugeknallt. Happy Birthday? Happy?!?

Was hatten junge Mädchen im einundzwanzigsten Jahrhundert bloß für Probleme. Heutzutage mussten sich die Mädchen keine Sorgen wegen ihrer Brüste mehr machen. Sie konnten sie einfach gegen ein neues Paar austauschen, wenn sie PAs wurden.

Ein paar Minuten nach dem Krater-Fiasko hat Papa an meine Tür geklopft und gesagt, das Frühstück wäre fertig, also bin ich in die Küche gegangen. Und alles war wieder gut.

In der Schule hat mir Alexander Landuris in der Pause eine Kopfnuss verpasst, als er gehört hat, dass ich Geburtstag habe. Das war das originellste Geburtstagsgeschenk bis jetzt.

Alexander gefällt mir total. Ungefähr seit letzter Woche oder so. Ich hoffe, ich kriege ihn. Drück die Daumen.

Ausgezeichnet! Ein Name, der recherchiert werden kann. Alexander Landuris.

Nach der Schule sind die drei Js zu mir gekommen, Johanna, Jill und Joya. Johanna hat mir so ein Satintäschchen aus dem Asialaden in der Kantstraße geschenkt. Es ist pink und blau und rot mit aufgestickten Pagoden und Kirschblüten. Es ist mit Hubba Bubba gefüllt. Und Joya hat mir eine lustige DSDS geschenkt. «Könnte mal ein Sammlerstück werden», hat sie gesagt.

Finn starrte auf die unbekannten Wörter. «Hubba Bubba» und «DSDS»? Er cloppte sie gemeinsam mit «Landuris, Alexander, Alex, Ali, Al, A.», fand aber nichts. Cyclops hatte keinen Beleg für Landuris in irgendeiner der angegebenen Varianten und fragte überdies an, ob Finn nicht statt «DSDS» «DSD» gemeint hatte, das sich auf eine Vielzahl von Dingen beziehen konnte, von «Deutsche Stiftung Denkmalschutz» über «Damn Soo Dong», ein Puzzlespiel, bis hin zu Detrusor-Sphinkter-Dyssynergie, einer Blasenfunktionsstörung.

Finn runzelte die Stirn. Was auch immer dieses «DSDS» sein mochte, entweder es war doch kein Sammlerstück geworden, oder aber alle Spuren seiner Existenz lagen unter den Trümmern des Dark Winter begraben. Finn schickte seinem Bibliothekarsfreund Renko im Archiv für die toten Sprachen eine Anfrage zu «DSDS», «Hubba Bubba» und «Landuris» und stand dann auf, um sich noch einen Zing zu machen. Er war gerade dabei, die Zingtablette in seinen Tee zu werfen, als ihm siedend heiß etwas einfiel: der Asialaden in der Kantstraße! Das konnte ein Hinweis darauf sein, wo das Mädchen gelebt hatte!

Finn schickte die Information an Cyclops. Zu Asialäden gab es keine Information, aber er wurde mit einer Liste von Städten belohnt, in denen es 2003 eine Kantstraße gegeben hatte. Leider waren es viele, zu viele, von den Metropolen Berlin, Hamburg und München über die größeren Städte Bonn, Hannover, Frankfurt, Leipzig und Dresden bis hin zu Kleinstädten wie Ahlen und Willich. Die richtige Kantstraße zu finden wäre wie die Suche nach der Nadel im Wurmloch. Er musste auf weitere Daten hoffen.

Jill hat mir einen Schokoladenkuchen geschenkt, den sie selbst gebacken hat, keine Fertigpackung oder so. Er war total schief, schmeckte aber lecker. Robert hat zwei Stücke gegessen. Und alle drei Js haben mir zusammen eine Karte für das Robbie-Williams-Konzert geschenkt. Wir gehen zusammen hin. Und statt eine Geburtstagsparty zu feiern, fährt Mama uns am Samstag zum Heide-Park. Morgens hin – abends zurück. Uns = Jill, Joya, Johanna und ich + Madeline, (die sich immer an uns dranhängt. Hat sie keine eigenen Freundinnen?). Da gibt's eine Achterbahn, die über 60 Meter hoch ist. Und jede Menge anderer Attraktionen.

Finn cloppte «Robbie Williams» und war nicht erstaunt, als Cyclops ihm nicht eindeutig sagen konnte, wo und wann dieser Musiker 2003 in Deutschland aufgetreten war. «Heide-Park», so erfuhr er, war ein Vergnügungspark in Soltau, Niedersachsen, gewesen. Für einen Tagesausflug schien München zu weit davon entfernt. Vielleicht hatte das Mädchen in der Nähe gelebt, in Hannover oder Hamburg, das 2003 nur eine Stunde Fahrt entfernt gewesen war. Berlin lag über drei Stunden entfernt. Eine ziemlich weite Strecke für einen Tag, aber möglich, vermutete er, wenn man entsprechend motiviert war. Ahlen und Willich lagen auch relativ nah an dem Park, aber hatte es da im Jahr 2003 einen Asialaden gegeben? Und was, bitte schön, war überhaupt ein «Asialaden»?

Ach ja, fast hätte ich was vergessen: Mein Geburtstagsgeschenk von Madeline war dieses pinke Tagebuch. Es gefällt mir, weil es abschließbar ist, aber das Vinyl riecht komisch. Wie Barbie und Ken. Wenn ich die ganzen Seiten vollgeschrieben habe, kaufe ich mir ein Tagebuch mit echtem Ledereinband. Leder ist viel weicher und edler. Und es kriegt keine Risse. Und hat einen viel schöneren Geruch.

Bis bald, E.

PS: Der Kuli gefällt mir nicht. Der schmiert.

PPS: Ich bin den fiesen Geruch losgeworden, indem ich das Tagebuch mit dem Parfüm besprüht habe, das Oma Uschi mir geschenkt hat. Jetzt riecht es tausendmal besser. Nämlich nach Everlasting.

Finn nippte an seinem Zing. … Everlasting. … Wie das Parfüm wohl gerochen haben mochte? Er hob das Tagebuch an die Nase und beschnupperte den Vinyleinband. Er roch natürlich absolut nichts. Nach zweihundertfünfzig Jahren konnte sich kein Geruch gehalten haben. Auch nicht in einem luftdichten Köfferchen. Oder?

Er fächerte das Buch auf, blätterte die Seiten durch, sog schnüffelnd die Luft ein, während das Papier vorbeiflog. Wieder nichts. Er schloss das Buch, hielt es sich unter die Nase und schnupperte am oberen Rand. Dann am unteren. Dann an der Seite. Fehlanzeige, Fehlanzeige, Fehlan– … Moment! Am seitlichen Beschnitt ahnte er was. War das möglich? Er fuhr mit der Nase noch mal am Buchblock entlang und atmete tief ein. Ja. In der Tat. Hatte das Labor den Duft am Originaltagebuch bemerkt und ihn für diese Tru-Copy nachgemacht? Er schickte eine Anfrage ans Labor, bat um eine Probe des Duftes, der am Tagebuch gehaftet hatte, und erkundigte sich, ob es ein Parfüm namens Everlasting war. Wieder hob er das Buch an die Nase und schnüffelte.

«Was treibst du denn da?»

Finn fuhr hoch.

Renko Hoogeveens Kopf lugte zur Tür herein. «Du hast das Klopfen nicht gehört», sagte er. «Warst zu sehr ins Schnüffeln vertieft. Irgendwas Bewusstseinserweiterndes?»

«Entschuldige», sagte Finn und lächelte. «Komm rein.» Eigentlich mochte Finn keine Überraschungen, aber Renko war ihm fast immer willkommen. «Schon mal was von Everlasting gehört? Ein Parfüm? Einundzwanzigstes Jahrhundert?»

Renko trat an Finns Lesepult, legte ein dickes ledergebundenes Buch darauf und neigte dann den Kopf stark nach rechts. Das machte er immer, wenn er auf seinen BB zugriff. Es war eine Marotte, aber Finn hatte sich daran gewöhnt. Renko zappte einen Moment durch seine BB-Memory. «Nee», antwortete er schließlich. «Dieser Bibliothekar kann nicht behaupten, dass ihm Everlasting schon mal begegnet sei. Hast du es bei Cyclops durchlaufen lassen?»

«Noch nicht.»

«*Do it.* Irgendwas findest du da bestimmt.» Er deutete auf den Lederband. «Habe was über ‹Hubba Bubba› gefunden. Ohne Genehmigung dürfen wir's nicht scannen, aber dieser Bibliothekar hat sich gedacht, er kommt einfach vorbei und zeigt's dir.» Er senkte die Stimme. «Das bleibt natürlich streng vertraulich.» Er ging zu Finns Handsterilisator. «Du erlaubst?»

Finn nickte.

Renko reinigte und bebeamte sich die Hände unter dem Gerät, dann trat er wieder ans Pult und blätterte den Lederband behutsam durch, bis er gefunden hatte, was er suchte. «Da.»

Finn beugte sich über das Buch. Es war eine dänische Zeitschriftenreklame von 1981. Ein junges Mädchen mit langen blonden Haaren und einem Cowboyhut auf dem Kopf hatte eine pralle rosa Blase vor dem Mund. Der Werbespruch dazu lautete: *stort, blødt og supersaftigt!*

«Aha!», rief Finn. «Ein Kaugummi. Dieser Leser hat schon mal was über Kaugummi gelesen. Natürlich. Hubba Bubba. Groß, weich und supersaftig!»

Renko lachte. Erst jetzt bemerkte Finn, dass sein Freund eine antike Sonnenbrille trug. Renko hatte sich als Kind am rechten Auge verletzt (neigte er deshalb immer den Kopf nach rechts?), und er hatte sich erst kürzlich einer weiteren Augentransplantation unterzogen. Ihm war dringend geraten worden, die Sonne ein paar Tage zu meiden, daher die dunkle Brille. Da betrieben die Menschen inzwischen Bergbau auf dem Mars, konnten menschliche Erinnerungen herunterladen und wieder aufspielen, klonten Menschen, was das Zeug hielt, erweckten mit neuen Herzen und Gliedmaßen und Organen die Toten praktisch wieder zum Leben – aber sie schafften es immer noch nicht, Renkos rechten Augapfel zu erneuern. Es war verrückt. Immerhin verlieh die Retrosonnenbrille aus Schildpatt Renko eine charmant geheimnisvolle Aura.

«Mit der Brille siehst du aus wie ein Star aus einem Hollywood-Zelluloid», sagte Finn.

«Du siehst auch aus wie ein Star, Stoppelbacke.»

Ein Plinkblink erschien auf Finns Raster. Er öffnete das Dokument. Ein attraktiver, sonnengebräunter Mann mit dunklen Augen, extrem kurz geschnittenen, grau melierten Haaren und Bartschatten schritt durch eine von diesen alten Spielhöllen, ein Kasino in Las Vegas. «Wer ist das?», fragte Finn.

«Könntest du sein, oder? Die haben neulich in den Katakomben Fragmente eines alten Zelluloids mit diesem Burschen da gefunden. Den Namen des Schauspielers kennen wir nicht. Aber die Figur heißt Ocean.»

Finn schnaubte. «Dieser PA hat keine grauen Haare!»

«Wirst du aber haben in zwanzig Jahren, wenn du nicht anfängst, sie ordentlich zu behandeln.»

Renko hatte natürlich recht. Normalerweise gingen sie gemeinsam zu ihren Haarbehandlungen, aber nach dem Unfall seiner Familie hatte Finn ein paar Termine nicht wahrgenommen. Beim letzten Mal hatten sie sich auch einen «Dauerschatten» machen lassen. Das Verfahren nannte sich «Bestoppeln» und war für Männer entwickelt worden, die den haarlosen NudeDude-Look satt hatten und sich eine dezente Gesichtsbehaarung wünschten, ohne sich mit der täglichen Pflege auseinandersetzen zu müssen. Renko hatte Finn dazu überredet, und Finn war mit dem Ergebnis zufrieden.

Renko kniff die Augen zusammen und inspizierte Finns Kinn. «Du solltest wirklich etwas gegen dieses einzelne borstige Haar da tun.» Er hob einen Finger an Finns Kinn und wackelte an einem Haar, das aus dem Schatten wuchs. «Schon mal versucht, es abzuschneiden?»

Finn nickte. «Es wächst gleich wieder nach.»

«Du kannst es reklamieren.»

«Ach nee. Das ist bloß eine kleine Unvollkommenheit»,

sagte Finn. «Nun sprich, was ist die Schönheit ohne Makel?»

«Goethe?»

«Nordstrom. Jedenfalls», er tippte sich an den Kopf, um auf das Zelluloidbild zurückzukommen, «wo soll denn da die Ähnlichkeit sein?»

«Frag mal Rouge.»

Finn war irritiert. «Sie ist unterwegs.»

«Ach ja? Wohin denn diesmal?»

Er zuckte die Achseln. «Sie kommt und geht.»

«Wenn du ihr mehr Aufmerksamkeit schenken würdest, wäre sie vielleicht nicht ständig auf Achse.»

«Fang du nicht auch noch damit an! Doc-Doc hat sich schon nach ihr erkundigt. Steckt ihr beide unter einer Decke?»

«Es wird Zeit, Finn», sagte Renko ernsthaft. «Oder? Und sie mag dich, das ist offensichtlich.»

Finn verdrehte die Augen.

«Stell dir nur mal vor! Ihr Gehirnvolumen und dein Körper! Was für prächtige Kinder!» Renko stieß Finn anzüglich mit der Hüfte an. Finn schob ihn lachend weg, und Renko ließ sich in einen Sessel fallen. «*Breaking news!* Die Quants haben die Katakomben geplündert. Das OZI hat alles von Sterneborgs *QuantenQuarks* bis zu einer Tru-Copy des Quelle-Katalogs von 1992 abgegriffen.»

«Was um alles in der Welt wollen die Physiker mit einem Versandhauskatalog?», fragte Finn verblüfft.

«Keine Ahnung. Und jetzt *breaking news* Nummer zwei: Dieser Bibliothekar ist zum Chefkurator der Unterabteilung Coffee-Table-Books ernannt worden.»

«Du und die Luxusbildbände! Perfekt! Die Stelle hat sich schon immer nach dir gesehnt.»

Die Sonne war jetzt durch die Wolken gestoßen und schien durch das Fenster direkt auf Renkos Brillengläser. Er drehte sich vom Fenster weg, und Finn setzte sich ihm gegenüber. «Wie läuft's mit dem Auge?»

«Ist noch immer ein bisschen empfindlich, aber die Sehkraft ist fast vollkommen wiederhergestellt. Hauptsache, der BB hat es nicht abgestoßen. Nur Mutter ist nicht zufrieden. Sie findet, die Augen passen nicht zusammen.» Renko beugte sich zu Finn vor und nahm die Brille ab. «Was meinst du?» Er streckte die Zunge raus und machte Glupschaugen wie ein kleiner Junge.

Finn nahm Renkos neuen blauen Augapfel ins Visier. «Hm. Interessant. Du hast dir ein gelbes Auge einsetzen lassen?»

«Was?», schrie Renko erschrocken auf, aber dann merkte er, dass Finn ihn nur veralbert hatte. Er boxte ihn gegen den Arm.

«Aua!», schrie Finn in gespieltem Schmerz.

Er war sehr gern im Eisberg. Die meisten Historiker arbeiteten zu Hause oder wo immer sie sich gerade physisch aufhielten. Aber Finn ging zum Arbeiten am liebsten in die Bibliothek. Er fühlte sich wohl in seinem Büro, so klein es auch war, genoss es, durch die Katakomben zu schlendern und den verstaubten, modrigen Duft uralter Bücher einzuatmen. Aber vor allem gefiel ihm, dass Renko, der als Bibliothekar immer im Haus sein musste, gelegentlich vorbeischaute oder dass sie sich am Teedämpfer trafen und plauderten oder in der Katakombo-Kantine im siebten Stock gemeinsam zu Mittag aßen. Finn suchte seine Freundschaft. Warum eigentlich? Lag es daran, dass er auf Fire Island so abgeschieden aufgewachsen war? Oder an den innigen Beziehungen in seiner Familie? Die meisten

Kinder wuchsen in «Near 'n' Dear»-Domänen auf, riesigen Gemeinschaftswohnanlagen für Familien und ganze Sippschaften, in denen es allerdings eher förmlich zuging. Renko zum Beispiel hatte kein besonders enges Verhältnis zu seinen Eltern. Finn hätte schon öfters gern mit ihm über ihre Kindheiten gesprochen, aber solche Themen kamen zwischen ihnen einfach nie auf. Sie unterhielten sich hauptsächlich über die Arbeit und Bücher und Geschichte und die besten Quellen für Informationen. Wäre Renko eine Frau, hätte er sich sicher gut als Gefährtin für Finn geeignet. Zum Glück hatten sie sich nie so zueinander hingezogen gefühlt. Gleichgeschlechtliche Beziehungen waren zwar keineswegs undenkbar, aber sie wurden auf dem europäischen Kontinent nicht gern gesehen, denn die Geburtenrate war auf der ganzen Welt, aber besonders in Europa, drastisch zurückgegangen. Dies hatte auch eine fieberhafte Forschung auf dem Gebiet der Fruchtbarkeitsmedizin ausgelöst. Gebärmuttertransplantationen und gleichgeschlechtliche Fortpflanzung waren bereits getestet worden, wenn auch bislang mit wenig Erfolg. Man munkelte, dass die Entwicklung in Richtung Selbstbefruchtung gehen würde. Menschen, die sich wie Bandwürmer von allein fortpflanzten? Was, wenn sie viel zu viele Menschen produzierten? Finns Generation hatte eine Lebenserwartung von mindestens 150 Jahren; ja, sie könnte, wie manche voraussagten, sogar im Jahr 2400, also in knapp 140 Jahren, noch am Leben sein. Finn hätte gern gewusst, ob das stimmte. Denn das würde alles ändern. Er könnte seine Doktorarbeit noch um zwanzig Jahre verschieben!

«Was ist denn so lustig?», riss Renko Finn aus seinen Gedanken.

«Ach. Nichts.»

«Und?»

Finn starrte ihn nur an.

«Und? Hast du Lust, morgen nach dem Slapbacktraining einen Happen essen zu gehen?»

«Klar», sagte Finn. «Wo denn?»

«In Leipzig hat ein neuer Laden aufgemacht. Die Beta Bar. Überirdisch. Wir müssten aber eine Einheit reservieren.»

Anders als viele Bibliothekare, die größtenteils scheue Eigenbrötler mit eingefahrenen Gewohnheiten waren, wusste Renko immer, was gerade angesagt war, ob es nun um Bars, Games oder Mode ging. Er war anders – nicht nur anders als die übrigen Bibliothekare, sondern auch als die meisten Menschen, die Finn kannte. Genauer gesagt, anders als *alle*, die er kannte. Renko war so offen und, ja, er schien an allem mehr Spaß zu haben. Besonders an neuen Trends. Renko war derjenige gewesen, durch den Finn zum Beispiel das neue kristalline Stimulans Zing kennenlernte, das in den Blüten eines mutierten Himalaja-Edelweiß entdeckt worden war.

Leider hatte Renko sich mit seinen BAD-PAD-Gelüsten nach Bier, Action und Drogen schon öfters Riesenärger eingehandelt. Vor einem Jahr hatte er das linke Bein beim Wasserflitzen verloren, weil er unter Einfluss der Freizeitdroge U4ic gestanden hatte, einem Gasspray, das auch unter dem Namen JumbleJet bekannt war. Er konnte heilfroh sein, dass ihm nicht der Kopf abgetrennt worden war, denn den hätte der Bodyshop nicht so einfach ersetzen können wie das Bein. Leider war genau das, nämlich ein abgetrennter Kopf, das Schicksal von Gemma gewesen, seiner Ex, mit der er hatte Kinder haben wollen. Man hatte sie nicht retten können. Seitdem war Renko unentwegt auf der Suche nach einer neuen Gefährtin.

«Leipzig hört sich gut an», sagte Finn.

«Die Bar hat auch ein tolles Spielcenter hinten. Echt brauchbar.»

«Renko!»

«Schon gut. Schon gut.»

Renko wusste, dass Finn sich nur an die zahmsten Spiele heranwagte, zum Beispiel die «Komm mit»-Serie, in dem man mit Größen der Literatur unterwegs war. Finn und Renko hatten da schon ihren Spaß mit Goethe 1786 auf seiner Italienreise und mit Mark Twain 1878 in Heidelberg. Doch gegenüber den meisten Neurosimulationsspielen hegte Finn eine herzliche Abneigung. Das lag an einem traumatischen Kindheitserlebnis mit dem Dark-Winter-Spiel «Death Triumphs», brutal und erst für Erwachsene ab 21 Jahren. Finn und sein Bruder waren erst sechs und acht, als sie ohne ihr Wissen in das Spiel hineinkatapultiert worden waren.

Sie hatten an einem Sommertag in der Nähe ihres Elternhauses am Strand herumgeplanscht, als sie ohne jede Vorwarnung in eine eiskalte und finstere Stadt geschleudert wurden, die anders als alles war, was sie je zuvor gesehen hatten. Leichen lagen am Kanalufer, Pestkranke taumelten halb tot durch enge Gassen, und Ratten nagten an ihren Zehen. Die Jungen hatten keine Ahnung, was passiert war, wo sie waren oder wie sie wieder nach Hause kommen konnten. Wie hätten sie auch wissen können, dass sie im Amsterdam des Jahres 2019 gelandet waren? Finn wurde hysterisch, als Mannu von plündernden Jugendlichen angegriffen wurde und schließlich im eigenen Blut lag.

Wie sich herausstellte, waren die Schuldigen eine Bande

gelangweilter Teenager, deren Anführer ein Siebzehnjähriger mit Namen Maxim Capri war. Sie waren inselweit dafür bekannt, Jugendliche zu terrorisieren, die zum Baden an den Strand kamen. Ihre Spezialität war es, dass sie ihren Opfern nasse Handtücher auf den Körper schnappen ließen. Das tat weh.

Bei der nachfolgenden polizeilichen Ermittlung stellte sich heraus, dass Finns und Mannus gelegentliche Babysitterin Sabine Ironhard, ein albernes Mädchen mit einem von Akne geplagten Schlachtfeld von einem Gesicht, dummerweise Finns und Mannus Login-Codes leicht zugänglich in ihrem BB-Folder gelassen hatte, wo Maxim Capri, der mit ihrem Netzwerk verbunden war, sie fand und sich zunutze machte. Zum Glück reagierte Sabine, als sie Mannu leblos im Wasser treiben und Finn hysterisch neben ihm schreien sah, so geistesgegenwärtig, die halluzinierenden Jungen an Land zu ziehen, sonst wären sie mit Sicherheit ertrunken.

Es wurde viel Wind um den Vorfall gemacht. Die Jugendlichen wurden streng bestraft, und die uralte Debatte um Virtual-Reality-Spiele flammte wieder auf. Spiele, die die Möglichkeit boten, extreme Aggressionsgefühle zu erfahren, die man normalerweise nicht ausleben durfte, wurden normalerweise gebilligt, da Fachleute der Meinung waren, dass diese Gefühle nicht ins reale Leben übertragen wurden. Andere Experten wiederum vertraten die Ansicht, dass die Spiele bei manchen Menschen Aggressionen geradezu verstärkten.

«Keine Spiele, bitte», sagte Finn zu Renko. «Und lass uns auch nicht allzu sehr auf den Putz hauen. Wir haben keine Zeit, dir einen neuen Arm annähen zu lassen. Wir müssen arbeiten.» Er deutete auf seinen Arbeitsplatz.

Renkos neuer blauer Augapfel nahm die pinkfarbene Scheußlichkeit ins Visier, die auf Finns Schreibtisch lag. «Wie goldig! Pink!» Er nahm das Buch und öffnete es.

Finn spürte einen merkwürdigen Stich – als wäre sein Herz von einem dieser Defibrillatoren im Museum für Medizin geschockt worden. Er hätte Renko das Buch am liebsten aus der Hand gerissen. «Bitte. Lass das.»

Renko sah ihn verunsichert an. «Oh. Tschuldigung. Stufe Eins?»

«Nein. Es ist nicht top-secret. Davon hat Doc-Doc jedenfalls nichts gesagt, aber …» Er hätte nicht sagen können, warum, aber es störte ihn, dass Renko das Tagebuch aufgeschlagen hatte.

Renko klappte das Buch zu. «Scusi», sagte er und legte das Buch zurück auf den Schreibtisch. Er wartete einen Moment, dann sagte er: «Darfst du mir nichts erzählen?»

«Doch. Tja – schwer zu sagen. Die Verfasserin ist sehr jung. Höchstwahrscheinlich aus Norddeutschland. Gebildet. Sprachgewandt.»

«Und sie isst Hubba Bubba.»

Finn brachte ein leises Lächeln zustande. «Ja, das ist so ziemlich alles, was sich bisher sagen lässt. Und danke für das ‹supersaftigt›.»

«Klaro», erwiderte Renko. «Ach so, ja. Du hattest doch nach DSDS gefragt. Dieser Bibliothekar arbeitet noch dran. Deshalb ist das jetzt bloß eine Vermutung, aber da wir es hier mit Jugendkultur zu tun haben, neigt dieser Bibliothekar zu der Annahme, dass es sich dabei um eine von diesen bewusstseinserweiternden Drogen handeln könnte. Wie LSD. DMT. DOM. Klingt doch so ähnlich, nicht? DSDS.»

«Ein Halluzinogen?», fragte Finn ungläubig.

«Oh, du hältst das für unwahrscheinlich?», hakte Renko vorsichtig nach.

«Allerdings! Sie war erst dreizehn.»

«Die Kids im einundzwanzigsten Jahrhundert waren ziemlich ausgebufft. Die wurden nicht so gut behütet wie heute und –»

«Das ist doch absurd!», fuhr Finn ihn an. «Und außerdem, eine Droge kann ja wohl kaum ein ‹Sammlerstück› werden!»

Renko machte große Augen. «Deswegen musst du doch nicht gleich laut werden. Du hast diesem Bibliothekar nicht gesagt, dass es um ein ‹Sammlerstück› geht.»

Finn konnte sich nicht erinnern, wann er das letzte Mal dermaßen aufgebracht gewesen war. Was trieb ihn dazu, das Mädchen so in Schutz zu nehmen? Was auch immer, seinen Unmut durfte er nicht an seinem Freund auslassen. Er versuchte, sich zusammenzureißen. «Tschuldige. Doc-Doc möchte möglichst schnell einen Bericht sehen. Das geht ein bisschen an die Nerven.»

«Lass dich von ihm nicht so unter Druck setzen. Du hast ganz schön was durchgemacht in letzter Zeit.»

Finn nickte. «Entschuldigung noch mal.»

Sobald Renko weg war, ging Finn zu seinem Schreibtisch zurück und schlug das Tagebuch auf. – Ach Mensch! Er hat etwas vergessen! Er sprang hoch und riss die Tür auf. «Renko?»

Sein Freund, der schon am Ende des Ganges war, wirbelte herum. «Ja?»

«Barbie?», fragte er. «Hast du eine Ahnung, wer oder was Barbie ist? Oder Ken?»

6 Everlasting

Finn lehnte sich mit dem Rücken an das Kopfende seines Bettes und feilte an der Übersetzung. Er arbeitete gern, wenn alle schliefen, er mochte die samtige Stille. Aber irgendwer war schon wach, denn ein Plinkblink erschien vor seinem digitalen inneren Auge: Öffne! Dies! Jetzt!

Finn öffnete die Nachricht. *«Breaking news!»*, meldete sich Renko. Sein Haar war ungekämmt, und ein dampfendes Glas stand neben ihm. Anscheinend war er eben erst aufgestanden. «Ein Kollege in Johannesburg hat den Namen Alexander Landuris gefunden. Und zwar in Unterlagen, die noch nicht katalogisiert sind.»

Diesen Unterlagen zufolge war der arbeitslose Systemtechniker Landuris, geboren am 27. Juli 1989 in Berlin, Deutschland, am 17. April 2020 an der Grenze zwischen Südafrika und Namibia aufgegriffen und festgenommen worden. Kurz darauf wurde ihm die Einreise nach Südafrika erlaubt, wo sich seine Spur verlor.

War das derselbe Alexander Landuris, der E an ihrem 13. Geburtstag eine Kopfnuss verpasst hatte? Im Jahr 2003 wäre er vierzehn gewesen, er konnte es also durchaus gewesen sein. Und offenbar war er Berliner. Ließ sich daraus schließen, dass auch E aus Berlin stammte? Wahrscheinlich. Das war eine sehr gute Neuigkeit.

Finn schickte ein Signal an seine Zimmerkamera, die sich sogleich auf ihn richtete und ihn heranzoomte, dann stupste er Renkos BB an, und prompt erschien Renko auf Finns BB-Raster – immer noch ungekämmt. «Danke!», begrüßte Finn seinen Freund.

«Gern geschehen. – Übrigens: noch mehr *breaking news*! Du sollst der Erste sein, der das weiß. Dieser Mann hat ein nettes Mädchen kennengelernt. Im Swuttle. Oben im Großraum. Gao Dongsheng-Johnson. Wunderbar. Studiert Meerestechnik an der EU Copenhagen. Am Samstag treffen wir uns. Im Blue Lagoon. Zum Mittagessen.»

«Du fährst zum Mittagessen nach Island?»

«Geht nicht anders. Sie arbeitet dort an irgendeinem Küstenprojekt mit. Aber vielleicht übernachtet dieser Besucher ja dort», flötete Renko unschuldig.

«Na dann pass gut auf dein Auge auf. Die isländische Sonne kann ganz schön brennen. *Sjáumst!*»

«Hä?»

«Auf Wiedersehen – auf Isländisch.»

Als Finn auflegte, hörte er das leise Plätschern des Wassers im Gemeinschaftsduschraum nebenan. Rouge wahrscheinlich. Da fiel sein Blick auf die hölzerne Werkzeugkiste seiner Mutter, die auf dem Boden neben der Tür zum Duschraum stand. Ursprünglich hatte er sie in dem Haus auf Fire Island lassen wollen, hatte sich dann aber einfach nicht von ihr trennen können. Lulus Teddy hockte darauf, Mannus Moon Zoomer lag gleich daneben, und der Slapback-Schläger seines Vaters stand an die Wand gelehnt. Das Ensemble erinnerte an diese eigenartigen Kunstinstallationen im Museum der Europäischen Kulturen.

Der Teddy war einer von der altmodischen Sorte, die

weder reden, gehen, singen noch denken konnte. Zuerst hatte er Mannu gehört, dann Finn und schließlich Lulu. Und davor hatte er ihrer Mutter gehört. Er sah ein bisschen lädiert aus, aber sein Fell war noch immer flauschig. Ob Finn eines Tages Kinder haben würde, an die er ihn weitergeben würde?

Finn erinnerte sich an den Tag, als er elf gewesen und Lulu noch nicht ganz ein Jahr alt. Er und Mannu hatten auf Finns Bett mit ihr gespielt, diesem kleinen, sabbernden Wonneproppen. Sie saß aufrecht, was sie seit einiger Zeit allein konnte, und lachte über die Grimassen, die ihre Brüder für sie schnitten, als sie etwas hinter den beiden Jungen bemerkte, danach griff und dabei umkippte. Sie rappelte sich mit ihren pummeligen Ärmchen und Händchen gleich wieder hoch auf die Knie und fing zum Erstaunen ihrer Brüder zu krabbeln an. Sie bewegte sich schnurstracks auf den Teddy zu, packte ihn und ließ ihn nicht mehr los. Finn fasste das als Zeichen dafür auf, dass der Teddy von nun an ihr gehörte. Wie sie den Teddy umarmt hatte, und wie sie lauter begeisterte Babylaute ausstieß und gluckste und –

Finn spürte Trauer in sich aufsteigen. Sie saß tief in seiner Brust, kämpfte sich nach oben, kroch in den Hals, und dann füllte sie seine Augen mit Tränen.

Er war entsetzt. Er weinte! Seit er ein Kind war, hatte er nicht mehr geweint. Wie konnte er –

Er setzte sich auf. Er musste sich auf irgendetwas anderes konzentrieren.

Das Tagebuch war fertig übersetzt. Um drei hatte er einen Termin bei Dr. Dr. Sriwanichpoom. In Greifswald. Er würde mit dem Fahrrad zur Swuttle-Station fahren – nein. An einem regnerischen Tag wie diesem war ein Robotaxi die bessere Wahl. Er würde seinen braunen wasserdichten Anzug anziehen und die braunen Schuhe. Dazu einen Hut.

Er atmete tief ein und aus.

Draußen regnete es, typisch für Berlin. Das störte ihn nicht. Er hatte nichts anderes erwartet, als er hierherzog. Das Wetter zu steuern war mühsam und teuer, und schließlich war es auch nicht nötig, Berlin in ein sonniges Ferienparadies zu verwandeln.

Okay. Jetzt fühlte er sich wieder ruhiger. Er hatte sich im Griff.

Rouge hatte inzwischen fertig geduscht. Finn hörte das *Wuusch-wuusch-wuusch* des Sani-Trockners, doch fast augenblicklich folgte ein schrilles *Piep-piep-piep*. O nein! Das Ding spielte schon wieder verrückt. Finn schickte eine Reparaturanforderung an JoeJoe, den Hausmeister des Rubik. *Plink!*, weg war sie, und Finn widmete sich wieder dem Tagebuch. Er vermutete, dass sein Termin mit Doc-Doc mit dem Bodden-Fund zu tun hatte. Sriwanichpoom wäre bestimmt angetan, wenn Finn ihm seine Entdeckung mitteilte, dass E Berlinerin war. Gab es eine Fortsetzung des Tagebuchs? Er hoffte es. Irgendwie war ihm E mit ihrem Geplapper ans Herz gewachsen.

Finn blickte auf. Rouge stand barfuß und nur mit einem knappen Tanga und einem kaum vorhandenen Büstenhalter bekleidet im Durchgang zur Küche. Hinter ihr stand ihr Quant-Kollegen und gelegentlicher Bettgenosse Jaydeep Makhijani. Er hantierte mit irgendwelchen Küchenutensilien.

«Träumst du schon wieder?», fragte sie Finn.

«Nein. Ganz und gar nicht.»

«Da stimmt was nicht mit dem –»

«Ja. Das Quietschen. JoeJoe kommt gleich und kümmert sich darum.» Er lächelte sie an.

«Was ist passiert? Du bist so gut drauf.»

Jetzt grinste er. «Ein Durchbruch. E ist wahrscheinlich aus Berlin.»

«E?»

«Das Mädchen.»

«Welches Mädchen?»

Finn schüttelte den Kopf. Hörte sie denn nie zu, wenn er von seiner Arbeit erzählte? «Das Tagebuch!»

«Ach so, ja», sagte sie, als es ihr wieder einfiel. «Die große Unbekannte. Noch immer keinen Namen?»

«Nein. Aber wir haben einen Hinweis auf einen Jungen aus ihrer Schule.»

Rouge machte einen Schritt in sein Zimmer hinein und lehnte sich gegen die Wand. «Was ist das eigentlich für eine, diese E?»

Rouges Interesse überraschte Finn. «Jung», sagte er. «Meistens geht es bei ihr um irgendwelchen Mädchenkram. Banales Zeug. Aber für die Kinderabteilung des Archivs für die toten Sprachen könnte es eine nette Bereicherung sein. Sie redet furchtbar viel über Jungs. Möchtest du mal hören? Es ist lustig. … Hier ist ein Eintrag von Anfang September 2003. Darf ich?»

Sie nickte.

«‹Heute Morgen habe ich Jona in der Schule gesehen, und der hat mir gesagt, dass Alex mich nicht mag.›» Finn hatte seine Stimme eine Oktave angehoben, um wie ein Mädchen zu klingen. «‹Im Sportunterricht habe ich Joya gesagt, dass Jona mir erzählt hat, dass Alex mich nicht mag. In Französisch hat mir Johanna dann erzählt, dass Ben ihr erzählt hat, dass Alex mich doch mag. Und dann beim Mittagessen hat Joya mir erzählt, dass sie Jona erzählt hat, dass ich Alex mag, aber dass er, Jona, gesagt hat, dass Alex mich nicht mag, und Jona hat ihr erzählt, dass ich ihn missverstanden habe und dass Alex mich doch mag. Au Mann. Das Ganze macht mich schwindelig!›» Finn lachte jetzt. «Und dann schreibt sie: ‹Ich hab es mir überlegt, dass ich Alex vielleicht selber fragen sollte, ob er mich mag. Aber jetzt bin ich mir ein bisschen unsicher, ob ich ihn überhaupt mag, weil mir Ben vielleicht doch besser gefällt. Und Jona ist, ehrlich gesagt, auch irgendwie gut, aber hinter dem ist Jill schon her, wenn er auch selbst eigentlich auf Johanna steht.›»

Rouge schüttelte den Kopf. «Meine Güte. Wieso wurde das Tagebuch überhaupt aufbewahrt? Die Nachwelt kommt doch eigentlich auch ganz gut ohne es aus.»

«Aber es ist doch lustig!» Er sah zu ihr hoch. «Du lachst ja gar nicht.»

Rouge zuckte die Achseln.

«Sriwanichpoom hat angedeutet, es könnte noch mehr davon geben», sagte Finn. «Vielleicht steht da ja irgendwas drin, was die Nachwelt gebrauchen kann.»

«Tee ist fertig!», rief Jaydeep.

Finn sah durch die offene Tür, dass auch seine PAD-Mitbewohner Severin Boxberg und Yolanda Abbas dabei waren, ihr Frühstück zu machen. Es war die einzige Mahlzeit am Tag, die die PAs selbst zubereiteten. Für das Mittag- und Abendessen sorgten Robo-Kochs.

«Auch einen Tee?», fragte Rouge Finn. Er nickte, und sie verschwand in die Küche.

Sriwanichpoom. Was wusste der Direktor der Europäischen Bibliothek über das Bodden-Tagebuch eigentlich wirklich? War Finn der Einzige, der dieses Dokument las?

Und falls es mehr als ein Dokument gab, wieso durfte Finn dann nicht alle auf einmal sehen, um sich einen Gesamteindruck zu verschaffen? Die «Schritt für Schritt»-Regel des Triple G war ja schön und gut, aber ganz sicher war der Name von E irgendwo in den anderen Dokumenten zu finden. Warum also so viel Arbeitszeit darauf verwenden, nach Hinweisen zu suchen, die in den anderen Dokumenten womöglich mühelos zu finden waren? Ob Doc-Doc ihn auf die Probe stellte?

«Ist das deine Vermutung?», fragte Rouge, als sie mit zwei Tees zurückkam. «Dass es mehr als bloß ein Tagebuch gibt?»

«Vielleicht. Ja. Und der Rest ist hoffentlich dann *the real McCoy.*»

«Real McCoy?»

Finn grinste und lehnte sich im Bett zurück. «Nordamerikanisch, spätes neunzehntes Jahrhundert, möglicherweise schottischen Ursprungs, bedeutet so viel wie das Echte. Das, worauf wir alle warten.»

«Merci», sagte Rouge und stellte Finns Tee neben einem Stapel Bücher auf dem Nachttisch ab. Neugierig nahm sie das oberste Buch in die Hand. «Wozu brauchst du eigentlich so ein Buch? Du könntest doch alles einfach auf deinem BB lesen? Bücher stauben doch bloß.»

«Liest du Bücher auf deinem BB?», fragte er, obwohl er schon wusste, was sie sagen würde. «Romane beispielsweise?»

«Romane?», sagte sie belustigt und schüttelte den Kopf.

«Aber wenn du einen Roman direkt vor der Nase hättest, würdest du ihn vielleicht auch mal in die Hand nehmen. Wie du das gerade gemacht hast.» Er lächelte sie an. «Und vielleicht würdest du ihn sogar aufschlagen. Und lesen.»

Sie starrte ihn an.

«Es ist schwer zu erklären», sagte er und suchte nach den richtigen Worten. Er nahm ihr das Buch aus der Hand und hielt es so, als würde er es wiegen. «Wenn dir dieser Leser erklärt, dass er das Gewicht eines Buches in der Hand mag, seine Schwere, kannst du etwas damit anfangen?»

Von Rouge kam nur ein Schulterzucken.

Finn fuhr mit den Fingern über den Einband. «Oder, dass er mag, wie es sich anfühlt?»

Sie schwieg.

Er legte das Buch hin und griff nach einem anderen. Auf dem weißen vergilbten Einband waren erotische Figuren, Ornamente und ein Labyrinth eingeprägt. «Das hier heißt *Das Wasserzeichen der Poesie.*» Seine Fingerspitzen strichen über den Einband, dann reichte er Rouge das Buch. «Mach's auch mal.»

Sie fuhr halbherzig mit den Fingern darüber. «Interessant. Aber du liest doch bestimmt kein Buch, nur weil es einen hübschen Einband hat.»

«Stimmt», sagte er. «Dieser Leser muss zugeben, dass er sich oft gefragt hat, warum er Bücher liest, warum er es nicht erwarten kann, zur nächsten Seite umzublättern. Es scheint nur eine einzige Erklärung dafür zu geben – das heißt neben der des reinen Lesevergnügens –, und zwar, dass dieser Leser, wenn er Geschichten liest, das Gefühl hat, dass er nicht allein ist, dass seine Gedanken und Gefühle schon vor ihm gedacht und gefühlt wurden. Es entsteht irgendwie eine Verbundenheit zum Autor, und man fühlt sich weniger allein und sonderbar.»

Rouge hielt seinen Blick einen Moment lang fest, dann streckte sie die Hand aus und strich ihm kurz über die Wange. «Du bist auch so ein Poet, nicht?»

Es war freundlich gemeint, aber er fühlte sich trotzdem ein wenig brüskiert. «Na ja», sagte er. «Schon möglich.»

«Wir fahren heute nach Odessa. In die OZI-Zentrale.»

Finn setzte sich auf. «Vor ein paar Tagen hat mir Renko erzählt, ein paar von euch Quants hätten die Katakomben regelrecht geplündert. Versandhauskataloge und so was.»

Sie kicherte. «Kann gut sein. Warum fragst du?»

Er versuchte, ihren Gesichtsausdruck zu deuten, aber das war nahezu unmöglich. Er hätte ebenso gut versuchen können, altdeutsche Sütterlinschrift zu entziffern. «Reine Neugier», antwortete er. «Woran genau arbeitest du eigentlich derzeit am Institut?»

«Genau?», sagte sie und lachte. «Du willst genau wissen, was diese Quant am Institut macht? Hast du nicht mal gesagt, Sci-Tech sei dein Horrorfach gewesen?»

In der Tat. Er hatte in Sci-Tech kaum aufgepasst. «Gut, dann nicht genau. Nur ungefähr genau.»

Es klingelte an der Tür.

«Da hast du ja noch mal Glück gehabt», sagte er und lächelte. «Das ist JoeJoe. Und irgendwo hier müssen meine Boxershorts sein.»

«Du bist derjenige, der noch mal Glück gehabt hat», sagte sie, hob ein Paar Boxershorts vom Boden auf, warf sie ihm zu und ging zur Tür.

«Zieh du dir auch lieber was über.» Er zeigte auf seinen Bademantel, der neben der Tür hing.

«Wieso denn?», fragte sie.

Sie hatte eigentlich recht. JoeJoe der Hausmeister-BER-MV-Rub1 war nur eine Maschine. Kein Grund, sich um die Kleiderordnung Gedanken zu machen, wenn man ein Gerät bediente. Dennoch, die neueste Serie von Androiden war schon fast unheimlich menschenähnlich. Finn konnte es einfach nicht über sich bringen, sie wie irgendeine alte Waschmaschine zu behandeln. Daher hielt er in Gegenwart des Roboters ein gewisses Maß an Schicklichkeit und in diesem Fall wenigstens Boxershorts für angebracht. Ganz anders Rouge: Ihr waren derlei Bedenken völlig fremd. Eine Maschine ist eine Maschine ist eine Maschine. Tja, was sollte man von einem Quant auch anderes erwarten?

Rouge öffnete die Tür. «Guten Morgen, JoeJoe», sagte sie in der gleichmäßigen, klaren Stimme, die die meisten Menschen benutzen, wenn sie mit Robotern oder Kindern sprachen. «Danke, dass du gekommen bist.»

JoeJoe war ein robuster Bursche um die fünfunddreißig mit Vollbart, zwei Meter zwanzig groß, bekleidet mit einem rot-schwarz karierten Hemd, Overall und Stiefeln. Er erinnerte Finn an die Holzfäller in der kanadischen Forester-Kolonie Sternwood Forest, die er jedes Jahr zusammen mit Mannu und seinem Vater besucht hatte. Die Forester lebten hauptsächlich von der Holzwirtschaft. Sie stellten Papier her, druckten Bücher auf Bestellung, bauten Holzmöbel. Finn war besonders von den Holzfällern fasziniert gewesen, die in der Kolonie lebten, und von dem Gegensatz zwischen ihrer sanft-freundlichen Art und ihrer offensichtlich enormen Körperkraft.

«Hallöchen, Rouge Marie Moreau», sagte JoeJoe.

Er sprach ein wenig abgehackt und bewegte sich leicht ruckartig. Um die Taille trug er einen breiten Werkzeuggürtel, der mit blinkenden Knöpfen besetzt war. Man hatte ihn bewusst so gebaut, damit man ihn nicht irrtümlich für einen Menschen hielt.

Rouge wandte JoeJoe den Rücken zu, um die Tür zu schließen.

«Donnerwetter», sagte JoeJoe und schaute auf ihren fast nackten Hintern, «was sehen wir heute hübsch aus!» Sie wandte sich wieder um, und seine Augen wanderten hinauf zu ihren Brüsten, die fast aus dem Büstenhalter quollen. «In der Tat!», fügte er hinzu.

Rouge kicherte. «Danke schön.»

Finn trat hinzu und räusperte sich. «Äh ... guten Morgen, JoeJoe.»

«Oh», sagte JoeJoe und schaute Finn an. «Hallöchen, Finn Nordstrom.» Einen Moment lang betrachtete er die nackte Brust des jungen Mannes. «Donnerwetter», sagte er dann, «was sehen wir heute hübsch aus.»

Finn sprintete die Promenade entlang zur Swiftshuttle-Station, die zwanzig Minuten zu Fuß entfernt lag. Ehe er den Rubik verlassen hatte, hatte er ein Robotaxi bestellt, das einzige schnelle Transitverkehrsmittel, das in dem BAD PAD erlaubt war, aber bislang war noch keines bei ihm angekommen. Es wimmelte auf dem Greenway von PAs, die zur Arbeit, zur Hochschule oder zur Ausbildungsstätte unterwegs waren, und alle wollten raus aus dem Regen und rein in ein Taxi.

Das Märkische Viertel war zwar trendy und quirlig, aber leider nicht sehr gut ausgestattet. Es war die Gegend Berlins mit der stärksten Fluktuation. Die jungen Leute, die hier wohnten, kamen und gingen, nur wenige ließen sich hier dauerhaft nieder, daher war das General Global Government nicht daran interessiert, viel Geld in das Viertel und dessen Instandhaltung zu investieren. Der Mangel an Robotaxis, Finns kaputter Sani-Trockner – das waren Indizien für das Desinteresse der kommunalen Verwaltung.

Finn war spät dran. JoeJoe hatte plötzlich eine Störung

gehabt und immer wieder denselben Satz wiederholt – «Donnerwetter, was sehen wir heute hübsch aus. Donnerwetter, was sehen wir heute hübsch aus» –, bis Finn ihn schließlich abgeschaltet, an die Hand genommen und zum Robo-Reparaturzentrum um die Ecke geführt hatte. Und jetzt würde er das SwiftShuttleX verpassen, wenn er sich nicht beeilte. Schnell schaute er sich um und stellte fest, dass sämtliche Share-a-Bikes bereits in Benutzung waren. Er programmierte seinen BB-Navigator, ihn auf der schnellsten Fußgängerroute zur Swuttle-Station zu bringen.

Finn wurde durch die Landschaftsschau des Museums der Europäischen Kulturen geführt. Er hastete an dem malerischen englischen Garten mit seinen sattgrünen Rasen, dem von einer Halbkuppel überwölbten Pavillon, an Obstbäumen, einer Sonnenuhr und Eibenhecken vorbei. Nachdem er den streng geordneten Garten von Versailles passiert hatte, bog er schließlich nach links in die Sammlung deutscher Gartenzwerge ein, wo historische Exemplare ein Nickerchen machten oder geruhsam ihre Pfeife rauchten; einige weniger historische, bei denen es sich in Wahrheit um Scherzartikel handelte, wie Finn wusste, frönten Wein, Weib und Gesang. Endlich sprang er auf das unterirdische Schnelllaufband, das ihn bis ganz in die Nähe der SwiftShuttle-Station brachte.

Auf dem ganzen Weg dachte Finn über die Übersetzung des Tagebuchs nach und nahm kleine Korrekturen daran vor. Er wollte sie Doc-Doc zusenden, ehe sie sich um drei zum Tee trafen. Er bearbeitete gerade einen Eintrag, geschrieben kurz nachdem E die Flasche Everlasting geschenkt bekommen hatte. Darin hatte sie über die Unendlichkeit philosophiert. Finn mochte diese nachdenkliche Seite des Mädchens.

Mittwoch, 28. Mai 2003

Letzte Woche haben wir in Deutsch über Werbung gesprochen und darüber, wie wir ohne es zu merken durch clevere Slogans und Produktnamen dazu verführt werden, Sachen zu kaufen. Ich musste an Everlasting denken und habe mich gefragt, was die Werbeleute sich wohl bei dem Wort gedacht haben und warum sie meinen, das Parfüm damit an die Frau bringen zu können. Robert hat gesagt, der Name sei kitschig und klischeehaft und soll das Gefühl vermitteln, dass der Duft unvergänglich wäre und dass wenn eine Frau ihn trägt, sie größere Chancen hat, die ewige Liebe zu finden. Aber die ewige Liebe, meinte er, sei Bullshit. Typisch Robert, nur an das Naheliegende zu denken. Ich schreib jetzt mal auf, wofür Everlasting meiner Meinung nach stehen soll: für die Idee, dass die Frau, die diesen Duft trägt, in ihrem Kern ein Mensch wird, der jenseits der Grenzen von Raum und Zeit existiert. Und dass sie immerzu, unbegrenzt und auf ewig ganz viele Möglichkeiten im Leben haben wird.

Okay. Ich gebe zu, es wäre schön, die ewige Liebe zu finden. Noch besser wäre das ewige Leben. Wäre es nicht beruhigend, unsterblich zu sein? Mir gefällt der Gedanke, dass alle, die ich gern habe, wie Mama (außer wenn ich wütend auf sie bin) und Papa (trotz seiner Strenge – ab und zu) und Madeline (obwohl ich sie manchmal am liebsten in den Du-weißt-schon treten möchte) und Robert (auch wenn er so ein Besserwisser ist), immer weiter und weiter und für immer und immer und bis in alle Ewigkeit da sein werden, wie die Sterne.

Ich habe Robert gefragt, was er darüber denkt, und er sagte, dass das mit der Unendlichkeit sehr kompliziert ist (ach nee!), und ich könnte ja mal ein Referat darüber schreiben, wenn ich in der 11. Klasse bin, falls ich Philosophie als Wahlfach nehme. Thanks, Mr. Know-it-all!

Finn lachte in sich hinein. Das Mädchen hatte Humor. Das gefiel ihm.

Finn konnte jetzt einige hundert Meter vor sich die Swuttle-Station sehen. Er würde das Express-Swuttle wohl doch noch erwischen. Nur noch ein paar Zeilen bis zum Ende des Eintrags …

Jedenfalls, ganz gleich, was die sich mit Everlasting gedacht haben, ich bin froh, dass mein Tagebuch nicht mehr nach Vinyl riecht, seit ich es mit dem Parfüm besprüht habe. Jetzt riecht es nach der Ewigkeit. Wer weiß? Vielleicht sind meine Gedanken ja wirklich everlasting.

Schon fast unheimlich, dachte Finn. Als hätte E geahnt, dass ihr Tagebuch sie überdauern würde. Als hätte sie gewusst, das ihre Worte noch Jahrhunderte nach ihrem Tod weiterleben würden. Phantastisch. Falls sich herausstellte, dass sie tatsächlich eine bedeutende Persönlichkeit war, vielleicht eine Schriftstellerin – und ihre Prosa ließ tatsächlich eine gewisse lyrische Qualität erkennen –, dann würde das Tagebuch enormes Aufsehen erregen. Dr. Dr. Rirkrit Sriwanichpoom würde –

Biiiep! Biiiep! Finns BB-Sirene riss ihn aus seinen Gedanken. Er schaute hoch und sah gerade noch, wie ein leeres Robotaxi auf ihn zugerast kam. Nur eine Sekunde vor dem unvermeidlichen Zusammenstoß sprang er aus dem Weg. Das Vehikel zischte weiter die Straße herunter, als wäre nichts geschehen.

Aufgewühlt nahm Finn Platz auf einer Bank. War sein Kollisionssensor defekt? Das Taxi hätte natürlich anhalten müssen, aber zuvor hätte ihn sein Sensor vor der drohenden Gefahr warnen müssen. Finn sendete sofort einen Fehlerbericht an die BB-Zentrale. Die Swuttle-Station lag jetzt direkt vor ihm, auf der anderen Seite des Boulevard des Museums. Er würde es – auch ohne Kollisionssensor – heil bis zur Station und schließlich zur Europäischen Bibliothek schaffen.

Auf der Allee herrschte reger Verkehr. Finn sah nach links, nach rechts und wieder nach links, ehe er sie überquerte, wie er das als Kind gelernt hatte. Alle Kinder hatten Verkehrsunterricht, weil sie erst ab sechs Jahren BB-tauglich waren und frühestens mit acht lernten, den Navigator und den Kollisionssensor zu bedienen.

Gerade als Finn sich auf der unteren Ebene des Swuttles in eine Einzelkabine setzte, meldete sich die BB-Zentrale mit einer Antwort auf seinen Fehlerbericht: «Unbekanntes Virus! Typ: Ohrwurm. Quelle: Hausmeister JoeJoe BER-MV-Rub1. Maßnahme: Sofortiges Herunterfahren. Nächste Klinik aufsuchen.»

Ein Virus? Auch das noch. Ziemlich verärgert sicherte Finn seine Datei, schickte seinen Bericht und eine Kopie der englischsprachigen Übersetzung an Sriwanichpoom und war gerade dabei, seinen BB runterzufahren, als der ganz plötzlich durchdrehte. Geschlagene vierzig Minuten lang, bis er in der BB-Klinik des Eisbergs ankam, machte der Ohrwurm Loopings durch seine Gedanken und hämmerte ihm unaufhörlich ein und dieselbe Endlosschleife ins Gehirn: «Donnerwetter-was-sehen-wir-heute-hübsch-aus-donnerwetter-was-sehen-wir-heute-hübsch-aus.»

Finn hatte Kopfschmerzen. Das war ganz normal nach einem chirurgischen BB-Eingriff. Aber nach fünf Minuten mit Masseurin Mildred-GFW-loe11 im Gesundheitsstudio der Bibliothek fühlte er sich zwar nicht ganz wie neu, aber doch wieder so weit hergestellt, dass er mit seiner Arbeit fortfahren konnte. Mehr konnte man nicht erwarten. Zwischenfälle mit BB-Ohrwürmern verliefen oft traumatisch.

Sobald sein BB wieder hochgefahren war, erhielt Finn eine Meldung vom Tru-Copy-Labor, dass seine letzte Bestellung ausgeführt und an ihn versandt worden war. Als er sein Büro betrat, wartete sie dort auf ihn: eine Tru-Copy von Everlasting samt Verpackung aus dem Jahre 2003. Während der Arbeit an der Übersetzung des Tagebuchs hatte er sie völlig vergessen.

Der Flakon war schlicht, aber elegant, breit und mit einem kurzen Hals, und enthielt hundert Milliliter Parfüm. Vorne stand der Name des Produkts, Everlasting, in einer anmutig fließenden Kursivschrift, die glänzenden Buchstaben leicht erhaben. Unter dem Namen lag eine gekippte Acht, das Symbol für Unendlichkeit. Das Parfüm selber hatte die Farbe von Cognac.

Schön, dachte Finn. Einfach schön.

Er streckte die Hand aus, um den Flakon zu öffnen, und sah erstaunt, dass seine Finger zitterten. Er legte die Finger um den silbernen Deckel und zog. Ein leises *Plopp* ertönte. In den Flakonhals eingelassen war ein Zerstäuber, von dem ein dünnes Röhrchen nach unten in das Parfüm führte.

Finn hielt die Nase an den Zerstäuber. Der Duft war ... wie konnte man ihn beschreiben? Er glaubte nicht, dass er dafür Worte finden konnte. Er hatte es noch nicht mal versprüht und stand schon unter seinem Bann, so köstlich war das Bukett. Es war ... berauschend? Nein, das klang so abgedroschen. Geheimnisvoll? Entzückend? Prickelnd? Ja, das alles, aber noch mehr. Es war ... Moment! Das Labor hatte ihm ein BB-Memo mit der Beschreibung des Parfüms geschickt. «Everlasting beginnt mit einer frischen Zitrusnote», stand da, «gefolgt von einer Herznote aus rosigen Veilchen- und Zyklamenaromen. Jasmin verleiht dem Duft seine satte blumige Nuance. Weich und sanft endet es auf einer Note aus holzigem Zederduft und moosiger Ambra mit einem nachhaltigen Anflug von Moschus.» Nein, diese Beschreibung wurde ihm nicht wirklich gerecht. Vielleicht sollte er es versprühen, um so seinen vollen Geruch wahrzunehmen und es besser beschreiben zu können?

Finn nahm den Flakon, drückte mit dem Daumen auf den Pumpknopf … *pffffft* machte der Zerstäuber und sprühte ihm eine Wolke Everlasting mitten ins Gesicht. *Hatschi!*

7 Das Spiel

Finn war mit Dr. Dr. Rirkrit Sriwanichpoom zum Nachmittagstee in der Katakombo-Kantine verabredet. Hostess Henriette GFW-loe22 nahm ihn in Empfang, eine zierliche Brünette in einer pastellfarben geblümten Damastschürze. Sie geleitete Finn ins Französische Speise-Séparée Nr. 5 und wies ihm einen Platz am Tisch zu.

Finn war zum ersten Mal in einem der Séparées im Eisberg. So saß er da, etwas angespannt, rutschte auf dem Stuhl herum und wartete auf den Direktor. Der Raum war sonnendurchflutet und mit hübschem Mobiliar im Landhausstil ausgestattet. Es machte *plink!*, und eine Speisekarte mit dem Angebot an Süßspeisen und Erfrischungen kam auf seinem BB an. Die Liste war riesig und umfasste alles von Madeleines, über Meringues bis hin zu Mousses.

«Oder hätten Sie lieber Tartelettes oder Tartes, Monsieur?», fragte Henriette, die seine Unschlüssigkeit spürte. «Wenn Sie nach unten scrollen, sehen Sie, dass wir auch Petits Fours servieren, Pasteten und Parfaits, ebenso wie Sorbets und *glace.*» Sie sprach mit einem charmanten, wenngleich etwas roboterhaft abgehackten Akzent.

«Vielleicht sollten wir mit der Bestellung auf den Direktor warten», sagte Finn.

«Ich bitte Sie», mischte sich eine Männerstimme ein. «Sie können selbstverständlich bestellen.»

Finn wandte sich um. Doc-Doc saß ihm gegenüber am Tisch, tadellos in einen weißen Seidenanzug gekleidet, vor sich eine dampfende Teekanne und eine Etagère mit einer großen Auswahl an kleinen süßen Köstlichkeiten. Natürlich war es nicht der Direktor persönlich, sondern vielmehr sein Hologramm und noch dazu eines mit einem recht schlechten, grobkörnigen Bild. Finn stand auf, um seinem Vorgesetzten die Hand zu schütteln.

«Nein, nein», rügte Sriwanichpoom. «Bitte, bleiben Sie sitzen. Wenn Sie sich zu viel bewegen, flackert das Bild nur noch mehr. Bleiben Sie bitte so ruhig wie möglich.»

Finn nahm wieder Platz.

«Entschuldigen Sie das Holocasting», sagte der Direktor. «Wir mussten überraschend zu einer Besprechung auf den Subkontinent.»

Finn rang sich ein verständnisvolles Lächeln ab.

«Und leider klappt irgendwas hier heute nicht mit der Technik. Also wirklich! Es wird höchste Zeit, dass sie die Teleportation kommerzialisieren. Na ja. Bis dahin müssen wir uns mit so was hier abfinden.» Er beugte sich vor. «Hm. Sie sehen so blass aus. Liegt das an Ihnen oder an der Übertragung?» Er wandte sich jemandem zu, der sich irgendwo links außerhalb des Bildes befand. «Seien Sie doch so nett und überprüfen Sie die Farben hier. Der Gesprächspartner dieses Direktors sieht gespenstisch aus.»

Und in dem Moment wusste Finn endlich, an wen ihn der Bibliotheksdirektor erinnerte: an Maxim Capri, den Jungen am Strand von Fire Island, der sein nasses Handtuch immer schnappen lies, der dumme Junge, der ihn und Mannu in das Spiel *Death Triumphs* gehackt hatte.

«Haben Sie schon was gefunden?», unterbrach Dr. Dr. Sriwanichpoom seine Gedanken.

«Noch nicht, Sir.» Finn überflog *le menu* so schnell er konnte. Er würde einen Zimt-Zing trinken, und ein –

«Einen Zimt-Zing für den jungen Mann», sagte Sriwanichpoom zu Finns Hostess Henriette. Er wandte sich Finn zu. «Richtig?»

Finn wurde rot. Diese Gedankenleserei war wirklich beunruhigend.

«Keine Angst», sagte Sriwanichpoom, «das war keine Gedankenleserei.»

Finns Augen weiteten sich.

«Manche haben's», sagte der Direktor, «und manche nicht. Den Durchblick.» Er lachte, zog dabei die Lippen zurück und bleckte die Zähne wie ein wieherndes Pferd. Finn fiel auf, wie groß und spitz seine Zähne waren, wie bei einem Raubtier, strahlend weiß und absolut ebenmäßig. Andere Leute hatten eine Schwäche für Lücken zwischen den Schneidezähnen oder für einen krumm gewachsenen Vierer oder einen fehlenden Eckzahn unten und ließen sich solche kleinen Makel extra herrichten. Sie behaupteten, es würde dem Gesicht Charme verleihen. Aber Charme war nicht Sriwanichpooms Stärke. «Probieren Sie doch mal die Erdbeer-*Bavaroise*», sagte er jetzt zu Finn. «Die wird mit einem ausgezeichnetem Kirschwasser gemacht.»

Finn zögerte immer noch.

«Bei dem Tempo können wir gleich Abendessen bestellen», sagte Doc-Doc mit seinem unterkühlten Näseln. «Henriette, bring dem jungen Mann ein Erdbeer-*Bavaroise*, ein *Savarin Chantilly*, ein Café-Eclair, das Minz-*Délice*, ein –»

«Bitte», sagte Finn und hob protestierend die Hände. Er war schließlich durchaus in der Lage, für sich selbst zu bestellen. Nur gut, dass ein Hologramm nicht aufstehen und ihm auch noch ein Lätzchen umbinden konnte!

Oder doch? Er hatte in Sci-Tech kaum aufgepasst, aber es schien ihm unlogisch. Ein Hologramm war lediglich eine Projektion.

«Oh? Möchten Sie das Minz-*Délice* nicht probieren?», sagte Sriwanichpoom spitz.

«Doch, doch, aber das reicht dann wirklich, besten Dank, Sir. Vier Törtchen sind schon mehr als genug.»

«Sie erlauben?», fragte der Direktor und deutete auf seinen Tee.

«Selbstverständlich.»

Sriwanichpoom hob seine zierliche Tasse und nahm einen Schluck. Er spreizte den kleinen Finger dabei leicht ab.

Finn nahm die tötliche Stille in dem kleinen Raum wahr.

Sriwanichpoom hob die Kuchengabel, zielte, spießte das Orangentartelette auf, das wehrlos auf seinem Teller lag, und verschlang es mit einem Biss.

Finn spürte, wie ihm der Schweiß ausbrach.

Zum Glück kam jetzt Henriette mit Finns Törtchen und seinem Zimt-Zing herein.

Sriwanichpoom betupfte sich die Lippen mit der Serviette und sah dann Finn direkt an.

«Ja?», sagte Finn zaghaft.

«Sie fragen sich wahrscheinlich, warum Sie hergebeten wurden. Wir haben Ihnen etwas anzubieten.»

War dies der Moment, in dem der Direktor der Europäischen Bibliothek Finn beauftragen würde, den gesamten Bodden-Fund zu übersetzen? Ihm war schwindelig vor Aufregung, seine Kehle war vor Anspannung so trocken wie das Sandpapier in der Werkzeugkiste seiner Mutter. Er musste sich räuspern.

«Durstig?», fragte Sriwanichpoom. «Ihr Zing?»

«Ach so, ja», sagte Finn, der tatsächlich den Zing vor sich vergessen hatte und jetzt dankbar einen Schluck nahm. Das Getränk löschte nicht nur den Durst, sondern vertrieb auch das Schwindelgefühl. «Etwas anzubieten?», fragte Finn.

Sriwanichpoom nickte, stach dann mit seiner Gabel in eine Erdbeer-*Bavaroise*.

Finn nahm das zum Anlass, auch selbst eines der Küchlein zu kosten. Mit seiner Dessertgabel nahm er ein Eckchen vom Minz-*Délice*. Es war tatsächlich *délice*.

«Ja», sagte Sriwanichpoom und betupfte sich erneut den Mund mit der Serviette. «Das Angebot. Die Europäische Bibliothek hat ein neues Spiel mitentwickelt.»

«Ein Spiel, Sir?», fragte Finn verblüfft.

Der Direktor beugte sich vor. Er kam Finn sehr nahe, und wenn er aus Fleisch und Blut gewesen wäre, hätte Finn sicher das Kirschwasser seiner Erdbeer-*Bavaroise* in seinem Atem riechen können.

«Ja», begann der Direktor. «Ein Spiel. Die Europäischen Universitäten in Greifswald und in Berlin arbeiten gemeinsam schon seit geraumer Zeit an einer neuen Reihe hochaktueller Unterhaltungsformen auf Neurosimulationsebene. Sie sind für Studenten der Geschichte gedacht, oder überhaupt für alle, die sich für Geschichte interessieren, und sollen ein genaues, sinnliches Verständnis ausgesuchter historischer Epochen vermitteln. Die Benutzer werden feststellen, dass sie lebensechter, realer, überzeugender und unterhaltsamer sind als alles, was sie bisher erlebt haben.»

Finn war verwirrt. Worauf genau wollte der Direktor hinaus?

«Sie fragen sich vermutlich, worauf genau dieser Direktor hinauswill», sagte Sriwanichpoom.

Da! Schon wieder hatte er seine Gedanken gelesen. Finn lächelte schwach und nahm den letzen Bissen von seinem Minz-*Délice.*

«Wir suchen Testpersonen», fuhr der Direktor fort. «Wir suchen Leute, die überprüfen können, ob das Terrain und die Interaktionen historisch korrekt sind. Außerdem werden wir die Reaktionen der Testpersonen auf unterschiedliche Situationen und Stimuli auswerten, um sicherzustellen, dass das Spiel auch wirklich ungefährlich ist. Kurz gesagt, wir würden uns freuen, wenn Sie mitmachten.»

Finn war sprachlos, so überrascht war er von dem Angebot. Es kam schon mal vor, dass Historiker gebeten wurden, Spielentwickler zu beraten, aber so etwas war bisher eindeutig nicht in sein Fachgebiet gefallen, und er hatte sich nie dafür interessiert. Die meisten Virtual-Reality-Spiele hatten nichts mit seriöser Wissenschaft zu tun, und er war ein seriöser Wissenschaftler.

«Uns ist klar», sagte Sriwanichpoom, «dass Sie keinerlei berufliche Erfahrung mit der Beratung von Spielentwicklern haben, aber Sie werden doch wohl schon mal Freude an einem anspruchsvollen Spiel gehabt haben, oder? ‹Komm mit› zum Beispiel?»

Woher wusste Doc-Doc, welche Spiele er schon einmal gespielt hatte? Hatte der Direktor sich unerlaubten Zugang zu seinen BB-Akten verschafft? «Ja schon. Dieser Mann kennt ein paar Spiele. Natürlich», stammelte Finn. «Aber –»

«Warum so zögerlich?» Der Direktor tauchte seinen Löffel in eine cremige Schokoladenmousse.

Zögern war das falsche Wort. Finn spürte plötzlich etwas ganz anderes. Es war ein tiefsitzendes Gefühl von … Angst. Woher kam das? Lag es an seinem Nahtoderlebnis mit dem Dark-Winter-Spiel «Death Triumphs»? Oder lag es an Sriwanichpoom selbst, der irgendwie bedrohlich wirkte?

«Dieser Historiker ist kein erfahrener und schon gar kein ehrgeiziger Spieler von Virtual-Reality-Spielen», begann Finn diplomatisch. «An diesen Spielen mochte er bisher am liebsten die Beenden-Funktion.» Er lächelte, um seine Angst zu überspielen.

«Erfahrung und Ehrgeiz sind für unser neues Spiel völlig unnötig», entgegnete der Direktor. «Ist das Ihre einzige Sorge?»

«Von Sorge kann keine Rede sein», protestierte Finn, der natürlich besorgt war. «Dieser Spieler findet keinen Gefallen an Spielen, in denen Unschuldige nur so zum Spaß erschossen oder aufgeschlitzt oder in die Luft gejagt werden.»

Sriwanichpooms Löffel landete mit einem Klirren auf dem Teller. «Es geht hier um Edutainment! – Finn Nordstrom, Sie haben Fähigkeiten und Stärken, die wir schon seit einer ganzen Weile beobachten. Es ist nämlich so, dass eines der Spiele im Berlin der Jahrtausendwende angesiedelt ist. Es endet unmittelbar vor dem Zeitalter des Dark Winter, also 2018. Ihre ausgezeichnete Übersetzung des Tagebuchs dieses jungen Mädchens hat uns gezeigt, dass Ihre Kenntnisse und Fähigkeiten diesem Spiel sehr zuträglich sein würden. Mit Ihrer Hilfe wird es ein hervorragendes Lernmittel werden.»

Sriwanichpoom ist ein echter Machiavelli, dachte Finn, jetzt fühlte er sich doch tatsächlich geschmeichelt. Drei Jahre lang war er von seinen Vorgesetzten übergangen und unterschätzt worden. Jetzt endlich nahm man von ihm Notiz. «Dieser Historiker hätte gern mehr Informationen», sagte er zögernd.

«Dann sollen Sie Informationen bekommen!» DocDoc lächelte breit mit seinen großen, spitzen Zähnen und nahm einen weiteren Löffel von der Schokoladenmousse. «Mm – interessant. Wollen Sie wirklich nicht probieren? Henriette kann Ihnen eine kleine Portion bringen.»

«Nein, wirklich nicht. Dieser Tischgenosse ist absolut zufrieden», sagte Finn, köpfte mit seinem Löffel das *Savarin Chantilly* und schluckte es hinunter, um zu demonstrieren, wie absolut zufrieden er war.

«Das neue Spiel heißt ‹Auf der Suche nach der verlorenen Zeit›», sagte Sriwanichpoom.

«Nach Proust.»

«Ja, nach Proust», sagte der Direktor anerkennend. «Kurz: ‹Projekt Zeit›.»

«Und die virtuelle Arena?», fragte Finn.

«Hauptsächlich Berlin, aber auch ein Stück von der deutschen Ostseeküste. Die Jahre 2000 bis 2018. Man spielt in chronologischer Reihenfolge. Absolute Immersion.»

«Die meisten Spiele versprechen eine vollständige Immersion.»

«Dieses Spiel werden Sie nicht von der Realität unterscheiden können. Sie werden vollkommen in alle Geschehnisse eingebunden. Dennoch werden Sie immer wissen, wer sie sind.»

Nicht schlecht – denn Finns Problem mit den meisten Spielen war, dass sie sich eben wie Spiele anfühlten, sobald man die Regeln gelernt und das Wesentliche erfasst hatte. Irgendwann stieß man auf eine unsichtbare Wand, dort wurde man desynchronisiert und zum letzten Checkpoint zurückgeschickt. Bei einigen dieser Spiele wirkten die Gefahren tatsächlich ziemlich real, aber der Hintergrund blieb stets irgendwie verschwommen, grau oder unscharf.

«Hat der Spieler übermenschliche Fähigkeiten?», fragte Finn.

Sriwanichpoom lachte. Seine strahlend weißen Zähne waren jetzt mit Schokoladenmousse beschmiert. «Übermenschliche Kräfte?»

Finn fand die Frage durchaus angebracht. «Ja. Kann er sich komplett unsichtbar machen? Oder fliegen? Oder glatte Wände hochklettern. Oder vielleicht –»

«Gedanken lesen?», warf Sriwanichpoom ein. «Aus dieser Frage spricht Ihre Jugend, Finn Nordstrom. Nein. Der Spieler hat keine übermenschlichen Fähigkeiten. Er ist nur ein Mensch. Allerdings wird der BB des Spielers während des Spiels außer Betrieb gesetzt.» Er nahm sich einen Moment Zeit, um ein weiteres Törtchen zu vertilgen, etwas Gelbes mit feinen Pistaziensplittern darauf. «Aber Sie gehen nicht allein in die Arena. Sie haben einen Freund dabei, der auf Sie aufpasst und Sie unterstützt.» Der Direktor lehnte sich nach hinten an die Polsterlehne seines Stuhls, schloss die Augen und spielte einen Moment lang mit seinem weißen Pferdeschwanz, nahm ein Haar, das an der Spitze gespalten war, und zog es auseinander. Dann setzte er sich wieder auf. «Falls Sie bereit wären, mit uns zusammen an dem Projekt zu arbeiten, Finn Nordstrom, wen hätten Sie dann gern als Partner? Es müsste jemand sein, der Sie gut kennt.»

Finns erste Wahl wäre sein Bruder Mannu gewesen. Sie hatten sich ungewöhnlich gut verstanden. Aber das war natürlich unmöglich. Er würde Renko vorschlagen.

«Und es muss jemand sein», beeilte sich der Direktor hinzuzufügen, «der kerngesund ist.» Er beugte sich vor. «Leider erholt sich Ihr guter Freund Renko Hoogeveen derzeit von einer Augentransplantation. Somit kommt er als Testpartner nicht in Frage.»

Die beiden Männer taxierten einander.

«Wie wäre es mit –» begann Doc-Doc.

«Nein!», sagte Finn, der es schon ahnte, wer Doc-Doc durch den Kopf ging. «Dieser Mann kann sich nicht vorstellen, dass sie bereit wäre –»

«Aha», sagte der Direktor erfreut. «Jetzt lesen Sie also auch Gedanken?»

«Manche haben ihn eben, den Durchblick.»

Doc-Doc lächelte schwach.

«Sie ist ein Quant», sagte Finn. «Sie hat Wichtigeres zu tun.»

«Sie würden sich wundern, wie viele Quants ein gutes Spiel zu schätzen wissen. Rouge Marie Moreau ist eine vielbeschäftigte, ehrgeizige junge Frau. Aber dann und wann ist ein wenig Erholung auch für sie durchaus förderlich.» Seine Stimme hatte einen leicht lüsternen Ton angenommen, und zum ersten Mal kam Finn der Gedanke, dass Rouge und der Bibliotheksdirektor sich vielleicht besser kannten, als er ahnte. Aber egal – erst mal wollte er mehr über «Projekt Zeit» wissen.

«Hat das Spiel denn ein bestimmtes Ziel?», fragte Finn.

«Natürlich. Wie gesagt, es geht hier um Edutainment. Ziel ist es, das Erlebnis zu genießen und dabei gewisse Aufgaben zu erfüllen.»

«Aufgaben?»

«Zunächst geht es nur um ganz leichte Übungen. Eine Straße entlanggehen. Einen Stadtplan kaufen. Das Spiel hat sieben Level, die von Mal zu Mal länger und komplizierter werden. Beispiele für schwierigere Aufgaben wären: ein Gespräch beginnen. Bekanntschaften schließen. Ein dreigängiges Menü zubereiten. Eine Reise unternehmen.»

«Ein dreigängiges Menü zubereiten?», rief Finn und hätte fast aufgelacht. «Ohne Robo-Hilfe? Das könnte tatsächlich lehrreich sein.»

«Monsieur?», sagte Henriette.

«Ja bitte?», sagte Finn und blickte seine Hostess an.

«Wünschen Monsieur noch einen Zing? Oder noch etwas Gebäck oder –?»

«Danke, Henriette», sagte Rirkrit Sriwanichpoom, «das wäre im Augenblick alles.» Henriette machte auf dem Absatz kehrt, und Sriwanichpoom richtete seine Aufmerksamkeit wieder auf Finn. «Und? Was sagen Sie dazu?»

Offenbar wollte die Europäische Bibliothek, dass Finn den Auftrag annahm. Und ja, es ging genau um die Zeit, auf die er spezialisiert war. Zweifelsohne war er der Richtige für den Job. Ob auch Rouge die Richtige war, stand auf einem anderen Blatt. Aber zunächst einmal war gegen das Spiel nichts einzuwenden. Im Gegenteil. Die Idee hatte durchaus etwas Faszinierendes, zumal die Jahrtausendwende bislang von Spielentwicklern sträflich vernachlässigt worden war. Aber … aber was? Etwas nagte an ihm.

Es war E. Was würde dann mit ihr und dem Bodden-Fund geschehen? Mit seiner eigentlichen Arbeit?

«Fürchten Sie, diese Aufgabe könnte Sie von Ihrer eigentlichen Arbeit abhalten?», fragte der Direktor. «Wir sind sehr zufrieden mit Ihrer Übersetzung, junger Mann. Falls Sie sich dazu entschließen, uns bei diesem Spiel zu helfen, wird Sie das nicht an der Arbeit hindern, die Sie angefangen haben.»

Versuchte er ihn damit zu bestechen?

«Dieser Direktor versichert Ihnen», fuhr Doc-Doc fort, «falls Sie uns helfen, bekommen Sie Elianas vollständiges Tagebuch zur Entschlüsselung.»

Der Schlag, der Finns Körper durchfuhr, war so heftig, dass er einen Moment lang dachte, er müsste ihn aus dem Sitz reißen und wie einen Space-Racer durch das Dach des Eisbergs katapultieren. Eliana. Jede Silbe war wie ein kleiner Stromstoß. E-li-a-na. Er spürte den Schock des Namens vom großen Zeh bis hinauf in jede einzelne Haarspitze. Eliana. Die Tagebuchschreiberin hatte einen Namen.

«Wir dürfen Ihr Schweigen wohl als ein Ja interpretieren?», sagte der Direktor. Er faltete seine Serviette säuberlich halb zusammen, dann in Viertel, dann in Achtel und legte sie auf den Tisch. Er stand auf.

Finn tat es ihm nach.

Sie schüttelten sich die Hände, und das Hologramm verschwand.

Erst am Ausgang fiel Finn ein, dass Sriwanichpoom den Namen der Tagebuchbesitzerin schon von Anfang an gekannt haben musste. Wieso hatte er ihn ihm bis gerade eben vorenthalten?

«Oh, Finn Nordstrom!», rief der Direktor plötzlich aus dem Nichts.

Finn fuhr herum.

Doc-Doc hob seine Hologramm-Nase und schnupperte

in der Luft. «Sie tragen ja heute einen Duft. Einen *Damen*-duft?»

Sein höhnisches Lachen verfolgte Finn bis zum Glaskäfig … und hing ihm den ganzen Tag lang nach.

8 Der Zufallsreisende

«Zappel doch nicht so», sagte Rouge und schob sich den Trageriemen der ramponierten schwarzen Umhängetasche über den Kopf, bis er ihr quer über der Brust hing.

«Das liegt an diesen dummen Jeans», sagte Finn und zog sich die Hose höher.

Finn und Rouge schritten im flotten Tempo über das Schnelllaufband 5 im neunten Untergeschoss des Olga-Zhukova-Instituts für Angewandte Physik in Berlin.

«Sie passt nicht richtig», klagte Finn und zog sich die Hose erneut hoch. Sobald er losließ, rutschte sie wieder nach unten, sodass eine bunt karierte Unterhose zum Vorschein kam. Er musste lachen.

«Der Bund ist zu weit. Und der Schritt hängt zu tief», bemerkte Rouge.

«Klug beobachtet, Einstein, klug beobachtet. Den Stil nennt man ‹Baggy›, hat der Ausstatter gesagt.»

Rechts und links kreuzte GoWay-22 P3.

«Noch zwei Kreuzungen», verkündete Rouge. «Bis R3. Dann sind wir da.» Sie warf einen Blick auf Finns Gürtel. «Kannst du den nicht enger schnallen, damit die Hose oben bleibt?» Sie fuhr mit dem Finger über den Gürtel, als suchte sie nach einem geheimen Knopf, der unter den Metallverzierungen versteckt sein könnte. «Was sind das eigentlich für Dinger? Die sehen aus wie Patronen. Wie die im Waffenmuseum.»

«Die nennt man Nieten. Diese sind Spitznieten. Oder Killernieten. Machen den Gürtel ganz schön schwer.»

«Den Gürtel könnte man tatsächlich als Waffe benutzen.» Sie zog wieder daran und schüttelte dann den Kopf. «Die Hose soll wohl tief sitzen.»

Er lächelte gequält.

Als sie sich Q3 näherten, kratzte sich Finn unter seinem schwarzen T-Shirt.

«Du zappelst schon wieder so rum, Finn», sagte Rouge.

«Dieser Stoff. Er ist so rau.» Er strich das T-Shirt wieder glatt, und Rouge musterte den Schriftzug, der vorne aufgedruckt war: COOL PEOPLE RIDE ELECTRIC.

«Dann hatten die also damals schon Elektroautos, oder?», sagte sie. «Warum hast du dir eigentlich 2003 ausgesucht? Wegen des Tagebuchs?»

«War ein Vorschlag von Sriwanichpoom. Wir fanden beide, dass es auch für die Tagebucharbeit brauchbar wäre. Absolute Immersion.» Wieder kratzte er sich unter dem T-Shirt. «Das scheuert so.»

Rouge zuckte die Achseln. Über ihrem Minijeansrock – Finns Jeans war aus demselben, blaugrauen kratzigen Material genäht – trug auch sie ein schwarzes T-Shirt. Aber ihres schien sie gar nicht zu stören. Finn gefiel der Blick auf ihren Bauchnabel, den der tiefsitzende Rock und das knappe Top boten. Nur schade, dass ihre Beine in einer dicken schwarzen Strumpfhose steckten.

«Die nennt man Leggings, haben sie mir gesagt», erklärte Rouge, die seinen Augen gefolgt war.

«Und die da?», fragte er und zeigte auf ihr schwarz-weißes Schuhwerk.

«Sneaker?», sagte sie.

«‹Chucks› lautet die korrekte Bezeichnung», antwortete er selbstgefällig.

Finn beäugte ihr gürtelloses Outfit. «Du hast keine Waffe. Das ist nicht fair.»

«Doch», erwiderte sie und zog eine ledernde Geldbörse aus ihrer Tasche. Sie sah schwer aus. «Du hast Killernieten. Diese Spielerin hat Killercash. Damit kann man einem Angreifer den Schädel einschlagen.» Sie öffnete die Börse, klimperte mit den Münzen und blätterte durch die Scheine. «Münzen und Papiergeld. Wie exotisch.» Sie gab Finn einen 500-Euro-Schein. «Steck den ein. Es wurde empfohlen, dass auch du Bargeld dabei hast.»

Finn schob den Schein in seine rechte Hosentasche.

Rouge verstaute die Börse wieder in ihrer Umhängetasche, zog ein mit Nieten besetztes Lederarmband heraus und schnallte es sich um.

«Ha, schon besser», sagte Finn. «Eine echte Waffe.»

Rouge deutete einen Karateschlag an, und Finn duckte sich. Durch die Bewegung rutschte ihm erneut die Hose herunter, und er zog sie wieder hoch. «Das ist die Strafe dafür, dass wir den falschen Modetyp angekreuzt haben: ‹Urban, lässig, rebellisch›», sagte er.

«Nächstes Mal versuchen wir es mit ‹konservativ, leger, bequem›.»

«Oder ‹erfolgreich, klassisch, gut betucht›», sagte er und blickte bedauernd auf die schmuddeligen Sneaker an seinen Füßen.

Sie hatten die Locken aus Rouges Haar gezogen, es kürzer geschnitten und ihr eine Stachelfrisur verpasst. Sie sah damit noch strenger aus als sonst. Aber das war nichts im Vergleich zu seinem Haar. Es war wirklich bizarr, wenn er sich selbst im Spiegel sah. Der Stylist hatte die Frisur «Fauxhawk» genannt. Von der Stirn bis in den Nacken zog sich ein Streifen hochstehender Haare über seinen Kopf, steif wie Wildschweinborsten. An den Seiten war sein Haar zum Glück noch immer dicht und wellig, aber irgendwie fand er, dass er aussah wie die nordamerikanischen Ureinwohner, diese Indianer in dem Zelluloid «Auf Winnetous Spuren», den er erst kürzlich mit Renko zusammen gesehen hatte.

Ein Mann mittleren Alters im braunen Cordanzug kam links an ihnen vorbei und stieß versehentlich gegen Finn. Der kleine Rucksack, den Finn über die linke Schulter geschlungen hatte, fiel zu Boden.

«Verzeihen Sie vielmals», sagte der Mann, blieb stehen und hob den Rucksack auf. Er sah Rouge. «Ah, Mademoiselle Moreau.»

«Professor Grossmann», sagte sie. «Das ist Finn Nordstrom. Finn, Professor Judd B. Grossmann.»

Die Männer reichten sich die Hand.

Finn sah, dass der ältere Mann große Augen machte, als er ihre Aufmachung sah. «Wir sind auf dem Weg zum Game-Raum», sagte Finn als Erklärung.

«Ausgezeichnet», sagte der Mann amüsiert. «Ausgezeichnet.»

Finn bemerkte, dass der Mann einen Bolotie trug. Cowboykrawatten waren zwanzig Jahre zuvor in Mode gewesen, als er noch ein Kind war, doch seitdem hatte er sie nur noch ganz selten gesehen. Dieses Exemplar bestand aus grünen Ledersenkeln mit Bronzespitzen und einer in Bronze eingefassten, verschiebbaren Perlmutt-Kaméebrosche. Die Kamée zeigte zwei rosa Flamingos in einem blauen Teich mit einem grünen Baum im Hintergrund.

«Bitte entschuldigen Sie», sagte Professor Grossmann, «aber die Zeit drängt! Auf Wiedersehen.» Und schon eilte er davon.

«Also ehrlich», sagte Finn zu Rouge, als der Mann außer Hörweite war, «dieser Spieler sieht nicht ein, warum wir die Klamotten schon auf dem Weg zum Game-Raum spazieren tragen müssen. Wir könnten uns doch überlegen, wie wir aussehen und welche Accessoires wir möchten, wenn wir im Spiel sind – virtuell. So läuft das doch normalerweise.»

Rouge hob die Schultern. «Weiß auch nicht, warum.»

«Und wieso müssen wir *hier* spielen? Im OZI? Wir hätten es doch im Rubik testen können», sagte er und deutete mit einer ausschweifenden Geste auf den für Unbefugte gesperrten Bereich des OZIs, in dem sie sich gerade befanden. Hier unten waren die grellen Lichter des Olga-Zhukova-Instituts, die vielen Leitungskanäle, die leuchtenden Farben, die Röhren, allesamt völlig symmetrisch angeordnet, atemberaubend schön, aber auch einschüchternd. Finn war noch nie hier unten gewesen. Tatsächlich hatte er das Gebäude vorher überhaupt noch nie betreten. Die Berliner nannten das OZI-Hauptgebäude liebevoll «Qualle»: Sein Vordach, das wie eine Glocke geformt war und aus Stoffbahnen und Glas bestand, erinnerte – besonders nachts, wenn es beleuchtet war – an die gallertartige Meeresspezies.

«Wir spielen hier, weil sie uns dabei beobachten wollen», antwortete Rouge, als müsste sie es ihm zum x-ten Mal erklären. «Wir haben hier im OZI den modernsten Game-Raum in ganz Berlin. Der wird oft für solche Beobachtungen genutzt.» Sie zeigte auf Professor Grossmanns sich entfernende Gestalt. «Er ist einer der Beobachter.»

«Ein Quant?»

«Spiele sind sein Hobby.»

«Du hast schon mal was mit ihm gemacht?»

«Ja. Mehrfach.»

Finn war überrascht. «Dieser Freund war ziemlich erstaunt, dass du dich überhaupt bereit erklärt hast, bei so einem Spiel mitzumachen, und jetzt erfährt er, dass du ein alter Game-Profi bist! Was bist du doch für eine Heimlichtuerin. Wer hätte gedacht, dass ihr Quants so *gung-ho* seid, wenn's um Spiele geht, dass das OZI einen eigenen Game-Raum hat und –»

«*Gung-ho*?», fragte sie.

Finn grinste. «Nordamerikanisch, seit dem Zweiten Weltkrieg gebräuchlich. Von den Marines. Heißt so viel wie begeistert, engagiert. Stammt ursprünglich von den chinesischen Wörtern für ‹Arbeit› und ‹gemeinsam› ab, obwohl diese Wörter –»

Aber Rouge hörte nicht mehr zu. «Wir sind da», sagte sie.

Sie traten vom Schnelllaufband, wo Dr. Dr. Rirkrit Sriwanichpoom sie schon erwartete. Finn schüttelte ihm die Hand. Fleisch auf Fleisch. Also hatte Sriwanichpoom diesmal nicht sein Hologramm geschickt. Der Bibliotheksdirektor lächelte und ließ seine ebenmäßigen spitzen Zähne blitzen. «Willkommen», sagte er.

Und für einen flüchtigen Moment beschlich Finn das Gefühl, dass er möglicherweise im Begriff war, den größten Fehler seines Lebens zu begehen.

«Und zu guter Letzt», sagte Professor Grossmann, «bitte denken Sie daran, dass Sie in der vorgegebenen Spielarena bleiben. Für Level 1 ist das die Fußgängerzone in …»

Er warf einen Blick auf seine Notizen. «In Berlin-Charlottenburg. Noch Fragen?»

«Das Datum?», fragte Finn. «Unsere Kleidung lässt auf Sommer tippen.»

«Völlig richtig. Es ist Donnerstag, der 14. August 2003.»

«Die Zeit?»

«Nachmittag, halb fünf.»

«Und die aktuelle Lage? Gibt es irgendwas Wichtiges, was an dem Tag passiert ist, das wir wissen sollten? Hat beispielsweise Deutschland ein wichtiges Fußballspiel verloren? Ist irgendwo ein Atomreaktor in die Luft geflogen? Oder –»

«Bitte, Herr Nordstrom!», sagte Sriwanichpoom etwas ungehalten. «Es ist bloß ein Spiel. Improvisieren Sie.» Er wandte sich Professor Grossmann zu. «Historiker!», sagte er und schüttelte den Kopf.

Finn saß auf einem schlichten Metallstuhl im Game-Raum 3 des OZI. Neben ihm thronte Rouge ein wenig erhöht auf einem Metallhocker. Aus dem Kontrollstudio drang etwas Licht in den Raum. Die Wände waren schwarz, wie in den meisten Game-Räumen, aber die Decke war ... ungewöhnlich. Genauer gesagt, gab es keine Decke. Zumindest keine, die Finn hätte sehen können. Über ihm war nur ein tiefschwarzes Nichts.

«Sind wir dann so weit?», fragte Sriwanichpoom.

«Eine Frage noch, bitte», warf Finn ein. «Was passiert, wenn wir nicht in der vorgegebenen Arena bleiben? Wenn wir uns zum Beispiel verlaufen? Werden wir dann wieder auf Anfang gesetzt? Oder werden wir komplett aus dem Spiel geworfen und wachen hier wieder auf?»

Professor Grossmann war ein freundlicher Mann. Er tätschelte ihm väterlich die Schulter. «Dieser Projektkoordinator hat Verständnis für euch Kids und euer Bedürfnis, die Regeln zu brechen, aber …»

«Kids?», sagte Finn empört. «Wir sind fast dreißig!»

«Aber Sie sind noch immer PAs», sagte Professor Grossmann mit einem kurzen Blick auf Sriwanichpoom. Sie lächelten einander wissend an, dann wandte sich der Professor wieder an Finn. «Wir verstehen euren Wunsch, die Regeln zu brechen. Aber davon ist dringend abzuraten. Es könnte sich eine neue Arena auftun, und Sie wären möglicherweise nicht in der Lage, sie zu meistern. Das könnte unendlich viele Probleme auslösen, die wiederum körperliche und/oder emotionale Schmerzen verursachen.»

Finn runzelte die Stirn. «Das klingt riskant.»

«Der langen Rede kurzer Sinn: Ja, es könnte riskant werden», bestätigte Grossmann. «Aber ganz ehrlich, es ist eher unwahrscheinlich, dass das passiert. Gleichwohl müssen Sie sich eines klarmachen: Die virtuelle Realität dieses Spiels wird in so großem Maße zu Ihrer wahren physischen Realität, dass potenziell gefährliche Situationen im Spiel Rückwirkungen auf Ihre reale Welt haben könnten.»

Er deutete auf Rouge. «Aber zum Glück, Mr. Nordstrom, haben Sie ja Ihre Partnerin dabei, die auf Sie aufpasst. Wir haben ihre Spielfigur darauf programmiert, Sie auf dem richtigen Weg zu halten. Und Ihre Figur ist so programmiert, auf sie zu hören.»

«Aber warum eigentlich?», wollte Finn wissen. Aus dem Augenwinkel sah er, wie Sriwanichpoom ungeduldig von einem Bein aufs andere trat. «Warum eigentlich sollen wir kein Risiko eingehen? Schließlich spielen wir solche Spiele, damit wir Gefahren auch erleben. Darin liegt doch der eigentliche Reiz, oder?»

«Ganz recht, ganz recht», pflichtete Professor Grossmann gutmütig bei. «Wir spielen solche Games, um unsere inneren Dämonen zu vertreiben. Im Spiel machen wir Erfahrungen, die im wahren Leben vermutlich schädlich wären. Und das ist spannend und aufregend. Sicherlich. Aber in diesem speziellen Spiel gehen sie erst ab Level 3 Risiken ein. Zuerst müssen Sie sich in der neuen Umgebung akklimatisieren und lernen, sich dort wohlzufühlen.»

«Und derweil achten Sie bitte auf mögliche historische Ungenauigkeiten und Fehler», fügte Sriwanichpoom hinzu. «Sie gehen in erster Linie als Historiker in die Arena.»

«Richtig», sagte der Professor. «Und bitte denken Sie daran, dass Sie hier in Level 1 keinerlei Gespräche mit Spielfiguren beginnen, denen Sie möglicherweise begegnen. Und vor allem kehren Sie dreißig Minuten nach Ihrer Ankunft an den Startpunkt zurück.»

«Was passiert, wenn wir nicht in dreißig Minuten wieder am Startpunkt sind?», fragte Finn. «Was, wenn –»

«Finn!», sagte Rouge gereizt. Bis zu diesem Moment hatte sie sich beherrscht, doch jetzt schüttelte sie ungeduldig den Kopf. «Die Leute möchten anfangen.»

«Dieser Spieler ist bloß neugierig!», sagte Finn. «Warum können wir nicht länger als dreißig Minuten spielen?»

«Ihr Körper muss sich erst an das Spiel gewöhnen», sagte Professor Grossmann. «Aber keine Sorge. Es wird nichts passieren, womit Sie nicht fertig werden.»

«Aber –»

«Finn Nordstrom!» Die Stimme des Direktors klang jetzt streng. «‹Projekt Zeit› ist in der Alpha-Phase. Es ist wichtig, dass Sie sich jetzt an die Regeln anpassen, damit wir besser verstehen, wie Sie in Zukunft von ihnen abweichen können.» Er machte auf dem Absatz kehrt und strebte zum

Ausgang. An der Tür drehte er sich noch mal um. «Sind wir so weit?»

«Ach so, ja», sagte Professor Grossmann freundlich zu Finn und Rouge. «Sie können sich im Spiel ein Getränk oder einen kleinen Imbiss gönnen. Mademoiselle Moreau, Sie haben eine gefüllte Geldbörse. Haben Sie Mr. Nordstrom etwas davon abgegeben?»

Rouge nickte.

Professor Grossmann sah erst Finn und dann Rouge an, um sicherzugehen, dass er ihre ungeteilte Aufmerksamkeit hatte. «Falls Sie keine weiteren Fragen haben, können wir anfangen. Sprechen Sie von diesem Moment an bitte erst wieder, wenn Sie sicher sind, dass Sie sich in der Spielarena befinden.» Er schenkte beiden ein breites Lächeln. «Wollen wir?»

Finn hatte jedes Zeitgefühl verloren. Wie viele Minuten waren vergangen, seit sie die Tür geschlossen und dann luftdicht versiegelt hatten? Eine Minute? Oder fünf? Stand Rouge noch neben ihm? Oder war er auf eine andere Position gebracht worden? Zuerst dachte er, sie würden aufsteigen, nach oben schweben. Doch dann verlor er die Orientierung. Jetzt sah er nur noch Schwärze. Der Raum war komplett undurchdringlich. Ein Vakuum. Keine Geräusche von außen, keine von innen. Kein Licht, keine Bewegung, keine Luft. Es war, dachte Finn, als wäre er inmitten eines Nichts ausgesetzt worden, in einer Leere.

Finn spürte, dass gleich irgendetwas geschehen musste, denn plötzlich durchflutete ihn eine Mischung aus Angst und Aufregung, wie früher, als er ein Junge war und auf den Wellen von Fire Island bodysurfte. Er hatte das den «Moment davor» genannt. Dieser erschreckende Augenblick, wenn eine gewaltige Welle, die zuerst nur am Horizont zu sehen war und dann unaufhaltsam näher kam, ihn endlich erreichte, eine beängstigende Wand aus Wasser, deren Kamm sich über seinen Kopf wölbte und ihn niederzuwalzen drohte. Würde er es schaffen, mit der Welle ans Ufer zu reiten? Oder würde sie ihn zerschmettern?

Ein Geräusch! Finn wandte den Kopf in seine Richtung. Ein schwaches Zischen. Als würde Luft in ein winziges Loch reingesaugt. Er konzentrierte sich darauf, und es wurde stetig lauter. Er hatte den Eindruck, dass die Luft um ihn herum sich spiralförmig bewegte. Und dann wurde ihm auf einmal klar, dass das Geräusch eigentlich in *ihm* war und dass er es war, der spiralförmig gedehnt wurde, länger und länger, dünner und dünner, wie eine ellenlange Spaghetti-Nudel. *Schwupp!* – saugte es ihn in das winzige Loch.

Und dann war er in einem Tunnel, der weder ein Oben noch ein Unten hatte. Und keine Tiefe. Ein heftiges Schaudern durchschüttelte seinen Körper … und dann stürzte er ab. Er versuchte, sich an etwas festzuhalten, an irgendwas, am Stuhl, am Hocker, an Rouge (war sie überhaupt da?), aber um ihn herum war nur leerer Raum. Tiefer, tiefer, tiefer fiel er, er würde sterben, das wusste er. Doch dann wurde er jäh herumgerissen und flog wundersamerweise nach oben, schwebte in einem schwerelosen, samtweichen Leerraum aufwärts. Es war, als triebe er in einer Riesenflasche Indigotinte, wie sie seine Mutter früher gehabt hatte. Wie schön. Hier könnte er frohen Herzens sterben.

Aber dann ein gleißendes Licht. Blitzende Messer durchschnitten den Raum um ihn herum, eine Explosion flirrender Farben. Überall. Und jetzt rückten die Wände näher, von rechts, von links, die Decke senkte sich, der Boden hob sich. Er würde zerquetscht werden, ganz bestimmt!

Doch dann öffnete er die Augen.

Finn sah eine silberne Wand. Nein. Sie war –

Ihm war schlecht. Er schloss die Augen.

Dann öffnete er sie wieder.

Sie war weiß. Die Wand war weiß.

Ja. Finn blickte auf eine weiße Wand, auf der in der Mitte von oben nach unten ein schwarzer Streifen verlief. Rechts und links von dem Streifen sah er auf halber Höhe … Vertiefungen? Seine Augen stellten sich scharf. Ach so. Es war eine Tür, genauer gesagt, zwei weiße Schiebetürflügel. Der Streifen war die Stelle, wo sie sich trafen. Rechts und links davon waren … Griffe. Er starrte lange darauf …

Er saß noch immer, aber jetzt vornübergebeugt, die Ellbogen im Schoß, den Kopf in den Händen. Da war ein leises rhythmisches Klicken dicht an den Ohren. Was war das? Er konzentrierte sich darauf, bis er verstand, dass es vom Sekundenzeiger der antiken Armbanduhr kam, die man ihm gegeben hatte.

Er schaute an sich herunter. Er trug noch immer die Jeans und die schwarzen Sneaker. Der Boden war grau. Und feucht. Und … voller Schmutzflecken. Da war eine runde perforierte Scheibe. Ein Gully?

Wo war er denn eigentlich?

Und was war das für ein penetranter Geruch? Der Gestank erinnerte ihn an … Quallen. Ja, an tote Quallen, die an den Strand von Fire Island gespült worden waren und in der heißen Sonne verwesten.

Er hob den Kopf und setzte sich auf. Ihm war immer

noch etwas schwindelig. Erleichtert entdeckte er Rouge rechts neben sich. Sie saß leicht erhöht und sah ihn aufmerksam an. Hinter ihr schien ein Spiegel zu hängen. Waren sie noch im OZI? Oder waren sie schon in dem Spiel? Durfte er sprechen?

Er schaute nach links. Wieder drehte sich alles. Neben ihm, ungefähr in Hüfthöhe, war eine Stange, vielleicht aus Aluminium. Er hielt sich an ihr fest, um nicht das Gleichgewicht zu verlieren. Etwa einen halben Meter entfernt hing ein Schild an der Wand. Darauf stand in Großbuchstaben CITY TOILETTE.

Das musste ein Scherz sein.

Er blickte unter sich. Er saß auf etwas, das tatsächlich eine Toilette sein konnte. Eine sehr primitive. Sie war weiß. Und aus irgendeinem Kunststoff. Sie war –

Es klopfte. Jemand klopfte an die Tür.

«Hallo? Ist da einer drin?», hörte er eine Frau rufen – und sie sprach Deutsch! Auf der anderen Seite der Tür war jemand, der Deutsch sprach!

Jetzt hämmerte die Frau gegen die Tür. «Ham Sie sich selbst im Klo runterjespült oder watt?»

Zumindest klang es so ähnlich wie Deutsch.

Finn sah Rouge an. Sie stand jetzt, und er sah, dass sie auf einem Waschbecken gesessen hatte. «Wir müssen hier raus, Finn», sagte sie.

«Sind wir im Spiel?»

«Scheint so.» Sie zeigte auf eine übergroße quadratische Taste mit zwei blauen Pfeilen drauf.

Er las: TÜR AUF.

«Wollen wir die drücken?», fragte sie.

«Okay.» Er rappelte sich hoch und drückte vorsichtig darauf.

Die Türen bewegten sich automatisch.

«Na endlich!», rief die Stimme von draußen, und dann: «Watt denn – ? Zwei?»

Die Frau sah aus wie einer der Roboter, der den Rubik versorgte, Hildburg, die Haushälterin-BER-MV-Rub3. Diese Frau war klein, vollbusig und untersetzt. Und sehr orange. Sie trug einen knalligen orangefarbenen Overall mit weißen Reflektorstreifen an den Ärmeln und quer über der Brust. Ihre Stiefel waren aus schwarzem Gummi. Neben ihr stand eine Kiste, die Finn an die hölzerne Werkzeugkiste seiner Mutter erinnerte, nur dass sie aus Metall war. Die Frau trug Gummihandschuhe und hielt einen langen Holzstab, an dessen Ende lange, breite Baumwollstreifen gebündelt waren. Ein Mopp?, dachte Finn. Sie hatte auch einen blauen Eimer dabei. Und sie trug eine Rolle Irgendetwas in der Hand. Er las die Beschriftung auf der Verpackung: «Toilettenpapier.»

«Seid ihr blind oder watt?», sagte die Frau. «Könnt ihr nich' lesen? Da steht Toilette, nich' Drogenhöhle.»

Sie hatte Silber in den Zähnen und einen Goldzahn. Gold. Erstaunlich.

«Oder watt habt ihr da drin jemacht?», fragte sie und suchte den Toilettenboden mit den Augen ab, doch da glitten die Türen vor Finn und Rouge wieder zu. Die Frau stellte einen Fuß dazwischen, und die Türen glitten wieder auf. «Watt glotzt ihr denn so?», knurrte sie. «Wenn hier einer watt zu glotzen hat, dann ja wohl ich!»

«Finn», sagte Rouge leise und zog ihn am Arm. «Gehen wir.»

Sie traten über die Türschwelle.

«Dürfte ich jetzt vielleicht mal da rein?» Die orangefarbene Frau drängte sich an ihnen vorbei. «Also ehrlich!»

Die Türen schlossen sich hinter ihr. *Wusch.*

Und Finn befand sich mitten im Spiel, mitten im Berlin, am Anfang der Jahrtausendwende.

Diese Geräusche! Es waren einfach zu viele. Und sie waren so laut! Finn brummte der Schädel davon – als wäre sein Kopf ein Bienenstock voller Drohnen. Seine Ohren fühlten sich an, als wären sie mit Klumpen heißen Wachs vollgestopft. Und all die verschiedenen Stimmen. Alle sprachen so schnell und durcheinander. Ein Schwall Musik brandete auf ihn ein, und die Bässe verbeulten sein Herz wie Faustschläge. Ein Hund bellte – detonierende Geschosse.

Tatsächlich standen sie wie angekündigt in der Fußgängerzone. Es herrschte großes Gedränge. Und warum starrten ihn alle an? Ein Strom von Passanten teilte sich vor ihm wie das Rote Meer vor Moses. Das hat er einmal in einem Zelluloid gesehen.

«Warum gucken uns alle an?», fragte er Rouge.

«Vielleicht bilden wir uns das bloß ein? Wie fühlst du dich?»

«Ein bisschen schwindelig. Und du?»

Sie zuckte die Achseln und setzte sich auf eine Bank. Finn setzte sich neben sie.

«Atme tief ein», befahl Rouge.

Finn atmete tief durch die Nase ein. Die Gerüche waren überwältigend. Irgendwo wurde Brot gebacken. Der feuchte, süße Duft von Blumen wehte von einem Verkaufsstand herüber. Zwei Jungen im Teenageralter balgten sich kichernd um eine braune Flasche. Sie fiel ihnen herunter und zerbrach. Die beiden rannten kreischend vor Lachen weg. Finn sah zu, wie die Flüssigkeit eine schaumige Spur über das Pflaster zog. Es roch bitter nach Bier.

Die Gebäude ringsum waren klobig und scheinbar planlos zusammengewürfelt, ein Sammelsurium aus Glas und Metall, Backstein, Zement und Holz. Ob das korrekt war? Er nahm sich vor, die Architektur von Shoppingzonen des frühen 21. Jahrhunderts zu recherchieren.

Die Sonne schien ihm heiß ins Gesicht.

«Setz deine Sonnenbrille auf, Finn», sagte Rouge leise.

«Ach ja, richtig.»

Finn öffnete seinen Rucksack, holte die Brille hervor und setzte sie auf.

Rouge trug ihre jetzt auch.

Ein junger Mann, eigentlich ein Junge, dessen Haare genau wie Finns borstig hochstanden, aber auf beiden Seiten des Kopfes abrasiert waren (er sah *wirklich* wie ein Irokese aus dem Film «Auf Winnetous Spuren» aus), ließ sich neben Finn nieder und schubste ihn unsanft Richtung Rouge. «Ey», sagte er, «rutsch mal 'n Stück!»

Finn fühlte sich bedroht. Er sah Rouge an. Sie nahm seine Hand. «Es ist ein Spiel», flüsterte sie.

Stimmt, dachte Finn, es ist nur ein Spiel. Es gibt nichts zu befürchten.

Aber es fühlte sich so echt an. Finn konnte den Schweiß des Jungen riechen, das Leder seiner Hose. Sonnenlicht blitzte auf seinem Silberschmuck. Er trug einen Ring in der Nase und viele Ringe in den Ohren. Sein Nietengürtel sah so ähnlich aus wie Finns.

Jetzt zündete der Junge sich eine Zigarette an. Finn kannte Zigaretten nur aus den Zelluloids. Rauch wirbelte um ihn herum. Versehentlich inhalierte er etwas davon, und er musste husten. Der Junge sah zu ihm herüber. Er durchbohrte ihn förmlich mit Blicken. «Was'n?», knurrte er. «Hast du ein Problem? Was gegen meine Zigarette?»

«Gehen wir», sagte Rouge zu Finn. «Wir haben noch ein paar Minuten.»

Finn stand auf. Und plötzlich gingen ihm die Ohren auf, das Wachs schmolz, die Bienen im Kopf verschwanden – und seine Jeans rutschte herunter.

«Ey, deine Hose!», grölte der Junge.

Finn zog die Jeans hoch und ging mit Rouge weiter. Überall lag Abfall herum. Zigarettenkippen. Leere Verpackungen. Zeitungspapier. Plastiktüten. Ein Mädchen sauste vorbei, noch keine zehn Jahre alt. Sie glitt dahin, als hätte sie Rollen in den Schuhen versteckt.

Ein paar Schritte weiter hüpfte ein Kleinkind johlend auf einem Schaukelelefanten auf und ab. Ihre Betreuerin, vielleicht die Mutter, sprach in ein Handgerät. Finn hatte so etwas schon in den Zelluloids gesehen. Hier, im Deutschland der Jahrtausendwende, nannte man sie Handys. Das wusste er. Er kannte sie auch von den Foresters, die sie noch immer benutzten. «Ich hätte Lust auf Pasta», sagte die Frau in das Gerät. «Und Salat. Kannst du Milch besorgen? ... Ja. Fettarm.»

Er hörte eine Trommel. Rund zwanzig Meter von ihm entfernt saß ein Mann mit kahlgeschorenem Kopf und in einem safrangelben Gewand auf der Straße, sang irgendwas und schlug dabei rhythmisch auf eine große Rahmenholztrommel. Er sah aus wie die tibetischen Mönche, die gelegentlich in die Werkstatt seines Vaters gekommen waren, um sich Möbel anzuschauen. Hatten sie ihr Aussehen im Laufe der Jahrhunderte wirklich nie verändert? Das könnte ein Fehler im Spiel sein, dachte er und wünschte, sein BB wäre in Betrieb, damit er sich das notieren konnte.

Was war noch mal die andere Sache, die er sich hatte merken wollen? … Ach ja, die Architektur und ob sie historisch korrekt war.

Finn blieb stehen und hörte dem Mönch zu. Der meditative Gesang, der gleichmäßige Trommelrhythmus, die Glöckchen, das alles beruhigte ihn. Es war eine Wohltat inmitten der lärmenden Hektik.

Ein Mann mit Vollbart und langem buschigem Haar trat an Finn heran. Er trug einen dicken schmutzigen Mantel, eine Fellmütze und hohe schwarze Stiefel, als wäre es tiefster Winter. Er schob einen großen Metallwagen, der wie ein Korb geformt war, vor sich her. Der Korb enthielt Plastiktüten, aus denen Stoffe, vielleicht Kleidungsstücke, und andere Gegenstände quollen. Ein unangenehmer säuerlicher Geruch umgab den Mann. «Hast du ein paar Cent für mich?», fragte er Finn und hielt ihm einen Plastikbecher hin. Ein Blick auf Rouge verriet Finn, dass sie genauso perplex war wie er selbst. Er wandte sich dem Bärtigen zu, wollte ihn fragen, was er denn verkaufte, aber der Mann war schon weitergezogen, in Richtung City Toilette.

«Seltsamer Ort für Square One», sagte er zu Rouge. «Was glaubst du, warum sie eine öffentliche Toilette als Startpunkt ausgesucht haben?»

«Diese Testerin hat sich schon dasselbe gefragt», erwiderte Rouge. «Vielleicht weil sie mitten im Geschehen, und doch abgeschirmt ist?»

«Aber wir könnten doch einfach so auf der Spielfläche erscheinen. Oder?»

Rouge zuckte die Achseln. «Vielleicht fänden das die Leute hier seltsam.»

«Aber es ist ein Spiel!» Er schaute dem Bärtigen hinterher. «Was glaubst du, was der Mann verkauft? Wofür will er Geld haben?»

Erneutes Achselzucken von Rouge.

«Vielleicht verkauft er gar nichts», dachte Finn laut, «und sollte deshalb auch kein Geld verlangen. Das könnte ein Fehler im Spiel sein.»

«Finn, diese Physikerin ist keine Spielentwicklerin!»

Jenseits der öffentlichen Toilette führte eine belebte Straße durch die Fußgängerzone, und das Hupkonzert, das von dort ertönte, weckte Finns Aufmerksamkeit. Große Fahrzeuge mit Rädern – Busse und Lastwagen – krochen die Straße entlang. Kleinere, Automobile, bewegten sich wie eingeklemmt zwischen ihnen.

«Sollen wir dorthin gehen?», fragte er. «Und nachsehen, warum sie hupen? Vielleicht ist es ein Festzug.»

«Es riecht da bestimmt eklig.» Rouge zog die Nase kraus. «Fossile Brennstoffe.»

Finn beobachtete, wie der Bärtige jetzt auf eine alte Dame zuging, die sich quälend langsam fortbewegte. Wie der Mann schob sie eine Vorrichtung auf Rädern vor sich her. Aber ihre war viel kleiner und sah ganz anders aus. Eine Gehhilfe vielleicht? Sie setzte sich darauf, öffnete ihre Tragetasche und gab dem Bärtigen etwas, Geld vermutlich. Jetzt versperrte eine Gruppe von Passanten den Blick auf sie, weshalb Finn nicht sehen konnte, was sie im Gegenzug bekam.

Finn drehte sich zu Rouge um. «Das Spiel ist einfach irre! Richtig umwerfend. Und so detailliert. Bis ins Kleinste ausgedacht. Wie haben sie das bloß gemacht? Wer das ausgearbeitet hat, ist ein Genie.»

«Greifswald und Berlin werden sich freuen, das zu hören.»

«Charlottenburg!», staunte er. «Unglaublich!»

Er war schon einmal hier gewesen, im Jahr 2256. Aber das Charlottenburg des Jahres 2003 hatte nichts mit dem Charlottenburg zu tun, das er kannte. In seiner Zeit war Charlottenburg ein gigantisches Industriegebiet, zehn Quadratkilometer groß, mit Hunderten von Fabriken, darunter die wohl größte Transportfahrzeugfabrik auf dem europäischen Kontinent, SprintX, deren Areal er besichtigt hatte. Gern erinnerte er sich an die Ausstellung klassischer Motorwagen im Fahrzeugmuseum auf der KFZ-Straße. Das Gebäude, in dem sich das Museum befand, hatte Dark Winter überstanden und stand unter Denkmalschutz.

Finn beobachtete ein Pärchen, das sich ihnen näherte. Beide hielten ein kegelförmiges Gebäck mit einer halbfesten kugeligen Masse darauf in der Hand. Die eine Kugel war gelblich, die andere grün, und beide leckten daran.

«Was meinst du, was das ist?», fragte Rouge. «Joghurt? Quark? Mousse?»

«Dieser Historiker meint, es könnte sich um Eiscreme handeln. Die hat man früher so gegessen. Wir können sie ja fragen.»

«Finn!», sagte Rouge, «fang kein Gespräch an. Noch nicht. Lass uns da lang gehen.»

Sie wichen einer Baustelle aus und stießen auf eine Straße, die nach rechts abzweigte. Auf einem Schild stand: Goethestraße.

«Na endlich», sagte Finn. «Ein vertrauter Name.»

«Goethestraße?», fragte Rouge und kniff fragend die Augen zusammen.

Finn schnaubte. «Wir müssen wirklich was für deine Allgemeinbildung tun, Einstein. Goethe war der deutsche Shakespeare.»

«Shakespeare?», fragte sie.

Finn rollte mit den Augen.

Rouge lachte kurz. «Finn, diese Freundin nimmt dich auf den Arm. Aber ehrlich, Shakespeare ist im Augenblick nicht wichtig. Wir müssen gleich umkehren. Wir haben nur noch ein paar Minuten.»

«Oh, sieh mal!», entgegnete er und ging die Straße hinunter.

«Finn, wir sollen in der Fußgängerzone bleiben!», rief Rouge ihm nach.

Finn blieb vor einer Säule stehen, sie war drei Meter hoch und voll beklebt mit Bildern und Texten. Er drehte sich zu Rouge um, die ihm gefolgt war. «Eine Litfaßsäule. Damit wurde für Produkte und Dienstleistungen geworben. Auf dem Einband eines alten deutschen Kinderbuches, das unsere Eltern besaßen, war so eine abgebildet. Das Buch hieß *Emil und die Detektive.*» Er erinnerte sich an die schöne, sonore Stimme seiner Mutter. Als Mannu und er noch klein gewesen waren, hatte ihre Mutter ihnen immer vorgelesen. Sie hatten beide bei ihr auf dem Schoß gesessen und zugehört. Und wie sie vorlas! Jede Figur hatte eine eigene Stimme mit eigenem Timbre und Tonfall, mit eigener Intensität, und –

«Finn?»

Finn schaute auf.

«Diese Spielerin besteht darauf, dass wir zur Fußgängerzone zurückkehren.» Ihre Stimme war freundlich, aber bestimmt. «Wir müssen.»

«Nur einen Moment noch», sagte er, «bitte.» Er betrachtete die Säule erneut und fuhr dann mit den Fingern über das Bild von fünf Männern. Er las den dazugehörigen Text laut vor: «Deep Purple. Live in Concert.

Columbiahalle. 20. August.» Ein Stück des Papierbogens war abgerissen, und darunter kam ein weiteres Plakat zum Vorschein: «Robbie Williams. Live in der Wuhl-.» Er fuhr herum und sah Rouge an. «Unglaublich. Diesem Historiker ist Robbie Williams geläufig. Eliana, das Mädchen mit dem Tagebuch, ist zu einem Robbie-Williams-Konzert gegangen!» Finn riss ein Stück Papier ab, um das Plakat darunter freizulegen. «Da! Siehst du?» Da stand es: 8. Juli, Wuhlheide. «Diese Detailgenauigkeit!», rief er. «Einfach großartig!»

Rouge zog ihn am Arm. «Komm jetzt. Bitte!»

Zurück in der Fußgängerzone bemerkten sie eine Art Theke mit Schüsseln hinter einer Scheibe, die voll mit der bunten halbfesten Masse waren, die sie vorher gesehen hatten. EIS stand auf einem Schild.

«Du hast recht! Es ist Eiscreme», sagte Rouge. «Wollen wir mal probieren?»

«Ja», sagte Finn, dem das Wasser im Munde zusammenlief. Wie ausgeklügelt das Spiel doch war, dass sogar beim Anblick von Eiscreme Speichelfluss in Gang gesetzt wurde.

«Prego?», sagte der Mann hinter der Theke. Er war klein und rundlich und hatte schwarzes Haar.

Finn hatte schon seit vielen Jahren nicht mehr bei einem lebenden Menschen Essen bestellt – zuletzt als kleiner Junge auf Fire Island. Inzwischen waren selbst dort die Verkäufer und Kellner voll automatisiert.

«Werter Herr», sagte Finn, um Höflichkeit bemüht. «Wir wären ausgesprochen dankbar für eine Portion Eiscreme.»

Der Mann sah Finn einen Moment lang irritiert an, als wäre Finn ein geistesgestörter Klon, aber dann grinste er und fragte: *«Turiste?»*

«Ja», sagte Rouge. «Ja. Genau. Wir sind Touristen.»

«Woher Sie kommen?», fragte der Eismann. Sein Deutsch war offenbar auch nicht perfekt.

Sie hatten dieses Gespräch nicht begonnen, oder? Also durfte Finn antworten. «Von dem Kontinent Nordamerika.»

Der Eismann beäugte ihn misstrauisch. «Sie meinen Vereinigte Staaten?»

«Ja, ja, natürlich», sagte Finn, der seinen Fehler erkannte. «Aus den Vereinigten Staaten.»

«Amerika. Ich habe Cousin da. In Chicago.»

«Finn», sagte Rouge. «Wir müssen uns jetzt wirklich beeilen.» Sie sah den Mann an. «Kirsch, bitte.»

«Signorina, Sie eilig? Aber Sie haben Ferien!»

Rouge bedachte ihn mit einem vernichtenden Blick.

«Wie viele Kugeln?», fragte er, plötzlich ganz sachlich.

«Nur eine», sagte sie.

Der Mann gab Rouge ihr Eis.

«Eine Kugel. Schokolade», sagte Finn. Rouge ging schon in Richtung City Toilette.

Der Mann reichte Finn sein Eis.

«Finn», rief Rouge. «Nun komm schon!»

«Sie besser beeilen», lachte der Eismann. «Sonst verpassen Flug nach Hause.»

Finn wandte sich ab und ging Rouge hinterher. Von weitem näherte sich wieder der Mann im Wintermantel mit dem Metallwagen.

«Signore», rief der Eismann. «Signore!»

Finn wirbelte herum.

«Nix so schnell! Ich nix weiß, wie wird gemacht in Nordamerika Kontinent, aber ich werden bezahlt für mein *gelato*! Drei Euro *per favore*!»

«Oh, *scusi*», sagte Finn, und sein Gesicht wurde schlagartig so rot wie Rouges Kirscheis. Wie hatte er bloß vergessen können, dass der Banking Service seines BB hier im Spiel nicht funktionierte? Er zog den 500-Euro-Schein aus der Hosentasche und reichte ihn dem Mann.

«Sie haben nicht kleiner?», wollte der Mann wissen.

«Leider nein.»

«Mamma mia!», sagte der Eismann und begann leise fluchend in seiner Kasse herumzustöbern.

Rouge kam angerannt. «Finn, wir müssen jetzt gehen! Los, komm!»

In ihrer Stimme lag eine Dringlichkeit, die Finn von ihr gar nicht kannte. Er wandte sich zum Gehen, aber der Bärtige in dem schweren Wintermantel verstellte ihm den Weg. «Hast du ein paar Cent für mich?», fragte er Finn und hielt ihm den Becher hin.

«Sofort!», sagte Rouge und wollte Finn wegzerren.

«Signore!», rief der Eismann. Er hielt ein kleines Bündel Scheine hoch. «Ihr Wechselgeld!»

«Geben Sie's *ihm*», rief Finn zurück und zeigte auf den Bärtigen. «Geben Sie's dem Mann da.»

Und als Rouge Finn in die City Toilette bugsiert hatte und die Türen sich bereits schlossen, hörte Finn noch, wie der Bärtige ihm zurief: «Danke! Vielen Dank! Das werde ich Ihnen nie vergessen! Solange ich lebe! Danke!»

Aber erst nachdem Finn durch den Game-Tunnel zurückkatapultiert worden war, geblendet von der Explosion flirrender Farben, schwebend, fliegend, ins Nichts stürzend, und den «Moment davor» erlebt hatte, erst nachdem er irgendwie wieder im Jahr 2264 und im OZI gelandet war, fiel ihm ein, dass er noch immer nicht wusste, was genau der Bärtige eigentlich verkaufte. Das musste ein Fehler im Spiel sein.

9 Science-Fiction für Lovers

Finn entspannte sich im Sessel vor dem Panoramafenster, las ein Buch und wartete auf den 16-Uhr-22-Schneefall.

Am Vormittag war er Ski gelaufen, und es war genau so gewesen, wie es im Dezember in den Alpen sein sollte – perfekt. Jungfräulicher Pulverschnee, blendend weiß, das Licht gleißend hell, der Himmel klar. Besonders hatte er die Fahrt durch den Kiefernwald genossen, die Stille, nur durchbrochen vom Zischen der Skier, das leichte Klopfen der Stöcke, dann und wann das Knacken eines Asts, der unter seiner Schneelast brach, und das gedämpfte Plätschern eines Baches, der unter einer dünnen Eisschicht floss.

Nach dem Mittagessen blieb Finn im Hotel und las zum fünften Mal eines seiner Lieblingsbücher, Arnaud Djatengs epische Coming-of-Age-Erzählung von 2199, *Ein Bongo auf dem Kwango*. Finn war ansonsten recht sparsam, aber Bücher wie dieses, extra für ihn gedruckt, waren der Luxus, den er sich gönnte (Skilaufen war ein weiterer). Dieses spezielle Buch war ein Geschenk seiner Eltern zu seinem sechzehnten Geburtstag gewesen. Er hatte es auf seinem BB regelrecht verschlungen, und weil er so begeistert von ihm war, hatten seine Eltern das Buch bei Raoul Aaronson in Auftrag gegeben. Raoul, damals zwanzig Jahre alt, hatte gerade ein sechswöchiges Praktikum im Forester-Geschenkeladen abgeschlossen. Er war dabei, das Druckerhandwerk seines Vaters von der Pike auf zu lernen, vom Holzfällen für das Papier über die Buchrestaurierung und die Buchherstellung bis hin zum Ladenverkauf.

Finn kannte Raoul praktisch schon sein ganzes Leben. Wenn Artu Nordstrom einmal im Jahr in die kanadische Forester-Kolonie Sternwood Forest reiste, nahm er Finn und Mannu jedes Mal mit und setzte sie bei Lilly und Marty Aaronson und ihrem Sohn Raoul ab. In diesen Tagen waren die Jungs dann unzertrennlich. Als Kinder hatten sie miteinander gespielt oder waren in einem der vielen Seen in der Gegend geschwommen. Später, als Jugendliche, unternahmen sie lange Wanderungen, schauten sich alte Zelluloidfilme an und flirteten mit den Forester-Mädchen. Raoul, dessen Vorfahren aus Österreich stammten, konnte das tote Deutsch ebenso gut lesen und sprechen wie die Nordstrom-Jungs. Finn und Mannu hörten die Forester mit den veralteten Formen der ersten Person Singular sprechen. Die Forester sagten «ich» und «mich» und «mein», und die Nordstrom-Jungs gewöhnten sich daran, diese Wörter zu hören, hätten es aber nie versucht, sie selbst in den Mund zu nehmen.

Draußen vor dem Panoramafenster pfiff der Wind. Der Himmel war jetzt von einem pudrigen Blau, durchsetzt mit orangegelber und roter Seide. Das Alpenglühen müsste jeden Moment anfangen, dachte er, und dann würde der Schnee fallen. Seine Urgroßmutter mütterlicherseits, Lola, hatte immer gesagt, dass der Schnee, den sie als Kind in den Rockies erlebt hatte, feiner gewesen sei als der Schnee, der von den World Weather Works ausgelöst wurde. «Es gibt drei Dinge, die man niemals zähmen sollte», hatte sie einmal zu Mannu und ihm gesagt: «Die Phantasie der Kinder, ein wildes Pferd und das Wetter.» Aber Urgroßmutter Lola wusste ebenfalls, dass sie den Fortschritt nicht aufhalten konnte. Die meisten Naturkatastrophen gehörten inzwischen der Vergangenheit an – und das war gut so. Natürlich gab es noch viele Regionen, in denen es völlig unnötig war, das Wetter zu manipulieren, aber ein Feriengebiet wie die Alpen stand während einiger Monate im Jahr unter ständiger Kontrolle. Urlauber wurden tagsüber mit Sonne verwöhnt und nachts mit Schnee. An einem Tag wie diesem, der Wintersonnenwende, schneite es als besondere Überraschung schon bei Sonnenuntergang. Um 16 Uhr 22.

In der hereinbrechenden Dunkelheit sah Finn eine Familie von der Piste zurückkehren: Mutter, Vater und zwei Mädchen. Er konnte schwach das muntere Geplapper der Kinder hören. Er verstand «Kakao. Heißer Kakao!», und das jüngere Mädchen rief: «Mit Schlagsahne!», sprang hoch und klatschte in die Hände. Sie rannte im Kreis um ihre Eltern und ihre Schwester herum und jauchzte vor Freude, bis ihr Vater sie hoch nahm und auf seine Schultern setzte.

Finn schnürte sich der Hals zu. Fast vier Monate waren vergangen, und da war er wieder: der Schmerz. Er würgte ihn herunter – dafür musste er ein paar Mal trocken schlucken – und konzentrierte sich dann wieder auf das Buch in seinen Händen.

Djatengs Illustrationen, seine kräftigen Farben, Orange und Türkis, wirkten auf Papier viel lebendiger als auf dem BB. Raoul Aaronson hatte damals ausgezeichnete Arbeit geleistet. Er fand es tröstlich zu wissen, dass Mannu, Lulu und sogar Majida, seine Freundin aus Kindertagen und erste Sexpartnerin, ebendiese Seiten durchgeblättert hatten. Sie waren nun Teil dieses Buches. Es hatte eine Geschichte, wie sie kein BB-Dokument je würde haben können. Er schlug die Seite 47 mit dem Fleck von einer Tasse Spicer auf. Das war damals in einem verrückten Beijinger Café in der Nähe des Uni-PADs passiert, als Mannu ihn besucht und zu tief ins Glas geschaut hatte. Und da waren die Markierungen und Unterstreichungen, die Lulu gemacht hatte. Sie hatte ihre Lieblingspassagen mit einem gelben Marker aus der Werkzeugkiste ihrer Mutter angestrichen. Er war außer sich gewesen. Er erinnerte sich, wie er die dreizehnjährige Lulu angebafft hatte: «Du hast es verschandelt!», worauf sie in Tränen ausgebrochen war. Er hätte sich beherrschen sollen. Heute tat es ihm gut zu wissen, dass Lulu das Buch gemocht hatte. Eigentlich gehörten die gelben Markerstriche genau da hin, wo sie waren.

Finn spürte eine jähe Veränderung draußen, eine Stille, die sich über alles herabsenkte, wie wenn ein Dirigent den Stab hebt und das Publikum verstummt und auf den Orchestereinsatz wartet. Eine Sekunde später ließ das Alpenglühen die Berggipfel in einem intensiven Rosa erstrahlen. Und auf einmal schneite es, sachte zuerst, in zarten Flöckchen, die federleicht herabschwebten. Bald wurden sie dicker, fielen immer schneller und dichter, bis schließlich ein richtiger Schneesturm tobte. Finn beobachtete das wirbelnde Schauspiel ein paar Minuten lang, dann legte er das Buch oben auf Elianas Tagebuch, zog die Decke enger um sich und schloss die Augen …

Als Finn erwachte, hatte sich der Schneesturm gelegt, und die Berglandschaft schimmerte samtig blau. Bäume und Büsche hatten unter der weißen Last gespenstische, klumpige Formen angenommen. Von draußen war das Schaben einer Schneeschaufel zu hören: Hennig, der Hoteldiener-BAY-Elm-Schl32, räumte eine Schneise frei.

Finn hob eine Hand, um das Licht zu aktivieren, doch dann fiel ihm ein, dass er seinen BB nicht auf das Service-Netzwerk des Hotels hatte einstellen können. Also schaltete er die Leselampe manuell mit der Fernbedienung an.

Er schlug Elianas Tagebuch auf.

Eine Woche nachdem er Level 1 von «Projekt Zeit» beendet hatte, hatte er ein neues Tagebuch auf seinem Schreibtisch vorgefunden. Dr. Dr. Rirkrit Sriwanichpoom informierte ihn darüber, dass ein Probelauf für Level 2 spätestens um Neujahr herum geplant war, sie aber zuvor noch die Daten einarbeiten mussten, die sie aus seinen und Rouges Erfahrungen auf Level 1 gewonnen hatten. Er solle bis dahin doch bitte weiter an dem Bodden-Fund arbeiten. Finn fand das alles einigermaßen merkwürdig, aber schließlich hatte er noch nie Spiele getestet und wusste nicht, wie ein Auswertungsverfahren ablief. Und selbstverständlich war er liebend gern bereit, weiter an Elianas Tagebuch zu arbeiten.

Das zweite Tagebuch war tatsächlich in Leder gebunden, genau wie das Mädchen gehofft hatte, ein edles, aber leicht abgegriffenes, burgunderrotes Kalbsleder mit einer Lederlasche als Verschluss. Es war ein Geschenk von ihrem Vater, elegant und schlicht, ganz anders als das erste mädchenhaft verspielte Buch. Das Papier war von bester Qualität, säurefrei und schwer, und es war deutlich zu erkennen, dass das Mädchen gern darauf schrieb. Ihre Handschrift hatte mehr Charakter bekommen, wirkte erwachsener und weniger unsicher. Und als sie ab Mitte Dezember 2003 anfing, ihre Einträge mit «Eliana» zu unterzeichnen, hatte Finn den Eindruck, dass sie eine vernünftige junge Dame geworden war, denn ihre Unterschrift war überraschend einfach und ohne übertriebene Schnörkel. Bis auf wenige Ausnahmen hatte sich Eliana sogar die Smileys und Herzchen abgewöhnt.

Ehe Finn sich an die Übersetzung gemacht hatte, hatte er das Tagebuch dreimal gelesen und nach Hinweisen auf den Nachnamen und die Herkunft des Mädchens gesucht, war aber leider auf nichts gestoßen, das zur Lösung des Rätsels beitragen konnte, noch nicht mal auf die Vornamen der Eltern.

Finn hatte gehofft, dass Renko in offiziellen Registern einen Eintrag für Elianas Geburtstag entdecken würde, den 22. Mai 1990. Der Name «Eliana» war nicht ganz ungewöhnlich, aber doch für die damalige Zeit selten genug, um auch ohne Familiennamen für einen bestimmten Tag in einer bestimmten Stadt einen Eintrag finden zu können. Doch seine Hoffnung erfüllte sich nicht. Beim Großen Feuersturm waren zu viele Archive vernichtet worden. Finn hatte sogar versucht, über den Namen einer Klassenkameradin von Elianas Schwester weiterzukommen: eine gewisse Vivi Lindenberg, die Madeline schikanierte. Leider blieb die Suche ergebnislos, aber der entsprechende Tagebucheintrag war Finn besonders lieb, und wenn ihn jemand gefragt hätte, an welcher Stelle er das erste Mal eine innere Verbundenheit mit dem Mädchen empfunden hatte, dann hätte er diese Passage genannt.

Mittwoch, 17. September 2003

Vorhin bin ich in Madelines Zimmer gegangen, um meinen Tintenkiller zurückzuholen, weil der weg war. Sie nimmt ihn sich immer, und nie bringt sie ihn zurück, und das geht mir echt auf den Geist, also bin ich einfach rein in ihr Zimmer, ohne anzuklopfen, und da lag sie auf dem Bett und weinte. Ich war total baff. Madeline weint sonst nie. Madeline ist die Fröhliche, die Hübsche, die Lustige, die jeder mag. Sogar ich mag sie ja meistens! Und sie tat mir so leid. Ich meine, sie ist schließlich meine Schwester und so. Und dann hat sie mir erzählt, dass die fette Vivi Lindenberg, ein Mädchen in der Schule, sie in der Ankleide nach dem Sportunterricht rumgeschubst hat, und sie (Vivi) hat ihre (Madelines) Turnschuhe im Papierkorb versteckt, und als Madeline sie endlich gefunden hatte, hat Vivi ihr den Papierkorb über den Kopf gestülpt, woraufhin alle Mädchen in Vivis Klasse gelacht haben, und dann hat Vivi gesagt, falls sie (Madeline) sie verpetzt, würden sie (Vivi) und ihr großer Bruder Kevin sie verkloppen. Also, ich kenne Kevin, der ist in meiner Stufe, und der hält sich für den Größten, ein echter Macker ist das, aber das ist mir egal, mit dem werde ich schon fertig, und mit Vivi auch, und ich werde Madeline verteidigen, und das habe ich ihr (Madeline) auch gesagt. Und da hat sie sich gleich viel besser gefühlt. Aber die Sache ist die: Madeline muss selbst auch mit Vivi fertigwerden, also habe ich mir jetzt vorgenommen, sie (Madeline) tougher, also mutiger zu machen. Aber ich werde ihr natürlich nicht sagen, dass ich das tue. Sie muss glauben, dass sie selbst darauf gekommen ist. Also habe ich bloß versprochen, dass ich dafür sorgen werde, dass sie nicht mehr von Vivi gemobbt wird. Und dann habe ich ihr ein Tempo gegeben, damit sie sich die Augen trocken wischt und die Rotznase putzt, und alles war wieder gut. Aber dann habe ich sie wegen meinem Tintenkiller angemacht, und was ihr denn einfällt, ihn sich einfach ohne zu fragen zu nehmen, und wo er, verdammt noch mal, eigentlich ist? Und da ist sie aufgestanden und hat mich aus ihrem Zimmer geworfen. Einfach so. Wo bleibt denn da die Dankbarkeit, hä?

Finn grinste. Das Mädchen hatte einen guten Sinn für Humor. Hoffentlich gab es noch mehr von Eliana zu lesen. Er hätte gern so vieles gewusst – vor allem, wie sich die Sache zwischen ihr und diesem Teichgräber-Jungen entwickelt hatte, der anscheinend irgendwann im Jahr 2004 in ihr Leben getreten war. Alexander Landuris, der ihr an ihrem dreizehnten Geburtstag die Kopfnuss verpasst hatte, war schon längst von der Bildfläche verschwunden. Jetzt ging es um Moritz Teichgräber (von dem, laut Renko, leider auch keine Spur zu finden war).

23. März 2004

Das Frühlingskonzert ist richtig gut gelaufen. Das fanden alle. Herr Petersen hat gesagt, wir wären das beste Kammermusikorchester der 8. Stufe, das er je dirigiert hat – toll, was? Als er damals die Notenblätter verteilt hat, hat keiner von uns gedacht, wir könnten das je schaffen. Ich meine, das war immerhin Vivaldi, nicht bloß «Hänschen klein». Aber es war gut! Es war richtig toll, wie wir da alle zusammen gespielt haben, Teil eines Ganzen waren. Das Beste kam aber hinterher, als Moritz Teichgräber ankam und gesagt hat, mein Solo hätte ihm total gefallen. Einen Moment lang wusste ich gar keine Antwort. Ich hätte mich fast umgedreht, um nachzusehen, ob er vielleicht mit jemand anderem spricht. Er ist voll beliebt. Und gut ein Jahr älter als ich. Er ist gerade 15 geworden. Ich werde in zwei Monaten, also im Mai, 14. Jedenfalls, irgendwie habe ich mich in seine Augen verguckt. Die sind ganz dunkel. Er sieht ein bisschen wie Robbie Williams aus, nur jünger. Also habe ich ihn gefragt, ob er am Samstag auf Joyas Party kommt, weil ich wusste, dass sie ihn eingeladen hat, und er hat gesagt, er würde es versuchen, wüsste es aber noch nicht genau. Oh bitte! Lass ihn auf Joyas Party kommen. Er ist voll süß!!!!!!

Das Wort «süß» ließ Finn stutzen. Er hatte noch nie gehört, dass ein Junge oder Mann so beschrieben wurde. Er notierte sich, das Wort bei Cyclops einzugeben, um herauszufinden, wie sich der Gebrauch über die Jahrhunderte hinweg entwickelt hatte.

Sonntag, 28. März 2004

Moritz ist gestern Abend nicht auf Joyas Party gekommen. Aber sein bester Freund war da, Victor, und der meinte, Moritz wäre in Potsdam bei einem Schwimmwettkampf. Johanna hat gesagt, ich sollte froh sein, dass er bei einem Schwimmwettkampf ist und nicht doch mit einer anderen verabredet oder so. Aber jetzt sehe ich ihn ungefähr drei Wochen lang nicht, und wer weiß, was in drei Wochen alles passiert? Ab Montag ist er eine Woche lang auf Klassenfahrt in London, und danach haben wir zwei Wochen Osterferien. (Habe ich schon erzählt, dass wir zu Oma Uschi fahren und ich hinterher meine Cousine Miriam in Frankfurt besuche?) Johanna fand auch, dass drei Wochen eine lange Zeit sind, aber sie meint, ich sollte mir keine Sorgen machen, weil sie ihn zu ihrer Party am Freitag, den 23. April einlädt, und dann kann ich es noch mal versuchen. Na ja – bei meinem Glück hat er dann bestimmt wieder so einen Schwimmwettkampf. Oder noch schlimmer: Ich habe mich in einen anderen verliebt.

Finn lachte laut auf. Da ist er wieder, dachte er, dieser Humor. Humor und ein feiner Sinn für Ironie – das war bei einem so jungen Menschen etwas Ungewöhnliches. Und so entzückend.

Mittwoch, 21. April 2004

Heute habe ich endlich Moritz in der Schule wiedergesehen, in der großen Pause, aber nur kurz, weil er gesagt hat, er muss ins Mathelabor, weil er am Donnerstag einen Test schreibt. Er hat mich gefragt, ob ich am Freitag bei Johanna bin, und ich habe gesagt: «Ist sie meine beste Freundin, oder ist sie meine beste Freundin?» Und er hat gelacht und gesagt: «Ich glaube, ich kann auch auf die Party kommen.» Und ich habe gesagt: «Super», und dann hat er gesagt: «Du riechst gut», und ich habe gesagt: «Ehrlich?» Und dann hat er sich so ein bisschen vorgebeugt und die Nase in die Luft gereckt und so rumgeschnuppert und gesagt: «Mm», und ich habe gesagt: «Everlasting», und er hat gesagt: «Was?» Und ich habe gesagt: «So heißt mein Parfüm. Everlasting», und er hat gesagt: «Ich muss los», und ich habe gesagt: «Tschüss.»

Ich glaub, ich liebe ihn.

Finn schloss das Tagebuch. Sie denkt, sie liebt ihn? Liebe? Was hatte Liebe damit zu tun? Was hatte Liebe überhaupt mit irgendwas zu tun?

Finn stand auf, machte sich eine große Tasse starken Tee, setzte sich wieder, trank einen Schluck, trank noch einen, schaute einen Moment nach draußen auf die Berge, sah, dass es wieder angefangen hatte zu schneien, trank noch einen Schluck Tee, öffnete das Tagebuch, schloss das Tagebuch, stand dann auf, holte seinen Reisekulturbeutel aus der Schublade und nahm ein winzig kleines, schlankes Fläschchen heraus, in das er eine Probe des Parfüms abgefüllt hatte. Er setzte sich wieder in den Sessel. Behutsam zog er dann den Ministöpsel aus dem Fläschchen und inhalierte den Duft der cognacfarbenen Flüssigkeit. … Everlasting … Dieser Grünschnabel Moritz Teichgräber hatte keine Ahnung. Everlasting war nicht einfach bloß «gut». Es war absolut unwiderstehlich – der Hauch der Ewigkeit.

Er lehnte sich im Sessel zurück und schlug die letzten beiden Seiten des Tagebuchs auf. Die Schrift war winzig und zusammengedrängt. Diese Passage hatte er noch nicht übersetzt. Nicht nur, weil die Schrift schwer zu lesen war.

Dieser Eintrag war nicht leicht zu übersetzen. So viel Begeisterung, dachte er. So viel Aufregung.

Samstag, 24. April 2004

Moritz war gestern Abend auf Johannas Party. Und Folgendes ist passiert:

Zuerst haben wir beide so getan, als ob uns der andere nicht interessiert. Er hat sich mit den Jungs unterhalten und ich mich mit meinen Freundinnen. Aber irgendwann habe ich in dem dunkelroten Sessel gesessen, und er hat sich neben mich gesetzt. Wir waren richtig zusammengequetscht, und unsere Oberschenkel haben sich berührt und so, weil der Sessel ja eigentlich ein Einsitzer ist. Und wir haben uns unterhalten, über dies und das, zum Beispiel über London und was wir in den Osterferien gemacht haben und so, und auf einmal hat Johannas großer Bruder, der den DJ gemacht hat, Kelly Clarkson mit «A Moment Like This» aufgelegt. Und den Song finde ich einfach super, und ich habe gesagt: «Oh, den Song finde ich super», und da hat Moritz mich gefragt, ob ich tanzen will. Und ich habe losgekichert, weil ich, soweit ich mich erinnern kann, noch nie mit einem Jungen langsam getanzt habe. Außer vielleicht mit Robert. Wahrscheinlich hat Moritz gedacht, mein Kichern heißt Ja, weil er dann meine Hand genommen hat. Meine Hand war ganz verschwitzt, und mir war's ein bisschen peinlich, aber dann habe ich gedacht, vielleicht ist seine Hand ja auch verschwitzt, und das war sie dann auch, also war's dann nicht mehr peinlich. Dann hat er seine rechte Hand um meine Taille gelegt, und ich habe meine linke Hand auf seine Schulter gelegt, und dann haben wir getanzt. Und irgendwie haben wir auf einmal ganz ganz eng getanzt, und ich habe gemerkt, wie mein Herz gerast ist, aber seins auch, und es war ganz komisch, zu wissen, dass da zwei Herzen ganz nah beieinander so schnell schlagen. Und dann hat er was zu mir gesagt, aber ich habe ihn nicht verstanden, und er hat mich näher rangezogen und es mir ins Ohr geflüstert. Sein Atem war ganz heiß an meinem Ohr, aber schön heiß, irgendwie aufregend heiß. Ich glaube, mein Ohr hat noch nie so was Aufregendes wie seine Lippen gespürt. «Everlasting, hä?», hat er gesagt und hat mit den Lippen irgendwie über meinen Hals gestrichen. Und ich habe schlagartig Gänsehaut gekriegt, ich meine überall, nicht bloß am Hals. Und ich habe gesagt: «M-mhm. Habe ich letztes Jahr von Oma Uschi zum Geburtstag geschenkt bekommen», und er hat gesagt: «Du hast eine nette Oma», und ich habe gesagt: «Stimmt», und Kelly Clarkson hat gesungen: «Oh, I can't believe it's happening to me», und dann konnte ich auch nicht glauben, dass es mir passierte, weil Moritz mich dann nämlich geküsst hat.

Auf einer Skala von eins bis zehn, wobei zehn für «umwerfend toll» und eins für «nie wieder, nicht in einer Million Jahre» steht, würde ich diesen Kuss ungefähr bei sechs einordnen. Zunächst mal ist Moritz irgendwie nach vorn gestolpert, als er mich geküsst hat, und ich hätte fast das Gleichgewicht verloren. Und dann war sein Kuss auch noch schlabberig. Ich meine, zu viel Spucke, zu viel Zunge, zu viele Zähne und Biergeschmack. Also war ich ein bisschen enttäuscht. Ehrlich gesagt, ziemlich enttäuscht. Hinterher habe ich das Johanna erzählt, und sie meinte: «Schade, weil er echt süß ist», und ich habe gesagt: «Ich hätte es wissen müssen. Was kann man schon von einem erwarten, der Moritz Teichgräber heißt?»

Genug davon. Jetzt muss ich mir überlegen, woher ich ein neues Tagebuch bekomme. Das hier ist fast voll. Und ich muss noch für Robert ein Geburtstagsgeschenk kaufen. Wir gehen nachher shoppen. Madeline und ich treffen uns mit Mama am Markt, im Café, wo sie samstags mit ihren Freundinnen rumhängt, den «Ladies in Black», und Caffè Latte trinkt. Ehrlich. Ich habe noch keine von denen in irgendeiner anderen Farbe gesehen! Schwarz, schwarz, schwarz – und manchmal ein bisschen grau.

Jedenfalls, Mama geht mit mir und Madeline zu Dusenhuber, und da wollen wir irgendwas für Robert suchen. Mama sagt, wir sollten lieber kleinere, unabhängige Buchläden unterstützen, nicht die großen

Ketten, die den Markt beherrschen, zum Beispiel die nette Krimibuchhandlung am Markt. Aber ich habe gesagt: «Robert mag Darth Vader, nicht Miss Marple. Und außerdem gibt es bei Dusenhuber gemütliche Ledersofas, wo man es sich bequem machen und Bücher lesen kann. Und einen Caffè Latte kriegt man da auch!» Mama hat die Augen verdreht und gesagt: «Na toll.» Ich habe gelacht, weil ich es lustig finde, wenn eine Erwachsene die Augen verdreht. «Und», habe ich dann gesagt, «die haben eine Science-Fiction-Abteilung bei Dusenhuber.» Obwohl ich irgendwie nicht begreife, wieso Robert so was liest. Schon wenn ich die Cover sehe, krieg ich zu viel. Vor allem die von den amerikanischen SF-Büchern, und die liest Robert am liebsten. Da sind immer Männer drauf, denen die Muskeln aus dem Hemd platzen, und entweder sie ballern gerade mit Riesenkanonen, oder sie schwingen Schwerter, und im Hintergrund fliegt immer gerade irgendwas in die Luft. Und wenn mal eine Frau abgebildet ist, dann ist sie halb nackt und hat Riesenbrüste, die aus einem mittelalterlichen Kettenkorsett rausquellen.

Finn musste laut kichern. Sie hatte recht! Er hatte selbst schon solche Bücher gesehen. Im Eisberg gab es einige Exemplare und auch in der New Library of Congress, in Washington. Sie waren zugegebenermaßen alles andere als künstlerisch wertvoll. Und die wenigsten stellten die Zukunft auch nur annähernd korrekt dar.

Und da ist noch was, was ich nicht verstehe: Wieso sind auf Büchern, die in der Zukunft spielen, immer Bilder mit Mittelaltermotiven drauf? Schwerter und Rüstungen und Kettenpanzer. Und warum müssen diese Bücher dermaßen kriegerisch sein? Ich habe Robert mal danach gefragt. Und er hat gesagt: «Weil Science-Fiction was für Jungs ist. Und Jungs kämpfen gern.» Was wahrscheinlich stimmt. «Aber das ist nicht fair», habe ich gesagt, weil ich nämlich auch gern mal was über die Zukunft und Science-Fiction und so lesen würde.

Aber wer hat denn schon Lust, was zu lesen, wo es dauernd nur um Kriege und Kriegsspiele geht und um Raumschiffe und Monster aus dem All, die Erd-Frauen entführen? Und Robert hat gesagt: «Das liegt daran, dass du ein Mädchen bist.» Na, ich finde jedenfalls, ein Science-Fiction-Liebesroman wäre doch auch mal schön. Robert hat mich ausgelacht und gesagt: «Nur zu. Schreib doch einen. Wirst ja erfahren, ob den einer liest.» Und vielleicht mache ich das auch. Ich werde ihn «Science-Fiction für Lovers» nennen oder so.

Aber zuerst mal muss ich für Robert ein Geschenk besorgen. Er hat gesagt, er hätte gern irgendwelche Science-Fiction-Bücher oder Science-Fiction-Filme für seine DVD-Sammlung, wie «Terminator» oder «2001: Odyssee im Weltraum», deshalb habe ich mir gedacht, ich kaufe ihm «Bridget Jones – Schokolade zum Frühstück» und «Notting Hill.» Haha!

Dabei fällt mir ein: Ich habe endlich mit dem Buch angefangen, das Mama mir zum letzten Geburtstag geschenkt hat, «Stolz und Vorurteil.» Und was soll ich sagen? Es gefällt mir! Ich mag Elizabeth Bennet und Mr. Darcy. Ich hoffe bloß, dass die beiden am Ende zusammenkommen. Ich habe zu Mama gesagt: «Wenn die am Ende kein Paar werden, lese ich keine Seite mehr!», und Mama hat gesagt: «Lies!» Sie hat mir erzählt, dass die BBC eine sechsteilige Serie aus dem Buch gemacht hat, die es inzwischen auf DVD gibt. Vielleicht wäre das das richtige Geburtstagsgeschenk für Robert!

Klunk! Ein Schneeball prallte gegen das Fenster.

Die Hecken trugen jetzt eine dicke Schicht Schnee, und dahinter standen Renko und Gao Dongsheng-Johnson, seine Neue. Sie wackelten mit den Fingern und streckten die Zungen heraus wie alberne Schulkinder. Finn griff nach der Fernbedienung und öffnete damit das Fenster.

«Breaking news!» sagte Renko. «Um –»

«Um neun geht ein Swifty nach München!», unterbrach Gao Renko.

Finn musste immer über das Wort «Swifty» schmunzeln. Es verriet Gaos Herkunft. In Asien, vor allem in der chinesischen Provinz, sprachen alle so vom SwiftShuttle.

«Wir dachten, wir essen hier im Hotel zu Abend», sagte Renko, «und schauen uns dann mal diesen neuen Klub ‹Mix and Kiss› an.»

Finn zögerte. Er würde lieber im Hotel bleiben und lesen oder übersetzen, früh aufstehen und –

«Ach komm schon, Finnkins. Du darfst nicht nein sagen!», rief Gao. Sie erkannte Elianas Tagebuch auf dem Tisch. «Finn Nordstrom, wenn du nicht mitkommst, dann heißt das, dass dir irgendeine Göre, die seit mindestens zweihundert Jahren tot ist, mehr bedeutet als –»

«Als was?», entgegnete Finn.

«Als dich mit uns zu betrinken!», sagte Renko.

Finn lachte. «Wenn du es so formulierst, kann es nur eine Antwort geben.» Er knöpfte seine Strickjacke zu. Bei offenem Fenster war es eiskalt.

«Hoppla, Schuh auf», sagte Renko. Er bückte sich und verschwand hinter der Hecke.

«Und wie lautet die Antwort?», fragte Gao mit kokett schief gelegtem Kopf.

Auf den ersten Blick wirkte Gao europäisch – aber ihr blondes Haar war voll, glatt und seidig wie das Haar vieler Chinesen. Die hohen Wangenknochen, die gerade Nase und die lebendigen mandelförmigen Augen erinnerten ihn an seine Lieblingsprofessorin in Beijing, Dr. Sue Lu Wing.

«Na?», sagte Gao und lächelte erwartungsvoll.

Finn freute sich, dass Renko eine Freundin gefunden hatte. Gao war nett und sympathisch, wenn auch vielleicht einen Tick überdreht, wie die kecken Hostessen auf seiner alljährlichen Übersetzerkonferenz. Aber die Hostessen wurden jahrelang in der Kunst des munter-fröhlichen Auftretens geschult – das war ihr Job. Bei Gao vermutete er dagegen, dass sie gern JollyBeans schluckte oder eine von den anderen synthetischen Drogen intus hatte, die die meisten PAs heutzutage nahmen, damit sie länger und effektiver arbeiteten. Es gab natürlich auch andere, die zu viel Energie hatten und sich aggressiv verhielten. In der Mehrzahl der Fälle waren das männliche Jugendliche und PAs. Sie bekamen andere Mittel verschrieben: SanftSalben und ChillPillen. Finn kannte nur ganz wenige Leute in seinem Alter, die wie er praktisch nichts nahmen – außer natürlich dann und wann mal einen Spicer und einen Zing und gelegentlich eine FunTab, die Renko von dem Bekannten eines Bekannten aus dem südamerikanischen Kolumbien bezog.

«Wie lautet die Antwort?», hakte Gao nach. «Kommst du mit oder nicht?»

«Na ja …», begann er.

Renko tauchte hinter der Hecke wieder auf. *Wusch!*, schleuderte er einen Schneeball auf Finn, der ihn an der rechten Schulter traf.

«Hey!», schrie Finn und hechtete nach der Fernbedienung. Zu spät. *Wusch!* Der nächste Schneeball, diesmal von Gao, traf ihn im Nacken.

Renko zielte schon wieder.

Finn hob die Arme und ergab sich. «Schon gut! Schon gut! München – wir kommen!»

Finn war beim Lesen von «Stolz und Vorurteil» eingeschlafen. Es kam so gut wie nie vor, dass er beim Lesen einschlief, aber die Bergluft, die ausgelassene Tanzerei im

«Mix and Kiss», der Alkoholkonsum und die unterschwellige Langeweile des Abends taten das Ihrige. Erst Stunden später, als er am Morgen bei knallblauem Himmel erwachte, konnte er den Roman zu Ende lesen.

Er hatte das Buch vor Jahren schon einmal in der Schule gelesen, im Fach «Britische Klassiker», zusammen mit Dickens, Rowling und Wilde. Als Schuljunge hatte er die Geschichte ein bisschen blöd gefunden, eine Art Märchen aus dem frühen neunzehnten Jahrhundert. Erst jetzt wurde ihm klar, dass es im Grunde voller augenzwinkernder Ironie war, und er vermutete, dass ein Mädchen wie Eliana zu jung und unerfahren war, um das voll zu erfassen. Wahrscheinlich hatte sie sich rettungslos in den stattlichen Mr. Darcy verguckt und hoffte, genau wie die Heldin des Buches, Miss Elizabeth Bennet, die wahre Liebe und 10 000 Pfund im Jahr zu finden – oder die entsprechende Summe in Euro.

Wahre Liebe. Wie albern. Und doch ... wie faszinierend. Konnte eine temperamentvolle aufgeweckte junge Lady wie Miss Elizabeth Bennet denn wirklich eine so verheerende Wirkung auf einen vernünftigen, pragmatischen Mann haben wie beispielsweise –

Ein Plinkblink riss Finn aus seinen Gedanken. Es war eine Nachricht von Dr. Dr. Sriwanichpoom. Level 2 war startbereit. Zeit, nach Berlin zurückzukehren.

10 In den Zeiten des Caffè Latte

Finn fühlte sich diesmal wohl in dem historischen Kostüm, das man extra für ihn angefertigt hatte. Rouge und er hatten sich für die Moderichtung «konservativ-leger–bequem» entschieden. Mit den riesigen Schulterpolstern seines Lederblousons fühlte er sich zwar etwas seltsam, fast wie ein amerikanischer Footballspieler, aber seine nougatfarbene Bundfaltenhose war angenehm bequem geschnitten, und sie rutschte nicht ständig herunter. Das war auch gut so, denn der Minislip, den man ihm verpasst hatte, sah ausgesprochen komisch aus. Er war mit dicken roten Lippen und den Worten «Kiss Me» übersät.

«Steht auf deiner Unterwäsche auch ‹Kiss Me›?», wollte Finn von Rouge wissen.

«Meine Güte, nein.»

«Gut so.»

«Bei mir auf dem Slip steht ‹Eat Organic.›»

Auch Rouge wirkte in ihrer ledernen Patchworkjacke wie eine Footballspielerin, ansonsten stand ihr der kurze, knappe Rock hervorragend.

Man hatte sie gebrieft, sie wussten, was sie auf Level 2 erwartete. Einige Wochen zuvor hatte Finn sich mit Frühjahr 2004 als Eintrittszeit einverstanden erklärt. Startpunkt würde wieder eine öffentliche Toilette in Berlin sein, rund zwanzig Minuten Fußweg von dem Ein- und Ausstiegspunkt in Level 1 entfernt. Er hatte den Auftrag, einen Stadtplan von Berlin zu kaufen und dann den Weg zurück zur Wilmersdorfer Straße zu finden, der Fußgängerzone in Charlottenburg, die sie in Level 1 besucht hatten. Er und Rouge sollten sich etwas zu essen besorgen, drei oder mehr Gespräche beginnen und zwei Bekanntschaften schließen, ehe sie in der City Toilette von Level 1 die Spielarena wieder verließen. Sie würden zwei Stunden für alles Zeit haben.

«Alles klar?», fragte Professor Grossmann.

Der Game-Raum wurde dunkel. Und ehe er sich's versah, wurde Finn zurück in das Spiel «Auf der Suche nach der verlorenen Zeit» gesaugt.

Das muss aber ein besonders belebtes Stadtviertel sein, dachte Finn. Selbst innerhalb der vier Wände der City Toilette konnte er die Geräusche von Motorfahrzeugen hören: gellende Hupen, quietschende Bremsen, heulende Sirenen, dröhnende und tuckernde Motoren. Sobald er nach draußen getreten war und den üblen Uringestank hinter sich gelassen hatte, roch es auch nach dem fossilen Brennstoff, mit dem die Motorfahrzeuge betrieben wurden: Benzin. Der Geruch war überall. Aber es lag auch Frühling in der Luft. Es war zwar kühl und es nieselte, doch die Bäume zeigten schon einen Hauch Grün.

«Wir haben einen Schirm», sagte Rouge. Sie griff in ihre Handtasche und förderte einen altertümlichen zusammenklappbaren Regenschutz mit Metallspeichen zutage. «*Voilà!*», sagte sie und drückte einen Knopf. Aber nichts geschah. Sie drückte noch einmal. Wieder nichts. «Oje», sagte sie. «Im OZI hat er noch funktioniert.»

Während Rouge sich noch mit der Mechanik des Schirms abmühte, schaute Finn sich um. Seine Augen huschten von Restaurant zu Café zu Boutique zu Kneipe. Die Autos! Und Busse mit Oberdeck! Er hatte das alles schon mal gesehen, auf zahllosen Fotos, in den Zelluloids, Videos und Spielen, aber hier wirkte alles so wahnsinnig lebensecht, so atemberaubend präzise und authentisch. Waren das richtige Geschäfte oder nur Fassaden, quasi Filmkulissen? Welche Welt würde sich ihm auftun, wenn er da vorne den Laden namens Gucci betrat oder das Café, das ausgerechnet den Namen Einstein trug? Und die vielen Menschen, die vorbeihasteten! Waren die alle mit Zielen und Wünschen und Vorlieben und Abneigungen programmiert worden? Am liebsten würde er mit jedem einzelnen reden. Ob diese Gespräche alle unterschiedlich ablaufen würden? Wie um alles in der Welt hatten die Spielentwickler eine derartige Komplexität zustande gebracht? Ihm war schwindelig vor Aufregung und Vorfreude darauf, es herauszufinden. «Dieser Spieler würde gern ein Gespräch anbahnen», sagte Finn.

«Schritt für Schritt», sagte Rouge. «Zuerst brauchen wir einen Stadtplan.» Sie hatte endlich den Regenschirm aufgespannt, auch wenn zwei Speichen jetzt verbogen waren und eine gefährlich abstand. Sie spähte hinter dem Schirm hervor und zeigte auf einen kleinen Laden mitten auf dem Bürgersteig. «Denkst du, da gibt es Karten?»

«Ein Kiosk!», bemerkte Finn.

Auf der Rückseite der City Toilette – oder war es in Wahrheit die Vorderseite? – waren Illustrierte und Zeitungen auf Ständern gestapelt, Reklametafeln priesen Eiscreme und Flaschengetränke an. Finn hätte die ganzen zwei Stunden einfach nur dort stehen bleiben können, ohne sich von der Stelle zu rühren – so hingerissen war er von den Details. Der kleine Laden hatte alles, was das Herz begehrte: Schokolade und Comics und Kaugummi – sogar Hubba Bubba! –, Deutschlandfähnchen und Teddybären, angezogen mit Berlin-T-Shirts, und, ja, Stadtpläne. Finn sah sich das Zeitungssortiment an – ihm blieb verblüfft die Luft weg. «Das gibt's doch nicht!», rief er.

«Was denn?», fragte Rouge.

«Sieh dir doch das Datum an.» Er deutete auf eine Zeitung, «Wir haben den 24. April 2004!»

Rouge sah ihn verständnislos an.

«Das ist das Datum von Elianas letztem Tagebucheintrag! Sie will sich mit ihrer Mutter auf dem Markt treffen und dann mit ihr in ein Buchgeschäft gehen, um ein Geburtstagsgeschenk für ihren Bruder zu kaufen. Ist das ein Zufall oder ist das ein Zufall?»

Rouge lachte auf. «Du immer mit deinem Tagebuch. Bitte, Finn, wir müssen uns an den Plan halten. Professor Grossmann verlässt sich auf uns.» Sie zeigte auf den Kiosk. «Besorgst du die Karte? Deutsch ist nicht meine Stärke.»

«Na und? Ist doch bloß ein Spiel.»

Rouge schüttelte den Kopf. «Wir würden unnötig Zeit verlieren.»

«Wie du willst», sagte Finn mit einem Achselzucken und ging zu dem Kiosk, wo eine etwa fünfzigjährige Frau hinter einem offenen Verkaufsfenster saß und ziemlich gelangweilt dreinblickte.

«Ja bitte?», sagte die Frau.

«Dieser Reisende hätte gern eine Berlinkarte», sagte Finn. Er sprach klar und deutlich. Er war zufrieden mit seiner Leistung.

Die Frau starrte Finn an, beugte sich dann vor und über

die Theke, als suchte sie irgendjemanden neben oder hinter Finn. «Welcher Reisende?», fragte sie dann.

«Dieser Reisende.»

Ihre Augen wurden schmal.

Plötzlich dämmerte es ihm. «Ach so, Verzeihung», sagte er, als ihm sein Fehler klar wurde. «Dieser Mann meinte ... er meinte ... Ich ... äh ... –» Er räusperte sich, sammelte seine Gedanken, sah einen Stadtplan und zeigte darauf. «Ich wollte sagen, ich hätte gern –»

«Sie wollen eine Karte?», fragte sie ungeduldig.

«Ja. Danke.»

«Was denn für eine? Von Berlin? Von Berlin und Umgebung? Von ganz Deutschland?»

«Dieser Käufer ... ich meine, ja, ja bitte, ich hätte gern eine Straßenkarte von Berlin. Einen Stadtplan.»

Sie streckte die Hand aus, schnappte sich einen Stadtplan und klatschte ihn auf die Theke. «Was anderes haben wir nicht.» Finn sah, dass der Stadtplan wie ein Buch aussah und sich auch wie eines aufklappen ließ.

«Sonst noch was?», fragte die Frau unwirsch.

Finns Augen nahmen das Kaugummiangebot ins Visier. «Ja, dieser Käufer ... äh ... ich hätte gern Hubba Bubba, bitte sehr.»

«Welcher Geschmack?», fragte sie und tippte den Preis für den Stadtplan in die Kasse.

«Geschmack?», sagte Finn.

Sie seufzte. «Rot oder gelb?»

Finn fühlte sich einigermaßen überfordert. «Vielleicht ... rot?»

«Das macht dann sieben Euro dreißig.»

Finn zückte seine Geldbörse, bezahlte und trat zu Rouge. «Wir sind jetzt offizielle Besitzer eines Stadtplans von Berlin», verkündete er und übergab ihr stolz seine Beute. Dann zeigte er Rouge die Kaugummipackung.

«Oh», sagte sie und nahm sie in die Hand. Sie inspizierte die Packung, las den Aufdruck, schnupperte daran, rümpfte die Nase und gab sie Finn zurück.

«Wollen wir sie aufmachen?», fragte er, doch da hupte rechts von ihm laut ein Auto. Finn fuhr herum. «Wo sind wir eigentlich?»

«Wir stehen an der Ecke Kurfürstendamm und Schlüterstraße», sagte Rouge. «Was genau ist ein Kaugummi eigentlich?»

Finn zuckte die Achseln. «Man kann Blasen damit machen, wenn man es kaut. Eliana hat es von einer Freundin zum Geburtstag bekommen. Vielleicht machen wir es später auf? Nach dem Mittagessen? Zum Nachtisch?» Er schob die Packung in die Brusttasche seiner Jacke und öffnete den Stadtplan.

Finn hatte im Rahmen seiner Arbeit gelegentlich mit Stadtplänen zu tun gehabt und ging davon aus, dass auch dieser Stadtplan, falls «Projekt Zeit» wirklich bis ins kleinste Detail präzise war, ein Straßenverzeichnis enthielt.

Und tatsächlich. Ganz hinten fand er den Boulevard «Kurfürstendamm» im Verzeichnis. Aber dieser Plan war gefaltet wie ein Akkordeon, nicht nur senkrecht, sondern auch waagerecht. Man konnte ihn lesen wie ein Buch, die Seiten entlang der Ost-West-Achse umblättern oder sie nach unten und nach oben aufziehen, um die Nord-Süd-Achse einzusehen. Laut Index lag der Kurfürstendamm im Quadrat KL11, aber KL befand sich genau auf der Schnittstelle zwischen zwei Falten. Finn musste die einzelnen Klappen rauf- und runterblättern, einmal, zweimal, dreimal und dann zweimal quer, eins, zw–, nein! – einmal zurück. Aber 11 konnte er nicht finden, also blätterte er nach unten, doch dann entfaltete sich der ganze Plan aus Versehen in einem Rutsch – *blopp-blopp-blopp*. Rouge und Finn wollten das verfluchte Teil, das sich einfach nicht wieder zusammenfalten ließ, schon wegwerfen, als Finn in dem Gewirr von Straßennamen auf dem Plan einer ins Auge sprang, den er kannte. «Kantstraße!», rief er. «Da ist die Kantstraße! Das ist hier ganz in der Nähe! Nur ein paar Querstraßen weiter.» Er zeigte Rouge aufgeregt eine lange Straße, die die Westhälfte der Stadt durchtrennte. «Da müssen wir hin!»

Die Kantstraße war nicht schön, praktisch baumlos und von grauen, tristen Mietshäusern gesäumt. Aber das Viertel machte einen lebendigen Eindruck mit den vielen kleinen Läden, die einiges fürs Auge boten: ein Chinarestaurant mit toten Enten in den Schaufenstern, ein Videoverleih mit sage und schreibe Tausenden Zelluloids auf Disks; ein Manikürecenter, wo sich Frauen neue Nägel auf die alten kleben lassen konnten. «Sachen gibt's …», bemerkte Rouge und verbesserte sich sofort: «Sachen gab's …».

Finn fiel aus allen Wolken, als er das Gebäude entdeckte, in dem in seiner Welt das Fahrzeugmuseum auf der KFZ-Straße untergebracht war. Hatte die KFZ-Straße etwa früher Kantstraße geheißen? Im Erdgeschoss des mit Graffiti besprühten Gebäudes befand sich eine Tankstelle mit Automobilwerkstatt, und die Stockwerke darüber dienten als Parkdecks. Auf einem Schild mit fehlenden Buchstaben stand die Aufschrift KA T GAR G N. Finn fragte sich, ob dieser in seiner Zeit durchaus bekannte Bau im Jahr 2004 tatsächlich so ausgesehen hatte.

Doch die verblüffendste Entdeckung war ein Geschäft, das Importe aus Asien anbot: vietnamesische Lampions, kambodschanische Schlappen, fernöstlichen Schmuck, Kitsch aus Hongkong, japanische Kimonos und chinesische Seidentaschen in allen Größen. Der Laden war vollgestopft mit Waren, überall türmten sich die Dinge, selbst der Bürgersteig musste als Ausstellungsfläche herhalten. Zwischen all dem kunterbunten Durcheinander erspähte Finn zu seinem großen Erstaunen exakt so ein Täschchen, wie Eliana es an ihrem dreizehnten Geburtstag geschenkt bekommen hatte: pink und blau und rot mit aufgestickten Pagoden und Kirschblüten.

In dem Moment, als sein Blick auf das bestickte Täschchen fiel, begriff Finn, wie «Auf der Suche nach der verlorenen Zeit» funktionieren musste: Ganz offensichtlich, waren seine Gedanken der Stoff, aus dem sich das Spiel entwickelte, so wie in einem Traum das Unterbewusstsein des Träumers Bilder heraufbeschwor und Geschichten daraus machte. Seine Phantasie hatte das Täschchen erschaffen, die Kantstraße, Hubba Bubba und sogar das Datum – 24. April 2004.

Aber wie konnte dann Rouge, Spieler Nummer 2, das Spiel genau so erleben wie er? Sie sah schließlich dasselbe wie er.

Finns Aufmerksamkeit wurde von einem Schaufenster angezogen, in dem orthopädische Hilfsmittel, Bandagen, Orthesen und Brustprothesen aus Silikon auslagen. Für Finn und Rouge, die nur organisch gezüchtete Ersatzkörperteile kannten, sahen die Prothesen aus wie die plumpen Gliedmaßen einer riesigen Marionette, nicht wie menschliche Arme und Beine. Sie starrten in das Schaufenster, bis der Klang einer Drehorgel sie ablenkte. Weiter vorne, in der Seitenstraße, an der nächsten Ecke, sahen sie einen Leierkastenmann, der die Kurbel seines Instruments drehte. Dahinter herrschte wuseliges Treiben. Ein Markt.

Finn und Rouge folgten der Musik. An der Ecke saßen Leute vor einem Café unter großen Sonnenschirmen, die sie vor dem Aprilregen schützten. «Dreimal Caffè Latte und ein Espresso», sagte eine Kellnerin zu vier Frauen, die alle schwarz gekleidet waren, dunkelroten Lippenstift und schwarze Stiefel trugen und aufgeregt durcheinanderredeten. Finn stutzte. Hatte sein Unterbewusstsein etwa auch diese Szene erschaffen? Hatte Eliana in ihrem Tagebuch nicht erwähnt, ihre Mutter säße regelmäßig mit ihren Freundinnen, den Ladies in Black, in einem Café am Markt und tränke Caffè Latte? Das war ja fast schon unheimlich! Ihm kam der Gedanke, dass er im Verlauf der nächsten Stunde vielleicht sogar Eliana erfinden würde. Ihm war aber eigentlich nicht danach, einer Eliana zu begegnen, die seine Phantasie erfunden hatte. Sie war gut so, wie sie war: die 250 Jahre alte Tagebuchstimme eines dreizehn- und vierzehnjährigen Mädchens.

Finn und Rouge schlenderten über den Markt und blieben an einem Marktstand stehen, um sich die Blumen anzusehen. «Hast du dich schon mal gefragt, wie dieses Spiel funktioniert?», fragte er.

Sie sah ihn verwundert an. «Nein. Wieso?»

«Dieser Spieler vermutet, das Spiel verwendet die Gedanken von Spieler Eins als Stoff, um daraus Ereignisse und Menschen zu entwickeln. Die Struktur des Spiels ist möglicherweise vorgegeben, aber das Unterbewusstsein des Hauptspielers erfüllt das Ganze erst mit Leben.»

«Hört sich ziemlich kompliziert an.»

«Wir erleben hier so viele Dinge, die einfach keine Zufälle mehr sein können. Dieser Historiker hat erst kürzlich eine Tagebuchpassage übersetzt, die sich auf den 24. April 2004 bezieht, und, Abrakadabra, genau dieses Datum haben wir heute. Eliana hat in ihrem Tagebuch Hubba Bubba erwähnt. Wir finden es. Sie schreibt von der Kantstraße. Und dass ihre Mutter und deren Freundinnen Schwarz tragen und den ganzen Nachmittag im Café sitzen und Caffè Latte trinken. *Voilà*, da sind sie.» Er deutete auf das Café auf der anderen Straßenseite.

«Aber wir sehen doch auch vieles, was Eliana nicht erwähnt, oder?»

«Ja. Aber das ist wahrscheinlich schon in der Spielstruktur angelegt. Oder es ist tief im Unterbewusstsein dieses Mannes verborgen und wird nun Teil des Spiels.»

Rouge starrte ihn an.

«Du hältst das alles für *baloney*, oder?», sagte Finn.

«Kann sein. Vielleicht bist du aber so nett und erklärst mir zuerst, was *baloney* eigentlich ist?»

Finn grinste. «Nordamerikanisches Slangwort, heißt so viel wie Unsinn, Quatsch, Blödsinn. B-a-l-o-n-e-y. Eigentlich das Wort ‹Bologna›, eine einfache italienische Wurst; wurde in den 1930ern als Ausruf populär.»

«Danke. Sobald wir zurückkehren, wird es seinen Platz in dem persönlichen BB-Wörterbuch dieser Lernenden finden», sagte sie. «Die Antwort auf deine Frage lautet also Ja. Deine Interpretation des Spiels ist *baloney.*» Sie sah Finn in die Augen, verschränkte dann die Finger in seinem Nacken und zog ihn zu sich. «Du hast eine lebhafte Phantasie, Finn Nordstrom. Diese Freundin mag dich gerade deswegen, und vielleicht ist deine Phantasie auch der Grund dafür, dass du ausgesucht worden bist, dieses Spiel zu testen. Aber pass auf, dass sie nicht mit dir durchgeht.»

Er hob eine Hand und strich ihr über die Wange. Eine Fingerkuppe streifte ihre Lippen. Rouge küsste sie. Er sah sich selbst, einen schwarzer Schatten, der sich in ihren grünen Augen spiegelte, näher und näher kommen.

«Tulpen!», schrie der Blumenverkäufer neben ihnen. «Fünf Euro das Dutzend!»

Sie mussten lachen, als sie sich voneinander lösten, der Zauber des Augenblicks war verflogen.

«Komm, wir besorgen uns was Warmes zum Mittagessen», sagte Rouge nach einem Blick auf die Uhr. «In siebenundsiebzig Minuten müssen wir am Ausstiegspunkt sein.»

Das war leichter gesagt als getan. Das Angebot an Obst und Gemüse auf dem Markt war zwar groß, doch die meisten Imbissstände boten nur Fleisch an – Würstchen, Hamburger und Schweinerippen –, worauf Finn und Rouge keinen Appetit hatten. Wie die meisten Europäer ihrer Zeit ernährten sie sich überwiegend vegetarisch und aßen höchstens gelegentlich Fisch. Sie wollten die Suche schon aufgeben, sich etwas Brot und Käse kaufen und zu einem Stand zurückgehen, wo sie selbstgemachte Marmelade probiert hatten, als sie eine Männerstimme hörten, die laut rief: «Habibi. Einen Chai?»

Der Mann, mit Nickelbrille und langem lockigem Haar, stand in einem orangefarbenen Marktwagen. Auf einem Schild über der Theke prangte in gelben Lettern «Hammurabi Falafel».

«Na, das ist doch eine gute Idee», sagte Finn. «Frittierte Kichererbsenbällchen.»

Finn entschied sich für Falafel mit Sesamsoße, Rouge nahm eine mit scharfem Mango-Dip. Dazu tranken sie Chai. Der überaus freundliche Verkäufer begrüßte jeden zweiten Vorübergehenden mit «Habibi, mein lieber Freund» und wurde herzlich zurückgegrüßt. Als sie mit dem Essen fertig waren, versprach Finn ihm spontan, wiederzukommen.

«Bekanntschaft Nummer eins, vermutlich arabischer Herkunft», sagte Finn zufrieden, als sie den Markt verließen und sich auf den Weg zur Wilmersdorfer Straße und ihrem Ausstiegspunkt machten.

«Hör mal, Finn, da ist etwas, was diese Mitspielerin irritiert. Sie hat andere Frauen auf der Straße und hier auf dem Markt beobachtet. Keine trägt eine Lederjacke mit Schulterpolstern. Hast du irgendwo so eine Jacke gesehen?»

«Eigentlich nicht.»

«Eben. Diese Mitspielerin vermutet, dass wir unmodisch gekleidet sind.»

«Du machst dir Gedanken über Mode?», stöhnte Finn.

«Das könnte sich nachteilig für uns auswirken.»

«So ein Unsinn! Es ist bloß ein Spiel.»

«Aber ein extrem heikles und potenziell gefährliches Spiel.»

Finn hatte Wichtigeres im Kopf. Er musste noch eine weitere Bekanntschaft schließen. Sie gingen die Pestalozzistraße entlang, und als sie die City Toilette in der Fußgängerzone auf der Wilmersdorfer Straße passierten, blieben ihnen noch 55 Minuten für diese Aufgabe. Finn schaute in Richtung Kantstraße, dann zur Goethestraße. Der buddhistische Mönch war wieder da und sang, aber Finn wollte ihn lieber nicht in seiner Meditation stören.

«Die Baustelle ist jetzt weg», stellte Rouge fest. «Da drüben.»

Ein paar Schritte in Richtung Goethestraße stand jetzt

ein neues Gebäude mit einer fünfstöckigen Glasfassade. Es beherbergte ein Optikergeschäft. Gleich nebenan war –

«Ein Buchladen!», rief Finn. Und im selben Moment fiel sein Blick auf den Namen des Geschäftes, der in großen Lettern über dem Eingang prangte: DUSENHUBER.

Niemals hätte Finn sich einen Buchladen so vorgestellt. In der Schule hatten sie gelernt, dass Bücher um die Millennium-Wende an Bedeutung verloren hatten. Aber hier wimmelte es nur so vor Kunden. Und vor Büchern. Sie waren einfach überall. In Regalen, stapelweise auf Tischen, in den Schaufenstern, an den Kassen. Geschenkbücher. Bilderbücher. Fotobände. Reisebücher. Kochbücher. Und eine Rolltreppe brachte die Kunden höher und höher hinauf zu noch mehr Büchern. Erstaunlicherweise hatte der Laden nicht den dumpfen, modrigen Geruch, den er aus Bibliotheken kannte. Er roch völlig anders, nach … nach was? Er roch nach … *neuem* Papier – wie die Forester-Buchläden. Es war –

Finns Gedanken brachen jäh ab. Was war da noch für ein Geruch? Das war doch –

Finn fuhr herum. Hinter ihm auf der Rolltreppe stand ein Mann, der ein Baby in einem Tuch vor der Brust trug. Nein, von ihm ging es nicht aus. Es kam von weiter oben. Finn stieg die Rolltreppe hoch, schob sich an Rouge vorbei und folgte dem Duft. Ja. Hier oben war er stärker. Es roch nach –

Seine Augen suchten hektisch die erste Etage des Ladens ab. Sie erstreckte sich über schätzungsweise 500 Quadratmeter.

«Finn?», fragte Rouge. «Alles in Ordnung?»

Aber er hörte sie kaum. Er folgte dem Duft. Dem Geruch von … Parfüm. Von Everlasting.

Er kam an einer Auslage mit Romanen vorbei, einem Regal mit Krimis, noch einem mit Klassikern, wieder einem anderen mit –

Und da war sie.

Sie stand nur wenige Meter entfernt vor einem Regal mit englischsprachigen Büchern. Sie war anders, als er erwartet hatte, und der Geruch war nur noch schwach wahrzunehmen, aber das machte nichts.

Er trat hinter sie. Rouge stand neben ihm.

Die Frau spürte ihre Nähe und drehte sich beiläufig um.

Sie war etwa fünfzig, zumindest nahm er an, dass Fünfzigjährige 2004 so aussahen. Sie hatte schöne braune Augen, ihr braunes Haar war glatt und zu einem Bubikopf geschnitten. Sie trug ein dickes schwarzes Wollcape, das von einer großen silbernen Brosche gehalten wurde, einen schwarzen Wollrock und schwarze Stiefel. Über der Schulter hing eine große schwarze Ledertasche. Sie hielt ein Buch in der Hand. Ihre Fingernägel waren, wie er bemerkte, lang und gepflegt. Sie lächelte ihn an. «Keine besonders große Auswahl, was?», sagte sie. «Aber ich denke, sie erweitern sie, wenn mehr Leute englische Bücher kaufen wollen. Der Laden ist ja erst vor zwei Wochen eröffnet worden.»

Finn hatte keine Ahnung, wovon sie sprach. Er nickte bloß und atmete den Duft von Everlasting ein, der an ihrem Cape haftete. Ja. Eindeutig Everlasting.

Die Frau wandte sich wieder dem Regal zu und überflog die Bücher. Finn tat es ihr gleich. Dann schüttelte die Frau den Kopf und seufzte: «Wie langweilig! Bloß Thriller, Frauenunterhaltung und ein paar Klassiker. Na, wenigstens habe ich das hier gefunden. Ich hab's noch nie gelesen. Kennen Sie es?» Sie zeigte ihnen das Buch in ihrer Hand: «*Huckleberry Finn.*»

«Ja», nickte Finn, froh, ihre Frage bejahen zu können. «Ja! Es ist diesem Leser sehr wohl vertraut.»

Sie sah ihn aufmerksam an. Ihre Augen wurden schmal, aber ein leises Lächeln umspielte ihre Lippen.

Oje. Er hatte wieder in der dritten Person von sich gesprochen. «Ja», sagte er verlegen und wütend auf sich selbst. «Ich habe es gelesen. Vor vielen Jahren, aber ich –»

«Mama! Da steckst du!», rief eine Stimme.

Es war eine junge Stimme.

Eine reizende Stimme.

Es war die Stimme eines Teenagers. Eines Mädchens.

«Also wirklich, Mama!», sagte die Stimme. «Wir haben schon überall nach dir gesucht.»

Dann drehte er sich um.

Und da war sie.

Sie war schlank, weder groß noch klein. Ihr langes, schimmerndes blondes Haar war zu einem dicken, krausen Pferdeschwanz gebunden, ein paar lockige Strähnchen hatten sich gelöst und umspielten Stirn und Wangen. *Sie* trug das Parfüm. Sie war die Quelle des Duftes. Natürlich.

«Psst!», sagte die Frau. «Nicht so laut.»

«Das ist hier keine Bibliothek», entgegnete das Mädchen sachlich.

Ein zweites Mädchen tauchte auf. Sie war jünger, unverkennbar die Schwester der älteren, ebenfalls hübsch. «Elli!», rief die Jüngere. «Ich hab sie. Ich hab sie gefunden. Hier!» Sie hielt zwei DVDs hoch.

Elli. Sie hatte sie Elli genannt. Tatsächlich, sie *war* es. Das war Eliana – oder besser gesagt: seine *Vision* von Eliana in diesem Spiel.

«Wie oft habe ich dir gesagt, du sollst mich nicht Elli nennen!», wies die Ältere sie zurecht. «Ich mag das nicht.»

«'Tschuldigung, Elli», sagte die Jüngere. Dann verdrehte sie theatralisch die Augen. «Ups.»

Die Ältere gab ihr einen Klaps auf den Kopf und begleitete die Geste mit einem «*Boing!*». Offensichtlich war sie nicht verärgert.

Das jüngere Mädchen kicherte.

«Gute Arbeit, Sherlock», sagte Eliana mit Blick auf die beiden DVDs.

«Darf ich mal?», sagte die Frau und nahm sie in die Hand.

«Okay?», fragte die Jüngere.

«Hat Robert sich die gewünscht?», fragte die Mutter.

Robert, dachte Finn. Der große Bruder.

«Ja klar!», sagte die Kleine.

«Und was hast du da?», fragte die Frau neugierig. Eliana hielt ein Buch in der Hand. Es war dick und hatte einen Stoffeinband mit unterschiedlich breiten Querstreifen in kräftigen Farben, türkis und pink, gelb, orange, grün.

«Ach nix», sagte Eliana mit einem Achselzucken und nahm das Buch in die andere Hand, weg von den forschenden Augen der Mutter.

«Na denn, auf zur Kasse.» Die Frau wandte sich zu Finn und Rouge um – sie hatte sie nicht vergessen. «Ciao», sagte sie und wandte sich um.

Eliana nahm Finn jetzt erst zur Kenntnis und sah zu ihm hoch. Ihre Augen – intensiv und dunkel – glitten über sein Gesicht. Finn stand da wie gelähmt. Es war überraschend, jemanden mit so leuchtend hellem Haar und so schwarzen Augen zu sehen.

«Eliana? Kommst du? Wir gehen nach oben ins Café», sagte ihre Mutter. Sie legte Eliana eine Hand auf die Schulter, um sie in die richtige Richtung zu bugsieren, wobei sie Finn einen Blick zuwarf: meine-Tochter-die-Träumerin.

Und dann waren sie außer Hörweite.

Finn merkte, dass er die ganze Zeit die Luft angehalten hatte.

«Das war aber ziemlich heftig», bemerkte Rouge.

«Glaubst du mir jetzt?», sagte er.

Finn konnte sich nicht mehr auf die Bücher konzentrieren. Ein paar Minuten lang tat er so, als stöberte er herum, gab es aber schließlich auf. «Wir könnten doch nach oben gehen und auch etwas trinken», sagte er. «Dieser Mitspieler ist neugierig, ob er ein weiteres Treffen mit ihnen erfinden wird.»

«Dito», sagte Rouge.

Sie fuhren mit der Rolltreppe nach oben zum Café.

«Sollen wir Professor Grossmann von deinem Verdacht erzählen?», überlegte Rouge laut. «Vielleicht ist ja was dran.»

«Auf jeden Fall. Es ist schließlich unsere Aufgabe, ihnen zu erzählen, wie wir das Spiel erleben.»

Die Tische vorn im Café waren alle besetzt, aber die Frau und ihre Töchter waren nirgends zu sehen. In dem Bereich hinter der Theke standen noch mehr Tische, aber der Getränkekühler und die Caféregale versperrten den Blick darauf. Finn hatte Glück, dort saßen sie.

Finn und Rouge nahmen an dem einzigen unbesetzten Tisch neben dem der Frau und ihren beiden Töchtern Platz.

«So sieht man sich wieder», sagte die Frau. «Haben Sie etwas Interessantes gefunden?»

«Leider nein», sagte Finn.

«Frauenunterhaltung ist wohl nicht so Ihr Ding?»

Sie hat eine sympathische Art, dachte Finn.

«Ach, Mama», sagte das ältere Mädchen, «du bist so ein Snob!»

«Eliana!», rief die Mutter tadelnd und warf Finn und Rouge wieder so einen Meine-Tochter-Blick zu. «Wo sind deine Manieren?»

«Da unten bei der Frauenunterhaltung», sagte sie und sah Finn an. «Wenn ein Buch nicht mindestens zweihundert Jahre alt ist, hat es bei meiner Mutter keine Chance. Was natürlich nicht heißt, dass man keine Klassiker lesen sollte.»

«Natürlich nicht», sagte er. Diese junge Dame, die er da erfunden hatte, war wirklich sehr charmant.

Ihre jüngere Schwester hatte gerade ihren Milchshake ausgetrunken und machte jetzt mit dem Strohhalm Schlürfgeräusche auf dem Glasboden.

«Madeline!», sagte die Mutter.

Die Kleine hörte auf zu schlürfen und sah zu Finn hoch. «Ich lese gerade ‹Harry Potter›», sagte sie. «Das ist doch ein Klassiker, oder?»

«Es wird einer werden», sagte er. «Garantiert. Da bin ich mir ganz sicher.»

Rouge versetzte Finn unter dem Tisch einen Tritt.

«Was haben *Sie* denn zuletzt gelesen?», fragte Madeline.

«‹Stolz und Vorurteil›», sagte Finn.

«Echt?», sagte Eliana, und ihre Augen wurden ganz rund. «Das lese ich auch gerade!»

«Ich weiß», sagte er. «Ich weiß.»

Plötzlich war es ganz still. Alle vier starrten ihn an.

O-oh, dachte Finn. Diesmal war er zu weit gegangen. Es war ein Fehler, so viel zu verraten. Er machte schnell die Augen zu und wartete darauf, wieder zum Startpunkt von Level 2 katapultiert zu werden. …

Er öffnete die Augen wieder. ... Sie saßen alle noch genau so da und starrten ihn an, warteten darauf, dass er etwas sagte.

«Natürlich weiß ich das», erklärte er. «Alle gebildeten Mädchen in deinem Alter lesen Jane Austen.»

«Genau», sagte die Mutter.

Puh. Es hatte geklappt.

Eliana griff über den Tisch nach dem Caffè Latte ihrer Mutter und nahm einen kleinen Schluck davon. «Mm.»

«Eliana», rügte die Mutter. «Das hemmt dein Wachstum.»

«Sie haben ja Kaugummi», sagte Madeline zu Finn und zeigte auf seine Brusttasche.

«Ach so, ja», sagte er. Er hatte gar nicht mehr daran gedacht und zog das Päckchen heraus. «Möchtest du?» Er hielt es ihr hin.

Madeline wollte es nehmen.

«Madeline!», sagte die Mutter. «Nicht die ganze Packung.»

Die Kleine blickte beschämt. «Nur ein Stück vielleicht, danke», sagte sie, ganz die wohlerzogene Tochter.

«Du auch?», fragte Finn Eliana.

«Ja, danke», sagte sie und nahm eins.

Er schaute die Mutter fragend an.

«Um Gottes willen, nein», sagte sie.

«Ich aber», sagte Finn und kam sich richtig mutig vor.

Er sah zu, wie die Mädchen auf den rosa Rechtecken herumkauten und dann Blasen machten.

Der Kaugummi schmeckte säuerlich und süß zugleich. Viel zu süß. Und es fühlte sich an, als kaute er auf einem dieser Radierer aus der Werkzeugkiste seiner Mutter herum.

Eliana kicherte. «Voll sauer, was?»

«In der Tat», sagte er, aber mit dem klebrigen Zeugs im Mund kamen die Wörter etwas nuschelig heraus. Er versuchte, eine Blase zu machen, scheiterte aber kläglich. «Wie geht das mit den Blasen?», fragte er.

«Erst müssen Sie den Gummi ganz weich kauen», sagte Eliana.

Finn kaute kräftiger.

«Ja. Matschen Sie ihn richtig im Mund herum», sagte sie, «bis die kleinen sauren Kristalle verschwinden.» Sie wartete. «Sind sie jetzt weg?»

«Ja. Das Süßsaure ist fast weg. Und die Kristalle auch.»

«Gut.» Eliana bewegte den Kaugummi im Mund hin und her und überlegte, wie sie die Vorgehensweise am besten erklären sollte. «Jetzt rollen Sie den Kaugummi mit der Zunge zu einer Kugel und drücken sie dann oben gegen den Gaumen. Kriegen Sie das hin?»

«Vielleicht», sagte er, lachte, kaute und rollte. «Ja, ich glaub, ich hab's.»

«Jetzt schieben Sie die Kugel bis an die Vorderzähne. Und dann drücken Sie sie mit der Zunge platt.» Sie machte den Mund auf und zeigte es ihm.

«Igitt!», sagte Madeline.

Eliana ließ eine Blase knallen. «Ups, das passiert manchmal ganz automatisch.»

Finn musste wieder lachen. «Dieser Kaugummikauer glaubt nicht, dass er das schafft.»

Eliana und Madeline hörten auf zu kauen und starrten ihn an.

«Was haben Sie da gesagt?», sagte Eliana kichernd.

«Dieser Kaugummikau –», sagte er, brach dann ab und setzte erneut an. «Ich habe gesagt, ich glaube nicht, dass ich das schaffe.» Er zählte drei Ich-Pronomen in dem Satz, und jedes fühlte sich an wie eine kleine Ohrfeige. «Ich glaube nicht, dass ich Blasen machen kann.»

«Doch, das können Sie», sagte Eliana. «Sie müssen nur mit der Zunge gegen das flache Stück drücken und dann –»

Finns Zunge durchstieß die Kaugummimasse.

«O-oh. Jetzt müssen Sie wieder ganz von vorne anfangen.» Eliana lachte.

«Und wir müssen los», sagte die Mutter und tippte auf ihre Armbanduhr.

«Danke für den Unterricht», sagte Finn. «Aber ich fürchte, für heute ist es genug.» Und dann befreite er sich von dem Klumpen, in dem er ihn kurzerhand runterschluckte. *Glupsch.*

«Oh!», riefen Eliana und Madeline.

«Er hat's runtergeschluckt!», sagte Madeline ehrfürchtig.

«Das soll man nicht», sagte Eliana. Als hätte sie Angst bekommen, dass sie ihren Kaugummi auch verschlucken könnte, nahm sie ihn aus dem Mund, wickelte ihn in sein Papierchen und warf ihn in den Aschenbecher.

«Das wusste ich nicht», sagte Finn erschreckt.

«Oh nein», rief Rouge. «Ist das gefährlich?» Weil sie die ganze Zeit geschwiegen hatte, fiel ihre Besorgnis besonders auf.

«Ach nein, keine Bange», sagte die Mutter. «Sie dürfen nur keine Gewohnheit daraus machen.» Sie zwinkerte Finn zu. «Aber ich glaube, da besteht keine Gefahr.» Sie trank den letzten Schluck aus ihrer Tasse. «Okay, Mädels, jetzt aber nichts wie los.» Sie wandte sich Finn und Rouge zu. «Es war nett, mit Ihnen zu plaudern.» Sie stand auf. «Sind Sie in Berlin zu Besuch?»

«Ja», sagte Finn und stand ebenfalls auf. «Ja, das sind wir.»

«Wir sind Austauschstudenten», sagte Rouge. «Aus Greifswald.»

Austauschstudenten? Aus Greifswald? Finn sah Rouge an, aber sie mied den Blickkontakt. Er drehte sich zu Madeline um. «Möchtest du die letzten beiden Kaugummis vielleicht mitnehmen?»

«Echt?», sagte sie.

«Klar. Wozu sind Freunde sonst da?»

«Danke, Kumpel», sagte sie, und alle lachten. Sie gab ihm die Hand. «Ich bin Madeline.»

«Finn», sagte er. Er wandte sich der Mutter zu und gab ihr die Hand – sie stellte sich als Angelika vor –, dann richtete er den Blick auf Eliana. «Auf Wiedersehen … ?»

«Eliana», sagte sie und lächelte ihn an.

Sie wird mal eine richtige Schönheit, dachte er. Oder besser: Sie war damals eine richtige Schönheit. Oder: war damals eine gewesen. Oder –? Oje. Allmählich kam er mit den Zeiten durcheinander. Schluss damit! Schon wieder hatte er vergessen, dass sie nur ein Produkt seiner Phantasie war.

«Auf Wiedersehen … Finn», sagte Eliana. «Wenn wir uns das nächste Mal treffen, wollen wir richtig tolle Kaugummiblasen von Ihnen sehen.»

«Versprochen.»

Finn und Rouge blickten ihnen nach, wie sie das Café verließen.

«Nun denn», sagte Rouge, die ziemlich erleichtert aussah. «Mission erfüllt. Du hast noch eine Bekanntschaft geschlossen.»

«Drei», korrigierte Finn und lachte.

11 Frohes neues Jahr

Finn musste aufstoßen, und der Geschmack des Kaugummis stieg ihm unangenehm in den Mund. Professor Grossmann, heute wieder im braunen Cordanzug, sagte, das sei zu erwarten gewesen.

«Aber wie kann das denn sein?», fragte Finn, etwas abgelenkt von dem Bolotie des Professors, dessen Brosche ihn anfunkelte. Sie war von eleganter Schönheit, ein glänzend polierter und in Gold gefasster Topaz. Daran hingen beigefarbene Ledersenkel mit Goldspitzen.

«Es war doch bloß eine Vision, oder?», fuhr Finn fort. «Wenn wir im Traum ein Glas Wein trinken, wachen wir doch nicht betrunken auf.»

«Die Macht der Suggestion in ‹Projekt Zeit› darf man nicht unterschätzen», erklärte der Professor. «Deshalb gehen wir äußerst vorsichtig vor.» Er zwinkerte Finn väterlich zu.

Finn hatte Professor Grossmann seine Gedanken über das Spiel gleich bei seiner Ankunft mitgeteilt. Der ältere Mann hatte aufmerksam zugehört, seine Vermutungen aber weder bestätigt noch von sich gewiesen. Und Finn war zu müde gewesen, weiter darauf zu beharren. Level 2, so stellte er nach Ende des Spiels fest, war anstrengend und verwirrend gewesen. Die Eliana aus dem Spiel und die Eliana aus dem Tagebuch gerieten in seinen Gedanken ständig durcheinander. Und dann war er doch tatsächlich im Untersuchungsraum eingeschlafen, während Professor Grossmanns Assistentin Yuka Shihomi, eine schüchterne PA, die vielleicht ein oder zwei Jahre älter war als er, ihn abgetastet hatte. Professor Grossmann hatte ihr Nachgespräch vorzeitig abgebrochen, Finn umgehend ins Memolabor geschickt, wo seine Erinnerungen heruntergeladen wurden, und ihn dann mit einem Robotaxi nach Hause bringen lassen.

Finn fiel sofort ins Bett und schlief lange. Aber als er am nächsten Morgen erwachte, fühlte er sich nicht etwa ausgeruht, sondern noch unruhiger als am Tag zuvor. Er hätte gern mit Rouge gesprochen, um mit ihrer Hilfe seine Gedanken über das Spiel zu ordnen, aber sie war mit Jaydeep Makhijani dienstlich unterwegs. Finn wollte sie nicht kontaktieren. Er befürchtete, sie könne das als Annäherungsversuch missverstehen. Im Spiel hätten sie sich beinahe geküsst. Im Nachhinein hatte ihn das verunsichert, und es hatte zu seinem Unbehagen beigetragen. Gut, dass es nicht dazu gekommen war. Rouge war einfach nicht die Richtige, sie war zu kontrolliert und kühl. Aber andererseits würde ihm genau diese Eigenschaft helfen, diesem merkwürdigen Gefühl auf den Grund zu gehen. Er würde nun bis Silvester warten müssen, um mit ihr darüber sprechen zu können – Rirkrit Sriwanichpoom hatte zur alljährlichen Silvesterparty im Eisberg eingeladen.

Die folgenden zwei Tage verbrachte Finn im BAD PAD. Er las alles, was er über die Buchhandlung Dusenhuber finden konnte, recherchierte die Geschichte der Kantstraße und andere Kleinigkeiten, auf die er in Elianas Tagebuch gestoßen war. Er frischte auch sein Deutsch auf, indem er sich alte Tonaufnahmen anhörte und Zelluloids guckte. Sein Deutsch, so schien es ihm, hatte sich im Spiel etwas schwerfällig angehört, und das wollte er verbessern.

Doch die ganze Zeit ging ihm das Spiel einfach nicht aus dem Kopf. Wie viel von dem Spiel hatte er selbst erfunden? Und wie viel war von den Spielentwicklern geschaffen worden? Je mehr er darüber nachdachte, desto mehr beschlich ihn das Gefühl, dass das Ganze eine Vision war, ein Traum. Das war die einzige logische Schlussfolgerung. Aber wie hatten sie es geschafft, all diese Bilder aus seinem Unterbewusstsein zu holen, daraus eine Geschichte zu gestalten, und diese Vision dann noch auf Rouge zu übertragen? Denn sie hatte seinen Traum eindeutig miterlebt. Abgesehen von der garantierten «absoluten Immersion» war das das eigentlich Bahnbrechende am neuen Spiel.

Der Silvestertag war dunkel und bitterkalt. Der kurze Radweg von der SwiftShuttle-Station zum Eisberg war anstrengend. Trotz der Handschuhe schmerzten ihm die Finger vor Kälte. Weil er noch etwas Zeit hatte, ging er in sein Büro, machte sich einen Ingwertee und gab eine Zingtablette dazu. Er hatte vor, ein paar BB-Nachrichten zu beantworten, doch gerade als er sich hinsetzen wollte, glitt sein Blick über den Schreibtisch. Vor lauter Schreck verfehlte er glatt seinen Sessel und plumpste auf den Boden.

Finn wusste, dass er hyperventilierte, er hörte, wie er keuchte, nach Luft rang. Schweiß brach ihm aus, seine Hände wurden feucht, alles drehte sich. Er schloss die Augen und kämpfte gegen die Übelkeit an. Das konnte nur ein Scherz sein. Oder das letzte graue Nachmittagslicht narrte ihn. Er wartete ab, bis sich sein Herzschlag normalisiert hatte, hievte sich dann hoch und riskierte einen zweiten Blick.

Es war noch da. Elianas Buch. Das Buch, das sie bei Dusenhuber in der Hand gehalten hatte.

Es war ein dickes Buch, und es sah genauso aus, wie er es in Erinnerung hatte: ein Stoffeinband mit unterschiedlich breiten Querstreifen in kräftigen Farben, türkis und pink, gelb, orange, und grün, jetzt allerdings durch die Jahre etwas verblasst.

Was hatte das zu bedeuten? Wie war das Buch, eine Vision im Spiel, hierher gekommen? Erlaubte sich Rouge einen Scherz mit ihm? Oder Professor Grossmann? Hatten sie seine Erinnerungen durchforstet? Das war doch strengstens verboten! Oder gab es irgendeine andere Erklärung?

Finns Hände zitterten, als er das Buch aufschlug. Ja – es war ihr Tagebuch. Das war ihre Schrift. Säuberlich wie immer.

Er fing an zu lesen.

Sonntag, 25. April 2004

Ich liebe dieses neue Tagebuch! Das Papier ist nicht ganz so edel und weich wie in dem Ledertagebuch von Papa, aber es ist schwerer und hat mehr Glanz. Mein Füller gleitet richtig angenehm drüber. Wie beim Schlittschuhlaufen ganz früh morgens im Eisstadion, ehe die Massen kommen und die Eisbahn sulzig treten. Die Oberfläche des Papiers ist wie poliert. Und mir gefällt das Geräusch, wenn ich die Seiten vor- und zurückblättere oder wenn ich mit den Fingernägeln darüberkratze. Ich habe mir das Tagebuch beim Umblättern ans Ohr gehalten und gelauscht. Robert meint, ich sei eine Papierfetischistin. Vielleicht stimmt das ja. Oder bin ich Tintenfetischistin? Ich rieche Tinte so gerne, besonders, wenn sie noch feucht auf der Seite ist.

Gestern waren wir in dem neuen Dusenhuber, um für Robert ein Geburtstagsgeschenk zu kaufen, und da habe ich es entdeckt (das Buch hier, meine ich). Hinterher sind wir nach oben ins Café, und ich habe einen Erdbeer-Smoothie getrunken – und die Hälfte von Mamas Caffè Latte. Und da haben wir ein echt komisches Pärchen kennengelernt. Austauschstudenten aus Greifswald. Ihr Deutsch war voll –

Finn merkte, wie ihm heiß wurde. Und dann zitterte er unkontrolliert. Seine Knie wippten auf und ab, als hätten sie ein Eigenleben. Er versuchte, sie mit den Händen festzuhalten, aber die Muskelkrämpfe ließen nicht nach. Er riss das Fenster auf. Kalte Luft strömte herein und schlug ihm ins Gesicht. Einige Augenblicke blieb er dort vorm Fenster stehen und atmete die eisige Luft ein, dann setzte er sich wieder an den Schreibtisch.

Und da haben wir ein echt komisches Pärchen kennengelernt. Austauschstudenten aus Greifswald. Ihr Deutsch war voll seltsam. Irgendwie gestelzt und steif. Sie hat kaum was gesagt, war aber unglaublich schön, wenn auch ein bisschen streng. Sie hatte ganz tolle rote Haare. Wie Kupfer. Und lockig. Er war –

Das kann nicht sein. Das kann einfach nicht wahr sein.

Er war so … anders. Sympathisch, richtig gut sah er auch aus, aber irgendwie so … ich weiß es nicht … anders eben. Und er hat mich die ganze Zeit so intensiv angeguckt, als ob ich ein Bild im Museum wäre oder so was. Okay, nicht die ganze Zeit. Aber viel. Und dann habe ich ihm gezeigt, wie man Kaugummiblasen macht, echt lustig, und er – er heißt übrigens Finn – hat seinen Kaugummi runtergeschluckt! Mama hat gesagt –

Finn fröstelte. Er schloss das Fenster, drückte die Stirn gegen die Glazex-Scheibe und blickte nach unten. Dort lagen die roten Dächer von Greifswald im Dämmerlicht. Er war wach und in bester Verfassung. Das hier war kein Traum, kein Spiel. Es musste eine vernünftige Erklärung geben. Es *musste.*

Mama meinte, er sei «süß». Ich hasse es, wenn sie das Wort benutzt. Bloß weil sie in der Filmbranche arbeitet, denkt sie, sie wüsste, was Mädchen heutzutage «süß» finden. «So süß», hat sie hinterher zu Papa gesagt, «aber wie aus einer anderen Welt.» Sie meinte, er hätte so was Ätherisches an sich, dass er eine geheimnisvolle Traurigkeit ausstrahle. «Eine alte Seele in einem jungen Herz», waren ihre Worte. Kotz! Würg! Die übertreibt dermaßen. Dann ist sie in ihr Atelier gegangen und ist mit einem historischen Quelle-Katalog vom Frühjahr / Sommer 1992 zurückgekommen, den sie benutzt, um die Kostüme für diesen Ost-West-Film zu entwerfen, den sie gerade macht. Und sie hat uns darin eine Patchworkjacke aus Leder gezeigt, mit Schulterpolstern von hier bis nach Reykjavik, und ich war total baff, aber es war wirklich die Jacke, die die Frau mit den roten Haaren angehabt hatte. Rouge hieß sie. Und dann hat Mama auch noch seine Jacke in dem Katalog gefunden! Eine Pilotenjacke. Auch mit Schulterpolstern. Und sein gestreiftes Polohemd. Echt lustig!

Hinterher hat Mama Madeline und mir erlaubt, den Katalog durchzublättern. Nicht zu fassen, was da alles drin ist. Am lustigsten war die Herrenunterwäsche. Wir haben uns weggeschrien, als wir so einen Minislip für Männer gesehen haben, auf dem «Kiss Me» stand, mit einem Muster aus roten Lippen. Ehrlich, das wäre doch das beste Geburtstagsgeschenk überhaupt für Robert!

Finn klappte das Buch zu und ging.

Die Empfangshalle des Eisbergs war rappelvoll, wie nicht anders zu erwarten. Die Silvesterparty hier war berühmt-berüchtigt, die Leute rissen sich förmlich um die Einladungen, kamen früh und gingen spät. Finn hatte Dr. Dr. Rirkrit Sriwanichpooms Begrüßungsworte verpasst, die Korken knallten schon, der Sekt schäumte.

Finns Augen schweiften durch die Halle. In dem Gedränge von Hunderten Gästen, die hin und her wuselten, würde es schwer werden, Rouge zu finden, aber Doc-Doc, groß und ganz in Weiß, war immer ein Blickfang, und Finn vermutete, dass Rouge sich in seiner Nähe aufhielt. Aber er fand sie nicht und ging daher in den benachbarten Internationalen Konferenzraum, den man in einen stillen Groove-Saal umgewandelt hatte. Tänzer wiegten und drehten sich mehr oder weniger lautlos zu einem Silvestermedley, das weltweit zeitgleich auf ihre BBs übertragen wurde. Die Körper bewegten sich synchron, und es sah aus, als blähte sich ein gewaltiger Fallschirm aus Seide im Wind.

«Finnkins!», rief Gao. Sie tanzte mit Renko, der Finn am Jackensaum festzuhalten versuchte, als er vorbeihastete. Finn tat, als ob er ihn nicht bemerkt hätte, denn soeben hatte er auf der beheizten Terrasse des Konferenzraumes eine weiße Gestalt erblickt: den Bibliotheksdirektor. Er unterhielt sich mit Rouge, Jaydeep und Professor Grossmann.

«Guten Tag», sagte Finn mit einem knappen Nicken. Er sah Rouge an. «Können wir kurz sprechen?»

«Aber wir waren gerade –», setzte sie an, verstummte dann aber. Sie musste etwas in Finns Gesicht oder seiner Stimme bemerkt haben, denn sie blickte Jaydeep und den Direktor und den Professor an und sagte nur: «Wir holen das später nach.»

Rouge trabte hinter Finn her, ihre durchsichtigen Stilettostiefel klapperten über die harten weißen Marmorböden. Die Leute drehten sich um und sahen die beiden vorbeihetzen. *Wo brennt's denn?*, schienen ihre Blicke zu fragen.

«Finn, was ist los?», wollte Rouge wissen.

Finn schwieg verbissen und marschierte voraus.

In Finns Büro war es stockdunkel. Er schaltete das Licht ein, ging zum Schreibtisch und hielt das Buch hoch. Seine Hand zitterte. «Was weißt du hierüber?», fragte er.

Rouge schwieg.

Er schluckte schwer, wartete.

Rouge sagte noch immer nichts.

«Was hat das zu bedeuten?», schrie er.

«Es war kein Spiel», sagte eine Stimme hinter ihnen.

Finn und Rouge drehten sich zur Tür um.

Professor Grossmann stand im Türrahmen. «Sie haben kein Spiel gespielt, Mr. Nordstrom», sagte er. «Sie sind durch die Zeit gereist.»

12 Folge deinem Herzen

Finn saß im Sand, die Sonne brannte ihm im Gesicht. Es war einer dieser merkwürdigen Januartage, die er noch von seiner Kindheit in Erinnerung hatte: ein plötzlicher, kurzlebiger warmer Anflug von Frühling. Sein Vater kam dann mit dem Citygleiter zum Mittagessen nach Hause, und sie machten ein Picknick am Strand, zogen sich die Socken aus, tauchten die Zehen ins Meer …

Finn hörte Möwen kreischen und erinnerte sich daran, wie gern Lulu sie gejagt hatte. Sie war hinter allem hergerannt, das Flügel hatte – bloß um es fliegen zu sehen. Wie sie gequietscht hatte, vor lauter Freude einfach nur zu sein, Kind zu sein, ein Kind, das lief und quietschte und sich wünschte, fliegen zu können. Wie paradox, dass sie beim Fliegen ums Leben gekommen war – obwohl, wenn er recht darüber nachdachte, war ihr die kindliche Lebensfreude, die sie einst empfunden hatte, bereits fast ausgetrieben worden. Ab dem Alter von sechs Jahren wurden alle Kinder dazu angehalten, sich zu beherrschen, wurden sie mit dem bedächtigen Pragmatismus ihrer Gesellschaft indoktriniert – ein Prozess, der normalerweise abgeschlossen war, wenn sie dreißig wurden.

Finn setzte sich auf.

Was sollte er von all dem halten?

Er und Rouge hatten kein Spiel getestet.
Sie waren tatsächlich durch die Zeit gereist.

«Durch die Zeit gereist?», rief Finn. Er hielt noch immer Elianas Tagebuch in der Hand.

«Ganz genau», sagte Professor Grossmann.

«Aber –», stammelte Finn und sank in seinen Sessel.

Grossmann und Rouge nahmen ihm gegenüber Platz.

«Aber … wie … ?», sagte Finn.

«Sie möchten wissen, wie es funktioniert?», fragte der Professor. «Es ist reine Physik. Physik auf allerhöchstem Niveau natürlich. Hat man Ihnen das in der Schule denn nicht beigebracht? Haben Sie nichts gelernt über Zeit-Raum, die vierte Dimension, schwarze Löcher? Was denken Sie denn, was wir die ganze Zeit drüben im OZI so treiben?» Er lachte.

Finn hob kapitulierend die Arme. Es war eine doppelte Kapitulation. Er hatte nicht nur keinen blassen Schimmer, was die da am OZI machten, er hatte noch dazu keine Ahnung, was sie mit *ihm* machten. «Dieser Mann», sagte Finn schließlich über sich, «hätte nun mal nie gedacht, dass er in seiner Zeit –»

«Dass er in seiner Zeit was?»

«Es *selbst* machen würde.»

«Tja. Das Leben ist eben voller Überraschungen.»

«Aber … warum …?», stammelte Finn.

«Warum was?», fragte Professor Grossmann.

«Warum …», setzte Finn an, gab dann aber auf. Es waren einfach zu viele «Warums».

«Sie möchten wissen, warum wir das tun?», fragte Professor Grossmann behutsam.

«Nun ja. Das auch. Aber …»

«Aber? … Warum *Sie*? Ist das Ihre Frage? Warum wir *Sie* ausgesucht haben?»

«Ja!», sagte Finn. «Ja! Genau!» Seine Stimme war zwei Oktaven nach oben geschnellt. «Warum nicht jemanden, der etwas von Physik versteht? Wie Sie. Oder Jaydeep Makhijani.» Er blickte Rouge an. «Du hast es gewusst, nicht?» Er spürte jähen Zorn in sich aufsteigen.

Rouge rutschte unruhig hin und her und mied den Blickkontakt mit ihm.

«Es ist schließlich ihre Arbeit», sagte der Professor. «Das verstehen Sie doch sicherlich? Sie war zum Schweigen verpflichtet.» Er lächelte Finn an. «Sie wollten eben fragen, warum –»

«Warum gerade *Sie*?», sagte eine näselnde Stimme. «Das möchten Sie wissen?»

An der Tür war Dr. Dr. Rirkrit Sriwanichpoom aufgetaucht. Er hielt ein Tablett in den Händen, auf dem eine Flasche Champagner und vier Sektflöten standen. «Junger Mann», sagte er und betrat den Raum, «Sie glauben doch nicht im Ernst, dass das bloß eine Laune unsererseits war?» Seine Stimme war eisig. «Wir hatten unsere Gründe.» Seine Augen wanderten durch den Raum. Er rümpfte die Nase. «Sie haben aber ein kleines Zimmerlein! Kein Besprechungstisch?»

Finn antwortete ihm nicht.

«Nun denn, der Schreibtisch tut's vielleicht auch.» Sriwanichpoom stellte das Tablett darauf ab. «Können wir?», fragte er und hob die Flasche.

«Moment bitte, Rirkrit», sagte Professor Grossmann. «Warte noch mit dem Schampus, wenn Sie nichts dagegen haben.» Er wandte sich wieder an Finn. «Sie möchten gern wissen, warum wir Sie ausgesucht haben. Nicht?» Er lockerte seinen Bolotie und nestelte an der Brosche herum. War er etwa nervös? Heute waren die Ledersenkel türkis, vielleicht Eidechsenleder, dachte Finn, und hatten silberne Spitzen. Die Brosche war aus Silber, mit einem kunstvollen indianischen Motiv: Die Silhouette eines schlafenden Kriegers zu Pferd aus dunkelblauem Lapislazuli hob sich von einem Hintergrund aus korallenroten und türkisfarbenen Steinen ab, die einen Sonnenuntergang am Wasser darstellten. «Drüben am OZI», fuhr der Professor fort, «arbeiten wir schon länger an einem Projekt, das sich mit Zeitreisen in die Vergangenheit befasst und der Frage nachgeht, wie unser Leben von Heute und Morgen von bestimmten Aspekten der Vergangenheit profitieren kann. Dr. Dr. Sriwanichpoom hat uns bei dem historischen Aspekt unterstützt und ist in unsere Arbeit eingeweiht. Und Mademoiselle Moreau wird ihre Doktorarbeit über unsere Forschung schreiben. Falls Sie, Mr. Nordstrom, bereit sind, mit uns zusammenzuarbeiten, wird sie Nachgespräche mit Ihnen über Ihre Erfahrungen führen, so eine Art Debriefing. Selbstverständlich würde in ihrer veröffentlichten Dissertation alles anonym bleiben.» Er lächelte Rouge zu und hielt inne, um seine Gedanken zu sammeln.

Finn bemerkte, wie Doc-Doc sehnsüchtig die Champagnerflasche beäugte.

«Unsere Arbeit ist spekulativ», sprach Professor Grossmann weiter. «Und wie bei allen wissenschaftlichen Experimenten haben wir auch hier einige Rückschläge hinnehmen müssen. In letzter Zeit hatten wir jedoch Anlass zu der Hoffnung, dass sich unsere Hypothesen doch noch als richtig erweisen könnten. Wir benötigen aber jetzt einen Tester mit ganz besonderen Qualifikationen. Und man machte uns auf Sie, Mr. Nordstrom, aufmerksam.»

«Wieso? Was sind das für Qualifikationen?»

Jetzt öffnete der Professor seinen obersten Kragenknopf. Ja, er war eindeutig nervös. «Unser Untersuchungsgebiet ist Berlin und Norddeutschland in den Jahren unmittelbar vor Beginn des Zeitalters des Dark Winter. Deutschland zu Beginn des einundzwanzigsten Jahrhunderts ist ein durchaus faszinierendes Thema für die Forschung, auf historischer, archäologischer, kultureller sowie natürlich auf naturwissenschaftlicher Ebene. Aber wie Sie sehr wohl wissen, ist es leider nicht mehr en vogue. Nur wenige Forscher befassen sich heutzutage noch mit diesem Themengebiet. Sie, Mr. Nordstrom, zählen zu der Handvoll von Akademikern, die nicht nur die Kultur jener Zeit, sondern noch dazu die Sprache beherrschen. Das war für unser Projekt von entscheidender Bedeutung.»

«Was ist mit Dr. Beyer drüben in Stralsund?»

«Ein ausgezeichneter Mann», sagte Dr. Dr. Sriwanichpoom. «Aber leider war Jugend eine Grundvoraussetzung für dieses Projekt. Wir brauchten jemanden aus der Prä-Adult-Altersgruppe.»

«Warum nicht Rina Stehn oder Chrissi Nowman drüben in Hamburg?», schlug Finn vor.

«Reizende Damen!», sagte der Bibliotheksdirektor. «Aber das hier ist eindeutig ein Job für einen Mann.»

«Warum nicht Renko Hoogeveen?», fragte Finn.

«Bedauerlicherweise», sagte Sriwanichpoom, «war eine tadellose Gesundheit ebenfalls eine Grundvoraussetzung. Wie bereits in unserem ersten Gespräch über ‹Projekt Zeit› erwähnt, hat Ihr Freund ernsthafte gesundheitliche Probleme.» Er griff erneut nach der Champagnerflasche. «Wollen wir?»

Der Professor nickte, wandte sich dann wieder Finn zu.

«Der langen Rede kurzer Sinn: Wir waren der Meinung, dass Sie der Richtige sind.»

Am Strand war es kühler geworden. Finn zog seine Strickjacke enger um sich.

Er könnte doch hierher zurückkehren, nach Fire Island. Er könnte seine Arbeit in Greifswald aufgeben, den Laden seines Vaters an der Rockaway-Küste übernehmen und handgefertigte Holzmöbel aus dem einundzwanzigsten Jahrhundert an tibetanische Mönche und reiche Witwen verkaufen. Oder er könnte Deutsch in einer Schule unterrichten. In New York oder Boston. Oder in Washington. Die Städte waren alle leicht von Fire Island aus erreichbar. Aber wollte er wirklich unterrichten? Und gab es überhaupt freie Stellen dafür? Von den toten Sprachen war Deutsch nicht die beliebteste. Selbst Latein hatte mehr Anhänger.

Er blickte aufs Meer hinaus.

Was sollte er von all dem halten, was sie ihm in Greifswald aufgetischt hatten?

Es war jetzt Nacht in Greifswald. Draußen vor seinem Bürofenster sah Finn die Stadt unter sich liegen, weiß bestäubt mit Schnee. Er hörte die Stimmen der Partygäste, die die Europäische Bibliothek verließen. Sie sangen ein fröhliches Neujahrslied.

«Ja, Mr. Nordstrom», sagte Professor Grossmann, «wir sind der Meinung, dass Sie der Richtige sind.»

«Wofür?»

«Um unser Projekt zu retten. Keine ganz ungefährliche Aufgabe, wohl wahr, aber ein heroisches Unterfangen.»

«Was für eine absurde Vorstellung», sagte Finn. «Dieser Mann ist kein Held, und er will auch keiner sein.»

«Sie unterschätzen sich», sagte der Professor.

Plopp! Der Champagner knallte. Er schäumte aus dem grünen Flaschenhals und in ein Glas, das Dr. Dr. Sriwanichpoom bereithielt.

Rouge sprach Finn an. «Wir wissen, das ist nicht leicht für dich. Wir bitten dich nur, uns zu vertrauen.»

Beim Wort «vertrauen» verlor Finn die Geduld. «Vertrauen? Das ist aber ziemlich viel verlangt. Sie haben diesen Mann auf eine unsinnige, aberwitzige Reise in … in … eine öffentlichen Toilette ins Jahr 2003 geschickt!» Seine Stimme bebte. «Und Sie sprechen von *Vertrauen*?»

«Es war nicht unsinnig», sagte Grossmann.

«Aber sehr wohl eine öffentliche Toilette.»

Rouge, Grossmann und Sriwanichpoom lachten. Grossmann lachte sogar so herzhaft, dass sein Bolotie hin und her schaukelte.

«Es mangelt Ihnen nicht an Humor, junger Mann», sagte Sriwanichpoom. «Ganz gewiss nicht. Und wir können wirklich jemanden mit Humor gebrauchen.»

«Finn, du siehst das alles falsch», sagte Rouge ruhig.

Finn wandte sich ihr zu. «Du! Du hast das Leben dieses Freundes aufs Spiel gesetzt. Du hast ihn wie eine Puppe ausstaffiert. Du hast ihm einen Fauxhawk verpasst. Du –»

«Einen was?», fragte Professor Grossmann.

«Du hast ihn Zelle für Zelle kopiert», machte Finn weiter. «Du hast ihn transportiert, teleportiert, ihn in einer anderen Zeit Zelle für Zelle rekonstruiert –»

«Finn», sagte Rouge, «möchtest du wissen, wie wir das gemacht haben? Es ist nämlich nicht ganz so, wie –»

«Nein!», sagte er und sprang auf. «Nein! Dieser Mann

will es nicht wissen! Es ist ihm zu kompliziert. Und viel zu unheimlich.» Er fing an, im Raum auf und ab zu tigern.

«Das können wir nicht bestreiten», sagte der Professor. «Es ist wirklich kompliziert. Und unheimlich.»

Sriwanichpoom war dabei, Champagner in die Gläser zu gießen, aber jetzt blickte er kurz auf. «Wo bleibt Ihr Sinn für Abenteuer, junger Mann? Ihr, nennen wir es ‹poetisches Wesen› hat uns zu der Annahme verleitet, Sie hätten ein bisschen mehr Pep. Haben Sie nicht selbst bei Ihrer ersten Einweisung in ‹Projekt Zeit› gesagt: ‹Warum sollen wir eigentlich kein Risiko eingehen?› Sagten Sie nicht: ‹Schließlich spielen wir solche Spiele, damit wir auch Gefahren erleben›? Sagten Sie nicht: ‹Darin liegt doch der eigentliche Reiz›?»

«Aber das ist kein Spiel. Das ganze Gerede über das Spiel war … *baloney*.»

«Baloney*?*», echote Sriwanichpoom. Das Wort war ihm offensichtlich fremd.

«Sie waren hinterlistig!», sagte Finn. «Dieser Mann fühlt sich hintergangen!»

«Das tut uns leid», sagte der Professor, und es klang aufrichtig. «Vielleicht hätten wir Ihnen von Anfang an reinen Wein einschenken sollen. Aber man kann nie wissen. Im Nachhinein ist man immer klüger.» Er suchte nach Worten. «Das Problem ist, manche Menschen sprechen nicht gut auf das Zeitreisen an, vor allem wenn sie wissen, dass sie zeitreisen. Sie denken zu viel drüber nach. Sie kommen seltsam durcheinander zurück und sind nervös. Oder sie bekommen Kopfschmerzen, Magenprobleme, Gelenkschmerzen, nichts Besorgniserregendes, aber es behindert unsere Forschung und führt zu unnötigen Verzögerungen. Deshalb ist es manchmal besser, sie im Unklaren zu lassen.» Der Professor kramte ein zerknittertes Taschentuch hervor und wischte sich damit über die Stirn. «Wir wollten uns erst vergewissern, dass wir auf dem richtigen Weg sind, ehe wir Sie einweihen. Wir wollten uns keine Optionen verbauen. Und wir wollten Ihnen keine Angst machen.»

Sriwanichpoom reichte die Champagnergläser herum. «Und auch nicht zu früh Ihre Begeisterung wecken», sagte er. «Warum für etwas Begeisterung wecken, was sich möglicherweise als Fehlschlag erweisen würde?»

Finn schaute Doc-Doc verdutzt an.

«Die meisten jungen Männer in Ihrem Alter wären Feuer und Flamme, wenn sie die Gelegenheit zum Reisen durch die Zeit bekämen», sagte Sriwanichpoom. «Offen gestanden, es ist uns unbegreiflich, warum das bei Ihnen nicht so ist.»

Finn, der noch immer auf und ab geschritten war, blieb stehen. Sie hatten recht. Die meisten jungen Männer würden mit Begeisterung zeitreisen. Zugegeben, es war eine relativ schmerzlose Erfahrung gewesen, sogar vergnüglich und noch dazu sehr lehrreich. Aber darum ging es doch nicht, oder? Die ganze Angelegenheit hatte bei ihm ein ungutes Gefühl hinterlassen. Sie war durchsetzt mit Widersprüchen. Es gab so viele offene Fragen.

«Aber», fuhr Rirkrit Sriwanichpoom fort, «wir haben gut daran getan, unsere Optionen offenzuhalten. Sie sind der Aufgabe anscheinend doch nicht gewachsen.»

Das saß.

Rouge warf Sriwanichpoom einen vorwurfsvollen Blick zu.

Sriwanichpoom tat so, als bemerke er das nicht, und hob schwungvoll sein Glas, um einen Toast auszusprechen.

Etwas Champagner schwappte über und spritzte auf das Tagebuch. Finn hechtete zu seinem Schreibtisch, wobei er seinen Sessel umstieß, riss eine Schublade auf, grabschte nach einem Lappen und tupfte hastig das Tagebuch trocken. Es war plötzlich so still im Raum, dass man das Sprudeln der Champagnerperlen in den Gläsern hören konnten.

«Was ist denn eigentlich mit dem Tagebuch?», wollte Finn wissen. «Wussten Sie, dass das Mädchen über unsere Begegnung geschrieben hat?»

«Wir haben es … vermutet», sagte der Professor. «Als wir hörten, dass Sie ihr in dieser Buchhandlung über den Weg gelaufen sind, dachten wir uns, dass das passieren könnte. Was sollen wir dazu sagen? Es war Zufall. Schicksal. Solche Dinge passieren eben. Schuld daran ist die Buchhandlung Dusenhuber.»

«Dusenhuber?»

«Tja. Wer so einen sonderbaren Namen hat», sagte Dr. Dr. Rirkrit Sriwanichpoom, «dem kann man ruhig die Schuld zuschieben.» Er grinste.

«Und was bitte hat das Tagebuch mit Ihrem Projekt zu tun?», hakte Finn nach.

Professor Grossmann musterte ihn eindringlich. «Auf diese Frage haben wir gewartet.» Er seufzte schwer. «Mr. Nordstrom, wir möchten jetzt völlig ehrlich mit Ihnen sein. Tatsächlich ist ‹Projekt Zeit› ein heikles Unternehmen.»

Die Nacht hatte sich über die Insel gesenkt. Es war, als wäre jeder Stern – und es waren Abermillionen – eine Antwort auf seine Frage: Was nun?

Vielleicht sollte er zu den Forestern nach Sternwood

Forest gehen. Aber wenn, dann müsste er das aus voller Überzeugung machen. Die Forester waren, was Konvertierte betraf, ziemlich skeptisch. Falls Finn sich entschied, bei ihnen zu bleiben, müsste er sein vorheriges Leben aufgeben. Bücher genug würde er haben, und eine Holzhütte, einen offenen Kamin, einen Computer und auch ein tragbares Kommunikationsgerät, also ein Handy, aber er wäre mehr oder weniger von all seinen Freunden und Bekannten abgeschnitten, und von allem, womit er aufgewachsen war, zum Beispiel von diesem Haus, in dem der Geist seiner Familie weiterlebte, und von der Insel, die er so liebte. Und eignete er sich überhaupt als Holzfäller? Oder Verkäufer in einer Forester-Boutique?

Zu viele Fragen. Zu viele Antworten. Zu viele Sterne.

Finn stand auf und ging Richtung Haus.

«Ja, das Ganze ist ganz schön heikel», sagte Professor Grossmann. «Ganz schön riskant.» Er stand auf und streifte sein Jackett ab. Man konnte die nassen Schweißflecken unter seinen Armen sehen. Er nahm wieder Platz und wischte sich mit dem Taschentuch über den Nacken.

Finn ließ das Fenster einen Spalt aufgleiten, und kühle Luft strömte herein. Draußen setzte ein Citygleiter auf dem Landeplatz vor der Bibliothek auf. Ein Dutzend Passagiere stiegen aus. Sie unterhielten sich laut auf Italienisch.

«Aha», sagte Dr. Dr. Rirkrit Sriwanichpoom. «Unsere Gäste von der Europäischen Bibliothek Bologna. Können wir diese Besprechung zum Abschluss bringen? Dieser Direktor hat Verpflichtungen.»

«Warum ist es riskant?», fragte Finn. «Weil wir den Lauf der Ereignisse verändern, wenn wir in die Vergangenheit reisen?»

Sriwanichpoom schnaubte. «Machen Sie sich nicht lächerlich, Junge! Solch einen Unfug konnten sich nur die alten Science-Fiction-Autoren ausdenken!»

Rouge seufzte.

«Mr. Nordstrom», sagte der Professor freundlich, «das war ein früher weitverbreiteter Mythos. Heute wissen wir, dass es physikalische Gesetze gibt, die unsere Vergangenheit schützen. Wir können sie nicht verändern. Ganz gleich, was wir tun, irgendetwas hält uns immer davon ab, schon Geschehenes abzuändern. Es mag vorübergehend so aussehen, als wäre etwas verändert worden, aber unsere gute alte Erde bringt alles wieder auf die richtige Bahn. Selbst wenn wir mit der Absicht in unsere Vergangenheit reisen, dies oder jenes zu verändern, lassen die Gesetze der modernen Physik das einfach nicht zu.»

«Dann werden wir also», sagte Finn, «wenn wir in die Vergangenheit reisen und dort interagieren, lediglich Teil dieser Vergangenheit?»

«Ausgezeichnet», sagte der Professor. «Sehr richtig. Dieser Professor hätte es selbst nicht besser ausdrücken können.»

«Darauf sollten wir trinken», sagte Sriwanichpoom und griff nach seinem Glas.

«Aber was wäre zum Beispiel», sagte Finn, dessen Neugier größer war als sein Durst, «wenn wir, als wir im Berlin des Jahres 2004 unterwegs waren, Leuten erzählt hätten, dass wir aus der Zukunft kommen? Das hätte doch deren *Sicht* der Dinge verändert, oder?»

«Keine Frage!», sagte Sriwanichpoom und stellte sein Glas wieder hin. «Die hätten Sie für verrückt gehalten! Und falls irgendwer Ihnen tatsächlich geglaubt hätte, dann hätten die anderen auch *ihn* für verrückt gehalten.»

Rouge und Grossmann lächelten schwach über den Versuch des Direktors, humorvoll zu sein.

«Aber», sagte Finn, bemüht, alles ganz logisch zu Ende zu denken, «falls jemand aus unserer Zukunft, sagen wir aus dem Jahr 3000, jetzt eine Zeitreise ins Hier und Jetzt machen würde, ins Berlin vom 1. Januar 2265, und falls derjenige sagen würde, er käme aus der Zukunft, würden wir diese Person dann ebenfalls für verrückt halten?»

«Mr. Nordstrom», sagte der Professor und rang sich ein müdes Lächeln ab, «wir wissen Ihren Beitrag zu diesem faszinierenden Thema zu schätzen. Falls Sie sich auch weiterhin für die Philosophie des Zeitreisens interessieren, bietet das OZI eine ganze Reihe von Workshops für Laien an. Aber vorläufig sollten wir doch bitte bei der Sache bleiben. Dr. Dr. Sriwanichpoom möchte gern zurück auf seine Party.»

«Völlig richtig», sagte der Bibliotheksdirektor und zog seinen Pferdeschwanz straffer.

Der Professor blickte Finn an. «Noch einmal: Unser Projekt hat das Ziel, die Vergangenheit zu studieren und festzustellen, inwieweit sie von Nutzen für unser Leben heute und morgen sein kann. Sind wir da auf derselben Wellenlänge?»

«Ja», sagte Finn.

«Also zurück zu dem Mädchen», sagte Sriwanichpoom.

Finn missfiel die Art, wie der Direktor «Mädchen» sagte. Sie hatte einen Namen!

Der Direktor zwinkerte Finn zu. «Sie mögen es nicht, wenn sie ‹das Mädchen› genannt wird, was?»

Zum Teufel mit dem Mann!

«Schauen Sie», sagte Grossmann zu Finn. «Ihre Reaktion ist ein gutes Beispiel dafür, warum die Sache so heikel ist. Wir haben es mit Menschen und Gefühlen zu tun. Wir sind zwar ein extrem logisches und pragmatisches Volk, aber wir haben auch Gefühle, mögen sie noch so gezügelt sein. Wenn wir wie Sie, Mr. Nordstrom, einen Menschen kennenlernen, machen wir uns Gedanken über ihn. In vorliegendem Fall empfinden Sie eine gewisse Verbundenheit mit der jungen Dame, und das weckt offensichtlich Ihre Beschützerinstinkte. Und die junge Dame wiederum schreibt über Sie in ihrem Tagebuch. *Das* meinen wir mit heikel.»

Sriwanichpoom spielte wieder mit seinem Pferdeschwanz, fand ein Haar, das an der Spitze gespalten war, und zog die beiden Enden auseinander. «Mademoiselle Moreau hat erwähnt, die Kleine sei ein heißer Feger.»

«Rirkrit!», sagte Rouge. «Müssen Sie ihn unbedingt provozieren?» Sie wandte sich Finn zu. «Die angemessenen Worte lauteten: ‹sehr hübsch›.»

Sriwanichpoom warf seinen Pferdeschwanz wieder nach hinten und grinste mit seinem Haifischgebiss.

«Aber zum Glück wird das Mädchen Sie vergessen», sagte der Professor zu Finn. «Und Sie werden das Mädchen auch vergessen. Mit der Zeit wird die Erinnerung an diese Begegnung verblassen. Noch wichtiger: Die *Erde* wird es vergessen.» Er lehnte sich zurück. «Solche Ereignisse kommen dauernd vor. Es sind winzige Störungen, kleine Pannen, die ganz von allein wieder behoben werden. Kein Grund zur Sorge.»

Finn mochte es nicht, dass der Professor über Eliana sprach, als wäre sie ein kosmischer Schluckauf.

«Nichtdestotrotz», sagte Sriwanichpoom, «nur weil das Ganze ein bisschen komplizierter geworden ist oder ‹unheimlich›, wie Sie sich ausdrückten, heißt das noch lange nicht, dass Sie uns bei dem Projekt nicht behilflich sein können.»

«Richtig!», sagte der Professor mit neuer Energie. «Das Angebot steht noch. Falls Sie sich doch dafür entscheiden, mitzumachen, müssen Sie sich lediglich darüber im Klaren sein, dass Zufälle passieren können. Der Gang der Dinge ist eben ein bisschen unkalkulierbar.»

«Was heißt ‹mitmachen› genau?», fragte Finn. «Sie haben noch immer nicht deutlich gemacht, was dieser Zeitreisende tun soll, wenn er einmal dort ist.»

«Auch in dieser Frage möchten wir ganz offen mit Ihnen sein, Mr. Nordstrom», sagte der Professor. «Die Mission ist nicht ohne Gefahren, auch körperlicher Natur, und sie widerspricht vielem, was Sie gelernt haben, und allem, wofür wir stehen.»

Finns Hände wurden ganz klamm.

«Der langen Rede –»

«… kurzer Sinn?», sagte Finn, nicht ganz ohne Sarkasmus.

Der Professor bemühte ein Lächeln. «Die Mission lautet folgendermaßen.» Er sah Finn in die Augen. «Folgen Sie Ihrem Herzen.»

Finn war baff. Was sollte das denn jetzt? So etwas Albernes hatte er noch nie gehört. «Diesem Herzen folgen?», sagte er und klopfte sich auf die linke Brustseite. «Wie macht man das?»

«Genau das, Mr. Nordstrom, müssen wir herausfinden. Wie macht man das? Wir vermuten, es bedeutet, sich seinen Instinkten entsprechend zu verhalten.»

«Instinkten?»

«Zum Beispiel. Wie die meisten Europäer essen Sie kein Fleisch. Aber falls sie zufällig ein Sirloin-Steak riechen und der Duft Ihren Speichelfluss anregt, dann tun Sie sich bitte keinen Zwang an und kosten Sie das Steak. Lassen Sie sich darauf ein. Ein anderes Beispiel: Sie gehen eine Straße entlang. Ihr Stadtplan sagt, Sie müssen nach rechts, aber Sie finden, links wäre vielleicht interessanter. Gehen Sie nach links!» Professor Grossmann beugte sich wieder vor. «Und tun Sie es mit Leidenschaft!»

«Mit Leidenschaft?»

«Beweisen Sie, dass Sie Pep haben», sagte Dr. Dr. Sriwanichpoom.

«Geben Sie sich Ihren Emotionen hin», fügte der Professor hinzu. Er legte Finn eine Hand auf die Schulter. «Wir glauben, dass Sie das können. Die Frage ist, glauben *Sie*, dass Sie das können?»

«Aber wozu?», fragte Finn. «Was hat das für einen Sinn?»

«Vertrau uns, Finn», sagte Rouge. «Zum richtigen Zeitpunkt wirst du es erfahren.»

«Wir möchten einfach, dass Sie in Ruhe darüber nachdenken», sagte der Professor. «Nehmen Sie sich ein paar Tage frei, machen Sie einen kleinen Urlaub, fahren Sie nach Hause, wenn Ihnen danach ist.» Er sah den Direktor an. «Vorausgesetzt, Dr. Dr. Sriwanichpoom ist einverstanden?»

«Unbedingt», sagte Sriwanichpoom. «Er steht auf unserer Gehaltsliste. Wir würden das als Vorbereitung für einen Einsatz im Außendienst deklarieren.» Er grinste listig. «Und nicht nur das, Mr. Nordstrom, wir wären sogar bereit, diesen Außendiensteinsatz als Grundlagenforschung für eine Dissertation in Geschichte des einundzwanzigsten Jahrhunderts anzuerkennen.»

«Schlafen Sie bitte darüber, Mr. Nordstrom», sagte der Professor.

«Aber was geschieht, wenn dieser Mann sich die Aufgabe nicht zutraut?», fragte Finn. «Oder wenn er meint, er schafft es nicht, leidenschaftlich zu sein? Was dann?»

«Wir können Sie selbstverständlich nicht zwingen, uns zu helfen», sagte Grossmann.

«Obwohl wir das gern tun würden», sagte Sriwanichpoom.

«Rirkrit», sagte Rouge. «Bitte!»

Der Bibliotheksdirektor achtete nicht auf sie. «Tja … falls Sie sich nicht bereiterklären, uns zu helfen, müssen wir Sie bitten, die Übersetzung dieses einen Tagebuchs zu beenden, und dann –», sagte er mit Blick auf Finns Schreibtisch, wo Elianas gestreiftes Tagebuch lag, «dann ist auch mit Ihrer Eliana und ihrem Tagebuch Schluss. Danach –»

«Ja? Danach?», flüsterte Finn.

«Danach gehen wir einfach wieder zur Tagesordnung über.» Er hob sein Glas. «Wir haben noch jede Menge Geschäftsberichte der Deutschen Bank auf Lager.» Er grinste Finn an und setzte sein Glas an die Lippen. «Prost.»

13 Was nun?

Finn ging über den inzwischen kalten Sand zum Haus. Er musste nicht sofort eine Entscheidung treffen. Die Frage «Was nun?» konnte noch ein wenig warten. Auf jeden Fall bis nach dem Abendessen.

Koch Carlo Canelli hatte netterweise Abendessen für Finn zubereitet. Der Roboter wurde von einer Gruppe Fire Islander gemeinsam benutzt und gepflegt und galt als echte Perle. Seine Kochkunst, vor allem sein *talento* für italienische Küche, wurde allseits gerühmt. An diesem Abend hatte er Vermicelli mit Jakobsmuscheln und einen frischen Salat hingezaubert.

Finn aß allein oben im Wohnzimmer an dem großen Walnussholztisch mit den Sonnenblumenmotiven. Mitten auf dem Tisch, wo die Sonne aufgemalt war, lag seit Tagen die Tru-Copy von Elianas drittem Tagebuch. Er hatte seit dem Neujahrstag vor fast einer Woche nicht mehr hineingeschaut.

Warum hatte er das Tagebuch nicht mehr angefasst? Wovor hätte er Angst? Dass das Tagebuch ihm eine Antwort geben würde auf seine Frage ‹Was nun›? Ja, er hatte Angst davor. Doch heute Morgen, als er kurz nach dem Aufwachen noch ganz verschlafen und halb im Traum nach oben wankte und das Buch mitten auf dem Tisch sah, das im Sonnenlicht strahlte, kam ihm zum ersten Mal ein ganz einfacher, aber außergewöhnlicher Gedanke: Eliana lebt! Dieses Wissen, dass Eliana tatsächlich *lebte* oder gelebt *hatte*, wenn auch nicht hier, so doch wenigstens irgendwo, erfüllte ihn mit einer noch nie gekannten Freude.

Also aß Finn seine Pasta und den Salat und trank ein Glas Wein dazu. Er spürte die Angst. Und er spürte die Freude. Dann griff er nach dem Buch und schlug es auf. Er las den ersten Eintrag über ihre Begegnung bei Dusenhuber erneut und machte sich dann an den zweiten.

Dienstag, 27. April 2004

Gestern ist Robert 16 geworden. Nach dem Abendessen hat er gesagt, er würde mit ein paar Freunden ein Bier trinken gehen. Mama war nicht gerade begeistert, besonders, weil wir am nächsten Tag Schule hatten. «Ich bin jetzt sechzehn! Das ist legal! Ich darf jetzt trinken! Es steht mir zu!», hat er getönt. Und dann hat Papa gesagt: «O-oh, jetzt geht's los. Heute sechzehn, morgen einundzwanzig.» Und dann hat er zu Robert gesagt: «Du bist um elf wieder hier. Verstanden?» Aber Robert ist erst nach Mitternacht wieder nach Hause gekommen. Er hat geklingelt (und mich geweckt – Madeline hat weitergepennt). Unten war abgeschlossen, und er hat die Tür nicht aufgekriegt, nicht mal mit seinem Schlüssel – so besoffen war er! Du hättest sehen sollen, wie er aus dem Fahrstuhl und in die Wohnung getorkelt kam! «Heute sechzehn?», hat Mama gesagt. «Wie ein Sechsjähriger bist du!» Eigentlich war es ziemlich lustig, weil Robert genauso aussah wie Betrunkene im Fernsehen oder im Kino, wenn sie nicht mehr geradeaus gehen können und nur noch rumlallen und sich alle Mühe geben, nur nicht betrunken zu wirken. Außerdem konnte man ihm förmlich ansehen, wie ihm langsam schlecht wurde. Er ist Richtung Badezimmer gestolpert, aber er war nicht schnell genug und hat den neuen Gabbeh-Teppich im Wohnzimmer vollgekotzt. Papa hat ihn unter die Dusche gestellt und ins Bett verfrachtet. Jetzt hat er Hausarrest – lebenslänglich! Und heute Nachmittag musste er den Teppich in die Reinigung bringen. Er muss die Reinigung von seinem Taschengeld bezahlen. Ich schwöre hiermit bei Dinges und Dinges, wenn ich sechzehn werde, betrinke ich mich nicht. Jedenfalls nicht mit Bier. Wein schmeckt viel besser.

Donnerstag, 29. April 2004

Gestern und heute ist nichts Besonderes passiert, außer dass wir unsere Englischarbeit zurückbekommen haben. Ich habe eine 2– geschrieben. Das war die zweitbeste Note. David Kaplan hat eine 2+ gekriegt (aber sein Vater ist aus England!). Papa hat gesagt, die Arbeit war zu schwer, wenn so viele schlecht abgeschnitten haben, und Mama hat gesagt, die Frage mit der Jeans war eine Fangfrage. Wir mussten den Satz, «Wann hast du dir die schöne Jeans gekauft?» ins Englische übersetzen. Ich habe geschrieben: «When did you buy this beautiful Jeans?» Richtig wäre gewesen: «When did you buy those beautiful jeans?», aber woher sollen wir denn wissen, dass Jeans in Englisch Plural ist? Ist ja schließlich bloß eine Hose, oder? «Aber sie hat zwei Beine», hat Mama gesagt, «und außerdem, wenn du in der elften Klasse nach Amerika willst, ist das so ein Wort, das du wahrscheinlich brauchen wirst.» Und dann habe ich gesagt: «Aber ein Mann hat auch zwei Beine und ist trotzdem Singular und nicht ‹those man›.» Und sie hat gesagt: «Lern's einfach.» Vielen Dank auch, Mama, für die Unterstützung.

Finn goss sich noch ein Glas Wein ein. War er enttäuscht? Ja, irgendwie. Er musste zugeben, dass er insgeheim gehofft hatte, mehr über sich zu lesen, bei Dusenhuber einen stärkeren Eindruck bei Eliana hinterlassen zu haben. Aber offensichtlich war das nicht der Fall. Er wurde im ersten Eintrag erwähnt, und damit hatte es sich auch schon. Sie hatte ihn vergessen, genau wie Professor Grossmann gesagt hatte.

Finn blätterte die Seiten durch. Ihm fiel auf, dass Elianas Schrift ständig ihren Stil veränderte. Mal war sie klein und rund, dann war sie groß und mit vielen Schlaufen, oder sie war mal nach rechts und mal nach links geneigt. An einem Tag war sie winzig klein und schwer zu lesen, am nächsten Tag absolut leserlich, oder sie war kritzelig, und dann wieder zackig. Eliana schien verschiedene Schriftpersönlichkeiten auszuprobieren, auf der Suche nach derjenigen, die am besten zu ihr passte. Warum auch nicht? Die Jahre der Pubertät waren doch dafür vorgesehen, oder? Jedes Mal, wenn sie den Stift aufs Papier setzte, suchte sie eben nach ihrer Identität.

Finn schlug die letzte Seite auf, um nachzusehen, wann das Tagebuch endete. Hier war Elianas Schrift besonders schwer zu lesen. Er las 9. … Juni … 2005. Also war sie da fünfzehn Jahre und zwei Wochen alt. Das Tagebuch umfasste demnach eine Zeitspanne von einem Jahr und fast zwei Monaten. Aber es gab noch zwanzig leere Seiten ganz hinten. Warum hatte sie aufgehört zu schreiben? Hatte sie das Tagebuchschreiben insgesamt aufgegeben? Hatte Doc-Doc deshalb gesagt: «Und dann ist Schluss»? Und bedeutete das, dass der Direktor das Tagebuch gelesen hatte?

Er sollte eigentlich chronologisch lesen, das wusste Finn, aber die Neugier packte ihn. So begann er, die Buchstaben im letzten Eintrag zu entziffern, einen nach dem anderen. Er kam nur schleppend voran. Die Schrift war kaum leserlich.

9. Juni 2005

Was soll ich schreiben? Alles ist schon gesagt. Wir warten. Oma Uschi hat gesagt, schreiben könnte helfen, aber ich kann nicht. Ich habe Kopfschmerzen.

Irgendwas war passiert. Worauf «wartete» Eliana? Er blätterte eine Seite zurück, bremste sich dann aber. Er sollte lieber eine Seite nach der anderen lesen. Schritt für Schritt – wie das Triple G es für alle Angelegenheiten des Lebens und Arbeitens vorschrieb. Er ging zurück zum Anfang, zum April 2004, und las ein paar Seiten: Mehr über die Schule, über Jungs, über Schulkonzerte, Filme, die Eliana gesehen hatte, eine CD, die sie sich gekauft hatte. Aber es ließ ihm keine Ruhe: Warum hatte sie am 9. Juni 2005 aufgehört zu schreiben?

Er konnte nicht anders. Er blätterte wieder vor bis zur letzten Seite. «Alles ist schon gesagt. Wir warten.» Was meinte sie damit? Er ging einen Eintrag zurück.

8. Juni 2005

Mama und Papa sind gerade nach Hause gekommen. Mama hat gesagt, sie würde sich nur was Frisches anziehen und dann gleich wieder ins Krankenhaus fahren. Sie hatte kein Make-up drauf, und ich habe Schatten unter ihren Augen gesehen, sie hat mir voll leidgetan.

Papa hat sich vor den Fernseher gesetzt und die Tagesschau eingeschaltet, aber er hat gar nicht richtig hingesehen, bloß vor sich hin gestarrt. Ich bin in mein Zimmer gegangen, und kurz danach habe ich gehört, dass Oma Uschi ins Wohnzimmer gegangen ist. «Ich habe dir ein Leberwurstbrot gemacht», hat sie gesagt. Und dann habe ich nichts gehört. Und dann hat sie gesagt: «Rudi, du musst was essen.» Sie ist dann wieder gegangen. Und dann habe ich ein seltsames Geräusch gehört. Zuerst wusste ich nicht, was es war. Es klang wie ein Tier. Der Fernseher? Und dann habe ich begriffen, dass es Papa war. Er hat geweint. Ich habe ihn noch nie weinen hören. Es war schrecklich. Ich konnte gar nicht –

Finn hörte auf zu lesen und blätterte eine weitere Seite zurück.

Dienstag, 7. Juni 2005

Wir sind heute nicht in die Schule gegangen. Papa, Robert und ich haben Oma Uschi am Bahnhof Zoo abgeholt, und dann sind wir direkt ins Krankenhaus gefahren. Mama war auf dem Flur und hat mit einem Arzt gesprochen, als wir ankamen, und sie hat uns zugenickt, dass wir reingehen können. Papa und Oma Uschi sind draußen geblieben, und Robert und ich –

Finn stoppte wieder mitten im Satz. Wer war im Krankenhaus? Madeline? Er blätterte mehrere Tage zurück und überflog den Text, ein paar Worte hier, ein paar Worte da.

Samstag, 4. Juni 2005

Heute war es wieder saukalt. Johanna und ich waren noch nicht am Lochowdamm schwimmen seit … sogar die Heizung angemacht, aber Papa hat gesagt … Dann sind wir mit dem Skateboard rüber zu … Ich habe total vergessen, dass ich «Romeo und Julia» zu Ende lesen muss … hat einen von ihren schiefen Kuchen gebacken … muss aufhören. Ich muss noch lernen, weil wir morgen …

Was auch immer passiert war, es war *nach* diesem Eintrag am 4. Juni geschehen. Finns Finger blätterten fieberhaft auf Sonntag, den 5. Juni. Seine Augen überflogen den Text.

Immer noch Regen! … Roberts Freund Philipp ist vorbeigekommen und … in der Schwimmmannschaft … weil er echt süß ist und … Seine Exfreundin Renée … noch ein Eis auf dem Alexanderplatz. …

Nein. Am folgenden Tag musste etwas passiert sein. Finn hätte fast die Seite eingerissen, als er den 6. Juni aufschlug.

6.6.

Madeline hatte einen Unfall. Mit dem Fahrrad. Auf dem Weg nach Hause von der Klavierstunde. Mehr wissen wir nicht. Mama und Papa sind im Krankenhaus. Sie haben gesagt, sie rufen an, sobald es was Neues gibt. Robert hat gesagt, wenn sie schlechte Nachrichten haben, rufen sie nicht an.

Finn setzte sich auf. Wie schlimm war es? Hatte Madeline Schmerzen gehabt? War sie wieder gesund geworden? Oder war die Sache tragisch ausgegangen? Was war nach dem 9. Juni geschehen? Gab es ein Tagebuch nach diesem, das alles erklären würde? Wenn ja, würde Dr. Dr. Sriwanichpoom es ihm *jetzt* noch geben? Wahrscheinlich nicht. Wie konnte er herausfinden, was passiert war – und zwar sofort? Vielleicht konnte Renko ihm helfen. Aber sie hatten ja nicht mal den Nachnamen der Familie! Bei Dusenhuber war er nicht auf die Idee gekommen, Eliana nach ihrem Nachnamen zu fragen. Warum hätte er das auch tun sollen? Da hatte er ja noch geglaubt, mitten in einem Spiel zu sein.

Finn blätterte noch einmal zu Dienstag, dem 7. Juni. Der Eintrag ging weiter.

Mama war auf dem Flur und hat mit einem Arzt gesprochen, als wir ankamen, und sie hat uns zugenickt, dass wir reingehen können. Papa und Oma Uschi sind draußen geblieben, und Robert und ich sind allein rein.

Madeline sah so winzig aus, wie sie da so lag mit all den Schläuchen und Schienen und den ganzen Geräten, und alles hat gepiepst. Ich habe gesagt: « He, Madeline, wir sind's, Robert und ich », und sie hat die Augen aufgemacht und uns gesehen, sie hat uns direkt angeblickt, einfach nur angeblickt, ganz still, aber es war, als würden ihre Augen woandershin gucken. Ich wollte ihre Hand nehmen, aber die war unter der Decke, und die Decke war so festgesteckt, und ich habe mich nicht getraut, ihre Hand rauszuziehen, weil ich dachte, ich tu ihr vielleicht weh. Also habe ich mich stattdessen vorgebeugt und sie auf die Stirn geküsst, und Robert hat das auch gemacht. Und eine Sekunde lang hat sie mich und Robert doch wahrgenommen, und ich habe Angst in ihren Augen gesehen. Richtige Angst. Und das hat so irre wehgetan, sie so zu sehen. Ich habe angefangen zu weinen. Robert auch.

Und dann hat Madeline die Augen zugemacht.

Robert und ich haben eine Weile nur so dagestanden und uns in den Armen gehalten, dann sind Mama und Papa und Oma Uschi reingekommen, und wir haben uns alle zusammengedrängt und uns umarmt, während Madeline schlief.

Finn fuhr seinen BB hoch und rief Renko Hoogeveen an. Drei Tage später hatte Renko eine Todesanzeige gefunden. Sie gab den Tod einer gewissen Madeline Lorenz bekannt (14. November 1992 – 9. Juni 2005). Die Namen der engsten Familienmitglieder sowie Ort und Zeit der Trauerfeier waren angegeben.

Zwei Wochen später, am 22. Januar 2265, befand sich Finn wieder in einer City Toilette.

14 Die Fliege an der Wand

Finn graute vor der Beerdigung. Auch in seiner Welt waren Beerdigungen nicht völlig unbekannt, aber er war noch nie auf einer gewesen. Von Zelluloids – seiner wichtigsten Informationsquelle für derlei Ereignisse – wusste er jedenfalls, dass sie ungemein emotional waren.

Doch Finn spürte, dass er hinmusste. Er ahnte, dass die Antwort auf seine Frage «Was nun?» in der Vergangenheit lag. Was genau er tun würde, wenn er dort war, ob er Eliana überhaupt ansprechen würde, wusste er nicht. Er hielt es für unwahrscheinlich, dass sie sich überhaupt noch an ihn erinnerte – immerhin hatten sie sich seit über einem Jahr nicht gesehen. Vermutlich würde er sich nur irgendwo im Hintergrund halten und das Geschehen von dort aus beobachten.

Professor Judd Grossmann hatte Finn eingehend nach den Gründen für seine Entscheidung befragt und darauf hingewiesen, dass die Dinge schwierig werden könnten, falls er der jungen Dame ein weiteres Mal begegnete. Finn räumte dabei ein, dass seine Entscheidung alles andere als rational war. «Es ist mir selbst ein Rätsel», sagte er, aber er *spüre* eben, dass er es tun musste.

Und das Olga-Zhukova-Institut schien seine Antwort zu akzeptieren, sogar richtig gut zu finden.

Im Vorfeld der kommenden fünf Zeitreisen, zu denen Finn sich verpflichten musste, absolvierte er eine ganze Serie von Tests und Übungen, von denen einige im wahrsten Sinne starker Tobak waren – beispielsweise die «Passivrauchen»-Simulationsübung. Finn musste eine Mahlzeit in einem kleinen, vollbesetzten Raum einnehmen, in dem jeder zweite Anwesende eine Zigarette rauchte. Diese Übung tat in den Augen weh, war eine Qual für Lunge und Hals, ganz zu schweigen von dem Geruch, den Finn danach nur mit Mühe aus Haar und Kleidung rausbekam.

Andere Übungen waren weniger unangenehm, dafür aber körperlich anstrengend, zum Beispiel eine Stunde lang ohne Pause in die Pedale eines Fahrrads zu treten, das allein durch *seine* Muskelkraft angetrieben wurde. Aber Finn ließ alles geduldig über sich ergehen, denn nichts davon war, wie er fand, so unerträglich wie die Aussicht, wieder die öden Geschäftsberichte der Deutschen Bank aufs Auge gedrückt zu bekommen.

Finn musste einen Anfänger-Crashkurs in der Physik des Zeitreisens belegen. Im Workshop lernte er, wie Lebewesen oder auch nicht lebende Objekte durch die Zeit «bewegt» wurden, doch das meiste davon überstieg seinen Horizont. Und die wenigen Fragen, die er tatsächlich hatte, wurden nie zu seiner vollen Zufriedenheit beantwortet: Warum «landen» wir in City Toiletten? Wie wird verhindert, dass wir auf jemandem landen, der gerade auf ebendieser Toilette sitzt? Was sorgt dafür, dass wir uns in der neuen Zeit nicht aus Versehen mitten in einem Haifischbecken eines Aquariums wiederfinden? Wieso können wir Dinge *in* die Vergangenheit mitnehmen, aber keine Souvenirs und / oder menschliche Wesen mit *zurück* in die Zukunft bringen? Können wir in unsere eigene Vergangenheit reisen und unserem jüngeren Selbst begegnen? Was passiert, wenn wir in einer Parallelwelt landen?

Als Antwort auf Finns erste drei Fragen erging Professor Grossmann sich in einer langen und komplizierten Erklärung darüber, wie ein kleines Gerät mit der Bezeichnung FLoW (Fly on the Wall) in die Vergangenheit eingespeist wird, um für eine bestimmte Zeitspanne Interaktionen und Bewegungen aufzuzeichnen und so die Terminierung von Eintritt und Austritt zu ermöglichen. Aber Finn verstand wenig. Wie gut, dass er sich vor acht Jahren dagegen entschieden hatte, Naturwissenschaften oder die neuen Technologien zu studieren.

Finns dritte Reise ins Berlin der Jahrtausendwende war ursprünglich als sechsstündige Exkursion geplant gewesen, doch Rouge, die ihn erneut als Partner begleiten wollte, beantragte eine Verlängerung um zwei Stunden. Sie erklärte dies mit der Notwendigkeit, shoppen gehen zu müssen.

Leider hatte Finn gegenüber Rouge unklugerweise erwähnt, dass Elianas Mutter Kostümbildnerin für die Zelluloids war und dass ihr die Kleidung, die sie an jenem Tag im April 2004 in der Buchhandlung Dusenhuber getragen hatten, als uralte Mode identifiziert hatte. Rouge war ziemlich aufgebracht gewesen, denn sie war nicht nur in ihrer Arbeit Perfektionistin. Sie fühlte sich in ihrer Ehre als moderne, allzeit modebewusste junge Frau verletzt. Sie bestand darauf, auf dieser Reise angemessen und stilvoll gekleidet zu sein.

Zudem bräuchten sie Kommunikationsgeräte, betonte sie. Es würde ein langer Tag werden, und es sei nun mal nicht auszuschließen, dass sie und Finn getrennt würden. Da ihre BBs auf Zeitreisen lahmgelegt waren, hielt sie eine

Möglichkeit zur gegenseitigen Kontaktaufnahme für dringend erforderlich, weshalb es unerlässlich sei, sich Mobiltelefone zu besorgen. Das alles würde seine Zeit brauchen, erklärte sie im Antrag. Professor Grossmann genehmigte ihnen die zwei Stunden, wies aber darauf hin, dass die Verlängerung für eine erfahrene Zeitreisende wie Rouge kein Problem darstellen dürfte, dass sie aber für Finn schwer zu verkraften sein könnte und möglicherweise zu starker Erschöpfung, Migräne, Schwindelanfällen und vielleicht noch Schlimmerem führen würde. Finn zuckte die Achseln: Was immer für das Projekt gut war, war auch gut für ihn.

Rouge und Finn kamen pünktlich um zehn Uhr morgens an einem brütend heißen 21. Juni 2005 in Berlin in der City Toilette Kurfürstendamm Ecke Schlüterstraße an. Sie trafen rasche, aber gute Entscheidungen in zwei Boutiquen sowie in einem Schuhgeschäft und zogen sich ihre neue Garderobe umgehend an, wurden dann aber leider in dem Mobiltelefonladen aufgehalten. Dank Jil Sander und Hugo Boss vermutete der ehrgeizige Mobiltelefonverkäufer in ihnen reiche und naive russische Touristen. Er versuchte, ihnen jeweils 600 Euro teure Smartphones anzudrehen, beide mit Zweijahresvertrag. Er erläuterte ihnen lang und breit verschiedene Telefonfunktionen und eine Vielzahl von Vertragsformen (komplizierter als die Physik des Zeitreisens, fand Finn), bis ein entnervter Kunde, der auch endlich bedient werden wollte, sie schließlich anflehte, doch bitte einfach um die Ecke zu der Filiale eines Kaffeeherstellers zu gehen, wo sie ein Prepaidhandy praktisch für umsonst bekämen. Wieso ein Kaffeehersteller Mobiltelefone verkaufte, war Finn schleierhaft, aber sie waren überaus zufrieden mit ihren tragbaren Neuerwerbungen und mit der Tasse kolumbianischem Kaffee, die sie sich zur Stärkung gönnten.

Obwohl Finn die Fußstrecke zum Bahnhof Zoo zuvor gecloppt hatte, kamen sie nur langsam voran. Die Sonne brannte auf sie herab, in den neuen Schuhen bekamen sie Blasen, und sie mussten zweimal einen Stopp einlegen, um sich eine Flasche Wasser zu besorgen. Als sie ihre Zeitreise-Kleidung endlich in einem Schließfach verstaut und sich jeder einen Salat-to-go gekauft hatten, waren sie schon ziemlich spät dran. Auf der holperigen Fahrt in der S-Bahn Richtung Wannsee aßen sie ihren Lunch und richteten ihre Mobiltelefone ein, deren primitive Technologie sie restlos erstaunte. Vor dem Bahnhof Wannsee fanden sie problemlos ein Taxi und fuhren damit zum Friedhof in Stahnsdorf. Leider trafen sie mit 45 Minuten Verspätung ein. Das war nicht zu ändern. Zum Glück erwartete sie niemand. Was Finn anging, so hatte er vor, lediglich eine Fliege an der Wand zu sein.

In der Kapelle war es brechend voll. Alle Holzbänke waren von der ersten bis zur letzten Reihe besetzt, und dahinter drängte sich ein Pulk weiterer Trauergäste. Die wenigen Kapellen, die bis in Finns Zeit überlebt hatten, standen unter Denkmalschutz, und Finn konnte sich nicht erinnern, je eine betreten zu haben. Ihr Goldenes Zeitalter des Pragmatismus ließ wenig Raum für Gott, und obwohl es nach wie vor gläubige Männer und Frauen gab, dienten sie ihrem Glauben in aller Stille.

Eine etwa vierzigjährige Frau in einem schlichten Kleid sprach gerade von der Kanzel. Der Innenraum war dunkel, nur wenig Licht kam durch die kleinen Fenster, und es war hier deutlich kühler als draußen. Dennoch war die Luft schwer vom süßlichen Geruch zu vieler Blumen und beladen von der Wucht des geballten Schmerzes der Trauernden, ein derart monströser Schmerz, dass Finn all seine Energie aufbieten musste, um sich gegen ihn zu schützen. Mit jedem Schluchzen der Anwesenden brach aber ein Stück von seinem Schutzwall weg.

Finn nahm die Worte der Frau kaum wahr, bis er merkte, dass sie zum Ende kam. Ihre Stimme war tränenerstickt. «Madeline war ein wunderbares Kind und eine gute Freundin für ihre Klassenkameraden», sagte sie. Ihr Mund zuckte unter der Anstrengung, ohne Tränen durch die Rede zu kommen. «Madelines leerer Platz in unserer Klasse wird uns immer an ihre Fröhlichkeit und ihre Großherzigkeit erinnern. Wir werden sie nie vergessen.» Die Frau, anscheinend Madelines Lehrerin, stolperte fast, als sie die Kanzel verließ, und setzte sich zu ihren Schülern.

Und auf einmal ertönte wie aus dem Nichts Musik. Die Trauergemeinde erhob sich und wandte sich dem Mittelgang zu, wo Finn jetzt Elianas Mutter erkannte, die an der Seite ihres Mannes den Gang heraufkam. Er war groß, hatte volles graues Haar und hielt sich so kerzengerade, als ob er unter der Anzugjacke ein Brett versteckte.

Dann kam Eliana in Begleitung eines dunkelhaarigen Jungen. Robert, vermutete Finn. Eliana war gewachsen – natürlich. Sie war kein Kind mehr. Aber sie war auch noch keine Frau. Anscheinend gefasst, schritt sie an den Trauernden vorbei. Doch dann sah er, dass sie ihre Augen starr auf einen Punkt irgendwo vor ihr gerichtet hielt, als hätte sie Angst davor, irgendjemandem in die Augen zu schauen, so verletzlich erschien sie ihm.

Die Musik erfüllte den Raum. Finn erkannte Bachs Air

aus der Orchestersuite Nr. 3. Er hatte es öfter gehört, aber noch nie so. Noch nie mit solcher Hingabe, so klagend, so mit der ganzen Wucht einer Trauergemeinde, die es mit ihrem Schmerz verwob.

Und in dem Moment, in dem er begriff, dass dieser Schmerz sich nicht aufhalten ließ, löste sich etwas in ihm und er ergab sich. Die Musik drang in ihn ein, und auf einmal wusste er, dass er vielleicht hierhergekommen war, um seine eigenen Toten zu betrauern.

Es war heiß, sein Kopf pochte, sein Gesicht, seine Krawatte, alles, war feucht von seinen Tränen. Finn hatte eine Steinbank abseits des Weges entdeckt, und da saß er nun.

Allein.

Für immer allein.

Es drang ein. Sie waren tot. Alle vier tot.

Er würde nie mehr hören, wie seine Mutter aus einem Buch vorlas, oder mit seinem Vater eine Partie Slapback spielen. Er würde nie wieder mit Mannu am Strand Steine übers Wasser hüpfen lassen oder Lulu zusehen, wie sie hinter einer flüchtenden Libelle herlief.

Sie waren tot.

Und er vermisste sie.

Er weinte. Vögel flatterten von Baum zu Grabstein zu Hecke, Fliegen summten an seinem Ohr vorbei, und die Sonne brannte erbarmungslos auf ihn nieder. Er hörte dumpfe Stimmen und knirschende Schritte jenseits der Bäume. Und schwer wie die stickige, heiße Juniluft lastete die schreckliche Frage auf ihm: Was würde er jetzt machen, nun, da er allein war?

Er saß da, trauerte … bis das Glissando einer Harfe an sein Ohr drang. Oder bildete er sich das ein? Er schaute sich suchend um und bemerkte endlich ein blinkendes Licht in seiner Jackentasche. Ah! – sein Mobiltelefon.

«Hallo?», sagte er und hoffte, ein Engel wäre am anderen Ende, Madeline oder vielleicht sogar seine eigene Schwester Lulu.

«Finn, wenn du den Weg runterschaust, siehst du eine Freundin.»

Finn blickte den Weg hinunter. Ganz weit entfernt stand Rouge. Sie winkte.

«Du solltest der Familie dein Beileid aussprechen», sagte sie. «Es wird Zeit.»

Die Familie Lorenz stand im Schatten einer Eiche, die Trauergäste hatten sich in einer Schlange aufgestellt, um zu kondolieren. Finn und Rouge reihten sich hinter zwei jungen Männern ein. Jüngere Kinder, Madelines Klassenkameraden, stellten sich hinter sie.

«Frau Martin hat gesagt, sie ist eingeäschert worden», flüsterte ein Mädchen.

«Ja», gab ihre Freundin zurück. «Ihr ganzer Körper passt in diese … diese kleine Vase.»

«Urne. Frau Martin hat Urne gesagt. Sie kommt unter den Baum, wo die Wurzeln sind.»

«Gruselig.»

Weiter vorne sah Finn, wie die Trauergäste zu dem Baum gingen, Blumen auf ein kleines Loch warfen und dann zuerst Madelines Mutter umarmten oder ihr die Hand schüttelten und sich dann ihrem Vater zuwandten, dann Robert, dann Eliana.

«Wir haben keine Blumen», sagte Finn zu Rouge.

«Ist egal.»

Finn raste das Herz. Er hatte Angst, dass Eliana ihn

nicht erkennen würde. Oder sie würde ihn erkennen, aber es wäre ihr egal. Oder er würde nicht wissen, was er sagen sollte. Oder –

Sie waren jetzt an der Reihe, ans Grab zu treten. Rouge und Finn gingen gemeinsam. Das Loch war schmal, die Urne unter der Schicht Blumen kaum zu sehen.

Finn reichte der Mutter die Hand. «Unser Beileid», sagte er. Sie sah zu ihm hoch, nickte, ohne ihn zu erkennen. Sie schüttelte Rouge die Hand, nickte kurz, warf einen Blick auf ihre roten Locken und wollte sich schon dem Nächsten in der Schlange zuwenden, als etwas in ihren Augen aufflackerte. Sie wandte sich zu Finn um und ergriff noch einmal seine Hand. «Danke», sagte sie. Finn nickte, wandte sich dann Madelines Vater zu, doch der stand gerade mit dem Rücken zu Finn und sprach mit jemand anderem. Also trat er zu Robert, der ihm die Hand drückte, ohne ihn anzusehen. Und dann stand er vor Eliana. Sie schaute zu ihm hoch.

Eine schreckliche Sekunde der Ungewissheit verstrich.

«Finn?», sagte sie dann. In ihrer Stimme lag ein Hauch Überraschung, Wärme und … Staunen. «Finn.»

Sie konnte sich an ihn erinnern! Finn spürte, wie ihm das Blut in die Ohren schoss. Einen Moment lang hörte er nichts mehr als sein Rauschen.

Eliana hielt noch immer seine Hand. «Du bist gekommen», sagte sie nur.

Ihre Augen waren noch dunkler, als er sie in Erinnerung hatte, ihr Haar noch goldener.

Eliana warf einen Blick zum Ende der Reihe von Trauergästen. «Kannst du noch bleiben?», fragte sie. «Wir sind fast fertig.»

Eliana organisierte eine Mitfahrgelegenheit für Finn und Rouge. Die beiden jungen Männer, die vor ihnen in der Schlange gestanden hatten, Freunde von Robert, nahmen sie mit zurück in die Stadt. Leopold, der Fahrer, und Philipp, der Jüngere von beiden, unterhielten sich über die bevorstehenden Schulferien.

Eliana hatte Finn und Rouge in die Wohnung der Familie eingeladen. Sie hatten dankend abgelehnt. Es stand ihnen nicht zu, fanden sie, bei diesem traurigen und privaten Anlass dabei zu sein. Und obwohl Elianas Mutter Angelika sehr freundlich zu ihnen war, spürten sie doch, dass sie sie nicht unbedingt dabeihaben wollte. Elianas Vater Rudi hatten sie gar nicht zu Gesicht bekommen. Doch Eliana hatte auf ihrer Einladung bestanden. «Ihr habt extra so einen weiten Weg auf euch genommen», hatte sie gesagt. «Ihr müsst einfach kommen.»

Was sie wohl gesagt hätte, wenn sie gewusst hätte, wie weit der Weg tatsächlich war?

«Außerdem», hatte Eliana zu Finn gesagt, «muss ich dir etwas zeigen.»

Finn und Rouge sprachen kaum auf der Fahrt in die Stadt. Leopolds Fahrkünste machten sie nervös, und sie wagten es nicht, den Blick von der Straße zu wenden. Und dann dieses Fahrzeug, dieses Automobil, das man manuell steuern musste! Und es stank grauenvoll nach fossilem Brennstoff.

«He, ich hab Shit dabei, wollt ihr auch?», fragte Philipp, der Jüngere, und riss Finn damit aus seinen Gedanken.

«Shit?», fragte Finn. Wieso um alles in der Welt bot ihm dieser Junge etwas derart Abstoßendes an wie –

«Mann, die Beerdigung war der reinste Horror», redete

der Junge weiter. «Sie war echt nett, die Kleine.» Er sah Finn an. «Na? Willst du?»

Finn sah zu, wie der Junge einen durchsichtigen Plastikbeutel mit Tabak aus der Tasche zog und sich eine Zigarette formte.

Aha, sie nannten also Tabak umgangssprachlich «Shit». Das hatte er nicht gewusst. Wie gut, dass er und Rouge das Passivrauchen so gewissenhaft geübt hatten. Er machte sich auf beißenden, stinkenden Rauch gefasst. Aber erstaunlicherweise roch Philipps dünne, krumme Zigarette gar nicht nach Tabak. Tatsächlich roch sie sogar recht gut, fast wie ... die glimmenden Blätter, die sie manchmal im Sternwood Forest am Lagefeuer gerochen hatten, nur pfefferiger und würziger war es ... wie ein Spicer.

«Hm?», fragte der Junge, inhalierte den Rauch und hielt ihm dann die Zigarette hin.

Aber Finn lehnte freundlich ab. Besser nicht. Er machte es sich auf der Rückbank bequem und atmete den Shit gelassen passiv ein – genau, wie er es gelernt hatte.

Das Auto bog in eine hübsche, verschlafene Straße in Charlottenburg ein. Es gab hier einen kleinen schattigen Platz mit ein paar Bänken in der Mitte, ein kleines Kino, ein Café, einen Zeitschriftenladen, ein Lebensmittelgeschäft. Finn sah ein Straßenschild: Giesebrechtstraße. Er würde sie cloppen, wenn er wieder zu Hause wäre.

Renko hatte den Namen «Eliana Lorenz» bei Cyclops eingegeben, aber ohne Ergebnis. Er suchte noch immer mit allen Mitteln, aber offenbar war zu viel verlorengegangen. Das musste nicht zwangsläufig heißen, dass Eliana Dark Winter nicht überlebt hatte. Vielleicht hatte sie ihren

Namen geändert, geheiratet oder sich bis ins ferne Shanghai durchgeschlagen. Vielleicht war Gao sogar eine ihrer Nachkommen.

Vielleicht.

Aber wahrscheinlich? Leider nicht.

Die Familie Lorenz lebte im obersten Stock eines gepflegten Hauses aus der Zeit des frühen zwanzigsten Jahrhunderts. Es war heiß in der Dachwohnung, vielleicht noch heißer als draußen, aber die beiden Badewannen und der Kühlschrank waren mit einem Vorrat an kalten Getränken gefüllt.

«Es ist so still hier», bemerkte Philipp, als sie die Wohnung betraten, aber Finn fand das angenehm. Fast wie bei einer PAD-Party, nur ohne die Robo-Hilfen.

Philipp führte Finn und Rouge in Roberts Zimmer, wo sich die jungen Leute versammelt hatten – Vettern und Cousinen sowie Freunde der Geschwister. Finn lernte die «Drei Js» kennen, Joya, Johanna und Jill, und zwei Freundinnen von Madeline. Der Anlass war traurig, aber Finn fand es dennoch angenehm, da zu sein, diese jungen Menschen zu erleben, zuzusehen, wie ein antiker Computer hochgefahren wurde, aus einem Glas zu trinken, das tatsächlich auch aus Glas war, und in einem von diesen Drehsesseln aus einem historischen schwedischen Möbelhaus zu sitzen, die in der Dauerausstellung der skandinavischen Abteilung im Museum der Europäischen Kulturen zu sehen waren.

«Finn?»

Es war Eliana. Sie hatte sich die Haare hochgesteckt, aber ein paar Strähnen hatten sich aus der Spange gelöst.

«Kann ich dir was zeigen?», fragte sie. «In Madelines Zimmer.»

Finn sah zu Rouge hinüber. Sie unterhielt sich auf Französisch mit Philipp und Leopold, aber sie fing Finns Blick auf und nickte.

Die Wände in Madelines Zimmer waren mit großen Pferdebildern tapeziert, mit Schauspielern, die Finn aus den Zelluloids kannte, und jungen Männern, die Musikinstrumente spielten. Der Raum war plüschig und unaufgeräumt, sehr pink und unterschied sich sehr von der nüchternen Funktionalität der Kinderzimmer, die Finn kannte.

Eliana ging zum Fenster und schloss die Blümchenvorhänge mit zwei geübten Handgriffen. «Am späten Nachmittag scheint die Sonne genau hier rein», sagte sie. Sie ging zu Madelines Schreibtisch, wo sich Schulhefte und Papiere stapelten, eselsohrige Bücher aufgeschlagen herumlagen und zwei Tassen mit London-Motiven standen. Auf der einen Tasse war ein Beefeater in seiner typischen Uniform zu sehen und auf der anderen der Big Ben (vor dem Wiederaufbau im Jahre 2109, selbstverständlich), und beide waren prallvoll mit allen möglichen Stiften.

«Hier», sagte Eliana, «das wollte ich dir zeigen.» Sie nahm eine kleine Pappschachtel vom Schreibtisch, so winzig, dass sie in ihre Handfläche passte. Sie war geformt wie ein altmodischer Koffer, vielleicht sollte es auch eine Schatztruhe sein. Sie war schwarz und mit zarten, bunten Illustrationen verziert: eine Pferdekutsche, ein Herr mit Zylinder, eine Dame mit Häubchen. «Darin waren einmal Minipralinen», erklärte Eliana. «Aus Wien. Madeline hat die Schachtel behalten. Und dann hat sie das hier reingetan.» Eliana hob den Deckel. Darin lagen zwei Hubba-Bubba-Kaugummis. «Weißt du noch?», fragte sie.

Finn war fassungslos. «Ja, natürlich!»

«Sie hat sie aufgehoben. Und da hineingetan. Irgendwann habe ich sie mal gefragt, warum, und sie hat gesagt: ‹Kann ja sein, dass wir ihn mal wiedersehen, vielleicht dafür.›» Eliana sah zu Finn auf. «Du hast uns damals was versprochen. Weißt du noch? Dass du, wenn wir uns das nächste Mal treffen, Kaugummiblasen für uns machen würdest.»

Finn lachte. «Ja. Ich erinnere mich.»

«Kannst du's?»

«Was?»

«Blasen machen.»

«Oh, ich fürchte nein», sagte er.

Sie sah enttäuscht aus.

«Ich kann's aber versuchen», fügte er eifrig hinzu.

Sie überlegte kurz. «Ja. Vielleicht bringt mich das zum Lachen.»

Finn hätte alles dafür gegeben, sie zum Lachen zu bringen. «Es wäre mir ein Vergnügen – mit einem von denen?», fragte er und zeigte auf die Schachtel mit den Kaugummis.

Ihre Stimme war plötzlich ganz dünn. «Meinetwegen. Okay. Nimm einen.»

Finn griff mit Daumen und Zeigefinger in die kleine Schachtel und tastete ein bisschen darin herum, um eines der beiden Stücke Kaugummi zu fassen zu kriegen, was für eine Männerhand nicht einfach war. Schließlich gelang es ihm. Er drehte sich mit einem Lächeln zu Eliana um … und sah erschrocken, dass ihr Gesicht tränenüberströmt war.

«Tut mir leid», sagte sie. «Tut mir leid.» Sie warf den Kopf hin und her. «Verzeih mir. Ich wollte nicht weinen. Tut mir leid.»

Finn hatte keine Ahnung, was passiert war. Hoffentlich hatte er nichts falsch gemacht. Sie bewegte den Kopf so heftig hin und her, dass ihr das Haar aus der Spange am Hinterkopf rutschte. Er hätte es gern wieder zurückgesteckt, aber er traute sich nicht.

«Ich weiß nicht, welches Stück», sagte sie und schluchzte nun haltlos. «Ich weiß nicht, welches.»

Er war ratlos. «Soll ich lieber das andere Stück nehmen?», fragte er vorsichtig. «Nicht das hier?»

Ihre Schultern bebten jetzt. «Nein. Ich weiß es nicht.» Sie versuchte, sich die Tränen abzuwischen, aber sie wollten einfach nicht aufhören zu fließen. «Ich weiß es nicht mehr.»

Finn legte die Schachtel und den Kaugummi zurück auf den Schreibtisch und dirigierte Eliana zu Madelines Bett, damit sie sich setzen konnte.

So saßen sie Seite an Seite. Sie duftete heute nach Kokosnuss, stellte er fest, nicht nach Everlasting. Ihr Shampoo?

Eliana blickte kurz zu ihm hoch, sah dann aber weg. «Ich habe etwas Schreckliches getan», gestand sie. «Etwas richtig Schreckliches.»

Er sah sie fragend an.

«Vor ein oder zwei Monaten», sagte sie, «war ich allein zu Hause. Krank. Ich hatte eine Erkältung. Und … und ich hatte plötzlich so unheimlich Lust auf etwas Süßes, einen richtigen Heißhunger darauf.» Sie holte tief Luft und seufzte. «Ich hab die ganze Wohnung abgesucht und konnte nichts finden.» Sie sah ihn an und schniefte. «Meine Mutter war mal wieder auf Diät.» Sie verdrehte die Augen, und für einen Moment dachte er, sie würde vielleicht lachen, aber sie tat es nicht. «Und da habe ich mir dann ein Stück von Madelines Kaugummis genommen. Von *deinem* Kaugummi. Ich hätt's nicht tun sollen. Aber ich hab's getan.» Sie stand auf, holte ein Taschentuch raus, und setzte sich wieder. «Es war so hart. Das Stück Kaugummi, meine ich. Ich hätte mir fast einen Zahn daran ausgebrochen.» Sie kicherte kurz. «Aber dann habe ich ein schlechtes Gewissen gekriegt, also habe ich mich angezogen und bin runter und habe eine neue Packung gekauft. Und ich habe ein neues Stück in Madelines Schachtel gelegt.» Sie fing wieder an zu weinen. «Aber ich hab's ihr nicht erzählt. Sie hat immer gedacht, beide Kaugummis wären noch von *dir.*» Sie putzte sich geräuschvoll die Nase. «Deshalb weiß ich nicht, welches Stück du nun kauen sollst, welches wirklich *deins* ist.»

Es war still im Raum.

«Tja», sagte Finn schließlich, «dann muss ich wohl *beide* Stücke kauen. Eins davon muss ja von mir sein. Oder?»

Es war erstaunlich, wie plötzlich der Schmerz aus Elianas Gesicht verschwand. «Richtig!», sagte sie. «Wieso bin ich nicht selbst drauf gekommen? Ja klar!» Sie lachte und weinte zugleich. Sie holte ein weiteres Taschentuch hervor und wischte sich damit die Augen. «Ja klar. Nimm einfach –»

Es klopfte an der Tür, und ein Kopf schaute herein.

«Papa», sagte Eliana.

«Ich habe Stimmen gehört», sagte der Mann.

Eliana trat zu ihrem Vater. «Ich habe Finn Madelines Zimmer gezeigt.» Sie schnäuzte sich. «Da hat's mich irgendwie überwältigt.»

Finn wusste nicht, ob er dem Mann die Hand geben sollte oder nicht. Da Herr Lorenz ihm seine eigene nicht entgegenstreckte, war es anscheinend unnötig.

Rudi Lorenz war ein gutaussehender Mann mit Augen, die ebenso blau waren, wie Elianas schwarz. Finn wusste, dass er freundlich und intelligent war. Das hatte er aus Elianas Tagebüchern herausgelesen, und das spürte er auch jetzt. Aber Finn sah auch eine gewisse Härte in seinem Gesicht, etwas Grimmiges und Starres. Das musste der Schmerz sein. Es musste entsetzlich sein, das eigene Kind zu verlieren, es sterben zu sehen, in dem Wissen, dass es leidet und Angst hat.

«Sind wir uns schon mal begegnet?», fragte Herr Lorenz, und musterte Finn.

«Ich glaube nicht», sagte Finn.

Der Mann machte einen Schritt auf Finn zu. «Entschuldigen Sie, wie war noch gleich Ihr Name?»

«Finn.»

«Finn?», sagte er und lächelte fast.

Eliana hakte sich bei ihrem Vater ein. «Wir haben ihn und seine Freundin Rouge letztes Jahr bei Dusenhuber kennengelernt. Mama, Madeline –»

Finn wurde ganz verlegen. «Nein. Sie ist nicht –»

Sie sahen ihn an.

«Sie ist nicht meine Freundin», stammelte Finn heraus. «Wir sind … bloß Studienfreunde.»

«Rouge?», sagte Herr Lorenz.

Finn nickte.

Herr Lorenz rieb sich die Stirn.

Finn fühlte sich plötzlich fehl am Platz. Er gehörte nicht hierher, nicht zu den Trauergästen. Er wandte sich zum Gehen. «Ich glaube, es wird Zeit –»

«Warten Sie.» Herr Lorenz brachte ein Lächeln zustande. «Sind Sie der, der den Kaugummi runtergeschluckt hat?»

«Ich fürchte ja», gab Finn zu.

«Sie haben großen Eindruck auf die Mädchen gemacht. Madeline hat Ihre Kaugummis sogar aufbewahrt. In einer kleinen Schachtel. Sie –» Seine Augen wurden feucht, und Finn dachte, der Mann würde gleich losweinen. Doch er straffte seine Schultern, atmete tief ein und hatte sich wieder gefangen. «Haben Sie schon das Kondolenzbuch gesehen?», fragte er.

«Kondolenzbuch? Nein, habe ich nicht.»

«Es liegt in meinem Arbeitszimmer.»

«So viele Bücher!», platzte Finn heraus.

Herr Lorenz' Arbeitszimmer war ein wahres Paradies. Überall nur Bücher, kein freies Fleckchen Wand.

Robert und ein Junge in seinem Alter standen über ein Holzpult gebeugt und schauten auf, als sie hereinkamen.

«Ich habe noch nie eine Wohnung mit so vielen Büchern gesehen!», sagte Finn.

«Jaja. Aber wehe, man sucht ein bestimmtes», sagte Elianas Bruder, Robert.

Er hatte ein offenes Gesicht, dachte Finn, wie die Mädchen, und wie ihre Mutter.

«Robert. Max. Das ist Finn … ähm», sagte Eliana. Sie drehte sich zu Finn um. «Wie heißt du eigentlich mit Nachnamen?»

«Nordstrom.»

«Also dann, Herr Nordstrom», sagte Herr Lorenz und deutete auf ein großes aufgeschlagenes Buch auf dem Pult, «würden Sie sich vielleicht auch in das Kondolenzbuch eintragen?» Er nahm ein Schreibgerät aus der Brusttasche.

In das Kondolenzbuch eintragen? Finn hatte in seinem ganzen Leben noch nie mit der Hand seinen Namen geschrieben! Aber nach einem panischen Augenblick dachte er, dass er es vielleicht hinkriegen könnte. Schließlich waren die meisten Unterschriften, die er im Rahmen seiner Arbeit gesehen hatte, auch nur unleserliche Kritzeleien.

Finn trat an das Pult und blickte in das Kondolenzbuch. … Oje, oje, da hatte er sich ja was Schönes eingebrockt! Die Gäste hatten nicht einfach nur unterschrieben, sondern den vollen Namen mit Adresse eingetragen. Finn sah Dutzende von Namen, und *alle* waren klar und deutlich geschrieben. Manche hatten ihre Schreibschrift verwendet, andere Druckschrift. Konnte er Druckbuchstaben schreiben? Wahrscheinlich. Das war um einiges leichter als Schreibschrift mit all den Schlaufen.

Finns Magen verkrampfte sich, als er nach dem Stift griff. Vier Augenpaare waren jetzt auf ihn gerichtet, und er spürte, wie ihm plötzlich die Ohren schwitzten. Die Ohren! Er konnte sich nicht erinnern, wann ihm je die Ohren geschwitzt hatten.

Das Schreibgerät von Herrn Lorenz war ein Füllfederhalter. Er sah so ähnlich aus wie der in dem Onyx-Kästchen seines Vorfahren. Er lag ähnlich schwer in der Hand und war ebenso schwarz und hochglänzend.

Finn versuchte, sich daran zu erinnern, wie die Schauspieler in den Zelluloids Füller in der Hand hielten. Er nahm ihn zwischen Daumen und Zeigefinger. So viel wusste er. Aber musste er ihn senkrecht halten oder eher schräg? Er beugte sich über das Pult wie ein Verurteilter unter das Messer der Guillotine.

Finn setzte die Feder aufs Papier und kritzelte eine Unterschrift hin. Okay. So weit, so gut. Dann schrieb er ein «F» in Druckbuchstaben. Eine lange senkrechte Linie, zwei kurze waagerechte. Dann ein «i». Ein kurzer senkrechter Strich mit einem Punkt obendrauf. Er blickte auf und sah, dass die Jungen und Eliana ihn mit großen, runden Augen anschauten. «Wenn man mit so einem Füllfederhalter schreibt, muss man besonders vorsichtig sein», bemerkte er betont munter.

«Völlig richtig», pflichtete ihm Herr Lorenz bei. «Ähm … Sie brauchen auch gar nicht so fest zu drücken. Die Feder ist ziemlich empfindlich.»

«Verzeihung», sagte er. O-oh. Wie peinlich.

«He, Leute», sagte Eliana zu den Jungen. «Ich habe ein bisschen Hunger. Wollen wir was essen?» Sie drehte sich zu Finn um. «Bis gleich.»

Finn schrieb seinen Namen zu Ende und musterte sein Werk prüfend. Die Buchstaben begannen auf der Linie, wanderten dann aber nach oben, als stiegen sie eine Treppe hinauf. Es war nicht perfekt, aber es würde genügen. Und was war nun mit seiner Adresse? Er beschloss, die auf Fire Island anzugeben. Er setzte an, drückte aber zu fest, und etwas Tinte lief aus. Und dann gerieten ihm die Wörter «Ocean Bay Park» viel zu groß, sodass er den Rest zusammenquetschen musste. Aber schließlich bekam er alles auf eine Linie: Ocean Bay Park on Fire Island, Brookhaven, New York.

Als er endlich fertig war, halleluja, schob er die Kappe wieder auf den Füllfederhalter.

Finn schwitzte aus allen Poren. Sogar seine Handrücken schwitzten! War es die Hitze, die Situation, oder vielleicht der gefürchtete Zeitlag?

«Sie scheinen ein Bücherfreund zu sein», sagte Herr Lorenz.

«O ja!»

«Dann lassen Sie mich Ihnen ein paar zeigen. Das lenkt mich vielleicht ab.»

«Bitte, ich möchte Sie keinesfalls stören», beteuerte Finn sofort.

«Nicht doch. Ich tu das gern.» Herr Lorenz ging von Regal zu Regal, zog hier und da ein Buch heraus und legte es auf seinen Schreibtisch. «Ich bin nämlich Typograph. Ich entwerfe Fonts und Schrifttypen. Sie würden staunen, wie viele verschiedene Schriftarten es gibt. Den meisten Menschen ist das aber ziemlich schnuppe, sie verschwenden keinen Gedanken an Typographie.» Er lächelte. «Typographen werden nämlich selten in die Talkshows eingeladen.»

Finn nickte, auch wenn er nicht genau wusste, was eine Talkshow war.

Herr Lorenz öffnete ein Buch, dann ein anderes und zeigte auf die Schrifttypen. Er bat Finn, laut zu lesen, um zu demonstrieren, wie unterschiedlich sich die Schriften lesen ließen. «Das hier könnte Sie interessieren», sagte Herr Lorenz. Er zog eine Schublade auf und nahm einige Arbeitshefte heraus. Er öffnete eins davon und blätterte es rasch durch. «Ein Übungsheft für die deutsche Schrift. Für Drittklässler. Sie nennt sich ‹Vereinfachte Ausgangsschrift›.» Er sah Finn vielsagend an. «So schreibt Eliana, nicht wahr?»

Finn wurde am ganzen Körper heiß. Hat er richtig gehört? Das klang ja, als wüsste Herr Lorenz, dass er Elianas Tagebücher gelesen hatte. Aber wie war das möglich? Doch der Moment war schnell wieder vorbei, denn schon schlug der Mann ein anderes Heft auf, das den Titel «D'Nealian Handwriting» trug. «Viele amerikanische Kinder lernen nach dieser Methode schreiben. Sie doch auch, oder?»

Finn lächelte gequält zurück und nickte.

«Aber mir ist die hier am liebsten», sagte Herr Lorenz.

«*Basic Italic* und *Cursive Italic.* Sie hat ihren Ursprung im Europa des 15. Jahrhunderts. Erst vor kurzem wurde sie wiederentdeckt und wird heute in den USA an einigen Grundschulen gelehrt.» Er schlug das Buch auf. Es hieß *Write Now.* «Die Handschrift ist schlicht. Elegant. Und sehr gut lesbar.» Er gab es Finn. «Wollen Sie mal reinschauen?»

Der Mann ahnte, dass Finn nicht schreiben konnte, das war offensichtlich. Er hielt ihn ganz bestimmt für einen Dummkopf.

Finn blätterte das Buch durch. Die *Cursive Italic*-Schreibschrift hatte keine Schlaufen und war dadurch leicht zu lesen. Schlaufen, das wusste er aus Erfahrung, bereiteten Paläographen die meisten Kopfschmerzen. «Ja», sagte Finn. «Sie ist sehr gut lesbar.»

Der Mann nickte. «Ich bin sicher, Sie bekommen das Heft irgendwo. In einer Buchhandlung. Einem Antiquariat. Oder online. Oder in einer Biblio –»

Die Tür ging auf. Es war Angelika Lorenz. «Rudi», sagte sie. «Gesine fährt jetzt. Sie nimmt meine Mutter mit.»

Oma Uschi?, dachte Finn.

Herr Lorenz nickte seiner Frau zu und wandte sich dann wieder zu Finn. «Familie», sagte er. «Fortsetzung folgt.»

Als Rudi aus dem Zimmer ging, schenkte Angelika Finn ein blasses Lächeln. Von allen in der Familie wirkte sie am verzweifeltsten. «Es war lieb von Ihnen, zu kommen», sagte sie. «Ich habe Sie zuerst gar nicht erkannt auf dem Friedhof. Ich dachte, Sie seien Chauffeur bei der Mafia oder so was.» Sie lächelte.

Was war eigentlich die Mafia? Etwas Kriminelles, aber was genau? Vorsichtshalber lächelte er zurück.

«Sehr schick», sagte sie. «Schwarzer Anzug, schwarzes Hemd, schwarze Krawatte. Greifswald bekommt Ihnen.»

Rouge wird begeistert sein, wenn sie das hört, dachte Finn.

«Woher wussten Sie eigentlich von der Beerdigung?», wollte sie wissen.

«Aus der Zeitung», sagte eine Stimme von der Tür her.

Es war Rouge.

«Wir haben die Anzeige gesehen», sagte Rouge, «und dann Ihre Vornamen. Angelika und Eliana.»

«Verstehe. Sind Sie nicht ein bisschen zu jung dafür, die Todesanzeigen zu durchforsten?»

Rouge zuckte die Achseln. «Finn, wir müssen dann los», sagte sie auf Englisch. Sie sah Elianas Mutter an und wechselte wieder ins Deutsche. «Unser Zug geht bald.»

«Essen Sie vorher noch etwas», sagte Angelika Lorenz. «Und nehmt euch was mit für unterwegs. Ich weiß gar nicht, wohin mit dem ganzen Fraß.»

Während Finn seine Suppe löffelte, fielen ihm fast die Augen zu.

«Wir haben uns schon gedacht, dass du müde wirst», sagte Rouge leise. «Zeitlag. Wir müssen dich hier schnellstens rausschaffen.»

Wo war Eliana? Vorhin hatte er sich mit ihr und den Drei Js auf dem Balkon unterhalten, aber nun waren sie nicht mehr da.

«Geh», sagte Rouge. «Such sie. Verabschiede dich.»

Als Finn aufstand, begann sich der Raum um ihn herum zu drehen. Er hielt sich am Tisch fest.

«Nicht gut», sagte Rouge. «Wir müssen zusammen gehen.» Sie fasste ihn am Arm. «Der Professor hat uns etwas mitgegeben, das du einnehmen sollst, falls es schlimm wird.»

Sie hörten die Stimmen der Mädchen, hinten, am Ende des langen Flurs. Als sie dort ankamen, stand die Tür offen, aber Finn klopfte trotzdem. Die Mädchen erschraken und schauten alle gleichzeitig auf. Eliana stand auf.

«Wir müssen leider gehen», sagte Finn.

«Und die Kaugummis?», fragte sie.

«Die werden warten müssen.»

Sie nickte. «Ist in Ordnung. Ich habe sie in Sicherheit gebracht.» Sie ging zu ihrem Nachttisch und öffnete die Schublade. «Hier.»

Finn folgte ihr. Und da war sie, die kleine Schachtel. Doch daneben lag eine sehr viel größere Überraschung: Elianas Tagebücher. Alle drei in einer Schublade: das pinkfarbene mit dem Vinylumschlag, das burgunderrote aus Kalbsleder und das neue gestreifte. Dass sie tatsächlich existierten, genau hier, nur wenige Zentimeter von ihm entfernt, war auf einmal so verstörend, so surreal, dass Finn fürchtete, ohnmächtig zu werden. Ihm wurde ganz leicht im Kopf, so als würde er gleich über die Dächer von Berlin fortschweben. Alles schien so weit weg. Wie war es möglich, dass diese Tagebücher hier existierten, in diesem Zimmer, im Juni 2005, aber auch in seiner Zeit, unten in den Katakomben, im Januar 2265? Wie war das möglich?

«Alles in Ordnung?», fragte Eliana besorgt.

«Könnten wir bitte ein Glas Wasser bekommen?», fragte Rouge und kramte in ihrer Tasche herum, bis sie eine Tablette zutage förderte.

Eine von den Drei Js sprang auf und bot Finn ein Glas Wasser an.

«Nimm das», sagte Rouge und gab Finn die Tablette.

Er schluckte sie. «Die Hitze», sagte er. «Mir geht's gleich wieder gut.»

«Du siehst ein bisschen käsig aus», sagte Eliana. «Mach doch deine Krawatte auf. Oder –» Sie schaute zu Rouge, aber Rouge stand einfach da und reagierte nicht. «Warte, ich helfe dir», sagte Eliana. Sie trat zu Finn und hob die Hände. Und in diesem Moment, nicht länger als zwei, drei Sekunden, gerade in dem Augenblick, in dem die beiden sich gegenüberstanden und einander ansahen, stieg in Finn eine unendliche Zärtlichkeit für das Mädchen auf. Fast so wie die Zärtlichkeit, die er für seine Familie empfunden hatte. Aber noch nie hatte er sie bei einem anderen Menschen auch nur annähernd erlebt. Die Intensität dieses Gefühls nahm ihm einfach den Atem. … Aber dann zog Eliana an dem Krawattenknoten, und Rouge legte ihm einen Arm um die Schultern, und alles war wieder normal.

«Finn», sagte Rouge drängend, «wir müssen wirklich los.»

Eliana fing Finns Blick auf – und er nickte. «Wir müssen.»

«Schreib mir», sagte Eliana. «Die Adresse kennst du ja. Oder warte: Ich gebe dir meine Telefonnummer.» Sie nahm hastig einen Stift und ein Stück Papier, schrieb ihre Nummer auf, faltete den Zettel zusammen und schob ihn in seine Tasche.

Er sah Eliana an. Sie war ein Kind. Aber ein hinreißendes. Er würde diese Augen so gern in Erinnerung behalten. Ihre feuchte Dunkelheit, umrahmt von diesen dichten goldenen Wimpern.

«Wie ist deine E-Mail-Adresse?», fragte sie.

«Eliana», sagte er. «Ich melde mich. Keine Sorge.» Er wandte sich zur Tür, und einen Moment lang drehte sich ihm wieder alles. Er legte zu Sicherheit einen Arm um Rouge, und gemeinsam verließen sie das Zimmer.

Sie gingen den Flur entlang, aber Finn hörte noch die Stimmen der Mädchen. «Hast du nicht gesagt, dass sie nicht seine Freundin sei?», sagte eine von den Drei Js.

«Das hat er jedenfalls gesagt», erwiderte Eliana.

Auf dem Weg zum Kurfürstendamm, wo sie ein Taxi nehmen wollten, das sie zum Bahnhof Zoo, ihrem Schließfach und ihrer Kleidung für die Rückreise bringen würde, legten Finn und Rouge einen Zwischenstopp in einem Supermarkt ein, um sich in der Gefrierkostabteilung abzukühlen. Was für eine Wohltat, sich tief über gefrorene Erbsen und Möhren zu beugen. Erfrischt traten sie ihre Reise an, zurück nach Hause, in den Januar 2265.

15 Finn lernt schreiben

Finn fand es in den Tiefen des Eisbergs, in den Katakomben, Untergeschoss 5. Es stand in einem fast vergessenen Raum mit unkatalogisierten Sachbüchern aus dem einundzwanzigsten Jahrhundert, die sich mit dem Herstellen von Büchern befassten. Die Regale waren gefüllt mit Leitfäden zur Drucktechnik und zur Kunst der Farbmischung, mit Handbüchern zu Layout und Typographie und mit Schriftmusterbüchern. Finn stieß auf Präsentationsordner mit unzähligen Mustern unterschiedlichster Papiere, mit verschiedenen Färbungen, Oberflächen und Dicken. Daneben lagerten Mappen mit seidigen Lesezeichen und Kapitalbändern. Es gab Ringbücher mit Vorsatzpapieren in vielen Farbschattierungen und bunten Kartons. Schwere stoffbezogene Schachteln, die sich kunstvoll ausklappen ließen, zeigten Baumwoll- und Leinenmuster mit den vielfältigsten Strukturen und Farbtönen. Was für Schätze! Finn fühlte sich wie ein Kind im Spielzeugladen.

Er hatte die Regale schon etliche Stunden durchforstet, als er das Buch schließlich entdeckte, eingezwängt zwischen «Geese Werkdruckpapiere gelblichweiß» und «SpiekermannFontBook»: eine Erstausgabe von «Write Now» aus dem Jahre 1991 – oder zumindest das, was von ihr übrig war. Die Klebebindung des 275 Jahre alten Arbeitsheftes war aus dem Leim gegangen, die Seiten lose, manche zerrissen, verblasst und angeschimmelt. Aber sie waren lesbar.

Hätte man ihn nach dem Grund gefragt, warum er jetzt das Schreiben lernen wollte, hätte er keinen nennen können. Es war ihm ein Rätsel, er wusste nur, er musste es tun. Es drängte ihn richtig, endlich loszulegen. Als Erstes musste ein Schreibgerät her. Er könnte einen Kugelschreiber oder Bleistift aus der Werkzeugkiste seiner Mutter nehmen. Aber dann fiel ihm der Füllfederhalter seines Urahn ein, der mit den Platinsternen und der Feder aus 14-karätigem Weißgold, und er wusste sofort, dass das sein Schreibgerät werden würde. Aber er würde Tinte brauchen. Und Papier.

Die Autorinnen des Übungsbuches empfahlen dem Leser, die vorgegebenen Buchstaben auf Transparentpapier durchzupausen. Wenn der Lernende das gut konnte, sollte er die Buchstaben, Wörter und Sätze selbständig in die linierten Zeilen unter den Beispielen eintragen. Aber in dem halbzerfallenen Übungsbuch konnte er weder Buchstaben nachmalen noch auf den Seiten schreiben. Unter dem Druck der Schreibfeder würde es zerbröseln.

Sollte er sich eine Art Tru-Copy machen lassen, in die er hineinschreiben konnte? Das Labor würde den Auftrag zweifellos Dr. Dr. Sriwanichpoom zur Genehmigung vorlegen. Aber dieses Hobby wollte Finn lieber für sich behalten. Vielleicht könnte er Renko bitten, die Seiten auf einem seiner speziellen Bibliotheksgeräte zu scannen. Aber wie sollte er ihm das begründen? Seine Zeitreise-Ausflüge musste er nach wie vor geheim halten. Würde Renko die Halbwahrheit durchschauen und Fragen stellen?

Schließlich schickte Finn an Raoul Aaronson in Sternwood Forest eine Bestellung für Tinte, Transparentpapier, liniertes Papier zum Üben und unliniertes, weißes 80-Gramm-Papier für eventuelle Papierscans.

Finn würde schreiben lernen!

Während Finn auf die Papier- und Tintenlieferung wartete, arbeitete er beharrlich weiter an Elianas gestreiftem Tagebuch, der Dokumentation ihres Lebens vom 25. April 2004 bis zum 9. Juni 2005. Zu Beginn des Tagebuchs war Eliana knapp vierzehn und am letzten Eintrag – als ihre Schwester Madeline starb – fünfzehn Jahre und ein paar Wochen alt. Finn erfuhr, dass Robert nach der Kneipeneskapade an seinem sechzehnten Geburtstag einen Monat lang Hausarrest bekam. Der Nebeneffekt: Er steigerte seinen Notendurchschnitt von 2,8 auf 1,5 – «eine erstaunliche Leistung», kommentierte Eliana. «Und noch erstaunlicher ist, er hatte trotz der Büffelei noch Zeit, sich in seine Chemie-Partnerin zu verknallen, Lisa Anders.» Die Reise, die die Familie über Pfingsten nach Wien unternahm, schilderte sie ebenso detailliert wie die edel verpackten Minipralinen. Ein weiteres Highlight waren die Familienferien an der Ostsee, in Wustrow auf Fischland-Darß, wo Eliana Madeline beibrachte, Kopfsprünge zu machen, «auch ohne sich ein Loch im Schädel zu holen». Eliana schrieb über das Leben in der Schule, die Kabbeleien mit ihren Freundinnen und deren Schwärmereien, aber es waren vor allem die Familienereignisse, die ihm in ihrem Tagebuch so besonders gefielen. Und gerade wegen dieser Schilderungen, so schlicht, aber mit ihrer einzigartigen Ironie gewürzt, schloss Finn das Mädchen ins Herz, ja sogar ihre ganze Familie. Er wollte sie wiedersehen. Es war ihm egal, ob das «heikel» werden könnte. Er wusste einfach, dass er das tun wollte, sogar tun *musste.* Warum das so war, war ihm ein Rätsel. Aber er fand immer mehr Gefallen an solchen Rätseln.

Finn war ungeduldig. Er wollte schreiben. Sofort. Er ging die wenigen Bücher durch, die er in Berlin besaß, und entdeckte eine alte englischsprachige Taschenbuchausgabe von J. D. Salingers «Der Fänger im Roggen», von 1969, die seine Mutter restauriert hatte. Ganz hinten waren zwei leere Seiten, die mussten es für den Anfang tun. Finn fischte ein Schneidemesser aus der Werkzeugkiste seiner Mutter und trennte vorsichtig die beiden Seiten aus dem Buch. Er spitzte einen Bleistift an und nahm beides dann mit nach Greifswald, wo das Übungsbuch war. Ohne Sondererlaubnis durften keine Bibliotheksbestände aus dem Gebäude mitgenommen werden. Er würde in seinem Büro üben müssen.

Finn befolgte die Instruktionen im Heft für die richtige Sitzposition am Schreibtisch und hielt den Stift im korrekten Winkel von 45 Grad. Er würde sich systematisch von vorne nach hinten durch das Heft durcharbeiten, Schritt für Schritt, angefangen mit den Kleinbuchstaben. Es waren acht Familien: von Familie 1, den Buchstaben mit Senkrechtstrich: «i» und «j», bis hin zu Familie 8, die Querstrichbuchstaben «f» und «t».

Das Schreiben machte Finn richtig Spaß. Er konnte sich vorstellen, dass es für Kinder, die gerade erst lesen lernten, schwieriger war, aber für Erwachsene, die ja schon lesen konnten, war es praktisch ein Kinderspiel. Wieso hatte er nicht schon früher daran gedacht, schreiben zu lernen? Warum hatte die Menschheit diese Fähigkeit überhaupt verloren? Finn nahm sich vor, noch etwas gründlicher über dieses Thema nachzudenken, aber er durfte nicht vergessen, an Elianas jüngstem Tagebuch weiterzuarbeiten.

Es war etwas eigentümlich, jetzt, da Madeline gestorben war und er die fünfzehnjährige Eliana kennengelernt hatte, in die Zeit davor zurückzuspringen, aber Dr. Dr. Sriwanichpoom und die Europäische Bibliothek warteten auf die Übersetzung. Und er selbst auch – er wollte nun *alles* über Eliana wissen.

6. Juli 2004

Gestern waren Madeline und ich Komparsen bei «Die Legende von Frank und Franzi», für das Mama die Kostüme macht. Der Film spielt in der Zeit zwischen 1989 und 2002 und erzählt die Geschichte von Frank aus Westberlin, der zu Beginn 15 ist, und von Franzi aus Ostberlin, die 14 ist, und wie sie sich an der Mauer kennenlernen, einen Tag nachdem sie gefallen ist, und wie sie Freunde bleiben und dann ein Paar werden und sich 13 Jahre später trennen. Madeline und ich sind Franzis Freundinnen vom Prenzlauer Berg, im Jahre 1989. Wir mussten so richtig hässliche Skijacken tragen. Meine war pink-grün, und Madelines war lila, und wir haben dicke hässliche Schneestiefel getragen, wie Moon Boots, obwohl es weder Schnee noch einen Mond gab. Bloß eine Mauerattrappe, die sie für den Film gebaut haben. Ich hatte sogar etwas Text. Wenn Frank seinen Arm um Franzi legt, muss ich sagen: «Es ist schon spät, komm, wir gehen!» Ich musste das ungefähr 100 Mal sagen. Kein Witz! Jedes Mal, wenn ich es gesagt habe, hat sich jemand im Hintergrund falsch bewegt, oder etwas stimmte mit der Technik nicht, und jemand kam und hat das Licht gemessen und den Abstand von meiner Nase zur Kamera. Mama hat gesagt, ich hätte meine Sache sehr gut gemacht, aber ich habe ihr gesagt, meine Nase hätte die ganze Arbeit gehabt. Ehrlich, nach einer Weile wurde es ganz schön öde, und ich habe auf der Stelle beschlossen, auf keinen Fall Filmschauspielerin zu werden, wenn ich groß bin. Viel zu langweilig! Ich werde Schriftstellerin. Und ich schwöre, ich werde nie im Leben den Satz schreiben: «Es ist schon spät, komm, wir gehen!» Kein einziges Mal!

Finn ertappte sich dabei, wie er lachte. Wie entzückend sie war. Wie –

«Erwischt!», sagte Renko.

Finn schaute auf. «Musst du dich immer so ranschleichen! Erwischt? Bei was?»

«Beim Lachen.» Renko pflanzte sich in einen Sessel. «Du ungezogener Junge. Lachst bei der Arbeit.»

«Es war ein Kichern», lächelte Finn und schloss das Tagebuch.

«Kichern oder lachen», sagte Renko. «Wo ist da der Unterschied? Ist jedenfalls beides besser als deine mürrischen Launen.» Er deutete mit dem Kinn auf das Tagebuch. «Das Mädchen schon wieder, nicht?»

«Zu deiner Information: Die Geschäftsberichte der Deutschen Bank bringen diesen Übersetzer nicht zum Kichern.»

«Alles klar.» Renko betrachtete das Tagebuch. «Aber mal im Ernst. Was kann denn an einer Dreizehnjährigen so faszinierend sein? Das ist diesem Mann schleierhaft.»

«Am Ende von diesem Tagebuch ist sie schon fünfzehn», entgegnete Finn. «Außerdem ist es weniger das, was sie tut und beschreibt. Es ist eher das *Wie.* Sie ist so leidenschaftlich bei allem. So präsent.»

«Verstehe.»

«Aber es ist mehr als nur das. Jeder Tintenfleck, jedes durchgestrichene Wort, jeder Rechtschreibfehler, ihre vielen Klammern, die Art, wie sie das Und-Zeichen macht, die vielen Randbemerkungen, das alles nimmt diesen Leser direkt mit in ihren Kopf und in ihr Gefühlsleben.»

«Hilfe! Klingt so … intim», sagte Renko und machte ein Gesicht, als lutschte er ein saures Bonbon.

Finn hatte noch nie viel darüber nachgedacht, aber Renko hatte nicht unrecht. «Stimmt. Ist es. Es ist intim. Dieser Leser fühlt sich ihr seltsam nah. Es ist eine emotionale Nähe, die dieser Mann zuvor nur mit seiner Familie erlebt hat. Eigenartig.»

Sie saßen einen Moment ruhig da, lauschten auf das leise Summen des Handsterilisators. Finn spürte, dass sein Freund eigentlich gekommen war, um ihm etwas Wichtiges zu sagen. «Und? Was hast du auf dem Herzen?»

«Gao hat gedacht, sie wäre schwanger.»

«Gedacht?»

«War negativ. Leider. Aber sie sagen, es könnte irgendwann hinhauen, dass wir gute Chancen hätten, eins zu vier. Und wir denken, wenn es doch nichts wird, probieren wir es mit *in vitro.* Und wenn das nichts wird – dann sehen wir weiter. Aber so oder so machen wir es offiziell.»

«Ihr wollt heiraten?», fragte Finn betroffen. Er freute sich aufrichtig für seinen Freund und tat sich gleichzeitig selber leid. Sein Freund würde ihn verlassen.

«Es ist das Vernünftigste», sagte Renko. «Sie hat gute Gene, einen guten Kopf und irgendwann auch einen guten Job. Was kann ein Bibliothekar mit schlechten Genen, einem langweiligen Job und einem brillanten Kopf da mehr wollen?»

Finn grinste schief. Er würde Renko vermissen. «Soso. Gao ist also deine One and Only.»

«Was meinst du damit?», fragte Renko etwas misstrauisch. «Es kämen bestimmt auch noch andere in Frage.

Aber, klar, sie ist bestens geeignet. – Keine Bange, Finnkins. Dieser Bibliothekar bleibt im Eisberg. Wir werden in Struckum in unserer ‹Near 'n' Dear›-Domäne mit der ganzen Hoogeveen-Mischpoche leben. Von Flensburg geht viermal am Tag ein Citygleiter nach Greifswald.»

Renkos Familie, die Hoogeveens, teilten eine Wohnanlage in Nordseenähe mit einigen anderen Großfamilien, den Kuddendieks, den Hansens, den Jensens und den Klotz'. Finn hatte Renko einmal dort besucht und war von allen vier Generationen der Familie Hoogeveen herzlich aufgenommen worden, doch die meisten anderen Bewohner fanden es ziemlich merkwürdig, dass Finn in einem Privathaus in einer Kernfamilie aufgewachsen war. Sie behandelten ihn mit einer spürbaren Zurückhaltung.

Einen Augenblick lang waren sie beide in die eigenen Gedanken vertieft, dann sagte Renko etwas unvermittelt, «Fragst du dich manchmal, wie sie aussieht?»

«Sie?»

«Ach, Finnkins.» Renko zeigte auf das Tagebuch.

«Eliana? Ob dieser Leser sich fragt, wie sie aussieht?», sagte Finn. «Nein, eigentlich nicht.» Und das stimmte. Finn musste sich nicht fragen, wie Eliana aussah. Er *wusste* es.

Renko lehnte sich enttäuscht zurück. «Aber wenn doch, was meinst du, wie sie wohl aussehen würde? Dunkles Haar? Wie deins?»

«Auf gar keinen Fall», sagte Finn gereizt. «Sie ist mit Sicherheit blond. Üppiges, volles, blondes Haar. Lang. Gelockt. Ein bisschen kraus.»

Renko blickte interessiert. «Interessant. – Und die Augen? Wie stellst du dir ihre Augen vor?»

«Dunkel. Sogar schwarz. Mit sehr blonden Wimpern.»

«Ungewöhnliche Kombination. Aber machbar. Zierlich?»

Finn seufzte. «Renko. Warum willst du das wissen?»

Renko zuckte bloß die Achseln.

«Mittelgroß», sagte Finn und lehnte sich in seinem Sessel zurück. Er schloss die Augen und versuchte, Eliana vor seinem inneren Auge heraufzubeschwören. «Hübsch, aber nicht auf die übliche Art. Es ist eher die Ausstrahlung. Charmant. Und entwaffnend. Selbstbewusst.»

«Kein leichter Auftrag, Mr. Nordstrom.»

«Und witzig! Sie ist ausgesprochen witzig für ihr Alter.»

Renko sprang auf. «Das kriegen wir hin! Witzig können wir! Arietta Glorietta Müller. Sie ist eine Freundin von Gao. Hübsch und witzig. Ein nettes Mädchen. Auch sprachbegabt. Passt gut zu dir. Sie unterrichtet Pflicht-Russisch in der Provinz Albanien. Hier, guck sie dir an.» Renko neigte den Kopf nach rechts und schickte Finn ein Plinkblink.

«Ach, Renko», sagte Finn. «Bitte. Nicht heute.»

«Okay. Dann eben morgen. Themenwechsel.» Er lehnte sich gegen die Wand. «*Breaking news!* Dieser Bibliothekar hat ein paar Zelluloids gefunden, bei denen Angelika Lorenz als Kostümbildnerin mitgearbeitet hat.»

«Tatsächlich?» Finns Herz stürmte bereits den Gang hinunter, auf dem Weg ins Zelluloid-Archiv. «Ist ‹Die Legende von Frank und Franzi› dabei?»

Renko neigte den Kopf, schaute nach. «Leider nein. Wieso?»

«Schade. Da hat Eliana mitgespielt.»

«Echt? Dann müssen wir ihn finden! Dieser Bibliothekar wird sich darum kümmern. Unverzüglich.» Renko blühte auf, wenn er eine schwierige Recherche bekam. «Vielleicht ist der Film ja bei der Europäischen Bibliothek in Bologna gelandet. Oder in Sankt Petersburg. Oder in einer Forester-Bibliothek.» Er lief begeistert im Zimmer herum, bemerkte plötzlich das offene Arbeitsheft auf Finns Schreibtisch und blieb abrupt stehen. «Was ist denn das?»

«Eine Art Übungsbuch, um Schreibschrift zu lernen. Sie erwähnt es. Ihr Vater war Typograph. Hat Schriftfonts entworfen.» Nichts davon stand im Tagebuch, aber das konnte Renko ja nicht wissen. «Es hat in Untergeschoss 5 bloß Staub angesetzt.»

Renko fixierte Finn einen langen Moment. «Du willst schreiben lernen?», sagte er schließlich. Er wirkte weder geschockt noch entsetzt. Aber auch nicht interessiert oder ermunternd.

«Ja.» Finn bemühte sich, gelassen zu wirken. «Dieser Paläograph dachte, seine Arbeit könnte davon profitieren. Er kann vielleicht unleserliche Wörter besser entziffern, wenn er weiß, wie man sie formt.» Finn hatte keine Ahnung, wie er auf diese Antwort gekommen war. Wenn er aber richtig darüber nachdachte, ergab sie sogar einen Sinn.

«Verstehe», sagte Renko. Er schaltete Finns Handsterilisator ein, rieb sich die Hände darunter und trat schließlich an den Schreibtisch. Er beugte sich über das Arbeitsheft und blätterte behutsam eine Seite um. Eine Ecke löste sich ab. «Ups. Das Heft ist doch in keinem lesbaren Zustand. Du solltest vom Labor eine Tru-Copy anfordern.»

«Hat Doc-Doc abgelehnt. Er sagt, das Tagebuch sei vorläufig genug Arbeit», sagte Finn und fand, dass ihm seine Flunkereien immer flüssiger über die Lippen kamen.

«Dann warte doch noch mit dem Schreibenlernen.»

«Aber es macht wirklich Spaß.»

Renko warf Finn einen langen Blick zu. Schließlich sagte er: «Dieser Freund ist froh, dass du etwas gefunden hast, was dich ablenkt. Wir sähen es allerdings lieber, wenn die Ablenkung Arietta Glorietta Müller wäre. Das würde dir und Europa guttun. Aber wenn deine Antwort Schreibschrift lautet, auch gut.»

«Danke. Arietta Glorietta wird nicht vergessen werden.» Er senkte die Stimme. «Renko, du hast Zugang zu Scanning-Geräten. Würdest du vielleicht –»

«Das Buch scannen?», rief er. «Aber –»

«Nur die Seiten 1 bis 69. Die Übungen.»

«Nur?»

«Bitte.»

Renko seufzte. «Also schön, du Spinner. Nach Feierabend. Die Scans werden dir auf die Inbox geschickt.» Er wandte sich zum Gehen. «Und jetzt –»

«Renko?»

Renko drehte sich zu Finn um.

«*Papier*kopien. Auf 80-Gramm-Papier.»

«Bist du verrückt geworden, Finn? Siebzig Seiten auf 80 Gramm? Wir haben kein –»

«Das Papier wurde schon bei Raoul Aaronson in Sternwood Forest bestellt. Es müsste diese Woche eintreffen.»

«Kannst du dir das überhaupt leisten?»

«Artu hatte einen Laden voll mit antiken Holzmöbeln. Einundzwanzigstes Jahrhundert. Dieser Erbe wird etwas davon verkaufen. Kennst du zufällig irgendwelche tibetanischen Mönche? Oder vielleicht ein paar reiche Witwen?»

Zwei Tage später traf das Papier aus Kanada ein – und 35 leere Blätter gingen schnurstracks an Renko für den 70-Seiten-Scan. Unterdessen suchte Finn bei Cyclops nach Informationen, wie ein Füllfederhalter zu reinigen ist, nahm den Füller dann entsprechend der gefundenen

Anleitung auseinander und machte ihn wieder einsatzbereit. Sobald Renko mit den Scans durch war, konnte es losgehen.

Bis dahin widmete er sich wieder dem gestreiften Tagebuch, der vierzehnjährigen Eliana und seiner Übersetzung.

Samstag, 31. Juli 2004

Wir waren den ganzen Tag schwimmen. Zuerst hat Papa Madeline zu ihrer Freundin Carolin gebracht, und dann hat er Johanna und Joya und mich zum Freibad am Lochowdamm gefahren. Es war noch richtig früh und total leer. Johanna, Joya und ich waren praktisch allein im Nichtschwimmerbecken, und wir sind mindestens fünfzig Mal die Rutsche runter, ohne dass wir warten mussten. Als dann die ganzen Kleinen gekommen sind und angefangen haben, ins Wasser zu pinkeln, sind wir weiter ins große Becken und dann ins Sprungbecken.

Gestern hatte Lucas Johanna gesagt, er würde heute auch ins Freibad kommen, zusammen mit Max und Jan Eric, und als wir da ankamen, haben wir nach ihnen Ausschau gehalten, aber es war wahrscheinlich noch zu früh, weil sie nämlich nicht da waren. Ich hatte mich echt drauf gefreut, Max zu sehen. Er ist voll süß. Mir gefällt, wie ihm das Haar in die Stirn fällt, und er hat einen waagerechten Riss in der Jeans, hinten rechts, direkt unterm Hintern, und wenn er sich bewegt, geht der Riss auf und zu – als ob seine Hose spricht. Total lustig.

Gegen zwei Uhr lagen wir so auf der Wiese rum, als Max und Jan Eric und Lucas endlich kamen. Sie latschten an uns vorbei. Mein Herz hat plötzlich angefangen, Doppelsaltos zu schlagen. Das war richtig komisch. Es hat gar nicht mehr aufgehört, sich zu überschlagen, als wäre es in einer Waschmaschine und würde richtig durchgewirbelt. Und ich habe losgekichert und konnte nicht mehr aufhören. Es war saukomisch.

Wir sind hinter Max und Jan Eric und Lucas her, ohne dass die was gemerkt haben. Sie sind rüber zum Trampolin. Da haben wir uns ganz schnell ein Eis gekauft und sind dann zum Trampolin rüber und haben so getan, als würden wir ihnen ganz zufällig über den Weg laufen. «Oh, hi, na das ist ja ein Zufall», und so Zeug haben wir gesagt. Zum Schreien!

Und dann haben wir uns auch in die Warteschlange fürs Trampolin gestellt. Und Max hat hinter mir gestanden. Und ich habe mein Vanilleeis geleckt. Und er ist ganz dicht an mich rangekommen, voll nah, ich konnte sogar das Chlor an ihm riechen, und er hat die Arme um mich gelegt. Ich habe am ganzen Körper Gänsehaut gekriegt. Vom Kopf bis runter zu den Zehen (die ich übrigens pink lackiert hatte). Und ich schwöre, ich konnte ihn richtig spüren. Ich konnte spüren, wie er an mir hart wurde. Und größer. Ich meine, wir hatten ja nur unsere Badesachen an und so. Ich muss nur dran denken, dann fängt mein Magen gleich wieder an, Saltos in der Waschmaschine zu schlagen.

Wir standen also einfach so da. Ich mit meinem Vanilleeis (den Geschmack von Vanilleeis und den Geruch von Chlor werde ich ewig lieben) und Max, der immer größer und härter an mir wurde. Und es hat sich voll gut angefühlt. Nicht bloß er an mir, sondern ich selbst habe mich voll gut gefühlt. Irgendwie feucht. Und glitschig. Und es war einfach das Erregendste –

Finn knallte das Tagebuch zu. Hilfe! Er brauchte dringend einen kräftigen Drink. Schnell.

Er war gerade dabei, sich einen Spicer mit einem Schuss Lexa zu mixen, als ein Plinkblink auf seinem Raster erschien. Es war Renko. Das Arbeitsbuch war fertig gescannt.

Finn machte Fortschritte. Er versuchte sich jetzt an den Großbuchstaben und durfte schon *Cursive Italic*-Schreibschrift lernen und die Buchstaben miteinander verbinden. Er arbeitete sich zügig durch das Buch, Buchstabe für Buchstabe, Satz für Satz, Seite für Seite. Stunden vergingen, Tage, eine Woche, zwei. Er brachte sich Strich für Strich Schreibschrift bei. Und er übersetzte Elianas Tagebuch, Eintrag für Eintrag. Zweimal die Woche spielte er Slapback mit Renko, traf sich mit Arietta Glorietta Müller auf einen Drink und zum Tee mit einer anderen Freundin von Gao, Morianna. Beide waren absolut nett, aber nicht das nette Absolute, das er suchte.

Finn legte seinen Stift hin. Seine rechte Hand war müde. Außerdem war er verabredet. Mit Rouge und der Zentrifuge.

«Kannst du bitte erklären, warum wir eigentlich in der Zentrifuge trainieren müssen?», fragte Finn Rouge im Robotaxi unterwegs zum OZI.

Rouge zuckte die Achseln.

«Sorry», sagte er, «aber ein Achselzucken genügt diesem Zeitreisenden nicht mehr.»

«G-Kräfte», sagte sie. «Ist das besser?»

«Wir werden aber doch nicht ins All geschossen.»

«Aber in die Zeit. Daher sind wir extremen G-Kräften ausgesetzt.»

«Aber bei den ersten drei Reisen ist doch alles auch ohne zu üben gutgegangen.»

«Wir hatten Glück. Derzeit treten jedoch atmosphärische Störungen auf, die es erforderlich machen, uns extrem hohen G-Kräften auszusetzen.»

«Was denn für Störungen?»

Sie seufzte tief, nahm dann all ihre Einem-Laien-was-erklären-Geduld zusammen und legte los: «Unsere Erde bewegt sich in einem gemeinsamen Raum mit anderen alternativen Welten, mit anderen Erden, die sich abgegliedert –»

«Jaja», sagte Finn. «In der Schule haben wir das mit den Parallel-Erden gelernt.»

«Gut», sagte sie, und ihr Gesicht hellte sich auf. «Dann weißt du ja Bescheid.»

«Könnte es passieren, dass wir in einer Welt voller Dinosaurier landen?»

«Nein», sagte sie und schmunzelte. «Das ist ein Irrglaube. Solche Parallelwelten sind inzwischen viel zu weit von uns entfernt.»

«Um welche Art von alternativer Realität geht es hier denn?»

«Keine Ahnung! Diese Zeitreisende hat noch nie eine erlebt.» Sie wurde ein wenig ungeduldig. «Und du wirst auch keine erleben. Wir umgehen dieses Problem durch den Einsatz extremer G-Kräfte.»

«Und deshalb trainieren wir in der Zentrifuge?»

«Zum Teil. Hinzu kommt das Problem, dass wir, je länger wir in der Vergangenheit bleiben, immer mehr G-Kraft benötigen, um wieder zurückzukommen. Deshalb trainieren wir es. Außerdem», sagte sie, blickte zu ihm hoch und setzte ein kokettes Lächeln auf, «ein regelmäßiges Workout an der Zentrifuge mit maximaler Intensität erhöht deine Ausdauer. In allen Lebenslagen.» Ihre Stimme hatte wie manchmal früher einen leicht verführerischen Klang. Flirtete sie etwa mit ihm?

«Gut zu wissen», sagte er, streckte die Beine aus und lehnte sich zurück. Er hatte die Hände auf dem Bauch gefaltet.

Das Robotaxi hielt vor dem Zerstörten Tor, um eine lange Reihe von Touristenfahrzeugen durchzulassen. Ein

Märzwind fegte über den Pariser Platz, aber drinnen im Taxi war es warm und gemütlich. Rouge berührte Finns Hand. Er sah sie an. Ihre Schultern berührten sich. Es wäre so leicht, dachte Finn, es wäre so leicht, ja zu sagen …

… Aber dann waren sie am OZI, auf dem Potsdamer Platz, und die Zentrifuge rief.

Finn übte fleißig schreiben. Hin und wieder fragte er sich, was passieren würde, wenn jemand ihn beim Schreiben entdeckte. Es kam nicht selten vor, dass Rouge, Yolanda oder Severin überraschend hereinschauten. Schreiben war kein Verbrechen, aber sie mussten es ja nicht unbedingt erfahren. Vor allem Rouge nicht. Finn war sich immer noch nicht sicher, welche Rolle sie bei «Projekt Zeit» spielte. War sie Freund oder Feind? Oder gar beides? Inzwischen hatte er Dr. Dr. Sriwanichpoom die Übersetzung von Elianas drittem, dem gestreiften Tagebuch geschickt. Er hoffte auf ein viertes, aber wenn Eliana keins mehr geschrieben hatte, würde man ihn mit irgendeiner anderen Arbeit betrauen, die er dann genauso gut zu Hause auf Fire Island bei New York erledigen könnte. Dort könnte er auch unbehelligt seinen Schreibübungen nachgehen.

«Eine sehr vernünftige Idee, Mr. Nordstrom», sagte Professor Grossmann. «Wir haben nichts dagegen, wenn Sie die nächsten zehn Tage oder so zu Hause in New York arbeiten.» Er sah kurz auf seinem BB-Raster nach. «Sie nehmen fleißig alle Vitamine und Medikamente, die wir verschrieben haben, oder? – Mr. Nordstrom?»

Finn blickte auf. «Wie? … Ähm … selbstverständlich», beeilte er sich zu versichern. «Selbstverständlich.»

Während des gesamten Mittagessens im NerdNasch, der Kantine des OZI, musste Finn den Bolotie des Professors anstarren. Jetzt, da sich die Wolkendecke verzogen hatte und die Sonne durch die Fenster hereinstrahlte, konnte er die Cowboykrawatte endlich richtig erkennen: Die Brosche bestand aus einem runden, 4 cm großen flachen Bernsteinstück, das eine Biene umschloss. Sie erinnerte Finn an den Ring in dem schwarzen Onyx-Kästchen.

«Tolles Teil, was?», sagte der Professor.

«Faszinierend», bestätigte Finn.

Auch Rouge beugte sich vor und studierte die Brosche.

«Diese Biene ist 45 Millionen Jahre alt», sagte der Professor. «Sehr interessante DNA.» Er hob eine Hand und winkte Kellner Wozniak-BER-OZI-nn72 heran. «Noch eine Runde?», fragte er Rouge und Finn.

Sie nickten.

«Was darf's sein?», fragte Kellner Wozniak.

«Eine Berryola mit einem Schuß Lexa bitte», sagte der Professor.

«Ein Zimt-Zing», sagte Finn.

«Nur ein Wasser», sagte Rouge.

Kellner Wozniak ging, und der Professor konzentrierte sich wieder auf Finn und Rouge. «Also, Sie beide werden noch vier weitere Reisen unternehmen. Mr. Nordstrom, stellen Sie sich bitte darauf ein, dass Sie in sieben bis zehn Tagen Reise 4 antreten, und zwar nach Berlin am Montag, den 1. Oktober 2007. Dabei handelt es sich um eine zwölfstündige Exkursion. Reise 5, wahrscheinlich ins Frühjahr 2009, wird 24 Stunden dauern und eine Übernachtung einschließen. Wir haben ein nettes Hotel für Sie gefunden. Reise 6 wird eine Woche dauern. Die entsprechenden Einzelheiten werden rechtzeitig mitgeteilt. Reise 7 haben wir noch nicht geplant. Steht noch an.»

«Eine ganze Woche!», rief Finn. «Das ist aber lang.»

«Sie werden sich bestimmt nicht langweilen», sagte der Professor und zwinkerte Finn zu.

«Wir hätten sogar Zeit, nach New York zu fahren!», sagte Finn zu Rouge. «Dieser New Yorker würde nur zu gern die Stadt sehen, bevor sie ver –»

«Leider ist das nicht möglich, Mr. Nordstrom», fiel der Professor ihm ins Wort. «Wir haben das bislang nicht angesprochen, weil wir Sie nicht unnötig beunruhigen wollten, aber wenn man zeitreist, muss man stets in einem Radius von 350 Kilometern des Eintrittpunktes bleiben. Wir bedauern.» Seine Miene heiterte sich auf. «Aber bitte grüßen Sie New York von uns, wenn Sie morgen dort sind. Es ist so ein süßes kleines Städtchen.»

Als Finn am nächsten Tag auf Fire Island ankam, wartete schon ein Paket auf ihn: ein neues Eliana-Tagebuch. Dieses Tagebuch war das dünnste von allen bisherigen, hatte einen biegsamen schwarzen Kartoneinband mit sichtbaren Steppnähten auf dem Buchrücken und hinten eine Innentasche. Außen stand der Name des Herstellers in Prägedruck: Moleskine®.

Finn nahm sich fest vor, das dünne Bändchen diesmal chronologisch zu lesen. Er wollte genießen, wie die Zeit fortschritt, wollte Elianas Leben so erleben, wie sie es durchlebte, wollte sie von einem Eintrag zum nächsten Schritt für Schritt begleiten.

Finn klappte den Deckel auf. Elianas Name und Anschrift standen auf der ersten Seite, und darunter, etwas kleiner, eine andere Adresse: c/o Weiss, 742 Appletree Lane, Teaneck, New Jersey, 07666 USA.

New Jersey?

Das Tagebuch begann am 6. Februar 2007. Einem Dienstag. Eliana war sechzehn Jahre und neun Monate alt. Ihre Schrift war holprig und schwierig zu lesen.

Dienstag, 6. Februar 2007

Okay. Ich will's versuchen. Ich wollte eigentlich nicht mehr Tagebuch schreiben, aber ich habe mir gedacht, ich sollte es vielleicht doch mal versuchen. Also fange ich am besten gleich damit an. Im Flieger.

Aha! Sie schrieb in einem Flugzeug. Vielleicht sah ihre Schrift deshalb so unregelmäßig aus.

Mama hat mir die Hefte geschenkt. Es gibt sie immer im Dreierpack. Sie sehen so schön schlicht aus, das gefällt mir. Ich habe mir überlegt, dass ich nicht mal ganze Sätze schreiben muss. Bloß Stichworte. Und wenn ich die dann vor mir habe, weiß ich dann, was ich erzählen will, wenn Mama und Papa anrufen. Zum Beispiel:

1. Flughafen Heathrow / Everlasting
2. Bailey's
3. eigener Bildschirm

Ich kann ihnen erzählen, dass ich 1) in Heathrow beim Umsteigen über vierzig Minuten bis zu meinem Anschlussflug gebraucht habe. Ich bin durch die Gänge gelatscht und gelatscht und gelatscht, und ich dachte schon, ich würde den Flug verpassen, aber dann hatte ich doch noch genug Zeit, um mir im Duty-Free-Shop schnell mal ein Flacon Everlasting zu kaufen.

Und ich kann ihnen erzählen, dass 2) der Flugbegleiter mir nach dem Essen einen Bailey's angeboten hat, ohne mich auch nur zu fragen, wie alt ich bin. Ob eine Flugbegleiterin das auch gemacht hätte?

Und ich kann ihnen erzählen, dass ich 3) im Flieger einen eigenen Bildschirm hatte, der in die Rückenlehne des Sitzes vor mir eingebaut war. In der Economy-Klasse! Ich habe mir «Little Miss Sunshine» angeguckt, eine ganze Reihe von britischen Sitcoms und

Ups. Turbulenzen. Kann nicht weiterschrei

Finn ging das Tagebuch Satz für Satz durch, verfolgte Elianas Leben als Austauschschülerin an der Highschool. Sie schrieb über ihr Leben bei Familie Weiss in der New Yorker Vorstadt Teaneck, in New Jersey. Mrs. «Bitte sag Wendy zu mir» Weiss, so las Finn, die früher Sportlehrerin an einer Highschool in New York gewesen war, betrieb jetzt ein Yoga-Studio in Englewood, New Jersey. Danny Weiss – «dünne Beine, große Brille, sehr klug» – war Psychologieprofessor an der Rutgers University und brauchte 70 Minuten für die Fahrt zum Campus. Und ihre Tochter Sarah, sechzehn, war Elianas neue beste Freundin: «Sie entfernt sich das Schamhaar mit Wachs. Autsch!»

Gelegentlich schrieb Eliana längere Passagen: Dass das Pessachmahl Anfang April köstlich gewesen war und alle Verwandten und Freunde etwas zu essen mitgebracht hatten. Sie beschrieb erstaunlich detailliert die Matzenknödelsuppe und die Möhrenkugel. Ihre Schilderung, wie sie bei der Zubereitung der Rinderbrust geholfen hatte, ließ Finn so sehr das Wasser im Munde zusammenlaufen, dass er fast versucht gewesen wäre, seine vegetarische Seele an den Teufel zu verkaufen, nur um einen Bissen davon kosten zu dürfen. Auch Jungen spielten oft eine Rolle in ihrem Tagebuch. Ein paar waren total «süß». Andere waren «seltsam». Die meisten waren «vollblöd». Eines hatten sie allerdings alle gemeinsam: «Die können alle nicht küssen! Viel zu schlabberig. Kein Gefühl.»

Finns Tage waren ausgefüllt. Morgens arbeitete er ein paar Stunden an Elianas Tagebuch, dann an seiner Handschrift. Er näherte sich dem Ende seines Lernprogramms, übte weiter fleißig das Verbinden von Buchstaben. Nach dem Mittagessen machte er meist einen Spaziergang am Strand und sah dabei zu, wie die Wellen heran- und wieder hinausrollten. Er betrachtete das Schilf, wie es sich zurück- und wieder nach vorn bog. Er verfolgte den Flug einer Seemöwe, die aufstieg und wieder herabstieß. Manchmal, wenn der Übermut ihn packte, ging er kurz im eiskalten Meer schwimmen.

Die Tage wurden länger. Am frühen Abend setzte Finn sich auf die Terrasse und sah sich den Sonnenuntergang an, Koch Carlo servierte ihm dann sein Abendessen, danach übte Finn weiter seine Handschrift. Später am Abend spazierte er gern noch einmal am Strand entlang, in eine warme Decke gehüllt, und blickte hinauf in die Sterne.

Finn hatte das vierte Tagebuch beinahe zu Ende gelesen. Er freute sich für Eliana, denn sie fühlte sich wohl in Amerika. Von Zeit zu Zeit schrieb sie über Madeline: «Die Shopping Mall hätte ihr gefallen», oder: «Es tut so weh, wenn es mir durch den Kopf geht, dass sie nie einen warmen Frühlingstag im Central Park erlebt hat.»

Und dann plötzlich, eines Nachmittags, der Schock:

Sonntag, 27. Mai 2007

Heute war ich auf Fire Island! Und das kam so:

An meinem 17. Geburtstag hat Wendy erzählt, dass sie als Siebzehnjährige ganz nah am Atlantik gewohnt hat, in Far Rockaway. Sie hat mir auf der Karte gezeigt, wo das liegt, und ich habe gesehen, dass es an der Grenze zu Long Island ist. Da habe ich dann Fire Island auf der Karte gesehen. «Ich kenne jemanden, der genau da lebt! Finn Nordstrom», habe ich gesagt. Und schlagartig habe ich sein Gesicht wieder vor mir gesehen. Diese intensiven Augen. Den Bartschatten auf seinen Wangen – unglaublich sexy. Ich weiß noch, dass die Drei Js und ich nach der Beerdigung noch tagelang darüber geredet haben, wie cool er war, sein Anzug, seine Haare, sein Lächeln, seine nette Art. Er war so … keine Ahnung … so … perfekt. Ich kann das nicht erklären. Jedenfalls habe ich dann Wendy Weiss erzählt, dass ich ihm vor fast zwei Jahren, einige Wochen nach der Beerdigung, zweimal geschrieben habe, dass er aber nie geantwortet hat, und dass ich seine Adresse gegoogelt und seinen Heimatort gefunden habe, Ocean Bay Park, aber nicht wusste, in welcher Straße er wohnte. Dann hat Wendy mich und Sarah gefragt, ob wir Lust hätten, nach Fire Island zu fahren, weil sie es auch gern mal wiedersehen würde – sie hat da einmal im Sommer als Babysitterin gejobbt, hat sie mir erzählt. Also sind wir hin.

Es war superschön – obwohl es ganz schön windig war und wir uns in unseren Sommerklamotten alle den Hintern abgefroren haben. Es hat mich an Fischland-Darß erinnert, weil es auch bloß ein schmaler Streifen Land ist, mit dem Ozean auf der einen und einer flachen Bucht auf der anderen Seite.

Ich wüsste gern, warum Finn keine Straße in unser Kondolenzbuch geschrieben hat. Aber es war echt komisch, denn als ich am Strand entlangging, hatte ich so ein seltsames Gefühl im Bauch. Ich hatte das Gefühl, dass er da war, ganz in der Nähe, gleich um die nächste Ecke oder hinter den Felsen. Ich stellte mir ganz fest vor, dass er mir gleich, oder spätestens in wenigen Minuten zufällig über den Weg laufen würde. Leider ist das nicht passiert. Aber ich bin sicher, wenn ich ihn gesehen hätte, hätte ich auf der Stelle vergessen, wie enttäuscht ich damals war, dass er nie angerufen hat, und ich hätte ihn so fest umarmt, dass er erstickt wäre. Verdient hätte er's ja. Von mir erstickt zu werden, meine ich.

Finn war fassungslos. Er hatte Eliana etwas bedeutet! Ob sie sich auch so gern an jenen kurzen Moment erinnerte, als sie ihm die Krawatte gelockert hatte? …

Dienstag, 5. Juni 2007

Bin erkältet. Hatschi!

Samstag, 9. Juni 2007

Madelines zweiter Todestag. Es ist schwer, daran

Donnerstag, 14. Juni 2007

Fliege am Wochenende wieder nach Hause. Ich vermisse Mama und Papa, und sogar Robert. Ich habe einen ganzen Koffer voll Science-Fiction-Bücher für ihn.

Der Rest der Seite war leer. Finn schlug die nächste auf. Sie war auch leer. Auf der nächsten Seite sah er, dass es inzwischen drei Monate später war:

Montag, 24. September 2007

War heute Morgen spät dran und habe in der Eile das falsche schwarze Heft mitgenommen, das erste statt des zweiten. Ach egal, dann schreib ich eben in das hier.

Bin in der Staatsbibliothek in der Potsdamer Straße wie jeden Montag um zwei dieses Halbjahrs. Ich finde es schön hier, mit dem warmen Tageslicht überall. So viele Fenster! So viele Wolken! So viele Bücher! Wenn ich hier oben im Kartenlesesaal sitze und runter auf die vielen anderen Ebenen blicke, den Menschen zuschaue, die lesen und schreiben und in Büchern stöbern, dann denke ich, dass ich so den Himmel erschaffen würde, wenn ich könnte – voller Licht, voller Menschen, voller Bücher. Überall, wo ich hinschaue, gibt es Welten zu entdecken. Eine Welt in jedem Buch. Eine Welt in jedem Mann, jeder Frau, jedem Kind.

Selbst wenn ich Millionen Jahre alt würde, könnte ich doch nie alles entdecken, was in jedem steckt.

Und da wurde Finn klar, dass er nicht der Einzige war, der Elianas Tagebuch las. Seine nächste Zeitreise nach Berlin war für einen Montag angesetzt, Montag, den 1. Oktober 2007. Er wurde das Gefühl nicht los, dass das kein Zufall war. Irgendwer wollte, dass er in die Kartenabteilung der Staatsbibliothek ging. Aber wer? Professor Grossmann? Dr. Dr. Sriwanichpoom? Rouge? Alle drei? Und warum?

16 So viele Erden und eine Sonne

Finn und Rouge mussten sparen. Professor Grossmann, Leiter von «Projekt Zeit», war vom Finanzverwalter des OZI, Mr. Ciucurescu, zurechtgewiesen worden: «Die Institutsbestände an klassischen Euros sind besorgniserregend geschrumpft. Wir können solche Extravaganzen wie Bargeschenke von 497 Euro an Menschen, denen man zufällig auf der Straße begegnet, oder Designerkleidung von Jil Boss und Hugo Sanders nicht länger billigen. Und Tru-Copys von Geldscheinen können wir auch nicht leisten.»

Rouge war alles andere als begeistert, nahm die Kürzungen aber letztendlich hin, was blieb ihr anderes übrig? Zum Ausgleich erhielt sie Zugang zur Abteilung für historische Kleidung und Accessoires im Museum der Europäischen Kulturen, wo sie Kleidungsstücke für sich und Finn aussuchen durfte. Sie widmete sich dieser neuen Aufgabe mit der für sie typischen Sorgfalt und Begeisterung.

Rouge wählte für sich ein graugrünes Oberbekleidungsstück mit Kapuze aus – der Ausstatter bezeichnete es als «Kapuzenjacke» oder «Hoodie» – und ein mintgrünes T-Shirt mit ellbogenlangen Ärmeln, das den Bauch frei ließ und ihre schlanke Taille betonte. Dazu trug sie eine Jeans im Used-Look, bei der der Stoff an beiden Knien raffiniert eingerissen war. Ihre Sneakers waren grün-blau.

Für Finn besorgte sie ein ähnliches Outfit: Sein Hoodie war grau, sein Hemd dunkelblau, mit so kurzen Ärmeln, dass sie seinen Slapback-Bizeps zur Geltung brachten. Die dekorativen Risse in seiner Jeans beschränkten sich auf ein Knie und den unteren Saum. An den Füßen trug er blaue Ledersneaker. Als er aus der Umkleidekabine trat, musterte Rouge ihn prüfend. Ihre Augen glitten zu Finns Bizeps, als er die Jacke auszog. «Du solltest beantragen, dass du das Outfit nach der Mission behalten kannst», sagte sie.

Finn und Rouge würden je einen kleinen Unisex-Daypack tragen, der eine Geldbörse, Ausweispapiere, Zahlungsmittel, eine Flasche Wasser, Zeitlag-Tabletten und die Tru-Copy eines Berliner Stadtplans enthielt. Letzteren hatte Finn in der Kartenabteilung im 5. Untergeschoss der Katakomben im Original entdeckt. Er war einfacher zu bedienen als die Akkordeon-Straßenkarte, die sie beim zweiten Ausflug am Kiosk gekauft hatten.

Finn fand seine Kostümierung passabel. Zumindest entsprach sie dem, was er von einem Graduiertenseminar über das Studentenleben um die Jahrtausendwende in Erinnerung hatte. Auch die Forester trugen solche Klamotten. Jedenfalls war es wahrscheinlich genau das, was Eliana Lorenz und ihre Familie bei einem jungen Mann erwarteten.

Finn war sich inzwischen vollkommen sicher, dass das OZI ihn gezielt in Kontakt mit Eliana und ihrer Familie bringen wollte. Er hatte nur nicht durchschaut, warum. Doch wozu sollte er sich über das Warum Gedanken machen, solange seine Begegnungen ungefährlich, angenehm und sogar lehrreich waren? So wie er das inzwischen sah, wurde er dafür bezahlt, an einem Experiment von sozialer, historischer und vielleicht sogar wissenschaftlicher Bedeutung (das nahm er zumindest an) teilzunehmen, und solange er nicht in unmittelbare Lebensgefahr geriet, würde er die Chance nutzen.

Nachdem Finn sich mit seinem neuen Mobiltelefon (ein Gratisgeschenk vom Museum), dem Inhalt seines Rucksacks und seinen Ausweispapieren vertraut gemacht hatte, beschwor Professor Grossmann ihn in der Vorbesprechung zum x-ten Mal, er solle seinem Herzen folgen. «Denken Sie daran», sagte der Professor, «tun Sie, was Ihnen gefällt, solange es weder Ihnen noch Mademoiselle Moreau oder sonst wem schadet.»

Rouge ihrerseits wurde angewiesen, Finn etwas Freiraum zu lassen. Dazu war sie nur allzu gern bereit, da sie selbst einiges vorhatte, unter anderem wollte sie Recherchearbeiten für ihre Dissertation durchführen. Zu Letzteren gehörten sowohl ein Besuch im Erotik-Museum als auch im Institut für Elementarteilchenphysik an der Humboldt-Universität.

«Erotik-Museum?», fragte Finn. «Recherche?»

«Bitte, Finn», sagte sie. «Das ist zu kompliziert zu erklären.»

Finn lies das Thema fallen – er hatte ohnehin genug, worüber er nachdenken musste. Wie, zum Beispiel, würde er Eliana Lorenz sein plötzliches Auftauchen erklären? Er würde improvisieren müssen. Er würde um 14.30 Uhr in der Staatsbibliothek auftauchen, Überraschung über die zufällige Begegnung mit ihr heucheln und dann sehen, was sich ergab.

Montag, der 1. Oktober 2007, war ein goldener Herbsttag: warm, aber mit einem Anflug von Kühle in der Luft, die den nahen Winter ahnen ließ. Der klare Himmel, die zarte Brise, die Sonne – all das erfüllte Finn mit einem Gefühl der großen Erwartung. Der Wechsel der Jahreszeiten war schon immer etwas Besonderes für ihn.

Finn und Rouge landeten um 11.45 Uhr in Berlin-Charlottenburg in der City Toilette am Savignyplatz und gingen dann zehn Minuten zu Fuß in nördlicher Richtung zur preiswerten Mensa der Technischen Universität (Mr. Ciucurescu, OZIs Sparkommissar, saß ihnen im Nacken). Sie wählten als Vorspeise Mozzarella mit Grünkern und danach ein Gemüseschnitzel mit Pilzsoße. Leider schmeckte es so, wie es klang.

Und dann war Finn auf sich allein gestellt.

Als er sich der Staatsbibliothek auf der Potsdamer Straße näherte, fast zwei Stunden und etliche Kilometer Stadtbesichtigung zu Fuß später, fand er, dass er genug von Berlin gesehen hatte. Er hatte so viel Straßenlärm gehört, so viel Zigarettenrauch gerochen und so viele fossile Brennstoffe eingeatmet, dass ihm das für den Rest seines Lebens reichen würde, schönen Dank auch. Er konnte es kaum erwarten, die Bibliothek zu betreten und etwas Erholung von den sensorischen Belastungen zu finden. Wie hatten die Menschen des einundzwanzigsten Jahrhunderts das nur ausgehalten?

Nur wenige hundert Meter von seinem Ziel entfernt sah er sich jedoch plötzlich einer riesigen kuppelartigen Konstruktion aus Stoffbahnen, Stahl und Glas gegenüber. Einen Moment lang glaubte er, den Verstand verloren zu haben. Wie hatte sich das Vordach des OZI ins einundzwanzigste Jahrhundert materialisieren können? Doch dann wurde ihm klar, dass das Vordach des OZI, Qualle genannt, ein Relikt aus dem Dark Winter sein musste. Er ging in das Areal hinein, mitten unter die Qualle, und schaute sich rasch um.

Die Qualle erstreckte sich über einen belebten offenen Hof. Die Stimmung war hier ganz anders als die zurückhaltende Atmosphäre des OZI. Die umliegenden Gebäude beherbergten ein Filmmuseum, Kinos, Restaurants, ein Spielzeuggeschäft und einen Elektronikladen, der offenbar Klanggeräte anbot, denn er hieß «Sony».

Aber es war schon fast 14.30 Uhr. Es war Zeit, Eliana zu treffen.

Der Pförtner an der Zugangskontrolle in der Vorhalle der Bibliothek sah Finn kurz an und winkte ihn sofort weg. «Tut mir leid, aber so geht's nicht weiter. Nicht damit!» Er zeigte auf Finns Daypack. «Der gehört dahin.» Er deutete auf eine Reihe von Schließfächern.

Finn wollte sich nicht von seiner Ausrüstung trennen. «Kein Rucksack?»

Der Pförtner warf ihm einen vernichtenden Blick zu. «Ist das hier 'ne Bibliothek oder 'n Campingplatz?»

Während Finn noch über die Frage nachdachte, kniff der Mann die Augen zusammen und musterte ihn. «Moment mal! Ich kenn Sie von irgendwoher.»

Der Mann war glatt rasiert, um die fünfzig, mit klaren blauen Augen und grau meliertem Haar. Finn schüttelte den Kopf. «Aber ich fürchte, ich kenne *Sie* nicht.»

«Na egal, bitte verstauen Sie das Ding in einem Schließfach.»

Finn tat es und kam wieder zur Zugangskontrolle. Er wollte gerade durch das mechanische Tor gehen, das aus drehbaren waagerechten Armen bestand, als der Pförtner ihn erneut stoppte. «Ihr Bibliotheksausweis?»

«Wie bitte?»

«Ohne Bibliotheksausweis dürfen Sie hier nicht rein.»

Er schickte Finn zur Anmeldung auf der anderen Seite des Eingangsbereiches. Eine Weile stand er in der Warteschlange, bekam ein Anmeldeformular, doch sobald er sich von dem Schalter abgewendet hatte, fiel ihm ein, dass er ja gar kein Schreibgerät hatte. Also stellte er sich wieder hinten an, bat um ein Schreibgerät und erhielt einen Kugelschreiber von einer Frau, die ihn ergeben anlächelte – vermutlich ertrug sie von morgens bis abends konfuse Studenten. Er füllte das Formular an einem Stehtisch aus, war recht zufrieden mit seinen Schreibkünsten, stellte sich erneut hinten an, erfuhr diesmal, das er seinen Personalausweis vorlegen musste, ging zurück zu den Schließfächern, um seinen Personalausweis aus dem Rucksack zu holen, lief zurück zur Anmeldung, stellte sich noch einmal hinten an und wartete dann geduldig auf seinen Bibliotheksausweis. Mittlerweile beschlich Finn die Befürchtung, dass er Eliana verpassen würde – es war schon kurz nach drei! Vielleicht war sie schon wieder weg. Er hastete zurück zu den Schließfächern, verstaute seinen Personalausweis im Rucksack und stand endlich wieder vor dem Pförtner. «Wo ist bitte der Kartenlesesaal?», fragte er.

«Zweites Obergeschoss. Wenn Sie oben sind, links. Ganz hinten sehen Sie dann eine Treppe mit einem riesigen blauen Globus am Ende.»

«Einem Globus?»

«Die Erde, junge Mann. Ein Riesending. Ungefähr anderthalb Meter Durchmesser. Können Sie gar nicht übersehen.» Er beugte sich vor. «Sind Sie sicher, dass wir uns nicht schon mal begegnet sind?»

«Ganz sicher», sagte Finn.

Der Pförtner zuckte die Achseln und ließ Finn vorbei.

Oben angekommen, erkannte Finn auf Anhieb den weitläufigen lichtdurchfluteten Raum. Er hatte als Kulisse für einige Szenen in einem melancholischen Schwarz-Weiß-Zelluloid gedient, der von Engeln handelte, die den Himmel über Berlin bewohnten.

Wie viele Leser es hier gab! Einen Moment lang war er ganz neidisch. Was könnte seine eigene Europäische Bibliothek doch für ein herrlicher Ort sein, wenn so viele Menschen dorthinkommen und deren Ressourcen nutzen würden!

Als Finn sich der Treppe mit dem gigantischen blauen Globus näherte, atmete er flacher. Ihm war leicht schwindelig, und seine Hände fühlten sich ganz klamm an. Er hatte Angst … aber es war eine erwartungsvolle, schwerelose Angst.

Schon als er die Treppe hinaufging, die Augen auf den Globus gerichtet, nahm er den Duft wahr: Elianas Parfüm! Everlasting! Ja! Sie war hier! Er hatte jetzt die oberste Stufe erreicht. Auf einem Schild stand «Kartenlesesaal». Er ging durch eine Glastür.

Und …

… da war sie.

Sie saß allein an einem Tisch mitten im Raum, über ein Heft gebeugt, in dem sie schrieb, ihr Haar leuchtete golden in dem Licht, das von oben fiel. Der Raum, auf drei Seiten von einer Balustrade umgeben, schien frei zu schweben, als triebe er auf offenem Meer. Auf dieser Balustrade standen Globen: so viele Erden in so vielen Größen, Erden aus Glas, Holz, Messing und Zink; Leuchtgloben, Reliefgloben und Hightech-Tag-Nacht-Globen. Was für ein bezaubernder Anblick: Eliana saß im Zentrum dieses Universums, und all diese Erden umkreisten sie, ihre Sonne.

Mit einem Mal hatte Finn das Gefühl, als drehte sich alles um ihn herum. Er hielt den Atem an, wagte nicht weiter zu atmen, zu sprechen, sich zu bewegen, er würde sonst umkippen, vom Rand der Erde stürzen, auf der er gerade noch stand.

Doch dann blickte sie auf. Und der Ausdruck in ihrem Gesicht, als sich Neugier erst in Erkennen dann in Erstaunen und schließlich in ein unglaublich strahlendes Lächeln verwandelte, weckte in ihm den Gedanken, dass er gar nichts dagegen hätte, kopfüber von der Erde zu stürzen, solange er neben ihr landen würde.

Und in dem Moment begriff Finn, dass der altertümliche Ausdruck nicht umsonst lautete: «sich Hals über Kopf verlieben».

«Warum hast du nicht angerufen?»

Die Leute im Bibliothekscafé blickten kurz auf, fühlten sich angesprochen, widmeten sich dann aber wieder ihren Snacks, Getränken, Gesprächen.

Finn fühlte sich immer noch wie benebelt. Sie hatte ihn durchs ganze Bibliotheksgeschoss gezogen, durch die Tür, und jetzt bugsierte sie ihn zu einem Platz an einem leeren Tisch. Sie hielt noch immer seine Hand. «Wo hast du die ganze Zeit gesteckt?»

Finn konnte sein Glück nicht fassen. Er war tatsächlich von der Erde gestürzt und bei ihr gelandet. Sie war etwas aufgebracht, ja, aber sie lächelte, sie strahlte. Ihre Augen, diese leuchtenden schwarzen Augen, lächelten ihn an.

«Raus mit der Sprache!», sagte sie fordernd.

«Ich war zu Hause. Ich konnte nicht anrufen», erwiderte er, was natürlich die reine Wahrheit war, auch wenn es noch so lahm klang.

«Wieso denn nicht?»

«Wir leben in anderen Welten», sagte er, und auch das war die Wahrheit. «Es hatte keinen Sinn. Außerdem warst du erst fünfzehn.»

Sie atmete tief ein, und ihre Nasenflügel bebten. Er fand, dass er noch nie Nasenflügel so schön hatte beben sehen.

«Ich war da. Ich war auf Fire Island, weißt du?», sagte sie.

«Ja.» Natürlich wusste er das.

«Was soll das heißen, ja? Du kannst doch unmöglich –»

«Ich meine, ja, ja, Eliana, erzähl weiter.»

«Es war schön, Fire Island. Ich war in New Jersey für vier Monate, und ...» Sie lächelte ihn an.

Er stützte das Kinn in die Hände. Er wollte ihr ewig zuhören.

«Und dann ...», sagte sie, stemmte die Ellbogen auf den Tisch und stützte ebenfalls das Kinn in die Hände.

So sahen sie sich eine ganze Weile lang an. Äonen vergingen. Die Jurazeit ging in die Kreidezeit über, und noch immer betrachteten sie einander staunend.

«Ich will deine Telefonnummer», sagte Eliana schließlich. «Ich möchte deine Festnetznummer, deine Handynummer, die Nummer von deinen Eltern, deine E-Mail-Adresse, deine Adresse in Europa, die Adressen von deinen Onkeln und Tanten – wo auch immer und wer auch immer die sind. Bist du eigentlich bei Facebook?»

«Facebook?»

«Willst du was trinken?» Sie stand auf. «Ich nehme einen Caffè Latte. Und du?»

«Ich auch.»

«Ich lad dich ein.» Sie ging zur Theke und kam fünf Minuten später mit zwei Kaffee zurück. «So. Was machst du eigentlich hier?» Sie setzte sich wieder.

Finn wusste nicht, ob sie Berlin meinte oder die Bibliothek.

«Bist du einfach auf der Durchreise? Studierst du hier?», fragte sie und trank einen Schluck von ihrem Kaffee.

«Ja. Ja», sagte Finn. Beide Ja klangen nach einer vernünftigen Erklärung. Er kostete den Kaffee. Er war lauwarm.

«Für wie lange?»

«Nur für einen Tag.»

«Du bist von New York hergeflogen, um –»

«Nein. Nein.» Was jetzt? «Ich war in … München.» Wie war er denn darauf gekommen? Er musste sich was Überzeugendes einfallen lassen. «Ich habe da geforscht. In München. Nur für zehn Tage. Und gestern Abend sind wir hier angekommen, um mit einem Freund Geburtstag zu feiern. Ich bin nur für einen Tag hier in Berlin.»

«Nur einen Tag?», sie schrie fast.

Wieder schauten Leute zu ihnen rüber.

«Wieso sitzen wir dann hier rum?», sagte sie und sprang von ihrem Stuhl auf. «Komm. Wir gehen.»

Als sie im Erdgeschoss ankamen, winkte ihm der Pförtner zu. «Jetzt hab ich's!», rief der Mann. «Sie sind das! Der Mann, der mich gerettet hat.»

«Sie gerettet?», sagte Finn verdutzt. «Ich glaube, da irren Sie sich.»

«Wilmersdorfer Straße. August 2003. Sie haben mir 497 Euro geschenkt!»

Jetzt fiel es Finn wieder ein. Wie hatte er das vergessen können? Das war der Mann mit dem Bart und dem säuerlichen Geruch und dem Metallwagen mit den Einkaufstüten! Wie er sich verändert hatte!

Aber Eliana durfte nichts davon wissen, dachte er jäh. Wie sollte er ihr erklären, dass er – «Tut mir leid», sagte Finn, «aber Sie müssen sich irren.»

«Nein, nein», sagte der Mann. «Sie sind es. Ich hab stundenlang gewartet, dass Sie wieder rauskommen. Sie sind mit einer jungen Frau in eine von diesen City Toiletten verschwunden, mit einer –»

Finn ging zügig durch die Ausgangssperre. Der Mann quatschte ihn noch um Kopf und Kragen. «Auf Wiedersehen», sagte Finn und eilte davon.

«Sie haben mich gerettet!», rief der Mann hinter ihm her. «Ich bin jetzt ein anderer Mensch, ob Sie's hören wollen oder nicht! Ich danke Ihnen!»

Doch Finn und Eliana waren bereits zur Tür hinaus.

Unter ihren Füßen raschelten die Blätter, rot, gelb, braun. Der Kanal lag links von ihnen, rechts von ihnen, jenseits der Bäume, die Straße. «Und da haben sie Rosa Luxemburgs Leiche reingeworfen», sagte Eliana. Sie machte mit dem Arm eine ausladende Bewegung übers Wasser, und ein Hauch von ihrem Everlasting schwebte zu Finn herüber. Ihm wurde leicht schummrig im Kopf, und einen Moment lang dachte er, er würde vielleicht kopfüber in den Kanal stürzen. Aber dann klopfte sie ihm auf die Schulter und zeigte nach rechts. «Da hinten sind die Botschaften, und da vorne», sie wandte sich wieder nach links, «ist eine Jugendherberge. Da wohnten mal ein paar Freunde von mir. Siehst du?»

«Diese gedrungene, unscheinbare, graue, hässliche Masse aus Beton und –»

Sie kicherte. «Genau. Wie in Teaneck, New Jersey. Aber witzigerweise», sagte sie und ging durch den Baumstreifen rechts von ihnen zur Straße, «steht hier, auf der anderen Kanalseite, quasi gegenüber dieser grauen Masse aus Irgendwas, einer der schönsten Bauten in ganz Berlin. Schau.»

Unglaublich! Finn erkannte die wellige Fassade des Gebäudes. «Fahrenkamp», sagte er.

Eliana war baff. «Ich fass es nicht, dass du den Namen des Architekten kennst. Die meisten Berliner wissen nur, dass die GASAG ihre Büros dort hat. Wenn sie überhaupt was über den Bau wissen.»

In Finns Welt war es ein Baudenkmal und stand am Südwest-Eingang zum Campus des Olga-Zhukova-Instituts. Die Swuttle-Station Fahrenkamp-OZI lag keine zweihundert Meter weiter nördlich.

«Verzeihung, Mr. Nordstrom», sagte Eliana. Sie hatte eine Faust vor den Mund gehoben, als hielte sie ein Mikrophon, wie die Journalisten in den Nachrichtenzelluloids. «Was um alles in der Welt hat einen intelligenten Amerikaner wie Sie dazu veranlasst, sich ausgerechnet deutsche Geschichte und Kultur als Fachgebiet auszusuchen?» Sie hielt ihm das Mikrophon vor den Mund.

«*Moderne* Geschichte, Fräulein, nicht nur die deutsche. Die Deutschen haben bloß stark daran mitgewirkt.»

«Und das zum Teil sehr übel.» Ihr Mikrophon löste sich in Luft auf.

Er nickte. Die erste Hälfte des zwanzigsten Jahrhunderts war in Europa auch eine Art Dark Winter gewesen. Finn hob das imaginäre Mikrophon wieder auf. «Und was um alles in der Welt hat Sie veranlasst, in Teaneck, New Jersey, zur Schule zu gehen?»

Eliana lachte und stupste ihn an die Schulter. «Du hast ‹New Jersey› gesagt wie ein echter New Yorker – so schön herablassend. Aber irgendwie klingst du gar nicht wie ein New Yorker. Meine Gastmutter, Mrs. ‹Bitte sag Wendy zu mir› Weiss hat wie eine geredet. Sie stammt aus Brooklyn. Sie klingt wie ein Taxifahrer in einem Scorsese-Film. Wie Kreide auf einer Tafel.»

Kreide auf einer Tafel. Finn fragte sich, was das wohl für ein Geräusch war.

«Aber du», sprach sie weiter, «dein Akzent ist … anders.»

Das war gefährliches Terrain. Ein Vortrag über die Entwicklung der englischen Sprache vom einundzwanzigsten bis ins dreiundzwanzigste Jahrhundert war definitiv verboten. «Und du?», fragte er. «Was willst du später mal werden?»

«Architektin, glaube ich», sagte sie.

«Tatsächlich?» Erstaunlich, dachte Finn. In ihren Tagebüchern hatte sie nichts dergleichen erwähnt.

«Warum überrascht dich das?», fragte sie.

«Einfach so. Und was wirst du bauen?»

«Keine Ahnung. Jugendherbergen, vermutlich.»

Sie lachten beide.

Sie waren auf einem Spielplatz, umgeben von den Rückseiten Berliner Mietshäuser mit ihren leeren Brandwänden, gewundenen Feuerleitern, und Dachluken. Es gab einen Fußballplatz hier, ein Klettergerüst aus Seilen, zwei Rutschen, eine Wasserpumpe und ein Karussell, das Finn an die Zentrifuge des OZI erinnerte.

Es war jetzt kühler geworden, denn die Sonne stand tief im Westen und würde bald untergehen. Sie waren ganz allein. Erschöpft von ihrem Fußmarsch, ließen sie sich auf eine Bank plumpsen. Finn schaute nach oben zu den erhellten Fenstern, gelbe Rechtecke und Quadrate vorm dämmrigen Himmel. Er sah die Silhouetten der Bewohner, die sich durch die Zimmer bewegten, Abendessen kochten, Fernseher einschalteten, die Kleinen bettfertig machten. Alles hatte eine ganz eigene Choreographie und kam ihm so seltsam vertraut vor, als ob er ein Teil davon wäre.

«Ich schau gern in Fenster», sagte Eliana. «Das hat so was Intimes. Findest du nicht?»

«Ja. Ich habe gerade so was Ähnliches gedacht.»

«Das da ist unser Haus», sagte sie und zeigte auf eine weiß getünchte Fassade.

«Das wusste ich gar nicht.»

«Riechst du den Süßkartoffelauflauf meiner Mutter?»

Finn schnupperte in der Luft. Er roch nur Eliana und ihr Everlasting. «Ja, ich glaub schon. Butter? Und …» Er schnupperte noch mal. «Süßkartoffeln?»

Sie knuffte ihn in die Rippen. «Haha.»

«Können deine Eltern uns von da aus sehen?», fragte er mit Blick auf den Fensterfront.

«Nein, das da ist das Hinterhaus. Unsere Wohnung ist im Vorderhaus.» Leichter Wind kam auf, und sie knöpfte ihre Jacke zu. «Madeline und ich waren früher ständig hier.» Ihre Worte hingen einen Moment lang in der Luft … wehten dann mit der Brise davon. «Ich habe immer wieder diesen Albtraum, in dem mir ein Bein amputiert wird. Ich denke, das ist Madeline, die mir fehlt.» Sie wandte sich Finn zu. «Ich vermisse sie. Schrecklich. Jeden Tag. Ich glaube, sie wird mir immer fehlen.»

Ihr kamen die Tränen, und er spürte, wie sich seine eigene Kehle zuschnürte.

«Ich bin froh, dass du sie noch kennengelernt hast», sagte sie.

Er nickte.

Ihre Augen wanderten zu seinen, und er konnte regelrecht sehen, wie ihr die Traurigkeit aus dem Gesicht wich. «Weißt du, Finn, du siehst noch genau so aus wie damals, vor zwei Jahren», sagte sie und lächelte jetzt. «Haargenau so! Das ist wirklich komisch. Als wärest du keinen Tag älter geworden.»

Er war ja auch nur zwei Monate älter geworden, während sie jetzt zwei Jahre und fast vier Monate älter war.

«Du hast da so ein einzelnes Haar», sagte sie. «Genau da. Das ist länger als die anderen. Und so störrisch.» Sie zeigte auf sein Kinn. «Ich könnte schwören, dass ich das vor zwei Jahren schon gesehen habe.» Sie hob die Hand an sein Gesicht, und ihr Zeigefinger streifte sein Kinn. «Da.» Sie wackelte leicht an dem Haar. «Spürst du das?»

Und ohne groß zu überlegen, hatte er ihre Hand ergriffen und sie geküsst. Er küsste die Innenfläche, ganz sachte, bestaunte die weiche Mulde, er küsste jeden Finger, jede Fingerspitze, ein eingerissenes Nagelhäutchen an ihrem Zeigefinger, ihr Handgelenk, wo der Duft ihres Parfüms ihn fast in den Wahnsinn trieb.

Er hörte sie nach Luft schnappen und blickte hoch.

«Noch nie hat mir jemand die Hand geküsst», flüsterte sie. «Noch nie.»

«Und ich muss zugeben, ich habe noch nie eine Hand geküsst. Schon gar nicht so eine schöne Hand wie deine.»

Ihre Köpfe schwebten aufeinander zu. Finns Herz war kurz davor, sich vor Aufregung und Erwartung aus seinem Brustkorb herauszuboxen, als sein Mobiltelefon mit einem Piepston zum Leben erwachte. Erschrocken fuhren sie auseinander. Finn zog widerstrebend die Reißverschlusstasche an seiner Kapuzenjacke auf. «Ah», sagte er mit einem Blick auf das Handy. Rouge hatte ihm geschrieben, wo und wann sie sich treffen sollten. «Ein Short Messaging Service», sagte er.

«Ein Short was?»

«Ein Short Messaging Serv–»

«Ach so», sagte sie, «du meinst eine SMS.» Sie blickte nach unten auf das Gerät. «O. Mein. Gott. Ein iPhone! Die gibt's hier noch gar nicht zu kaufen! Papa hat eins, zum Testen. Robert wird bestimmt grün vor Neid!»

«Biologie», sagte Robert und nahm den letzten Happen von seinem Teller. «Ich denke, ich werde Biologie studieren. Bio-Genetik. Aber vorher muss ich meine Zivizeit abreißen. Noch bis Juli.»

«Zivizeit?», fragte Finn.

Die anderen lachten.

«Zivildienst. Statt zur Bundeswehr zu gehen», erklärte Robert. Er feuerte ein imaginäres Gewehr auf jeden am Tisch ab. «Nix für mich. Also muss ich stattdessen was zum Wohle der Menschheit tun. Neun Monate. Ich arbeite mit sozial benachteiligten Jugendlichen. Zwischen zwölf und sechzehn Jahren. In einem Jugendzentrum. Wir bringen ihnen gerade bei, wie man mit Holz arbeitet. Tische bauen und so. Ich kann's inzwischen auch schon ziemlich gut.»

Eliana wandte sich ungeduldig an ihre Mutter. «Darf Finn ihm *jetzt* sein Handy zeigen?»

«Na schön», sagte Angelika Lorenz mit einem Seufzer.

Finn holte das iPhone heraus, und Eliana riss es ihm beinahe aus der Hand. «Sieh mal! Es hat sogar eine Videokamera. Und einen Blitz. Papa, deins hat das nicht. Oder?»

Rudolf Lorenz hob eine Augenbraue. «Eine Videokamera? Nein. Und auch keinen Blitz.» Er zog sein Handy aus der Hosentasche und verglich die beiden. Seins war nicht so flach wie Finns. Und Finns SIM-Kartenschlitz war an der Seite, nicht am oberen Rand. Rudi sah Finn an. «Vielleicht solltest du es einfach –»

«Moment, lass mal sehen!», sagte Robert. Er nahm das iPhone und spielte sofort damit herum.

Eliana fing Finns Blick auf, und er spürte, wie eine Welle Wärme ihm durch den Körper lief. Erstaunlich. Sein ganzer Körper sehnte sich nach ihrer Nähe.

«Papa», sagte Robert und beugte sich zu Rudolf Lorenz herüber. «Sieh mal, Finns Handy hat schon 3G-Dienst. Kann das sein? Hier steht jedenfalls 3G. Aber deins hat bloß ein E für EDGE.»

Rudolf Lorenz stand auf. «Finn, kommst du bitte mal mit? Du wolltest mir doch deine Schreibkünste vorführen.»

«Nein!» Eliana stand auf. «Finn kommt mit mir nach oben. Auf die Terrasse.»

«Nein, tut er nicht», sagte Angelika Lorenz. «Er kommt mit mir! Ich möchte ihm was zu essen für die Heimreise einpacken.» Sie sah Finn an. «Wohin geht's eigentlich?»

Aber ehe Finn antworten konnte, hatte Herr Lorenz ihn schon mit sich gezogen.

Es war zehn Uhr. Bald würde er gehen müssen, dachte Finn, und blickte über die Dächer von Berlin. Er war mit Rouge unten an der Ecke auf dem kleinen Platz vor dem Kino verabredet. Vielleicht wartete sie schon.

Aber im Moment war er hier oben mit Eliana.

Rudi war sehr zufrieden mit Finns Schreibschrift gewesen. «Gut gemacht», hatte er gesagt. «Sehr gut.» Und dann hatte er Finn das Haar zerzaust – so wie Artu das gern getan hatte –, und zu Finns grenzenloser Verblüffung hatte Rudi ihn umarmt und irgendwie geheimnisvoll gesagt: «Du wirst zurückkommen. Wir müssen immer noch zusammen segeln gehen.» Aber dann war Eliana ins Zimmer gestürmt gekommen. «Seid ihr zwei jetzt endlich fertig?», hatte sie gesagt und Finn den langen Flur hinuntergezerrt, wo sie mit Robert zusammenstießen, der gerade in seine Jacke schlüpfte. «Ich treffe mich mit meiner Freundin», sagte Robert zu Finn. «Wir beide, du und ich, müssen mal zusammen ein Bier trinken gehen, wenn du das nächste Mal kommst. Abgemacht?» Doch Eliana zog Finn schon eine Wendeltreppe hinauf, und ehe er wusste, wie ihm geschah, stand er auf einer Terrasse mit Blick über Berlin, und sie waren endlich allein, bis auf die Lichter der Stadt unter ihnen und die Engel im Himmel über ihnen. Finn nahm Elianas Gesicht in beide Hände und küsste sie.

Und dann küsste sie ihn.

Und dann küssten sie sich.

So ging das eine Ewigkeit weiter. Eine Ewigkeit in einer Stunde.

Sie standen an die Brüstung gelehnt, Schulter an Schulter, Hüfte an Hüfte, Schenkel an Schenkel. Sie blickten über Berlin, ein Berlin, das Finn kaum kannte, eine Stadt, von der Finn wusste, dass sie in elf Jahren von einem tödlichen Virus angegriffen und im Jahr 2050 niedergebrannt, praktisch dem Erdboden gleichgemacht werden würde. Er wünschte, er wüsste das nicht; wünschte, er könnte für immer so hier bleiben. Er dachte, wenn er jetzt sterben würde, wäre das in Ordnung.

Sie hörten Schritte auf der Wendeltreppe.

«Eliana!», rief Rudi von unten. «Besuch für dich. Er kommt jetzt hoch!»

Rudi Lorenz' Stimme klang angespannt, dachte Finn. Als wollte er sie warnen.

Und ehe Finn noch umdrehen konnte, war ein junger Mann aufgetaucht.

«Überraschung!», sagte der Ankömmling und schlang die Arme um Eliana. Er hob sie hoch in die Luft, wirbelte sie herum und gab ihr einen dicken, fetten, feuchten Schmatz fest auf den Mund. Richtig laut und ordinär. Fast wie ein Furz.

«Sam», sagte Eliana atemlos, während sie versuchte, sich aus seinem Klammergriff zu befreien. «Lass mich runter! Du drückst mir ja die Luft ab!»

Er gab ihr noch so einen Schmatzer und stellte sie dann wieder hin, den Arm um ihre Schultern gelegt.

Eliana konnte Finn kaum noch ansehen.

Finn konnte sich nicht erinnern, je in seinem Leben jemanden gehasst zu haben, aber jetzt wusste er, dass er unter den richtigen Voraussetzungen, und die waren in diesem Moment nun wirklich gegeben, durchaus imstande wäre, einen Menschen zutiefst zu verabscheuen. Sam hieß dieses absurd attraktive Exemplar eines jungen Mannes. Sam der Widerliche.

«Sie haben mir zwei Tage frei gegeben!», sagte Sam der Widerliche zu Eliana. «Hast du vielleicht für heute Nacht ein Plätzchen für mich?» Er knutschte ihr den Hals ab.

Finn glaubte, sich gleich übergeben zu müssen. Oder vom Dach zu fallen.

«Finn», sagte Eliana. «Das ist Sam.»

Sam trat vor. Die beiden jungen Männer gaben sich die Hand.

Eliana sah Finn an. «Sam ist ein Bekannter von mir. Er ist … ähm … er dreht gerade einen Film in München.»

«Du bist Amerikaner, hab ich gehört», sagte Sam. «Aus New York.»

Finn antwortete nicht. Er hatte Angst, seine Stimme könnte überschnappen.

«He», redete Sam der Widerliche ungerührt weiter, «können Elli und ich bei dir wohnen, wenn wir im Juni in New York sind? Ich spendier ihr die Reise zu ihrem achtzehnten.»

Elli?, dachte Finn. Sie mag es nicht, wenn man Elli zu ihr sagt.

Sam wandte sich an Eliana. «Spricht der Typ nicht? Dein Vater hat gesagt, er kann Deutsch.»

«Sam, bitte sag nicht Elli zu mir», sagte Eliana. «Und natürlich spricht Finn Deutsch. Wenn du –»

Sam der Widerliche warf Finn einen herablassenden Blick zu, dann sagte er zu Eliana, «Sieht nicht so aus, als würde er mich ver –»

«Finn?», rief Rudi Lorenz. Er war in der Tür erschienen und räusperte sich. «Rouge Moreau hat gerade angerufen. Sie hat gesagt, du gehst nicht ans Handy. Ich fürchte, Robert hat aus Versehen was an den Einstellungen geändert. Sie sagt, du möchtest jetzt bitte kommen. Sofort. Es sei dringend.»

Er nickte und sah dann Eliana an. Sie und Sam standen noch immer so da, sein Arm um sie gelegt.

«Ich muss gehen», sagte Finn.

«Ich bring dich noch zur Tür», sagte Eliana und ließ Sam stehen.

Finn ging eilig die Treppe hinunter. Heikel, musste er immer wieder denken. Genau das haben sie mit heikel gemeint. Heikel, heikel, heikel.

An der Tür drehte er sich zu Eliana um. Sie war sichtlich aufgewühlt.

Sam war ihnen nach unten gefolgt und hantierte an seinem Koffer herum.

«Es tut mir so leid», flüsterte Eliana. «Wirklich. … Ich … ich weiß nicht, was ich sagen soll.»

«Üblich wäre Lebwohl», brachte Finn mühsam hervor.

Den Satz hatte Finn in einem Zelluloid aufgeschnappt. In welchem? Doch dann fiel die Tür hinter ihm ins Schloss, und er musste seine ganze Energie darauf konzentrieren, nicht zusammenzubrechen.

17 Atmosphärische Störungen

Rouge wusste sofort, dass irgendwas nicht stimmte. Finn war nicht mal daran interessiert, etwas über das Erotik-Museum zu hören. «Hast du denn nicht mal ein *akademisches* Interesse daran?», fragte sie.

Hatte er nicht.

Die Heimreise ins Berlin des Jahres 2265 war turbulent, aber Finn nahm es kaum wahr. Eliana liebte einen anderen. Nichts konnte schlimmer sein als das.

Professor Grossmann und seine Assistentin Dr. Yuka Shihomi machten die Standardkontrolltests. Sie maßen Finns Blutdruck und seine Größe, luden seine Erinnerungen herunter, überprüften seinen Muskeltonus und spähten ihm in die Ohren. «Und wie geht's Ihnen gefühlsmäßig? Sie sind, hoffen wir, ihrem Herzen gefolgt?», wollte der Professor von Finn wissen.

«Sir, bei diesen Budgetkürzungen war es uns kaum möglich, uns ein Sirloin-Steak zu gönnen», entgegnete er knapp.

«Wir arbeiten daran.»

Finn stand auf. «Wäre das dann alles?»

«Sie wirken ein wenig indisponiert.»

Finn zuckte die Achseln. «Die Heimreise war etwas unruhig.»

«Auch daran arbeiten wir. Atmosphärische Störungen.» Der Professor lächelte zuversichtlich. «Sie dürfen jetzt nach Hause.»

Daheim im Rubik starrte Finn in den Spiegel und inspizierte das einzelne Haar an seinem Kinn. Er wackelte mit der Zeigefingerspitze daran, so wie Eliana das getan hatte. Die Erinnerung zerriss ihm fast das Herz. Aber er hatte ja gewusst, dass es heikel werden würde. Sie hatten ihn gewarnt.

Später lag er im Bett, litt und fragte sich, wie lange so ein Schmerz wohl dauern würde.

Als er am nächsten Morgen aufwachte, war der Schmerz immer noch da.

Und auch noch am übernächsten Tag.

Und am Tag darauf.

Im Schlaf, in seinen Träumen, vergaß er den Schmerz manchmal. Da lächelte sie zu ihm hoch, golden, ihre Augen so tief und dunkel wie eine Lagune. Und er empfand ein solches Glücksgefühl, dass er noch nach dem Aufwachen vor Freude weinte.

Doch dann hörte er den Sani-Trockner nebenan im Bad, das *wusch-wusch-wusch*, oder das Prasseln des Aprilregens gegen das Fenster oder die Staubsaugergeräusche von Joe-Joe dem Hausmeister, und er wusste, dass er sich getäuscht hatte. Er war allein. Furchtbar allein. Und Eliana war ihm entglitten.

Sein unerfahrenes Herz begann von neuem zu schmerzen.

Wie lange noch? Wie lange?

Es war irrational. Das wusste er. Er hatte nicht mal das Recht, sie zu lieben. Was konnte er ihr denn schon bieten? Nichts. Hatten sie eine gemeinsame Zukunft? Nein. War er ein guter Liebhaber? Bestimmt nicht. Er hatte ihre Hand mit den eingerissenen Nagelhäutchen geküsst! Was für eine erbärmliche Demonstration von Leidenschaft.

Seine Freunde machten sich Sorgen um ihn. Rouge natürlich. Severin und Yolanda aus seiner PAD-Einheit. Sogar JoeJoe schien in seiner Nähe nur noch auf Zehenspitzen zu gehen – nicht leicht für einen Roboter, selbst für einen der neusten Generation. Niemand wusste, was mit Finn los war.

Renko versuchte, ihm mit einem Geschenk aufzumuntern. «Wir haben es!», meldete er stolz. «Das Zelluloid ‹Die Legende von Frank und Franzi›! Es war in der Forester-Kolonie im Bayrischen Wald.»

Aber kaum lief das Zelluloid, erkannte Finn – o Graus! –, dass der Protagonist, Frank der Fabelhafte, in Wahrheit Sam der Widerliche war, Sam der lächerlich attraktive Verhinderer jeglicher Chance, dass Eliana je wieder an ihn, Finn, denken würde. Oder – Finn versuchte, das Ganze sachlich zu betrachten – Sam war der Verhinderer jeglicher Chance, dass Eliana je wieder an Finn gedacht hatte, ehe sie starb, vor wer weiß wie vielen Jahren.

Finn wurde von einem so heftigen, fiebrigen, ihm unbekannten Gefühl erfasst, dass er Hildburg die Haushälterin bat, ihm doch bitte schnellstmöglich eine eiskalte Kompresse zu bringen.

Und als er sich etwas beruhigte, wusste er, das Gefühl musste das sein, was man früher als «Eifersucht» bezeichnet hatte.

Später cloppte er den Schauspieler. Sam Maarten war 2012 im Alter von 27 Jahren nach Hollywood gegangen. Doch danach war es mit seiner Karriere bergab gegangen, sodass er schließlich nur noch in Softpornos Ausländer mit Akzent nachsynchronisierte. Gut so!, dachte Finn.

Da wusste er, das Gefühl musste das sein, was man früher als «Schadenfreude» bezeichnete.

Vor allem aber fühlte er sich tief unglücklich. Zu Tode betrübt. Finn fuhr nach Fire Island und saß dort stundenlang draußen am Strand. Die Tage wurden allmählich wärmer. Nachts leuchteten die Sterne klar. Aber sie brachten ihm keinen Trost.

Und er wusste, das musste das sein, was man früher als «Liebeskummer» bezeichnete.

Dann traf eines Morgens ein Päckchen ein. Es war Elianas zweites Moleskine®.

Finn war vor Schreck wie gelähmt.

Er erwog ernsthaft, es nicht zu lesen.

Aber ihm war klar, dass er es lesen würde. Aus rein wissenschaftlichem Interesse selbstverständlich.

Er schlug das Tagebuch auf.

Sonntag, 17. Juni 2007

Jetlag. Zzzzz.

So weit, so gut, dachte Finn. Sie war frisch aus Nordamerika zurück. Er würde ihr in der Staatsbibliothek erst dreieinhalb Monate später, am 1. Oktober, begegnen.

Dienstag, 19. Juni 2007

Bin froh, wieder zu Hause zu sein, wo man alles zu Fuß erreichen kann. Das Einzige, was man in Teaneck zu Fuß erreichen konnte, war das Auto, das vor dem Haus stand.

Ich habe mit Joggen angefangen. Mein Schlafrhythmus ist noch total durcheinander. Um sechs Uhr war ich hellwach, also bin ich einfach aufgestanden und losgelaufen. So früh am Morgen ist der Kurfürstendamm richtig schön. Es sind kaum Autos unterwegs. Ich laufe bis zur Uhlandstraße, dann rüber auf die andere Straßenseite und wieder zurück. Macht mich wach.

Donnerstag, 21. Juni 2007

Ich lerne fleißig für die Klausuren, damit ich die Elfte nicht wiederholen muss. Habe viel verpasst, während ich in Teaneck war, aber ich glaube, ich schaffe das. Robert ist übrigens jetzt offiziell Abiturient. 1,4! Kein Witz!

Samstag, 23. Juni 2007

Ich fass es nicht!

Ich dreh durch! Wahnsinn! Unglaublich! Das kann nicht wahr sein! Aber es ist wahr! Hilfe!

Ahhhhhhhhhhh!

Acht Ausrufungszeichen? Was mochte passiert sein?

Du wirst nicht glauben, wem ich gestern Abend in der Gold Bar über den Weg gelaufen bin! Sam Maarten!

Oh nein. Jetzt schon? Finn hatte damit gerechnet, dass Sam der Widerliche irgendwo in diesem Tagebuch auftauchen würde, aber so bald schon?

Und er hat sich an mich erinnert! Er wusste sogar, welchen Satz ich in «Frank und Franzi» sprechen musste. Weißt du noch? «Es ist schon spät, komm, wir gehen!» Es war echt lustig. Wir haben uns vorne an die Bar gesetzt, und er hat einen Schluck von seinem Bier getrunken und gesagt: «Es ist schon spät, komm, wir gehen!» Und dann habe ich einen Schluck von meinem Wein getrunken und ge-

sagt: «Es ist schon spät, komm, wir gehen!» Irgendwann war es dann wirklich spät, also habe ich Mama eine SMS geschickt und gesagt, ich würde bei Johanna schlafen. Und dann hat Sam einen Schluck Bier getrunken und mich geküsst. Und dann habe ich einen Schluck Wein getrunken und ihn geküsst. Und als wir das so eine Weile gemacht hatten, hat Sam gesagt: «He, weißt du was? Es ist schon spät, komm, wir gehen!» Diesmal war es tatsächlich relativ spät. Also sind wir gegangen.

Und dann haben wir's gemacht.

Wie hätte ich da nein sagen können? Ich meine, es war Sam Maarten!

Rate mal, wer heute Morgen um sechs nicht joggen gegangen ist. Räusper.

Finn musste nicht mal drüber nachdenken. Es war ein Reflex. Er pfefferte das Heft mit so viel Kraft, wie er aufbieten konnte, quer durchs Zimmer. Es segelte durch die Luft und krachte im Wintergarten auf die Koriander- und Basilikumtöpfe, die prompt zu Boden fielen. Es war wirklich eine gehörige Menge Kraft.

Einen Moment später empfing Magda die Magd-NY-FI-Nord7 im Untergeschoss ein SOS vom Kontrollsensor im Wintergarten. Sie eilte zur Unfallstelle.

Später holte Finn das Tagebuch von der Küchentheke, wo Magda es netterweise deponiert hatte, goss sich ein Glas Wein ein, dann zwei weitere, und schlief schließlich ohne sich auszuziehen auf der Couch im Wohnzimmer ein.

Es sprach für Eliana, dass sie, was ihr Sexleben betraf, nicht sehr ins Detail ging. Dafür war Finn ihr dankbar. Klar, sie erwähnte Dates mit Sam und was sie anhatte (oder nicht anhatte), wen sie so alles kennenlernte, wenn sie mit ihm unterwegs war, was sie speisten, und dass sie bei Sam «übernachtet» hatte – es fiel Finn schwer genug, das zu lesen –, aber solange er nicht wieder über Formulierungen wie «und dann haben wir's gemacht» nachgrübeln musste, konnte er immerhin weiterlesen und übersetzen. Einmal jedoch, Mitte Juli 2007, nachdem die Schule zu Ende war und sie alle Klausuren bestanden hatte, erwähnte sie, wie es war, Sam den Widerlichen zu küssen. Zu Finns Entzücken war es ein negativer Kommentar:

Ich hab's allmählich satt, einen Aschenbecher zu küssen. Und das habe ich ihm auch gesagt. Und er hat versprochen, mit dem Rauchen aufzuhören.

Wie sich herausstellte, hörte Sam tatsächlich auf zu rauchen, aber da Eliana nie wieder von seinen Küssen sprach, kam Finn zu dem Schluss, dass die beiden in letzter Zeit wenig dazu gekommen waren oder dass der Schauspieler wie alle Jungen und Männer in Elianas Leben im Fach «Küssen» keine gute Note verdiente.

Finn las weiter. Seite für Seite. Eliana schrieb ausführlich über eine dreiwöchige Kreta-Reise mit den Drei Js; im August berichtete sie vom Familienurlaub in Wustrow, auf Fischland-Darß, wo Sam mit Roberts Freundin Lisa flirtete, was Eliana erboste, aber sie vertrugen sich wieder. Die Schule begann wieder.

Je näher er dem Datum seiner eigenen Ankunft kam, dem 1. Oktober, desto nervöser wurde er. Der September war fast vorüber. Dann kam und ging der 30. September. Er atmete tief ein und schlug die nächste Seite auf.

1. Oktober 2007

Blöd!

Blöd. Blöd. Blöd.

Wie konnte ich nur. Wie konnte ich?

Scheiße!

Finn las diesen Eintrag mehrmals hintereinander. Er wusste nicht, was er davon halten sollte, aber er vermutete, dass Eliana wütend auf sich selbst war. An der Stelle, wo ihr Füllfederhalter das Ausrufezeichen hinter «Scheiße!» gemacht hatte, war ein Loch im Papier. Er blätterte um. Die Tinte war durchgesickert und verschmiert, und Eliana hatte die Seite von oben bis unten mit einem großen X durchkreuzt. Er schlug die nächste Seite auf. Sie war leer, aber ganz steif und wellig, so als wäre sie eingeweicht und dann wieder getrocknet. Er blätterte weiter. Auch diese Seite war wellig und steif. Und dann die nächste Seite:

Donnerstag, 4. Oktober 2007

Ich habe mich leer geweint. Es ist nichts mehr drin. Robert meint, ich sollte ein Glas Wasser trinken – das regt angeblich die Produktion von Tränenflüssigkeit an. Arschloch.

Sie hatte geweint. Aber warum?

Finn starrte auf die leere Seite. Waren Elianas Tränen darauf gefallen? War das Papier deshalb so spröde und wellig geworden? Er hob das Tagebuch an und bewegte die Seite hin und her. Sie machte ein knisterndes Geräusch. Ja, es war der Klang von Tränen. Er schämte sich, es auch nur zu denken, aber es war Musik in seinen Ohren. Es waren *ihre* Tränen, genauso wie dieses Buch *ihr* Tagebuch war.

Zugegeben, sie waren nur Tru-Copys, aber sie waren dennoch was ganz Kostbares.

Sonntag, 7. Oktober 2007

Ich war so blöd! Blöd, blöd, blöd. Ich schäme mich dafür, aber es stimmt: Ich. Bin. Blöd. Ich hätte Sam sofort wegschicken müssen, als er kam. Er war so arrogant und so unhöflich zu Finn. So wahnsinnig unhöflich. «Kann der Typ sprechen?», hat er gesagt, als wäre Finn gar nicht da. Und dann die Frechheit, die absolute Unverschämtheit, Finn zu fragen, ob wir in New York bei ihm wohnen können. Als müsste die ganze Welt nach Sams Pfeife tanzen.

Warum habe ich mich nur so von ihm blenden lassen? Mama und Papa haben nie was gesagt, aber ich weiß, sie konnten ihn nie leiden. Von Anfang an nicht.

Sam. Grr!

Aber das Schlimmste ist, Finn denkt, ich wäre mit Sam zusammen. Bin ich aber nicht. Jedenfalls nicht mehr. Ich war es. Vergangenheit. So was von Vergangenheit. Du –

Sie war nicht mehr mit Sam zusammen? Finn las die Passage noch mal.

Aber das Schlimmste ist, Finn denkt, ich wäre mit Sam zusammen. Bin ich aber nicht. Jedenfalls nicht mehr. Ich war es. Vergangenheit. So was von Vergangenheit. Du hättest Sams Gesicht sehen sollen, als ich ihn vor die Tür gesetzt habe. Eine Oscar-reife Performance, aber ich bin nicht drauf reingefallen.

Sie hatte Sam in die Wüste geschickt!

Finn spürte etwas in sich aufsteigen. Seine Brust weitete sich. Sie füllte sich mit … mit … was war das? Es war so leicht und luftig. Es war dieses unerhörte Etwas namens

Hoffnung. Es überflutete ihn, schwappte in seinem Inneren herum und machte ihn ganz betrunken.

Dass ich mit Sam Schluss gemacht habe, ändert leider nichts an der Tatsache, dass Finn verschwunden ist. Und ich habe nicht mal seine Nummer. Keine E-Mail. Kein Facebook. Kein gar nichts. Ich kann ihn nicht erreichen. Ob ich ihn je wiedersehen werde? Die Vorstellung, dass er für immer fort ist, bricht mir das Herz, die Vorstellung, dass ich nie die Chance haben werde, ihm zu sagen, wie richtig es sich angefühlt hat, neben ihm durch die Herbstblätter zu gehen, dass ich mich nie so sehr wie ich selbst, mich nie geistreicher oder witziger gefühlt habe. Und begehrenswerter. Gott, wie er mich angeschaut hat! Ich habe seinen Blick überall gespürt. Und ich meine wirklich ü-b-e-r-a-l-l.

Aber ich versuche, nicht zu sehr an ihn zu denken. Ich versuche, nicht daran zu denken, dass ich für ein paar Stunden an einem goldenen Oktobertag jemanden geliebt – und ihn dann wieder verloren habe.

Liebe? Sie hatte das L-Wort benutzt?

Finn sprang auf, riss die Arme hoch und stieß einen Jubelschrei aus: «Sie liebt mich! Sie liebt mich!»

Huch! Was hat Finn da gesagt? *Mich?* Sie liebt *mich*? Hm. War es möglich, das auch ohne das Personalpronomen zu sagen?

Finn überlegte einen Moment. Welche Alternativen gab es?

Sie liebt Finn.

Sie liebt diesen Mann.

Sie liebt ihn.

Es klang alles falsch.

«Sie liebt mich», sagte er. Ja. So war es gut.

«Sie liebt mich!», sagte er lauter. Das klang sogar noch besser.

«SIE LIEBT MICH!», brüllte er. «SIE LIEBT MICH!»

Gebrüllt klang es am besten.

Finn las Elianas letzten Absatz noch einmal.

Aber ich versuche, nicht zu sehr an ihn zu denken. Ich versuche, nicht daran zu denken, dass ich für ein paar Stunden an einem goldenen Oktobertag jemanden geliebt – und ihn dann wieder verloren habe.

Andererseits, was ist eigentlich mit dem Scheißtypen los?!?! Was soll die ganze Heimlichtuerei? Er kommt. Er geht. Er ist da. Er ist wieder weg. Das ist frustrierend! So einen Mist muss ich mir nicht gefallen lassen. Ich habe beschlossen, ihn zu vergessen. Punkt. Ende. Aus.

Eliana

Punkt? Ende? Aus? Finn musste unbedingt zu Eliana zurück. Und zwar schnell.

PS. Übrigens, eins hätte ich fast vergessen zu erwähnen: Finn kann phantastisch küssen. Noch nie hat mich einer so geküsst wie Finn. Noch nie. Und ich werde nie wieder jemanden so küssen wie ihn. Es war großartig.

Er war großartig.

Wir waren großartig.

PS? Diese Information war bloß ein PS wert? Das war *breaking news*! Finn Nordstrom war ein großartiger Küsser!

Finn war wie im Fieberrausch. Es kam ihm so vor, als hätte ein Virus von ihm Besitz ergriffen, seinen Körper infiziert, seine Zellen aufgefressen und neue erschaffen, die ihm eine ungeahnte Lebenskraft schenkten. Er infizierte sich zweimal täglich neu, um sicherzugehen, dass das Virus sich weiter in ihm ausbreitete: Jeden Morgen nach dem Aufwachen öffnete Finn das kleine Fläschchen, das er aus Berlin mitgebracht hatte, und atmete einen Hauch von Elianas Everlasting ein. Und jeden Abend vor dem Zubettgehen wiederholte er die Prozedur.

Unterdessen arbeitete er wie ein Wahnsinniger. Er übersetzte das zweite schwarze Tagebuch und fuhr dreimal die Woche nach Manhattan, um am dortigen OZI sein Zentrifuge-Workout zu absolvieren. Daneben übte er weiter Schreibschrift, die ihm immer schneller und flüssiger von der Hand ging. Er schickte das Tagebuch an Doc-Doc und erhielt kurz darauf das dritte aus der Moleskine®-Serie, Elianas sechstes Tagebuch.

Sie schrieb über ihre Vorbereitungen aufs Abitur, über Bücher, die sie gelesen hatte, und über Schulreferate, die sie schreiben musste. Einige Tage nach ihrem achtzehnten Geburtstag fuhren sie und die Drei Js übers Wochenende nach Paris und wohnten in einer Jugendherberge, die Eliana an einen «Gefängnisblock im Sowjetstil» erinnerte, den sie mal in einem Film gesehen hatte. Hin und wieder schrieb sie über Dates mit jungen Männern, was Finn stets mit Entsetzen las, aber er war jedes Mal erleichtert, wenn Nick oder Felix oder Pablo oder wer auch immer nie wieder erwähnt wurden.

Aber Eliana erwähnte auch Finn mit keinem Wort mehr. Doch er spürte, dass er in ihren Gedanken noch immer einen Platz hatte. Bald wurde sein Verdacht bestätigt.

Mittwoch, 1. Oktober 2008

Es ist ein Jahr her, seit Finn hier war. Ich versuche, es nicht zu tun, aber ich denke oft an ihn. Manchmal, vor dem Einschlafen, male ich mir irgendwelche Szenen aus, wie wir uns wiedersehen – bis ins kleinste Detail. In einer dieser Phantasien trage ich mein neues schwarzes rückenfreies Kleid und Mamas Pumps von Christian Louboutin. Mama und ich sind auf einer Filmpremierengala, und wir gehen über den roten Teppich, und alle denken, ich bin ein Star, sogar die Paparazzi denken es, und dann sehe ich plötzlich Finn, und er durchbricht die Polizeiabsperrung, kommt auf mich zugelaufen und ruft: «Eliana, ich bin's!» Und dann küssen Finn und ich uns, und ich weiß nicht genau, was danach passiert, nur dass er für den Rest meines Lebens bei mir bleibt.

Heute hat Robert beim Abendessen gesagt, er denkt, Finn ist ein Geheimagent, weil er nie da ist und ein iPhone besitzt, das sonst keiner hat. Mama hat gesagt, er sieht zu gut aus, um Geheimagent zu sein. In Wirklichkeit sehen Geheimagenten nämlich nicht aus wie Daniel Craig, Matt Damon oder Finn Nordstrom. Papa hat mich angesehen, meine Hand gedrückt und gesagt: «Liebling, er kommt wieder. Vertrau mir.»

Ich möchte Papa unheimlich gern glauben. Und für einen Moment habe ich es sogar getan.

«Wann ist die nächste Reise?», wollte Finn von Rouge wissen. Er konnte es kaum noch erwarten, Eliana wiederzusehen, und hatte deshalb ein Holocasting mit Rouge vereinbart. Rouge saß zu Hause im Rubik.

«Unser Projekt hat ein paar Probleme», sagte Rouge. «Wir haben atmosphärische Störungen festgestellt, die wir erst noch analysieren müssen. Die Reise verzögert sich ein bisschen.»

«Verzögert sich?», jammerte er.

«Es ist nichts Außergewöhnliches. Keine Sorge!»

Finn war nicht besorgt. Er war einfach nur ungeduldig.

Er hatte Eliana seit Wochen nicht gesehen. Andererseits wartete Eliana schon sehr viel länger auf ihn. Er sollte sich ein Beispiel an ihr nehmen. Jammerte sie die ganze Zeit? Nein.

«Solche Störungen kommen ziemlich oft vor», erklärte Rouge. «Und es ist gut, dass wir sie *jetzt* entdeckt haben. Besser jetzt als später.» Sie strahlte ihn an. «Du siehst gut aus, Finn. Von der Seeluft hast du richtig Farbe bekommen. Du hast uns wirklich ein bisschen Sorgen gemacht. Fühlst du dich gut, ja?» Sie nippte an ihrem Tee und schien darauf zu warten, dass er etwas sagte.

Finn überlegte, ob er ihr von Eliana erzählen sollte, aber irgendetwas hielt ihn zurück. Konnte er Rouge *wirklich* vertrauen? Sie war nicht immer ehrlich zu ihm gewesen. Vorsicht war vermutlich besser.

Aber irgendjemandem *musste* er von Eliana erzählen, sonst würde er platzen. Er hatte schon angefangen, Selbstgespräche zu führen. Manchmal, wenn er am Strand spazieren ging, sagte er zu den Sandkrebsen: «Sie liebt mich, wisst ihr?», und dann huschten sie davon, um die Neuigkeit weiterzuerzählen. Wenn er schwimmen ging und zufällig an einer Qualle vorbeikam, rief er ihr zu: «He, schon gehört? Sie liebt mich!» Und die Qualle winkte lässig mit den Tentakeln: «Herzlichen Glückwunsch!» Nachts flüsterte er den Sternen zu: «Sie liebt mich. Von Herzen.» Und die Sterne zwinkerten zurück.

Aber irgendwie reichte das nicht. Er musste seine neuen Gefühle auf andere Art und Weise ausdrücken, anders loswerden. Früher hatten die Leute gesungen oder gemalt oder Klavier gespielt. Oder wie Eliana Tagebuch geschrieben. – Und auf einmal wusste er, was er tun musste.

Der Forester Raoul Aaronson war amüsiert. Er kannte Finn Nordstrom praktisch schon sein Leben lang, und es gab kaum einen Städter, den er lieber mochte. Dennoch, Finns Schreibleidenschaft überraschte ihn. Noch nie hatte ein Städter eine solche Begeisterung für die Kunst des Schreibens an den Tag gelegt. Auch Colin, sein fünfjähriger Sohn, war von Finn fasziniert und sah aufmerksam zu, wie Finn in Druckbuchstaben ein «C», ein «o», ein «l», ein «i» und dann ein «n» schrieb. Und dann seinen Nachnamen.

«Papa, guck mal», sagte Colin. «Er hat meinen Namen geschrieben.»

«Das lernst du auch bald in der Schule», sagte Raoul.

«Schreib mal Mamas Namen», sagte Colin zu Finn. «Carmine Marion Aaronson.»

Der Name schwebte einen Moment in der Luft. Alle drei lauschten seinem Klang hinterher, als wäre es der Gesang eines Vogels.

Raoul hatte seine Frau vor zwei Jahren bei der Geburt ihrer Tochter verloren. Niemand hatte das kommen sehen, sonst hätte Raoul sie für die Entbindung nach Toronto gebracht. Er zählte zu den eher fortschrittlichen Forestern, die nicht das Geringste gegen moderne Technologie einzuwenden hatten, wenn sich damit ein Menschenleben retten ließ. Aber für Carmine und das Kind kam jede Hilfe zu spät. Seitdem zog Raoul Colin allein groß und kümmerte sich ansonsten um sein Geschäft. Dabei gab es genug Forester-Frauen auf der Welt, die ihn gern geheiratet hätten. «Ich bin noch nicht so weit», sagte er immer, wenn jemand ihn danach fragte. Gelegentlich ging Raoul auf Tagungen und Messen außerhalb der Forester-Kolonien, denn ihm war es wichtig, die Druck-, Buch- und Holzindustrie der

Forester leistungsfähiger zu machen. Den meisten Neuerungen stand er misstrauisch gegenüber, aber technisch versiert, wie er war, kehrte er mitunter mit frischen Ideen nach Hause zurück.

Raoul war mit einem Satz bei seinem Sohn und hob ihn schwungvoll hoch. «He, Colly Dolly, Finn muss jetzt los. Er nimmt das nächste Swuttle zurück nach New York.»

Finn stand auf, und Raoul brachte ihm ein Buch mit einem Ledereinband. Es hatte eine schöne Cognacfarbe, die Finn an Elianas Everlasting erinnerte, wenn er die Flasche ans Licht hielt. Finn öffnete das Buch und fuhr mit den Fingern über die cremefarbenenen Blätter.

«Hat Carmine gemacht», sagte Raoul. «In Handarbeit. Wir haben noch ein paar. Für Freunde.»

Finn roch am Papier.

«Tintoretto, Crema, 140 Gramm», sagte Raoul.

«Dieser Freund weiß das Buch zu schätzen», sagte Finn. «Vor allem jetzt, wo er weiß, dass Carmine es gemacht hat.»

Finn umarmte den kleinen Colin kurz zum Abschied, und dann gingen er und Raoul den Weg hinunter zur Straße, wo die E-Bushaltestelle war.

«Wozu brauchst du das Buch eigentlich?», fragte Raoul.

«Zum Schreiben», sagte Finn. «Was denn sonst?»

Finn hatte einige Tage lang nachgedacht. Als er am 3. Mai 2265 schließlich am Sonnenblumentisch Platz nahm, wusste er, dass er die wahre Geschichte seines Lebens in den vergangenen Monaten schreiben wollte. Er würde mit dem Tag beginnen, an dem er zum ersten Mal von dem Bodden-Fund erfahren hatte – dem Tag, als Rouge ihn auf Fire Island besuchen kam.

Finn zog die Kappe von dem Platinstern-Füllfederhalter, schlug das Buch auf und begann zu schreiben.

> Finn setzte den Moon Zoomer auf und schaute in den tiefen Nachthimmel. Zwischen den schwach glitzernden Sternen konnte er einen Space-Racer ausmachen, der Geologen zum Mars brachte. Oder waren sie auf dem Weg nach Hause? Aus dieser Entfernung war das schwer zu erkennen. Oh! – die Scheinwerfer des Racers blinkten grün. Vielleicht ein Grußsignal für den Sonnenkreuzer weiter rechts, vollbesetzt mit Bungee-Jumpern, vermutete Finn. Er mochte sie nicht, diese Sprünge in die Schwerelosigkeit, diese Suche nach dem ultimativen kosmischen Kick.

Finn schrieb weiter. Wort für Wort, Satz für Satz, Absatz für Absatz. Bald füllte er Seite für Seite, und dann war ein Kapitel fertig. Er war bei der Übergabe von Elianas Tagebuch angelangt:

> Der glänzende Kunststoffumschlag – Vinyl wahrscheinlich – war pink. Sehr pink. Grellpink. Sie hatten diese Farbe früher Hotpink genannt. Oder Neonpink. Er war mit winzigen roten Herzen bedruckt. Mit Herzen und Blumen und Schmetterlingen.

Plink! Ein Plinkblink unterbrach Finns Arbeit. Es war Professor Grossmann. «Mr. Nordstrom», sagte er, «wir sind so weit.»

18 Krach! Knack! Platsch!

Irgendwas stimmte nicht. Ganz und gar nicht.

Auf dem Weg nach Berlin-2009 war zuerst alles ganz normal gelaufen. Finn erlebte seinen «Moment davor», dieses eigenartige Gefühl von Angst und gespannter Erwartung, und dann hatte er, wie immer, gespürt, wie er gedehnt wurde, mehr und mehr, bis er dünner als eine Spaghettinudel war, und dann – *wusch!* – wurde er durch ein winziges Loch in einen langen Tunnel gesaugt. Aber als er diesmal wieder aus dem Tunnel herauskatapultiert wurde und zurück in seinem eigenen Körper war, war es nicht wie sonst – so als würde er schweben. Stattdessen wurde er hochgehoben und gegen eine Wand geschleudert. *Klatsch!* Einmal. Zweimal. Dreimal. Sein Magen revoltierte.

Sein letzter Gedanke galt Eliana: Sie wusste nicht einmal, dass er sie liebte. Sie würde es nie erfahren.

Finn schlug die Augen auf. Er lag mit seinem Gesicht in einer Wasserpfütze. Nein – es war eine Urinpfütze. Er roch etwas Säuerliches und wusste, es war sein eigenes Erbrochenes. Er konnte sich nicht bewegen – sein Körper war vollkommen zerstört. Aber dann sah er, dass er die Finger noch krümmen konnte. Er stützte sich langsam auf die Ellbogen. «Rouge?», röchelte er.

Keine Antwort.

«Rouge?»

Er hörte jemanden schluchzen. Seine Augen huschten durch die kleine City Toilette. Rouge war nirgends zu sehen. Und dann begriff er, dass er selbst es war, der da schluchzte.

Er rappelte sich auf die Knie. Dann stand er auf – ganz vorsichtig. Alles um ihn herum drehte sich. Ihm wurde schlecht. Er wankte zu der Toilette. Und übergab sich.

Als nichts mehr in ihm war, lehnte sich Finn erschöpft gegen das Waschbecken. Er ließ das Wasser laufen. Er reinigte sich das Gesicht und wusch ein paar Tropfen Erbrochenes von der Kapuzenjacke. Dann öffnete er die Tür. «Rouge?», rief er.

Es war niemand da.

Wo war er? Es war zu dunkel, um irgendwas sehen zu können. Wieso war es Nacht? Und wieso lag Schnee? Es war ja eiskalt! Und der Wind heulte. Es hätte Mittagszeit sein müssen. Ein milder Apriltag. Der 27. April. Ludwigkirchplatz war ihr Einstiegspunkt. War das der Ludwigkirchplatz?

Finns Augen gewöhnten sich langsam an die Dunkelheit. Er erkannte die Fußgängerzone auf der Wilmersdorfer Straße. Aber irgendwie sah sie anders aus.

Er ging zurück in die City Toilette und setzte sich auf den Klodeckel. Was nun? Vierundzwanzig Stunden waren eine lange Zeit, wenn man am falschen Ort alleine festsaß. Er trug Sommersachen – Jeans, T-Shirt und Kapuzenjacke –, und draußen war tiefster Winter.

Endlich traf er eine Entscheidung. Er würde tun, was er geplant hatte: Eliana besuchen. Ihr Wohnhaus lag nur wenige Minuten entfernt.

Er stand auf.

Aber dann setzte er sich wieder hin. Wo war sein Austrittspunkt? Hier? Oder der Ludwigkirchplatz? Und wo war Rouge? Vielleicht sollte er lieber hierbleiben und den Morgen abwarten. Er sah sich um. Der Gedanke, hier drin zu schlafen, war nicht sehr verlockend.

Er rappelte sich hoch und öffnete die Tür.

Finn bog links in die Wilmersdorfer Straße. Aber es war nicht die Straße, die er kannte. Es war eine einzige Einöde. Zerbrochene Fenster. Müll auf den Bürgersteigen. Verfallene Häuserfassaden. Türen, die quietschend in den Angeln hin und her schwangen. Männer lagen in Eingängen, zum Schutz gegen die Kälte mit Zeitungspapier bedeckt. Ein tiefes Grauen erfasste Finn. War er im Dark Winter gelandet? Eine Zeitung flatterte im Wind an ihm vorbei. Er jagte ihr hinterher und blickte auf das Datum.

26. April 2009 – die Zeitung vom vorigen Tag.

Puh.

Dennoch, irgendetwas stimmte hier nicht. Ganz und gar nicht.

Zwei Betrunkene torkelten grölend an ihm vorbei. Das explosionsartige Knattern eines einsamen Motorrads hallte durch die Kantstraße. Eine blaue S-Bahn donnerte über ihm vorbei und hielt mit quietschenden Bremsen. War die Berliner S-Bahn nicht gelb und rot? Er hörte Schritte. Verfolgte ihn jemand? Er fuhr herum und sah einen großen Mann in einem grauen Mantel und mit einem grauen Filzhut. Der Mann griff nach etwas in seiner Tasche. Finn wollte gar nicht wissen, was darin war. Er rannte um sein Leben und hielt erst vor Elianas Haus an.

Aber es war nicht wirklich ihr Haus. Die Fenster und die Eingangstür waren mit Brettern vernagelt. Die Sprechanlage hing lose an nackten Drähten herab und pendelte im Wind hin und her, schlug gegen die marode Fassade. Er las die Namen auf den Klingelschildern. Da stand «Lorenz», aber durchgestrichen.

Er hörte raues Gelächter von der anderen Straßenseite. Einige Jugendliche lungerten vor einer Kneipe herum.

Finn war halb erfroren. Seine Chucks waren vom Schnee durchnässt. Ihm klapperten die Zähne.

Er ging über die Straße.

In der Kneipe roch es nach Zigaretten und Bier. Aber wenigstens war es hier warm. Weiter hinten sah Finn einige junge Männer um einen großen Tisch herum stehen. Sie hatten lange dünne Stöcke in der Hand und stießen damit gegen irgendwas. Kugeln vielleicht? Er hörte ein rollendes Geräusch und dann machte es *klack-klack-klack*, und irgendwas fiel in ein Loch. *Plong. Plong.*

Finn setzte sich an die Theke und bestellte einen heißen Tee.

«Einen watt?», fragte der Wirt. Er beugte sich vor, und Finn sah, dass seine Arme tätowiert waren.

Finn räusperte sich. Vielleicht war das «heiß» zu viel verlangt. «Einen Tee, bitte», sagte er.

«He, Es Em», rief der Wirt durch den Raum zu dem großen Tisch mit den Kugeln hinüber. «Haste dat gehört? Der Kleine Lord hier will 'nen Tee haben. Haben wir Tee?» Er lachte und wandte sich wieder Finn zu. Er hob die Stimme und ahmte eine Frauenstimme nach. «Was darf's denn sein? Fencheltee? Pfefferminztee? Kamille?»

«Wo ist das Problem?», knurrte eine Stimme hinter Finn.

«Entschuldigung», sagte Finn und drehte sich um. «Ich habe bloß –»

Er erstarrte. Es war der Schauspieler Sam Maarten, Sam der Widerliche, wobei dieser einen dicken Bauch und einen geschorenen Kopf hatte. Ihm fehlten ein paar Zähne, und die, die er noch im Mund hatte, sahen irgendwie bemoost aus, als wüchse ein Pilz auf ihnen.

«Wir haben keinen Tee», sagte der junge Mann namens Es Em. «Und was bildest du dir eigentlich ein, einfach hier reinzuschleichen?» Er packte Finn an der Kapuzenjacke. «Igitt. Du stinkst, Kotzgesicht. Raus mit dir.» Er zog Finn von dem Hocker und stieß ihn Richtung Tür. Finn hörte draußen einen Hund bellen, die Tür flog auf, und herein kam der Hund, ein knurrender, bellender Pitbull. Und dann trat seine Herrin ein. Es war Eliana.

«Eliana!», rief Finn.

Vor lauter Erleichterung, Eliana zu sehen, fiel Finn gar nicht auf, dass ihr Haar strähnig und ungewaschen war, ihr Make-up zu dick, ihre Wimpern angeklebt, ihre Kleidung völlig daneben. Sie trug eine Lederjacke, einen hautengen, schwarzen Minilederrock und schwarze Lacklederstiefel mit Stilettoabsätzen. Sie blickte Finn aus zusammengekniffenen Augen an. «Wer bist du denn?», sagte sie. «Hau ab!»

Finn griff nach ihrem Arm. «Aber –»

Sie wich zurück. «Verpiss dich, Arschloch!»

«Eliana! Ich bin's doch, Finn.»

Sie stieß ihn weg. «Ich heiße Helena, nicht Eliana!»

Jemand packte Finn von hinten und riss ihn herum. Es war Robert! Aber dann wiederum war es *nicht* Robert. Er trug eine silbrig grüne Fliegerjacke, Tarnhosen und schwere Stiefel. «Pack meine Schwester nicht an, Wichser.»

«Rolli!», sagte Helena zu ihrem Bruder. «Lass den Schwester-Scheiß! Ich kann auf mich selbst aufpassen.»

Der Pitbull fletschte die Zähne. Irgendwem würde er gleich an die Kehle gehen. Hoffentlich nicht Finn.

«Mady!», sagte Helena zu dem Hund. «Mach Platz, Mädchen!»

Mady die Hündin machte aber nicht Platz.

«Platz!»

Mady ließ sich widerwillig nieder, und Finn atmete wieder – aber nur kurz. Irgendwer stieß ihn von hinten, und Finn flog durch die offene Tür. Draußen wurde ihm eine Faust gegen die Brust gerammt. Er rutschte auf dem Eis aus und hörte den kleinen Finger seiner linken Hand *Knack!* machen. Ein Lederabsatz landete auf seinem gebrochenen kleinen Finger. Jemand trat ihm aufs Schlüsselbein – zweimal! –, zog ihn dann hoch und schleuderte ihn gegen eine Wand. Ein anderer Typ schwang eine Keule. Oder war es ein Eisenrohr? Egal was es war, es krachte mit voller Wucht auf Finn nieder. Irgendwas Nasses tropfte Finn übers Gesicht. Gehirnmasse? *Seine* Gehirnmasse? Oder war es bloß Blut?

«Haut ab hier!», dröhnte eine Stimme. «Sofort!»

«Fick d–»

«Ich habe gesagt, haut ab!»

«Okay, Mann. Keep cool.»

Die Angreifer ließen von Finn ab und wichen zurück.

Finn lag im Schnee. Er blickte hoch und sah, dass es der Mann mit dem grauen Mantel und dem Filzhut war. Finns Angreifer hatten offensichtlich Angst vor ihm.

«Verschwindet!», befahl der Mann.

Jetzt erst sah Finn, dass er eine Pistole in der Hand hielt.

Finns Angreifer verschwanden in der Kneipe.

«Und?», hörte Finn eine Frau sagen. «Schlimm?» Seine Augen folgten der Stimme. Es war die junge Frau namens

Helena, die wie Eliana aussah. Sie schaute zu Finn herunter. «Manno. Dat sieht ja aus.»

«Hau ab, Mädchen», sagte der Mann.

Der knurrende Hund folgte der Frau zurück in die Kneipe.

Der Mann beugte sich über Finn. Finn konnte ihn jetzt erkennen. Träumte er? Es war der Pförtner aus der Staatsbibliothek. Der Obdachlose, den Finn 2003 gerettet hatte.

«Armer Teufel», sagte der Mann zu Finn.

«Sie haben mich gerettet», brachte Finn es fertig, zu sagen.

Der Mann zuckte die Achseln.

Finn hörte jetzt eine Sirene. Ein Wagen hielt an, Türen gingen auf. Männer in Weiß umringten Finn. Sie legten ihn auf eine Trage, und dann verlor er das Bewusstsein. Er kam wieder zu sich. Menschen in Grün. Grelle Lichter. Er verlor wieder das Bewusstsein. Als er das nächste Mal zu sich kam, stand Rouge vor ihm.

«Wo sind wir?», fragte Finn.

«Schsch», sagte sie. «Wir bringen dich nach Hause.»

19 Das Ich meines Herzens

Man flickte Finn zusammen.

Am ersten Tag verpassten sie ihm einen brandneuen kleinen Finger für die linke Hand, fügten zwei mittlere Rippen zusammen, implantierten einen Ersatzschneidezahn, richteten die Nase und fixierten das zweifach gebrochene Schlüsselbein. Am zweiten Tag waren die Platzwunden im Gesicht fast verheilt. Am dritten Tag reduzierten die Ärzte die Sedativa. Am vierten Tag erwachte Finn aus seinem gedopten Nebel mit einem klaren Kopf und völlig intakten Erinnerungen. Seine menschliche Betreuerin, Schwester Bettina, wurde durch eine Robo-Hilfe ersetzt, Schwester Ursula-BER-MV-MedC49. Er genas, aber nur mit dem doppelt gebrochenem Schlüsselbein haperte es noch. Die Ärzte rieten Finn dazu, in den nächsten Tagen vorsichtig damit umzugehen und auch vom Lachen abzusehen. Da Finn in absehbarer Zeit kaum einen Grund zum Lachen sah, rechnete er fest damit, bald wieder auf den Beinen zu sein.

Nach einem frühen Mittagessen ging es Finn so weit wieder gut, dass er Rouge, Dr. Dr. Sriwanichpoom und Professor Grossmann zu einem Debriefing empfangen konnte. Sie nahmen um Finns Bettstation herum Platz, blickten schuldbewusst drein, ließen die Köpfe hängen wie

Hundewelpen, die auf den guten Perserteppich gepinkelt haben und jetzt auf ihre Strafe warten.

Professor Grossmann, wie üblich im braunen Cordanzug mit Bolotie – die Brosche diesmal ein silberner Wolf –, räusperte sich. «Reden wir nicht lange drum herum», sagte er. «Wir haben Murks gemacht.»

«Seien Sie versichert, junger Mann», sagte Dr. Dr. Sriwanichpoom, «dass wir es wiedergutmachen werden. Wie wär's mit einer Extrawoche Urlaub dieses Jahr?»

Finn starrte ihn wortlos an. Wollte der Direktor großzügig sein? Schwer zu sagen.

«Wir wissen natürlich», sprach Professor Grossmann weiter, «dass sie jede Menge Fragen haben. Also bitte – legen Sie los.»

«Wann ist die nächste Zeitreise?», fragte Finn.

Finn wollte nur eines: zurück zu Eliana, *seiner* Eliana. Er musste sie sehen und ihr sagen, was er für sie empfand.

Professor Grossmann wollte Finn unbedingt erklären, was schiefgegangen war, aber Finn war nicht danach zumute, sich etwas über Paralleluniversen anzuhören. Nach dem ersten Schock seiner Begegnung mit «Helena» war ihm klar gewesen, dass er nicht auf seiner Erde gelandet war. Jedes Kind wusste, dass Paralleluniversen existierten, aber die meisten Menschen dachten kaum darüber nach. Wie Teleportation, die noch nicht kommerziell und für die Allgemeinheit nutzbar war, oder Zeitreisen, die normalerweise abenteuerlustigen Quants vorbehalten blieben, spielten Paralleluniversen im Leben der meisten normalen Menschen keine Rolle, und dazu zählten auch Historiker und paläographische Übersetzer und ganz sicher die Träumer und Poeten unter ihnen.

Aber Professor Grossmann ließ sich davon nicht abbringen. Er wollte Finn unbedingt begreiflich machen, worum es ging. Also schickte er ihm Diagramme, die darstellten, wie die City Toiletten als Übergänge zwischen den Zeiten fungierten. Ein weiteres Diagramm zeigte die Alpha-Erde, die sich in Sub-Alphas und Betas und Sub-Betas aufteilte, bis hinunter zu Sub-sub-Omegas und so weiter und so weiter ins Unendliche. Natürlich verstand Finn wieder mal gar nichts.

«Einige dieser Welten haben starke historische Bindungen an unsere Erde», sagte der Professor. «Andere weniger. Die spezielle, die Sie besucht haben, war unserer Erde recht ähnlich.»

Eliana und Helena *ähnlich*?, dachte Finn.

«*Sehr* ähnlich sogar», fügte der Professor hinzu. «Sie gehört zu unserer Alpha-Untergruppe. Wäre es nicht zu dem unangenehmen Zwischenfall in der Eckkneipe gekommen, hätte vielleicht alles glattgehen können. Mademoiselle Moreau war glücklicherweise in demselben Universum gelandet wie Sie, selber Tag, selbe Zeit, nur an einem anderen Ort in Berlin, in – ?» Er sah Rouge an.

«Neukölln», sagte sie. «Noble Gegend, hauptsächlich Villen und Botschaften, aber leider keine Taxis, wegen des Schnees. Es hat eine ganze Weile gedauert, Hilfe zu mobilisieren. Die Polizei hat sich auch an der Suche nach dir beteiligt, Finn.»

«Aber Ordnungshüter sind ja nicht immer hilfsbereit», sagte Dr. Dr. Sriwanichpoom. Er setzte sein typisches Lächeln auf, das mit den blitzenden Haizähnen. «Manchmal sogar –»

«Wann ist die nächste Zeitreise?», wiederholte Finn.

Sie starrten ihn ziemlich verblüfft an.

«Dürfen wir das so verstehen, dass du weiter zeitreisen möchtest?», fragte Rouge, die ihre Freude kaum zügeln konnte.

«Ja», sagte Finn.

Alle drei wirkten erleichtert.

«Mr. Nordstrom», sagte der Professor. «Sind Sie auch wirklich ganz sicher, dass Sie das machen möchten? Wir wissen das selbstverständlich zu schätzen. Und Mademoiselle Moreau wäre überaus dankbar, da ihre Doktorarbeit davon abhängt. Aber wir hätten vollstes Verständnis, wenn Sie jetzt aus dem Projekt aussteigen würden.»

Und Eliana niemals wiedersehen? Nie im Leben! «Dieser Zeitreisende ist sich ganz sicher.»

«Um ehrlich zu sein», sagte der Professor, «dieses Problem kann erneut auftreten. Und es kann sein, dass Mademoiselle Moreau dann nicht in der Lage ist, sofort Kontakt herzustellen.»

Finn schluckte schwer. «Und was passiert dann? Sitzt dieser Zeitreisende dann für immer auf irgendeiner Sub-Gamma- oder Sub-sub-Ypsilon-Erde fest?»

«‹Für immer› ist leicht übertrieben», sagte der Professor. «Normalerweise finden wir unsere Irrläufer.»

«Normalerweise?»

«Ein paar Reisende sind noch überfällig. Aber wir sind guter Hoffnung, was den 2. August 2011 betrifft. Es sind bisher keine atmosphärischen Störungen zu erwarten, obschon wir noch ein paar Wochen benötigen werden, bis wir alle Daten aus dem FLoW ausgewertet haben.»

«2. August 2011?» hakte Finn nach. «Aber was ist mit April 2009? *Da* wollten wir doch hin.»

«Leider ist dieses Zeitfenster nun für uns verloren und wird sich erst ...» Er schien einige Daten in seinem BB durchzusehen. «Erst 2293 wieder öffnen. In 29 Jahren. Im November 2293 haben wir einen Tor zum 27. April 2009 offen. Auf Wunsch setzen wir Sie gern auf eine Warteliste.»

Finn klappte der Unterkiefer runter. «Sie machen Witze, oder?»

«Stimmt.» Er zwinkerte Finn zu. «Wir haben keine Warteliste. – In etwa zehn Tagen können Sie ins Jahr 2011, wenn Sie möchten.»

War der 2. August 2011 seine einzige Möglichkeit, Eliana wiederzusehen? Das würde bedeuten, dass sie vier Jahre auf seine Rückkehr warten müsste. Das konnte man von niemandem verlangen. Bis dahin hätte er sie ganz sicher verloren. Sie wäre dann einundzwanzig. Vielleicht wäre sie nicht mal mehr in Berlin. Sie könnte verheiratet sein. Kinder haben. Jemand anderen lieben. Der Gedanke war unerträglich. Wenn es doch nur eine Möglichkeit gäbe, mit ihr zu kommunizieren!

«Warum 2011?», wollte Finn wissen. «Das ist nicht fair!» Er setzte sich auf. Sein Schlüsselbein schmerzte, und er verzog das Gesicht. «Warum nicht eher?»

«Mr. Nordstrom», sagte der Professor mit einem seltenen Anflug von Strenge. «Wie ein Vorfahre dieses Professors einst sagte: ‹Die Gesetze der Physik sind die Gesetze der Physik. Man muss sie nicht mögen, aber man muss ihnen gehorchen.›»

Früh am nächsten Tag betrat Finn den Weg zu seinem Haus auf Fire Island. Er hatte beschlossen, hier weiterzuarbeiten.

An diesem späten Maimorgen wetteiferten die Frühjahrsdüfte miteinander, die Blüten der japanischen Storaxbäume mit den amerikanischen Linden, Pfingstrosen mit den wilden Rosen.

Eine Stunde später saß Finn auf der Terrasse und schaute den Wellen zu, die sich am Strand brachen. Vor ihm auf dem Tisch lag der Inhalt eines neuen Päckchens: Elianas siebtes Tagebuch. Es war das bislang schönste. Es hatte einen glänzenden Einband aus Jacquard-Seide mit einem zarten Paisley-Muster, dessen Rot- und Pinktöne mit Gold durchwirkt waren. Das Papier war liniert und von guter Qualität – «säurefreies Papier aus nachhaltigem Holzanbau» stand im Impressum. Wie eine rasche Durchsicht der Seiten ergab, war der erste Eintrag vom 11. November 2008 und der letzte vom 22. Juni 2011. Zu Beginn des Tagebuchs war Eliana achtzehn Jahre und sechs Monate alt und an seinem Ende einundzwanzig.

Dienstag, 11. November 2008

Immer wenn ich ein neues Tagebuch anfange, sehe ich die vielen leeren Seiten vor mir und frage mich: «Wie soll ich die bloß alle füllen? Ist mein Leben denn so interessant?» Dieses hier hat 352 Seiten. Also ganz schön viel. Vielleicht bin ich ein ganz anderer Mensch als heute, wenn die letzte Seite beschrieben ist.

Vorhin bin ich einige meiner alten Tagebücher durchgegangen. In das pinkfarbene hatte ich seit Jahren nicht mehr reingeschaut. Und als ich dann darin las, hat es mich buchstäblich zu Tränen gerührt. Ich glaube, teilweise wegen des Mädchens, das ich einmal war. Sie war süß. Aber jetzt ist das Mädchen verschwunden, hat sich in mich verwandelt, in diese achtzehnjährige Meckertante, die den ganzen Tag über ihren Büchern hockt und sich über ihre Lehrer und die viele Arbeit beschwert.

Aber vor allem habe ich geweint, weil Madeline es mir geschenkt hatte. Ich weiß noch, wie aufgeregt sie war, als ich das Geschenk ausgepackt habe, wie stolz sie war, weil sie fand, dass sie für mich genau das Richtige ausgesucht hatte. (Zum Glück habe ich ihr nie gesagt, wie das pinke Vinyl gestunken hat!)

Finn ertappte sich dabei, dass er laut auflachte. *Autsch!* Sein Schlüsselbein!

Madeline fehlt mir noch immer. Es vergeht kein Tag, an dem ich nicht an sie denke. In unserem Haus wohnen zwei Schwestern. Im Hinterhaus, im dritten Stock, uns gegenüber, eine Etage tiefer. Sie sind neun und elf Jahre alt. Wenn ich aus meinem Zimmerfenster schaue, kann ich sie spielen sehen. Wie sie an ihren Hausaufgaben sitzen und sich bettfertig machen. Manchmal tröstet mich das. Aber es macht mich auch furchtbar traurig. Und neidisch. Ich bin so neidisch, weil die beiden einander haben.

Aber es hat gutgetan, die Tagebücher zu lesen. Einerseits hat es mir gezeigt, wie sehr ich mich verändert habe, aber mich andererseits auch daran erinnert, wer ich war und wahrscheinlich immer noch irgendwo tief in mir bin. Ich musste richtig lachen über diese Dreizehnjährige: so viel Wirbel, so viel Aufregung, so viel Verheißung! Johannas schiefe Kuchen hatte ich total vergessen! Und dass Robert sich an seinem sechzehnten Geburtstag betrunken hat. Dann wiederum: Oh Gott! Ich und Moritz Teichgräber – dieser dämliche Kiffer! Und Alex Landuris. Und Max. Ich und Max im Schwimmbad. Wie peinlich! Ich würde tot umfallen, wenn ich wüsste, dass das jemand gelesen hat. Oder liest. Ich würde glatt –

Finn schloss das Buch. Sie hatte natürlich recht. Er durfte ihr Tagebuch eigentlich nicht lesen. Es war etwas anderes gewesen, als er sie noch nicht kannte, aber jetzt, da er sie kannte, fühlte er sich wie ein Voyeur schlimmster Sorte.

Finn legte Elianas Tagebuch beiseite und griff nach seinem eigenen unfertigen Werk. Er begann zu lesen. …

… Als das Licht nachließ, legte Finn das Buch wieder weg. Was er geschrieben hatte, war schon gut, aber irgendetwas fehlte. Etwas, das Elianas Tagebuch offenbar hatte. Er schaltete eine Lampe an und las weiter in ihrem Tagebuch. Voyeur hin oder her, es war nun mal sein Job.

Eliana steckte mitten in den Abiturprüfungen – sie gingen über Wochen, Monate. Sie war jetzt gut mit Renée und Fritzi befreundet, Mädchen aus der Nachbarschaft, die sie praktisch schon ihr Leben lang vom Sehen her kannte. Sie waren irgendwann im Café Richter, am Ende der Giesebrechtstraße, ins Gespräch gekommen. Eliana joggte an den meisten Tagen morgens vor sieben Uhr und ging noch immer montags in die Staatsbibliothek.

Finn ließ das Tagebuch einen Moment sinken und stellte sich Eliana in der Staatsbibliothek vor. Er fragte sich, ob sie noch manchmal an ihn dachte. Hoffte sie, dass er wieder überraschend in der Kartenabteilung auftauchen würde? Und war *das* der Grund, warum sie dort hinging?

Finn schüttelte den Kopf. Es war sinnlos, darüber nachzudenken.

Eliana schrieb, dass sie mit Emil ging, einem Maschinenbaustudenten an der Technischen Universität. Dann ging sie mit Tim, der Drehbuchschreiben an der Deutschen Film- und Fernsehakademie studierte. Wie schon bei Sam Maarten ging sie niemals ins Detail. Das wunderte Finn. Sie ging bei *allem* ins Detail, aber nicht bei den Männern in ihrem Leben – fast als würde sie spüren, dass er ihr Tagebuch las.

Was für ein alberner Gedanke. Warum sollte sie noch immer an ihn denken?

Die Monate Januar bis März 2009 las Finn im Eildurchgang. Eliana schrieb größtenteils über Alltägliches. Es war leichte Lektüre. Aber dann, eines Tages, wurde es plötzlich schwer.

Mittwoch, 1. April 2009

Anderthalb Jahre. Es ist anderthalb Jahre her. Er war da, und dann war er nicht mehr da. Ich muss verrückt sein, zu glauben, Finn würde zurückkommen. Krank, krank, krank. Nichts, absolut nichts deutet darauf hin. Und ich habe nichts Besseres zu tun, als mein Leben damit zu verplempern, auf ihn zu warten und –

Ach, ich bin wieder viel zu pathetisch! Ich vergeude mein Leben nicht damit, auf ihn zu warten. Ich mache alles, was ein Mädchen heute so macht. Und sogar noch mehr. Auf der Liste der «101 Dinge, die du tun solltest, bevor du stirbst», kann ich vielleicht erst 29 abhaken, aber ich habe fest vor, noch mindestens achtzig Jahre zu leben, und außerdem habe ich immerhin schon mehr vorzuweisen als Renée und Fritzi. Und die sind ein Jahr älter als ich! Und von uns dreien bin ich immerhin die Einzige, die den Punkt «Das Kamasutra studieren und Theorie in Praxis umsetzen» abhaken kann. Also bitte, klingt das etwa, als würde ich mein Leben vergeuden?

Kamasutra? War das etwas, das sie fürs Abitur lernen musste? Finn würde es später bei Cyclops recherchieren.

Und trotzdem. Finn ist fort, ich muss aufhören, an ihn zu denken, und mir eingestehen, dass Papa sich geirrt hat. «Liebling», hat Papa vor sechs Monaten gesagt, «er kommt wieder. Vertrau mir.» Aber Papa hat sich geirrt. Finn ist nicht zurückgekommen. Und das wird er auch nicht. Nie mehr. Das sagt mir jedenfalls mein Kopf.

Aber mein Herz. Tja, das ist eine ganz andere Geschichte. Mein Herz sagt mir, dass Finn mir nah ist. Es ist lächerlich. Ich weiß. Es ist romantischer Kokolores. Ich weiß. Ich weiß. Ich weiß.

Trotzdem.

Es ist total merkwürdig. Manchmal habe ich so ein komisches Gefühl, als würde er mir zuhören, wie jetzt zum Beispiel, als würde er den Worten zuhören, die ich in meinem Herzen spreche.

Hallo? Finn?

Bist du da?

Wo immer Du bist, ich bin hier, und rufe nach Dir. Berlin calling. Hello? Finn? Are you there? Just wanted to let you know that the I of my heart says hello to the you of yours. xo Eliana

Finn saß da und betrachtete lange die Seite. Er las Elianas Worte immer und immer wieder: «Just wanted to let you know that the I of my heart says hello to the you of yours.»

Und dann las er es sich laut vor. Einmal. Zweimal. Und endlich begriff er, wonach er suchte. Ja, plötzlich wusste Finn, was seiner eigenen Geschichte so schmerzlich fehlte. Er ging zu dem schwarzen Onyx-Kästchen und nahm das Familienerbstück heraus, den Füllfederhalter. Er trat zurück auf die Terrasse, öffnete sein Buch und schlug eine neue, blanke Seite auf. Er setzte die Weißgoldfeder auf das Papier und fing an zu schreiben:

Ich saß da und betrachtete lange die Seite.

Finn hatte noch nie das Wort «ich» geschrieben. Aber da stand es nun. Er schrieb weiter.

Ich las Elianas Worte immer und immer wieder: «Just wanted to let you know that the I of my heart says hello to the you of yours.»

Gut. Weiter so.

Und dann las ich es mir laut vor. Einmal. Zweimal. Und endlich begriff ich, wonach ich suchte. Ja, plötzlich wusste ich, was meinem Buch fehlte: das I of my heart. Ich würde von nun an in meinem Buch, in Finns Buch, von mir als Ich erzählen.

Es war erstaunlich, was ein kleines Wörtchen ausrichten konnte. Ich spürte förmlich, wie sich mein Herz öffnete und von diesen leichten luftigen «ichs» erfüllt wurde. Ich und ich und ich und ich. Ich war wie benommen.

Ich hatte das Wort auf meinen Zeitreisen benutzt, ja, und hatte es im Rahmen meiner Arbeit in Büchern gelesen und hatte es zigtausendfach aus dem Mund der Forester gehört. Aber es war etwas ganz anderes mit «ich» zu denken, mit dem Ich meines Herzens, und es dann auch tatsächlich hinzuschreiben, vor allem da das «ich» im Englischen – I – ein Großbuchstabe war. Er sah so herrisch und aufdringlich aus. Er überragte alle anderen Pronomen. Selbst das «we» stand in seinem Schatten. Mein Leben lang hatte ich gehört, dass das «wir» wichtiger war als das «ich», und nun schrieb ich das «ich» mit einem Großbuchstaben.

Ich machte mir nichts vor, ich würde wahrscheinlich eine Weile brauchen, meine Zwiespältigkeit zu klären. Denn ich war ein Kind meiner Zeit. Ich glaubte fest daran, dass das Überleben unserer Welt, der Natur selbst, unsere wichtigste Aufgabe war. Die Erde war unser «wir». Unser Zuhause. Aber ich spürte auch, dass es in jedem von uns ein Ich des Herzens gab, das wir irgendwann unterwegs verloren hatten. Es war verständlich, dass es passieren musste – mitten im Dark Winter. Aber es war schwer zu verstehen, warum wir auch jetzt noch so beharrlich darauf bestanden, es nicht zu verwenden. Das Ich des Herzens war doch *auch* unser Zuhause.

Doch genug davon. Ich musste derlei Gedanken erst einmal zurückstellen. Bald war Abendessen. Und ohne Essen würde weder das Ich noch das Wir überleben. Ich ging in die Küche.

«Brauchen Sie Hilfe?», fragte ich Koch Carlo Canelli.

Sein Werkzeuggürtel blinkte hektisch, während er die unzähligen möglichen Antworten auf meine Frage durcharbeitete. «Carlo benötigt Ihre Hilfe nicht», sagte er schließlich, «aber Sie können gern die Polenta rühren, wenn Sie es wünschen.»

Also rührte ich die Polenta. Und anschließend half ich Carlo bei der Vinaigrette für den Salat. Und wenn ich das in aller Bescheidenheit sagen darf, nichts hat mir je köstlicher geschmeckt – außer natürlich der Süßkartoffelauflauf von Elianas Mutter.

Ich las weiter in Elianas Tagebuch. Gegen Mitte April 2009 hatte sie fast alle Abiturprüfungen hinter sich. Allmählich kam sie wieder zu Atem. Das Wetter war warm, und sie joggte jeden Morgen. Ich freute mich für sie, spürte, dass sie bereit war, in die Welt zu ziehen und der Welt einen Schubs zu geben.

Und dann nahm ihr Leben – und das meine – eine jähe Wendung.

Montag, 27. April 2009

Heute Morgen beim Joggen ist mir was ungeheuer Seltsames passiert. Auf dem Rückweg, es war kurz vor sieben, wollte ich an dem Kiosk Ecke Schlüterstraße die Zeitung holen. Der Kiosk war noch nicht auf, aber ich sah, wie die Kioskfrau gerade die Tür hinten aufschloss, also dachte ich, ich warte noch einen Moment, bis sie aufmacht. Ich stand also da rum, und beobachtete zufällig, wie eine Frau aus der City Toilette neben dem Kiosk kam. Sie hat sich umgesehen, wirkte irgendwie benommen und ein bisschen weggetreten, und ich habe kurz gedacht, sie wäre ein Junkie und hätte auf der Toilette gefixt. Aber dann habe ich genauer hingesehen. Sie war bestimmt kein Junkie. Dafür sah sie einfach zu schön und zu gesund aus. Sie war in meinem Alter, vielleicht einen Tick älter, hatte tolles langes schwarzes Haar, und einen schlanken, sportlichen Körper. Und sie war riesengroß. Fast zwei Meter bestimmt. Außerdem hatte sie Klasse, schon von der Kleidung her, und ich habe mich gefragt, wieso um alles in der Welt sie an einem Montagmorgen um sieben auf einer City Toilette war. Und dann hat die Kioskfrau das Fenster aufgemacht, und als ich mich danach noch mal nach der Frau umgedreht habe, war sie weg.

Ich hätte diese kleine Episode bestimmt vergessen, wenn ich die Frau nicht heute Nachmittag, als ich in der Staatsbibliothek gearbeitet habe, wiedergesehen hätte. Irgendwann habe ich aufgeschaut, und da war sie. Sie hat mich beobachtet. Zufall, habe ich gedacht. Aber dann hat sie gelächelt, und ich habe gedacht, ich kenne sie von irgendwoher. Von irgendwo anders, nicht bloß von der City Toilette. Dann hat sie sich umgedreht und ist die Treppe runtergegangen. Wollte sie, dass ich ihr folge? Ich bin jedenfalls hinterher. Ich habe gesehen, dass sie in das Bibliothekscafé ging, und ich bin ihr nach.

Sie saß allein, und ich habe mich dann zu ihr gesetzt. Sie wirkte kein bisschen überrascht. «Ich habe dich heute Morgen gesehen», habe ich zu ihr gesagt, «am Kurfürstendamm.» Und sie hat gesagt: «Bitte sprich englisch, ich verstehe kein Deutsch.» Ich habe den Satz auf Eng-

lisch wiederholt, und sie hat gesagt: «Ja, ich weiß. Ich habe dich auch gesehen.» Dann hat sie mir die Hand gegeben. «Lucia», hat sie gesagt. Ich habe meinen Namen genannt und sie dann gefragt: «Sind wir uns schon mal irgendwo begegnet?» Sie hat bloß mit den Schultern gezuckt und mich angesehen, als ob, ja, als ob sie nicht genug von mir bekommen könnte. Es war ganz schön merkwürdig. Und dann hat sie gesagt: «Du bist so schön.» Und dann hat sie angefangen zu weinen – leise, stille Tränen. Und obwohl sie mir ganz fremd war, hatte ich das Gefühl, ich muss sie trösten, sie in die Arme nehmen. Aber das ging ja wohl schlecht. Also habe ich ihr bloß ein Taschentuch hingehalten. Sie hat es angestarrt, als hätte sie noch nie im Leben eins gesehen. Ich musste ein bisschen kichern, und dann habe ich ihr selbst die Tränen abgetupft – als ob sie ein kleines Kind wäre. Sie hat gesagt: «Danke.» Und dann – und das ist überhaupt das Allerseltsamste –, und dann hat sie meine Hand genommen und gesagt: «Er kommt. Er möchte, dass du weißt, dass es eine Weile dauern kann – vielleicht sogar zwei Jahre –, aber er kommt wieder.» Und ich habe gesagt: «Wer? Wer kommt?» Und sie hat geantwortet: «Das darf ich nicht sagen. Aber du weißt schon, wer. Du weißt es.» War das unheimlich, oder war das unheimlich? Ich habe am ganzen Körper Gänsehaut gekriegt, habe richtig Angst bekommen. Und dann ist sie plötzlich aufgesprungen und hat gesagt: «Ich muss jetzt. Bitte geh mir nicht nach.» Und ich habe zu ihr gesagt: «Keine Sorge. Ich mache mir sowieso schon fast in die Hose.» Und sie hat gelacht. Und dann habe ich gelacht. Dann war sie weg.

Also, was soll ich nun davon halten? Ist sie irre? Oder bin ich irre? Oder … hat Finn versucht, mir zu sagen, dass ich auf ihn warten soll? Vielleicht ist er doch ein Geheimagent und irgendwo in Pakistan untergetaucht oder im Iran oder so was.

Um Elianas Worte zu zitieren, auch ich hatte mir «fast in die Hose gemacht». Als ich den Eintrag zu Ende gelesen hatte, wippte mein Knie unkontrolliert auf und ab, so wie damals an Silvester, als ich zum ersten Mal gesehen hatte, dass Eliana in ihrem Tagebuch über mich schrieb. Irgendetwas ging hier vor, etwas, das viel größer war als Eliana und ich.

Von Professor Grossmann wusste ich, dass sich 2293 ein Zeitfenster öffnen würde, um am 27. April 2009 in Berlin zu landen. Und Elianas Tagebucheintrag war vom 27. April 2009. Das könnte Zufall sein – ja. Aber es könnte ebenso gut sein, dass in 29 Jahren, also im Jahre 2293, irgendjemand Kontakt zu Eliana aufnehmen würde, um sie wissen zu lassen, dass ich sie nicht vergessen hatte und in zwei Jahren zu ihr kommen würde.

Um erneut Eliana zu zitieren: «War das unheimlich, oder war das unheimlich?»

Es gab so viele Fragen. Wer war Lucia? Wer zog hier die Fäden? War es ein Freund? Oder ein Feind?

Stopp! Genug! Es war zu kompliziert. Es gab zu viele Möglichkeiten. Die Fragen und Antworten würden endlos so weitergehen, bis in alle Ewigkeit. Das Einzige, was ich mit Sicherheit wusste, war, dass ich bis über beide Ohren in einem Sumpf von Rätseln steckte.

Ich trank viel Wein in jener Nacht. Und als die ersten rosa Lichtstreifen im Osten auf den Strand trafen, fiel ich ins Bett. Doch ehe ich meinen BB ausschaltete, erinnerte ich mich, dass ich ja noch «Kamasutra» cloppen wollte. Es war leicht zu finden. Und grandios illustriert. Oh, dachte ich, oh, oh, oh. Ich konnte es kaum erwarten, die Theorie in die Praxis umzusetzen. Nur noch eine Woche …

20 Sonnenblumen

Rouge und ich kamen sicher in Berlin an. Aber war es auch das richtige Berlin – und der richtige Ort? Immerhin war ich wohlbehalten gelandet, diesmal nicht mit dem Gesicht in einer Urinpfütze. Bei meinen Sneakern lag die Sache anders, aber das war ja sozusagen Berufsrisiko.

Wir befanden uns am Ludwigkirchplatz in Berlin-Wilmersdorf, am 2. August 2011 – zumindest hoffte ich das. Von hier aus war es nur ein fünfzehnminütiger Fußweg zu der Zweizimmer-Ferienwohnung, die das OZI uns besorgt hatte und die gleich um die Ecke vom Wohnhaus der Familie Lorenz lag.

Der letzte Eintrag in Elianas Tagebuch, den ich zu sehen bekommen hatte, war vom 22. Juni 2011. Eliana war einundzwanzig und studierte Architektur. Sie wohnte noch zu Hause, überlegte aber, mit ihren Freundinnen Renée und Fritzi zusammenzuziehen. Sie ging hin und wieder mit diesem oder jenem Typen aus, war aber nicht in einer festen Beziehung. Falls es ein weiteres, achtes, Tagebuch gab, so hatte ich es noch nicht gesehen. Aber vielleicht Rouge? Mir kam nicht zum ersten Mal der Gedanke, dass Rouge mehr wusste als ich. Ich konnte mir einfach nicht vorstellen, dass ich der Einzige war, der Dokumente aus dem

Bodden-Fund las. Irgendwo war mir jemand einen Schritt voraus. Vielleicht wusste Rouge, dass ich Eliana heute treffen würde.

Vielleicht wusste sie auch, dass ich sie *nicht* treffen würde.

Andererseits: Je weniger ich selbst wusste, desto besser. Eine falsche Bewegung, und ich könnte alles vermasseln.

In der City Toilette schaute ich mir unsere Route noch einmal auf dem Plan an, den ich mitgenommen hatte, während Rouge vor dem Spiegel ihr Make-up auffrischte. Als sie fertig war, steckte sie den Lippenstift in die Innentasche ihres Rucksacks und nickte mir auffordernd zu. Ich drückte mit dem Daumen auf die «Tür auf»-Taste, und wir traten hinaus in einen verhangenen schwülwarmen Augustnachmittag.

Kinderstimmen erklangen. Hinter dem WC lag ein Spielplatz. Kinder rannten unter einer Fontäne hin und her, holten Wasser, um die Gräben ihrer Sandburgen zu füllen, sie krabbelten auf Klettergerüste und kreischten. Wir schalteten unsere Mobiltelefone ein. Die Datumsanzeige lautete Dienstag, 2. August 2011. Anscheinend waren wir am richtigen Ort.

«Du wirst auf dich allein gestellt sein», sagte Rouge. Sie öffnete die Tür zu einem Zimmer mit einem Doppelbett. Eine Kommode war mit T-Shirts und Unterwäsche gefüllt. Jeans und ein Sommeranzug hingen im Schrank. «Schlaf hier, wenn du möchtest», sagte sie. «Aber wenn nicht, dann nicht.»

«Und du?»

Sie öffnete eine weitere Tür zu einem größeren Zimmer, das ähnlich eingerichtet war. *«Voilà.»*

Wir tranken Tee in der winzigen Küche. «Wir treffen

uns am nächsten Dienstag, dem 9. August, wieder hier. Um 10 Uhr morgens», sagte Rouge. «Sei pünktlich.»

«Hast du keine Angst, dieser Zeitreisende könnte sich entschließen, nicht nach 2265 zurückzukehren?», witzelte ich.

Sie blickte überrascht. «Wieso um alles in der Welt solltest du das tun?»

Sie hatte völlig recht. Warum sollte ich hierbleiben, eingesperrt in einen Radius von 350 Kilometern um Berlin, und mit dem Wissen, dass mir in sieben Jahren ein sicherer Tod durch die Deutsche Pest bevorstand? Es wäre absurd.

Rouge drückte mir die Wohnungsschlüssel in die Hand. «Wir kontaktieren uns jeden Tag», sagte sie. «SMS. Oder direkte Mobiltelefonanrufe. Und du solltest wissen, wann die nächste Zeitreise angesetzt ist. Nur für den Fall, dass die Frage aufkommt.»

«Okay.»

«Am 8. September 2011. Das wird unsere siebente Zeitreise. Es war das Alternativdatum, falls die atmosphärischen Störungen für diese Mission zu stark gewesen wären. Und denk bitte dran», schob sie hinterher, «je weiter du von Berlin weg bist, desto schlimmer werden Kopfschmerzen, Müdigkeit, Schwindel. Du hast ja deine Tabletten.»

«Und falls es ein großes Problem gibt?», wollte ich wissen. «Wie neulich? Wie wirst du –»

«Finn, wir reisen durch die Zeit. Wir fliegen zum Mars. Wir sind praktisch unsterblich. Glaubst du wirklich, wir können dich nicht finden?»

Aus ihrem Tagebuch wusste ich, dass Eliana einen Teilzeitjob bei Sonntagarchitekten hatte und meistens bis zwei Uhr arbeitete. Das Büro lag in der Xantener Straße, nur wenige Minuten zu Fuß von der Wohnung der Lorenzfamilie entfernt. Eliana wohnte zurzeit allein zu Hause. Ihre Eltern und Robert waren schon an der Ostsee. Eliana sollte am Wochenende zu ihnen stoßen.

Der Himmel war graublau, als ich mich von Rouge verabschiedete. Die Sonne versuchte, den Dunst zu durchdringen, aber es sah so aus, als würde sie den Kampf verlieren. Die Luft war schwer, stickig schwül und heiß, Passanten schleppten sich durch die Straße, als wateten sie durch einen Sumpf. Ich dagegen war froh und beschwingt, als ich in die Giesebrechtstraße einbog, ich schwebte in meinem eigenen Exosphäre-Ballon. In meiner Heimatzone war es Juni 2265, damit hatte ich Eliana seit mehr als zwei Monaten nicht mehr gesehen, seit Ende März. Meine Vorfreude war riesig. Aber für Eliana war es fast vier Jahre her, seit sie mich zuletzt gesehen hatte. Sie würde eine Erklärung erwarten. Und ich hatte mir eine zurechtgelegt: Ich hatte gedacht, sie wäre mit Sam zusammen, würde ich sagen, und es sei mir unvorstellbar gewesen, mich zwischen die beiden zu drängen. Ich hätte gehofft, sie zu vergessen, aber nun, da ich für eine Woche in der Stadt zu Besuch war, hätte ich es mir nicht verkneifen können, bei ihr vorbeizuschauen.

Okay. Ich wusste, das klang wie eine von diesen «Doktor Norden»-Geschichten in der Groschenheft-Abteilung des Archivs für die toten Sprachen, aber es war doch auch nicht ganz gelogen. Außerdem wäre die Wahrheit weit schwerer zu glauben als diese Halb-Lüge.

Ich war erleichtert, als ich sah, dass sich Elianas Straße genau so vor mir erstreckte, wie ich sie in Erinnerung hatte: verschlafen, gepflegt, hübsch. Wo ich auch hinschaute, überall waren die Balkone mit Blumenkästen geschmückt, Terrakottatöpfe quollen über von Geranien, Kornblumen und Ringelblumen. Das kleine Kino war noch da, der Lebensmittelladen, Cafés. Die Tür zu Elianas Wohnhaus war abgeschlossen. Sie war wahrscheinlich gar nicht zu Hause, aber ich klingelte trotzdem. Niemand antwortete. Ich setzte mich an einen Tisch vor einem Café gleich nebenan. Von dieser Position aus konnte ich sowohl die Straße als auch den Eingang ihres Wohnhauses im Auge behalten. Ich bestellte mir einen Tee und bezahlte, als er gebracht wurde.

Und dann wartete ich.

Um 14.20 Uhr sah ich eine goldene Erscheinung aus dem Verkehr am Kurfürstendamm auftauchen, nach rechts in die Giesebrechtstraße einbiegen und rasch auf das Café zukommen. Eliana saß auf einem Fahrrad, an dem vorne ein Korb voller Sonnenblumen hing. Sie trug ein blassgelbes Sommerkleid. Als sie an dem Café vorbeifuhr, bot sich mir ein Blick auf ihren Rücken, ganz nackt und sonnengebräunt. In ihrem Haar, lang mit flachsblonden Krauslocken, fing sich das schwache Licht der Sonne. Ich sprang von meinem Stuhl hoch, als sie an ihrer Haustür anhielt. «Eliana», rief ich.

Sie reagierte nicht. Sie hatte mich nicht gehört. Sie schloss die Tür auf.

«Eliana», rief ich lauter und kam näher.

Noch immer nahm sie mich nicht wahr. Warum nicht?

Hilfe – war ich doch in der falschen Welt? In der falschen Giesebrechtstraße? Diese schöne junge Frau war vielleicht gar nicht *meine* Eliana. Deshalb hatte sie sich nicht umgedreht! Sie kannte mich nicht, würde mich nicht kennenlernen wollen, war überhaupt nicht an mir interessiert.

Sie stieß die Tür mit der Hüfte auf und schob das Fahrrad ins Haus.

Die Tür schloss sich langsam.

«Eliana», rief ich laut und verzweifelt. Ich war nur noch wenige Meter vom Haus entfernt.

Die Tür fiel zu. Ich stand da und starrte auf das blanke Holz.

Und dann schwang die Tür mit einem Quietschen wieder auf.

Und da war sie.

Und da war ich.

Sie sah mich an. Ich sah sie an. Ihre Augen weiteten sich. Die Lippen öffneten sich leicht. Ich sah einen Schweißtropfen über ihre Stirn rinnen. «Du bist wieder da», stellte sie fest.

Ich stand mit dem Rücken zum offenen Fenster ans Fensterbrett gelehnt. Von unten, aus dem Hof, drangen Mädchenstimmen, und irgendwo übte jemand Tonleitern auf dem Klavier. Eine Brise bewegte die Zweige der Bäume, und der Himmel verdunkelte sich. Donner grollte.

Eliana füllte eine hohe Glasvase mit einem bisschen kochenden Wasser, schnitt die Sonnenblumen an, entfernte einige Blätter und arrangierte die Blumen in der Vase. Ich beobachtete sie, sog ihren Anblick in mich auf wie die Sonnenblumen das Wasser. Sie sah mich an, schüttelte den Kopf in einer gereizten Ich-hab-keine-Ahnung-was-ich-von-dir-halten-soll-Bewegung, nahm dann die Vase und ging aus der Küche.

Es blitzte.

Ich hörte Elianas Schuhe über den Parkettboden klackern. Und dann klackerten sie zurück in die Küche. Sie zog einen Stuhl unter dem Tisch hervor – er schrammte laut über den Fliesenboden – und setzte sich. Der Kessel pfiff, sie sprang auf, goss Wasser in die Teekanne und kehrte wieder zum Tisch zurück. Sie verschränkte die Arme vor der Brust.

Draußen hatte es angefangen zu regnen, in dicken öligen Tropfen.

«Aber trotzdem!», sagte sie. Es brach völlig unvermittelt aus ihr heraus. Sie beugte sich vor. Das Oberteil ihres Kleides war tief ausgeschnitten, wie ein Bustier. Ihre Brüste waren von der Sonne gebräunt und schweißglänzend. «Trotzdem. Du hättest anrufen können. Schreiben. Mich auf Facebook suchen. Irgendwas. Hat dieser Tag dir denn gar nichts bedeutet? Ich meine, meine Mutter hat extra für dich ihren Süßkartoffelauflauf gemacht!»

Sie hatte eine so betörende Art. «Ich würde alles dafür geben, wenn ich diesen Süßkartoffelauflauf noch einmal essen könnte.»

Eliana seufzte, laut und sehr theatralisch. Sie schien es selbst zu merken, denn sie verdrehte die Augen. Ihre Gereiztheit ließ spürbar nach. Jetzt oder nie.

Ich wagte zwei Schritte und setzte mich neben sie. «Du hast mir gefehlt. Ganz schrecklich.»

Sie tat so, als hätte sie mich nicht gehört. «Du bist für eine Woche in Berlin, hast du gesagt?»

Ich nickte.

Sie wusste offenbar nicht, wohin mit ihren Händen. Mal lagen sie auf dem Tisch, dann auf ihrem Schoß, dann wieder spielten sie mit ihrem Haar. «Ich aber leider nicht. In zwei Tagen fahre ich an die Ostsee. Am Donnerstag.» Es sollte bockig klingen, aber es gelang nicht.

Ihre Hände lagen wieder auf dem Tisch. Es waren schöne Hände. Keine eingerissene Nagelhaut mehr.

«Meine Eltern sind schon da. Robert auch. Ich bin hiergeblieben wegen meiner Arbeit.»

«Arbeit?»

«Ich helfe einem Architekten aus. Er ist mit meinen Eltern befreundet. Wir haben das Projekt fast abgeschlossen.»

«Dann tust du also das, was du wolltest. Du bist Architektin. Das ist großartig.»

«Na ja, noch nicht ganz. Ich mache meinen Bachelor erst in einem Jahr und dann –» Sie zuckte die Achseln, aber ich spürte, dass sie stolz auf sich war. Sie betrachtete ihre Hände auf dem Tisch. Dann blickte sie wieder auf. «Es gibt um diese Jahreszeit keine Süßkartoffeln», sagte sie. Der erste Anflug eines Lächelns.

Vielleicht sollte ich versuchen, ihre Hand zu nehmen?

Sie schoss vom Stuhl hoch. «Der Tee», sagte sie. Sie nahm den Filter aus der Kanne, legte ihn in die Spüle und drehte sich zu mir um. «Ich habe mit Sam Schluss gemacht, weißt du. Gleich nachdem du weg warst.»

«Ach ja?», sagte ich und fühlte mich unwohl dabei, so zu tun, als hörte ich das zum ersten Mal.

«Er war gemein zu dir. Und er war eingebildet.»

Der linke Träger ihres Sommerkleides war ihr von der Schulter gerutscht und entblößte einen dünnen Streifen weiße Haut.

Sie ertappte mich dabei, dass ich darauf starrte, und unsere Blicke trafen sich. Ich sehnte mich so sehr danach, sie anzufassen. Ihr Leinenkleid war engtailliert. Ich hätte so gern meine Hände um diese Taille gelegt.

Sie wandte sich ab und goss den Tee ein. Das Haar fiel ihr in den Nacken. So voll. So dicht.

Sie murmelte etwas.

«Hm?», fragte ich, stand auf und trat zu ihr. «Du hast was gesagt?» Sachte schob ich ihr Haar beiseite. Ein Hauch von Everlasting schwebte mir entgegen. Ihr Nacken glänzte vor Schweiß. Ich beugte mich vor und küsste ihn. Sie holte hörbar Luft.

«Zucker?», fragte sie dann und drehte sich zu mir um.

Ich hatte keine Ahnung, wovon sie redete. «Zucker?», wiederholte ich, die Hände jetzt an ihrer Taille – an ihrer wunderschönen Taille.

«Willst du Zucker im Tee, habe ich –»

Ich küsste ihr die trägerlose Schulter. «Nein», sagte ich.

«Aber Tee?»

«Eigentlich auch nicht, vielen Dank.»

«Ich auch nicht.»

Meine Hände lagen auf ihren Schultern. Und dann auf ihrem Rücken. Ihre Haut war heiß. Und glatt.

Wir küssten uns. Sehr, sehr lange.

Dann streifte Eliana ihre Sandalen ab, nahm meine Hand und führte mich durch das Wohnzimmer und den langen Flur hinunter. Als sie die Tür zu ihrem Zimmer öffnete, schlugen drinnen die Doppelfenster gegen den Rahmen. Die Fensterbank war nass geregnet. Sie schloss die Fenster, dann die Vorhänge.

Sie wandte sich um, und ihre Augen wanderten von meinem Gesicht zu meinen Armen, zu meiner Brust. Ich stieg aus meiner Jeans.

Sollte ich ihr das Kleid ausziehen? Oder würde sie es tun? Oder blieb es etwa an? Was war üblich? Mit solchen Fragen hatte ich mich nie beschäftigt, als ich die Kulturgeschichte der Vor-Dark-Winter-Zeit studierte. Und in all den Monaten war ich nicht auf den Gedanken gekommen, derlei Dinge zu cloppen. In den Kamasutra-Illustrationen hatte ich gesehen, dass die Körper nackt waren. Ich versuchte kurz, mich daran zu erinnern, wie sie es in den Zelluloids machten, aber ich konnte nicht klar denken. Ich konnte nicht mal –

«Es hat einen versteckten Reißverschluss», sagte Eliana. «Hier.»

Aha, an der Seite. Er war feiner als die Reißverschlüsse an der Kapuzenjacke oder der Jeans. Er hatte sehr zarte, blassgelbe Zähnchen und schnurrte sanft – *zzzzz* –, als ich ihn aufzog.

Der Unterrock raschelte wie die Blätter an den Bäumen vor ihrem Fenster. Und dann war das Kleid ein gelber Fleck auf dem Boden.

Und da waren wir.

Ein warmes, orangerotes Licht fiel durch die hauchdünnen Vorhänge in Elianas Zimmer. Draußen hatte es sich ein wenig abgekühlt. Alles roch frisch, diese satte Feuchtigkeit nach einem starken Regen, wenn alles Organische – Blätter, Blumen, Bäume, Erde – ganz und gar durchnässt war.

Eliana neben mir, ihr krauses blondes Haar völlig zerwühlt, ihre dunklen Augen, die mich anlächelten – das alles erfüllte mich mit einem nie gekannten Glücksgefühl. Ich stützte mich auf einen Ellbogen, um sie zu küssen, sie schlang ein Bein um mich, um mich näher zu sich zu ziehen. Aus den Augenwinkeln sah ich unsere nackten Schenkel ineinander verschlungen, ihre golden, meine noch weiß nach den langen Wintermonaten.

«Weißt du noch vor vier Jahren?», fragte sie nach einer

Weile. «1. Oktober 2007.» Sie sagte das, als wäre es der Titel eines Lieblingssongs.

Ich legte nachdenklich einen Finger ans Kinn und blickte zur Decke, als müsste ich angestrengt überlegen. Schließlich schüttelte ich den Kopf und seufzte. «Vor vier Jahren? Tut mir leid. Was soll da gewesen sein?»

Sie stieß mir einen Ellbogen in die Rippen. «Weißt du noch, wie du meine Hand geküsst hast?»

«Ach so, *das*», sagte ich.

Auch sie stützte sich jetzt auf einen Ellbogen. «Weißt du noch, dass ich eingerissene Nagelhäutchen hatte?»

«Wirklich?»

Sie lachte leise. «Dieses Handküssen war das Erotischste, was irgendwer je mit mir gemacht hat. – Bis heute Nachmittag, natürlich.»

Ich versuchte, mir nicht anmerken zu lassen, wie erleichtert ich war.

Meine Augen folgten ihr, als sie zur Tür hinaustappte. Ich legte meine Hand neben mich aufs Laken. Ich konnte noch die Wärme ihres Körpers spüren. *Unserer* Körper. Ich rollte mich auf ihrer Seite des Bettes zusammen und musste wohl eingeschlafen sein. Aber kurz darauf kam sie wieder zurück, und ich war wieder hellwach.

Wie lange waren wir im Bett gewesen? Bestimmt ein paar Stunden. Es war noch nicht ganz dunkel, aber vom Hof her hörte ich die Geräusche, die den Abend ankündigten: Geschirrklappern, Stimmen aus Fernsehern, ich roch Essensdüfte. Ich stand auf und ging ans Fenster. Auf der gegenüberliegenden Seite des Hofes, wo die Fenster nach Norden gingen, brannte Licht in den Wohnungen. Ich schaute nach rechts, schräg gegenüber, und sah Eliana in einem Kimono in der Küche, im vorderen Teil der Wohnung, wie sie Käse schnitt.

Elianas Zimmer war ein luftiger Raum mit warmen Farben, Holzregalen, vielen Büchern, Fotografien von Freunden, Verwandten, Madeline, Madeline, noch ein Foto von Madeline, ein ganzes Regalbrett voller Kinderbücher. Und da war ein Poster von einer Fotografie mit Bauarbeitern, die auf einem Stahlträger hoch über Manhattan entspannt zur Mittagstunde rumsaßen. Elianas Schreibtisch war eine dicke Kiefernholzplatte mit einem Kippmechanismus, wodurch sich der mittlere Teil schrägstellen ließ wie bei einem Zeichentisch. Mein Vater hatte solche Tische verkauft. Ansonsten stapelten sich auf der Tischplatte Papierrollen, Architekturpläne, Stifte, Kugelschreiber, und da stand auch ein Laptop. Mein Blick fiel auf einen ungelösten Rubik-Zauberwürfel. Ich nahm ihn mit ins Bett und wollte schon damit beginnen, überlegte es mir dann jedoch anders. Vielleicht wollte sie ihn ja so haben.

«Kriegst du das hin?», fragte Eliana, die mit einem Tablett hereinkam und es aufs Bett stellte. Sie hatte Häppchen und zwei Tassen dampfenden Kaffee mitgebracht. «Caffè Latte, okay? Wir haben eine neue Espressomaschine.»

«Danke», sagte ich, nahm einen Schluck Kaffee und betrachtete den Zauberwürfel. Die Aufgabe zu lösen gehörte zu den Übungen, die Kinder mit frisch implantierten BBs machen mussten. Ich hatte es noch nie ohne meinen BB gemacht, traute es mir aber durchaus zu.

«Das ist das Projekt, an dem ich gerade arbeite», sagte Eliana, schlüpfte ins Bett und nahm sich ein Stück Käse. «Mit dem Architekten.»

Ich sah sie an. «Projekt?»

«Er macht bei einem Architekturwettbewerb mit.» Sie stützte sich auf die Ellbogen. «Eigentlich ist das wirklich lustig. Weißt du noch, wie ich dir am 1. Oktober 2007, an dem Tag, den du eigentlich vergessen hast, eine Jugendherberge gegenüber vom GASAG-Haus gezeigt habe?»

«Ja.»

«Und wie ich gesagt habe, ich würde mich wohl mein Leben lang mit dem Bau von Jugendherbergen rumschlagen müssen? Weißt du noch?»

Ich nickte und riss ein Stück Baguette ab.

«Tja, ob du's glaubst oder nicht, bei dem Wettbewerb geht es um eine Jugendherberge, also um ein Jugendhotel», sagte Eliana und nahm den Zauberwürfel. «Der Architekt, für den ich arbeite, Jacob Sonntag, ist eingeladen worden, bei dem Wettbewerb mitzumachen. Und ich hatte die Idee, das Gebäude wie einen ungelösten Zauberwürfel zu gestalten. Und Jacob fand die Idee richtig gut. Natürlich wird der Entwurf unter seinem Namen eingereicht, aber was soll's? Es ist eine tolle Erfahrung. Und es macht sich prima in meinem Lebenslauf.» Sie nahm den Zauberwürfel und spielte gedankenverloren damit herum, drehte die farbigen Flächen hin und her. «Ich dachte, der Zauberwürfel würde Teenagern und jungen Erwachsenen gefallen. Einerseits erinnert er sie an ihre Kindheit. Er ist verspielt, wie ein Spielzeug eben. Andererseits ist er auch irgendwie intellektuell. Also was für Erwachsene. Meinst du nicht auch?» Sie zeigte auf den Würfel. «Sieh mal, das da könnten Balkone sein. Da sind die Fenster –» Sie brach mitten im Satz ab. «Stimmt was nicht?»

Ich hatte am ganzen Körper Gänsehaut. War es möglich,

dass mein Zuhause im Jahr 2265 ursprünglich von Eliana entworfen worden war? Der Gedanke war schlichtweg irre.

«Wo soll die Jugendherberge denn gebaut werden? Hier? In Berlin?», fragte ich.

«Im Berliner Norden. In Reinickendorf.»

Reinickendorf? Den Namen hatte ich schon irgendwo gehört, aber nein, mein Rubik stand im –»

«Im Märkischen Viertel», sagte sie und stand auf.

Das konnte nicht wahr sein!

Eliana ging zu ihrem Schreibtisch und kramte in den Papieren herum. «Das Märkische Viertel ist eine Siedlung in Reinickendorf. Hier habe ich ein paar Skizzen von dem Haus.» Sie kam mit etlichen Bogen Zeichenpapier zurück und hielt mir einen hin. Ich nahm ihn, aber noch ehe ich hinsah, wusste ich, dass es der Rubik war. Und dann sah ich hin. Und er war es.

«Ist was?», fragte Eliana. «Du siehst aus, als hättest du gerade ein Gespenst gesehen.»

«Nein, alles bestens.» Ich nahm ihre Hand und küsste sie. «Das ist eine absolut geniale Idee. Du wirst gewinnen. Da bin ich sicher. Und noch für Hunderte von Jahren werden junge Menschen glücklich darin wohnen.»

Eliana schnaubte. «Ja, ja, schon gut. Nicht übertreiben.» Sie knuffte das Kissen hinter sich, um es ihrem Körper anzupassen, und lehnte sich zurück. «Okay. Jetzt bist du dran. Ich weiß absolut nichts über dich. Außer, dass du ein übler Nagelhautfetischist bist.» Sie lachte ihr leises kehliges Lachen.

Ich wusste, dass ich früher oder später etwas von mir würde erzählen müssen. Und jetzt war er gekommen – der Augenblick der Wahrheit. «Was möchtest du wissen?», fragte ich und knuffte auch mein Kissen zurecht.

«Also, fangen wir an mit deinem Alter.»

«Sechsundzwanzig. Mein Geburtstag ist im August.»

«Tatsächlich. Wann?»

«Am siebten.»

«Also am Sonntag», sagte sie.

«Sonntag?»

«Hallo?»

Ach ja, richtig! Ich hatte es wirklich vergessen. Ich war gedanklich noch immer auf Juni 2265 fixiert. «In der Tat. Sonntag, 7. August.»

«‹In der Tat›», ahmte sie mich nach. «Ich liebe dein Deutsch. – Dann bist du also am Sonntag sechs Jahre älter als ich.»

«Augenscheinlich.»

«Du hast einen Beruf, vermute ich?»

«Ja. Ich bin Historiker. Das weißt du ja.»

«Unterrichtest du?»

«Nein. Ich arbeite ... für eine ... Institution. Ich entschlüssele alte handschriftliche Texte und übersetze sie ins Englische.»

«Wow. Wie alt denn?»

Ich schluckte schwer. «Sehr alt. Zweihundert. Zweihundertfünfzig Jahre alt.»

«Echt? Kannst du Altdeutsch lesen? Kurrentschrift? Sütterlin und so?»

Ich wollte nicht lügen – ich nickte nur kurz.

«Und welche Art von Texten?», wollte sie wissen. «So was wie Goethes Briefe? Oder die von Schiller? Heinrich Heine?»

«Überwiegend von ganz normalen Menschen. Niemand Berühmtes. Sachen, die gefunden wurden. Dokumente. Tagebücher.»

«Du liest die Tagebücher von anderen Leuten?» Ihre Augen weiteten sich. «Ihre ganz privaten Gedanken?»

«Ja.»

«Unveröffentlichte Tagebücher? Dinge, die sie für sich behalten haben?»

«Manchmal. Ja. Und ich recherchiere das Leben der Verfasser und auch der Menschen, die erwähnt werden. Versuche, herauszufinden, wie sie gelebt haben. Woran sie geglaubt haben. Ich möchte verstehen, wie sie die Welt und die Menschen um sich herum geprägt haben.» Ich hatte noch nie groß darüber nachgedacht, aber ja, genau das wollte ich wissen. Hatten sie etwas bewirkt, etwas verändert? Wenn auch nur in ihrem kleinen Rahmen?

«‹Verstehen, wie sie die Welt und die Menschen um sie herum geprägt haben.›» Eliana wiederholte meine Worte nachdenklich, prüfend. «Ich denke, das möchte eigentlich jeder. Wichtig für die Welt sein. Etwas bewirken. Jeder auf seine eigene bescheidene Art.» Sie lächelte mich an.

«Du hast recht», sagte ich. Und das hatte sie. «Das möchte ich auch.»

«Aber es ist schon ein bisschen gruselig», sagte sie nachdenklich. «Als wärst du ein Stalker. Von Toten. Der ihre privaten Gedanken liest. Ihnen in den Kopf schaut. Sie verfolgt.»

Wenn sie nur wüsste, wie nah sie der Wahrheit damit kam. «Ja. Kann sein. So kann man es auch sehen – als Stalking.»

«Ein Raubtier, der über arme unschuldige Literaten herfällt, gierig ihre –» Sie verstummte mitten im Satz, blinzelte und nahm dann meinen Kopf in beide Hände. «Du hast noch immer dieses Haar am Kinn.» Sie küsste es.

«Wie kriegst du den eigentlich so hin? Diesen Bartschatten.»

«Gehört das auch zu deinem Verhör?»

«Allerdings.»

Ich räusperte mich und strich mir dann über die Wange. «Das nennt sich ‹bestoppeln›. Ich bin zum Friseur gegangen, er hat etwas einmassiert, eine chemische Tinktur. Dann hat er einen Zauberspruch gebrabbelt. Und am nächsten Morgen bin ich so aufgewacht.»

Sie verdrehte die Augen.

Ich küsste ihr Ohr, knabberte an ihrem Ohrläppchen, atmete ihren Duft ein, ihre ganz eigene Mischung aus Schweiß und Everlasting, küsste ihren Mund, schmeckte Camembert.

«Ich bin übrigens auch eine Stalkerin», sagte sie. «Deine. Ich habe dich gegoogelt. Aber ich habe nichts gefunden. Bloß das amerikanische Kaufhaus, Nordstrom. Du bist nicht mal bei Facebook.»

Ich zuckte die Achseln.

«Dann gehörst du also zu diesen arroganten Klugscheißern, die nicht an Facebook glauben?», sagte sie.

War Facebook etwas, an das man glauben oder nicht glauben musste?

«Du denkst, wir sollten unsere Zeit nicht damit verschwenden, hä?», sagte sie, hob ihr Haar an und steckte es mit einer Spange fest, die sie aus ihrer Tasche angelte. «Ich schwitze.»

«Nun ja …», setzte ich an.

«Vermutlich hast du recht», sagte sie und ließ sich quer übers Bett fallen. Ihr Kimono rutschte hoch und enthüllte ihren Po. Ich streichelte die Rückseite ihrer Schenkel und sah, dass sie Gänsehaut bekam. Sie drehte sich auf den Rücken und schlug meine Hand weg. «Das Verhör ist noch nicht zu Ende. Wieso stehst du eigentlich so auf Deutsch? Wenn du mich fragst, ist es eine aussterbende Sprache.»

«Ich denke, da hast du recht.»

«Vielleicht fang ich an, Chinesisch zu lernen.»

«Gute Wahl», nickte ich.

«Eines Tages bist du also aufgestanden und hast gesagt: ‹Ich glaube, ich lerne jetzt Deutsch, diese aussterbende Sprache›?»

«Meine Eltern konnten Deutsch. Und meine Mutter hat uns viel auf Deutsch vorgelesen. Und wir hatten Freunde in Kanada, die Deutsch gesprochen haben. Wir haben sie jedes Jahr besucht.»

«Dann ist deine Mutter Deutsche?»

«Unsere ... Vorfahren kamen aus Deutschland.»

«Vorfahren? Meinst du deine Großeltern? Sind sie vor dem Zweiten Weltkrieg ausgewandert? Mussten sie emigrieren?»

«Also –»

Sie setzte sich auf. «Waren sie Juden?»

«Nein, sie waren –»

Ihre Augen wurden groß. «Kommunisten?»

Ich lachte. «Nein, nein. Sie waren einfach nur aus Deutschland.»

«Oh.» Sie kaute auf einem weiteren Stück Käse. «Und was machen deine Eltern?»

Ich hatte gewusst, dass auch diese Frage unvermeidlich war. Aber ich war unsicher, wie ich sie beantworten sollte. «Meine Mutter hat alte Bücher restauriert. Und mein Vater hatte einen Laden für antike Möbel.»

Sie sah zu mir hoch. Kniff die Augen zusammen. Wahrscheinlich fragte sie sich, warum ich die Vergangenheit verwendete, wenn ich über meine Eltern sprach. Sie war aber zu taktvoll, mich darauf anzusprechen.

«Sie sind tot», sagte ich so ruhig ich konnte. «Sie sind bei einem … Flugunglück ums Leben gekommen.»

Das Lächeln rutschte aus ihrem Gesicht.

«Wenige Monate vor unserer ersten Begegnung», sagte ich. «Damals bei Dusenhuber.»

«Oh Gott. Wie furchtbar.» Sie legte ihre Arme um mich, drückte den Kopf an meine Schulter. «Wie furchtbar. Ich weiß noch, dass meine Mutter gesagt hat, du hättest irgendwie so traurig ausgesehen. Kein Wunder. Du hattest ja gerade deine Eltern verloren.»

Mir schmerzte plötzlich die Kehle.

«Ich war dreizehn», sagte sie. «Dann warst du also … neunzehn. Das ist so jung, die Eltern zu verlieren.»

Ich war sechsundzwanzig, um genau zu sein. Und es war vor weniger als einem Jahr passiert.

Sie wich zurück und blickte mich an. Sie wollte mich etwas fragen, aber ich sah ihr an, dass sie zögerte. «Aber …», begann sie vorsichtig. «Du bist doch nicht ganz allein, oder? Vorhin hast du gesagt: ‹Sie hat *uns* vorgelesen.›» Ihre Augen wurden schmal. «Du hast also … Geschwister?»

«Sie sind mit ihnen umgekommen. Mein Bruder Mannu. Er war zwei Jahre älter als ich. Und meine Schwester Lulu. Sie war zehn Jahre jünger. Sie sind tot. Alle vier.»

Eliana hielt mich fest. Sie wiegte mich hin und her. Hin und her. Ja. Das darf so weitergehen. Für immer, dachte ich.

21 Der Bodden

Der Himmel über Brandenburg hing tief und sah grau und bedrohlich aus, als der Zug in Richtung Rostock an der Ostsee fuhr, wo Robert uns abholen würde. Ich war seit zwei Tagen im Jahr 2011 unterwegs und hatte inzwischen auch meine ersten Kaugummiblasen zustande gebracht.

Eliana schmiegte sich an mich und schloss die Augen. Wir waren erschöpft. Die letzten beiden Tage hatten wir überwiegend im Bett verbracht – aber kaum geschlafen. Tags zuvor, Mittwoch, war Eliana für ein paar Stunden aufgestanden, um zur Arbeit zu fahren, und ich war um die Ecke gegangen, um mich bei Rouge zu melden, frische Sachen anzuziehen und Vorräte an Kaugummis und an Kondomen zu kaufen. Tja – ich hatte mich an viele Dinge zu gewöhnen.

«Erzähl mir was von dir, das ich nicht weiß und das richtig schräg ist», sagte Eliana mit geschlossenen Augen. Ihre Stimme war rau vor Müdigkeit.

«Was denn zum Beispiel?», fragte ich.

«Wie soll ich dir das sagen, wenn ich nicht weiß, was es ist?» Sie war kurz davor, einzuschlafen. Ihr Kopf auf meiner Schulter wurde schwerer.

«Okay», sagte ich leise, fast im Flüsterton, weil ich sie

nicht wecken wollte. «Mein Bruder und ich haben früher ein Spiel gehabt. Wir redeten stundenlang miteinander, ohne die Pronomen der Ersten Person Singular zu benutzen. Kein ich, mich, mir, mein.»

Eliana fuhr hoch. «Das ist tatsächlich schräg. Wieso?»

Ich lachte. «Ich dachte, du schläfst schon.»

Sie zuckte die Achseln. «Wieso habt ihr das gemacht?»

«Einfach so. Aus Jux und Laune. Bei den US-Marines bringt man das den Leuten bei. In der Grundausbildung. Im Boot Camp. Das soll den Zusammenhalt in der Gruppe stärken.»

«Ah, verstehe! Der gute alte Das-Ego-hat-hier-nichts-zu-suchen-Trick, was?»

«Genau. Andererseits geht es vielleicht manchmal nicht anders. In Notzeiten, zum Beispiel. Oder im Krieg oder bei Katastrophen. Hast du schon mal von Dark Winter gehört?»

«Dark Winter? Nee.»

«Das war ein geheimes Planspiel, das eine amerikanische Denkfabrik vor zehn Jahren durchgeführt hat, 2001. Sie wollten herausfinden, was passiert, wenn eine mittelgroße Stadt wie Oklahoma City Ziel eines Bioangriffs wird. Die Ergebnisse waren richtig niederschmetternd. Sie haben festgestellt, dass solch ein Bioangriff für die ganze Welt verheerend wäre. Eine richtige Apokalypse. Sie gaben dem Spiel den Codenamen ‹Dark Winter›.»

«Wieso? Was ist denn passiert?»

«Alles ging schief, was nur schiefgehen konnte.»

«Gut, dass es nur ein Spiel war.»

Siebzehn Jahre später wurde allerdings aus dem Planspiel Wirklichkeit – das erzählte ich ihr natürlich nicht. Auch nicht, dass die Jahre 2018 bis 2095 im Nachhinein nach diesem Planspiel benannt wurden. «Jedenfalls, Gruppenzusammenhalt kann manchmal alles entscheidend sein. Es gibt Situationen, da ist das Überleben der Gemeinschaft eben wichtiger als das des Einzelnen.»

«Das klingt nicht gerade amerikanisch, oder? Eher asiatisch. Buddhistisch. Jedenfalls kann ich mir nicht vorstellen, dass alle bereit wären, das ‹ich› abzuschaffen. Auch nicht für das Wohl der Gemeinschaft.»

«Aber angenommen, das Überleben der ganzen Welt wäre von einem starken Wir-Gefühl abhängig?», sagte ich.

«Wie willst du alle Sprechenden aller Sprachen auf der Welt dazu bringen, die Pronomen der Ersten Person Singular aufzugeben?»

«Es muss ja nicht jede Sprache sein. Ich habe nur vom Englischen gesprochen. Und wenn es in Englisch erst einmal angenommen wird, dann machen es vielleicht die anderen Sprachen nach. Keine Ahnung – es könnte Jahre dauern, Jahrzehnte, Jahrhunderte. Sprache passt sich recht schnell an ihre Umwelt an. Sie verändert sich ständig. Es ist nicht besonders schwierig, Wörter loszuwerden.»

«Aber das ‹ich›?» Das gehört doch zum menschlichen Wesen. Außerdem gäbe es bestimmt irgendwo noch Leute, die das ‹ich› weiter benutzen würden. Ich kann mir kein Glaubenssystem vorstellen, das nicht irgendwo auf der Welt auch Rebellen hervorbringt.»

«Möglich», gab ich zu. «Vielleicht Leute, die sich in die Wälder verkriechen, die dort unter sich bleiben wollen.»

«Und von Nüssen und Beeren und den Pronomen der Ersten Person Singular leben.»

Ich stupste sie in die Seite. «Du machst dich über mich lustig.»

«Jawohl!», sagte sie. «Kein ‹ich› mehr zu benutzen, ist so künstlich. Es klingt gestelzt.»

«Aber nur, wenn du die Sprache so gelernt hast. Wenn nicht, fehlt es dir auch nicht.»

«Nein? Sprich doch mal so.»

«Mal angenommen, du bist mit dem Zug unterwegs, auf dem Weg nach Fischland-Darß, an die Ostsee, für ein verlängertes Wochenende. Und du möchtest gern hören, wie dein Begleiter die Erste Person Singular umgeht.»

«Okay. Ja. Na los. Mach schon. Ich hör zu.»

«Und ihr zwei unterhaltet euch ein Weilchen», sagte ich.

«Jahaaaa.»

«Und dann wirst du allmählich ungeduldig.»

«Ich *bin* schon ungeduldig», lachte sie.

«Weil du darauf wartest, dass dir diese Person endlich vorführt, wie sie die Erste Person Singular vermeiden kann.»

«Bla, bla, bla. Ich warte. Ich warte», sagte Eliana.

«Und du merkst nicht mal, dass der Begleiter die ganze Zeit mit dir geredet hat, ohne sie auch nur ein einziges Mal zu verwenden.»

«Huch!» Elianas Augen wurden schmal. «Hast du sie wirklich nicht benutzt?»

«Kein einziges Mal. Du aber. Vier Mal.»

«Na und? Außerdem denke ich, es –»

«Schon wieder ein ‹ich›!», unterbrach ich sie.

Sie lachte. «Außerdem gibt es», sie gab sich jetzt große Mühe, kein ‹ich› zu benutzen, «ganz sicher Situationen, in denen du es benutzen *musst.* Wo es dir fehlen würde.»

«Zum Beispiel?»

«Zum Beispiel, wenn es um die Liebe geht. Wie willst du sonst ausdrücken, dass du jemanden liebst? ‹Ich liebe dich› ist nun mal ‹Ich liebe dich›. Wie kannst du ohne ‹ich› Intimität zwischen Menschen ausdrücken? Die Menschen würden das ‹ich› vermissen, selbst wenn sie nicht wüssten, dass es existiert. Oder sie würden es neu erfinden, weil sie es brauchten.»

«Du denkst, ohne ‹ich› ist es unmöglich, Liebe auszudrücken?»

Sie nickte. «Ja.»

«Tja, man könnte doch sagen –» Hm. Das musste ich mir überlegen. Es war tatsächlich eine schwierige Aufgabe. «Man könnte beispielsweise sagen: ‹Dieser Mann liebt dich, wie noch kein Mann je eine Frau geliebt hat.› Oder wie wäre es mit: ‹Dieser Mann liebt dich, wie er noch nie eine andere geliebt hat.›»

Eliana betrachtete mich einen Moment lang nachdenklich. Aber dann schüttelte sie den Kopf. «Na ja, das war schon nicht schlecht, aber so richtig gut auch wieder nicht. Es ist so unpersönlich.»

Wir schmiegten uns wieder aneinander.

Ich schloss die Augen, spürte, wie ich wegzudösen drohte. «Weißt du, vielleicht vermissen sie es ja nicht», sagte ich. «Vielleicht gibt es gar keine Liebe, da, wo die Menschen die Erste Person Singular nicht kennen.»

«Erinnere mich daran, niemals zu den Marines zu gehen.»

«Abgemacht.»

«Hm», sagte sie, schläfrig, aber noch immer mit ihren Gedanken beschäftigt. «Das wäre echt eine traurige Welt, findest du nicht, in der die Menschen überhaupt kein ‹ich› kennen.»

Ich wandte den Kopf, und unsere Blicke trafen sich. «Ja», sagte ich, «ja, das wäre es. In der Tat.»

Wir küssten uns.

Dann schliefen wir ein, von dem gleichmäßigen Vorwärtsrattern des Zuges in den Schlaf geschaukelt.

Und dann weckte uns der Schaffner. Wir waren in Rostock.

Fischland-Darß war eine Überraschung. Ich kannte die Halbinsel nur aus der Luft – die Swuttles nach Kopenhagen und Oslo flogen darüber hinweg. 2265 würde sie eines der letzten Areale Nordeuropas sein, die noch ausgebaut und besiedelt werden mussten. Aber jetzt, sieben Jahre vor dem Beginn des Dark Winter, im August 2011, war sie ein lebendiges, blühendes Ferienparadies. Ein bisschen altertümlich vielleicht, aber nicht ganz unkomfortabel.

Die Familie Lorenz bewohnte eines jener typischen reetgedeckten Fachwerkhäuser, wie sie häufig an der deutschen Ostseeküste zu finden waren. Es hatte der Großmutter von Angelika Lorenz gehört, und als sie kurz nach der deutschen Wiedervereinigung 1990 starb, hatten Angelika und ihre Schwester Gesine es geerbt. Im Laufe der Jahre hatten die beiden Familien es nach und nach in Eigenarbeit renoviert, und jetzt benutzten sie es gemeinsam als Ferienhaus. Es war ein beliebtes Fotomotiv für vorbeikommende Touristen geworden, die sich von den grün-gelben Fenstern, der kunstvoll geschnitzten Eingangstür, der langen, blassgelb-minzgrünen, halbrunden Eichenbank ebenso bezaubern ließen wie von dem hübschen Garten mit Ringelblumen, Kosmeen, lila Hortensien und Sonnenblumen, die mir bis zur Schulter gingen. Hinter dem Haus gab es nicht nur eine Aussicht auf den Saaler Bodden, sondern auch eine Terrasse, eine

Wiese, eine Holzhütte für die Fahrräder der Familie, einen großen Geräteschuppen und einen Steg, an dem ein Ruderboot vertäut lag.

Die erste Nacht schliefen wir gut. Ich war erschöpft, und das nicht nur vom Schlafmangel. Der Zeitlag hatte eingesetzt – wir waren immerhin über 250 Kilometer von Berlin entfernt. Rouge hatte mich ermahnt, die vorgeschriebenen Medikamente einzunehmen. Ich tat es. Wer hatte denn schließlich Zeit, müde zu sein? Ich ganz sicher nicht.

Die Familie Lorenz hatte mein Leben für die kommenden vier Tage bis auf die letzte Minute durchgeplant. Rudi Lorenz war als Erster dran. Freitagmittag gingen wir in die Holzhütte hinter dem Haus, um ein passendes Fahrrad für mich auszusuchen. Die beiden Familien zusammen hatten eine ganz schöne Sammlung. Wir fanden eines, mit dem ich gut zurechtkam, und wollten gerade aufbrechen, als ich in einer dunklen Ecke der Hütte ein robust aussehendes schwarzes Köfferchen bemerkte. Ich stutzte. Wo hatte ich es schon mal gesehen?

«Tolles Teil», sagte Rudi, der meinem Blick gefolgt war. «Ein sogenannter ‹Explorer Case›. Wird gern für Expeditionen und Safaris verwendet. Wenn wir segeln gehen, packen wir unsere Laptops rein, Kameras, alles, was wichtig ist. Das Ding ist wasserdicht, staubdicht, luftdicht. Absolut unzerstörbar. Für die Ewigkeit gemacht.»

Mein Herz klopfte wild. Ich kannte das Köfferchen! Ich hatte es auf einem Bild gesehen, das Doc-Doc mir mal geschickt hatte. Das war das Köfferchen, das sie aus dem Bodden gefischt und in dem Elianas Tagebücher überlebt hatten!

Wenige Minuten später radelten Rudi und ich in südlicher Richtung die schattige Straße der Lorenz' hinunter, den Barnstorfer Weg, auf der rechten Seite vom Bodden und auf der linken von Getreidefeldern gesäumt.

Wir folgten der Straße bis zur Spitze einer kleinen Landzunge und fuhren dann einige Minuten nach Nordwesten, sodass die andere Seite des Bodden wieder zu unserer Rechten lag. Wir sprachen kaum ein Wort, bis wir zu einem Rastplatz mit einer Holzbank kamen. Dort betrachteten wir die Windmühlen in der Ferne und sonnten uns.

Plötzlich überkam mich ein seltsames Gefühl, als wäre ich schon mal hier gewesen oder hätte die Landschaft schon einmal gesehen. Diese Bäume, zwei Pappelgruppen, kamen mir irgendwie bekannt vor. Hinter mir, Richtung Westen, sah ich das Dorf Wustrow mit seinem Kirchturm. Ob ich mich genau an der Stelle befand, wo der Koffer im Bodden gefunden wurde? Ich erinnerte mich an ein Bild, das am Fundort vom Wasser aus aufgenommen worden war, und ich meinte, darauf die Ruine der Kirche im Hintergrund gesehen zu haben.

«Wie tief ist der Bodden hier?», fragte ich Rudi.

«Ziemlich flach», sagte er. «Drei Meter, höchstens.»

«Wirklich? Mehr nicht?» Ich war enttäuscht. Dann konnte es nicht hier sein. Meiner Erinnerung nach hatte Rouge gesagt, die Stelle, wo sie den Koffer gefunden hatten, wäre fast sechs Meter tief.

«Aber da drüben, auf halber Strecke zum Festland, gibt es eine andere Stelle.» Rudi zeigte über den Bodden. «Ich zeig sie dir irgendwann mal, vom Boot aus. Wenn nicht dieses Wochenende, dann ein anderes Mal. Da ist er mindestens fünf Meter tief.»

«Aha», sagte ich, und blickte in die Richtung, in die er deutete.

Also doch!

«Außerdem», sagte Rudi, «verändern sich solche Gewässer ständig. Wer weiß, wie es hier in hundert oder zweihundert Jahren aussieht. Wenn die Erderwärmung so weitergeht, ist der Bodden dann vielleicht in manchen Bereichen tiefer. Ich schätze mal, in zweihundertfünfzig Jahren ist die Stelle da drüben an die sechs Meter tief.»

Mir sträubten sich die Nackenhaare. Was deutete er da an?

«Aber wer weiß?», sagte er weiter. «Vielleicht ist dann auch die ganze Halbinsel im Wasser versunken. Fischland-Darß – *futsch*!»

«O nein», sagte ich. «Das wird nicht passieren.»

«Was macht dich da so sicher?», fragte er.

«Intuition.»

Er sah mich einen Moment lang an. Und ich ihn. Seine Augen leuchteten in der Sonne, und ihr Blau war ein erstaunliches Türkis. Ich konnte mich nicht entsinnen, je Augen in genau diesem Türkiston gesehen zu haben, nicht mal in meiner Welt, in der man sich Augen in allen Regenbogenfarben anfertigen lassen konnte. Seine Wimpern waren dicht und sahen beinahe weiblich aus, aber sein Gesicht wirkte ledrig markant, von der Ostseesonne gebräunt und von tiefen Furchen durchzogen.

Er beugte sich näher zu mir. «Eliana hat uns erzählt, dass du deine Familie verloren hast. Vor ein paar Jahren.» Seine Stimme war ruhig, aber es lag eine große Wärme in ihr. «Das muss schrecklich für dich gewesen sein.»

«Das war es», sagte ich, gerührt von seiner Liebenswürdigkeit. «Ist es immer noch.»

«Finn, ich möchte dir sagen, dass du uns jederzeit gern ausleihen kannst, wann immer dir danach ist.» Er lächelte mich an. «Das heißt, falls du eine Familie brauchst.»

Vor Rührung versagte mir die Stimme – ich konnte nur nicken.

Wir saßen eine Weile schweigend da. Ich beobachtete die Bienen, die von Mohnblüte zu Mohnblüte summten, lauschte dem Rauschen der Pappeln im Wind, verfolgte den Kurs der Fähren, die den Bodden durchquerten.

«Das hier ist ein ganz besonderer Ort», sagte ich zu ihm. «Das spüre ich.»

«Habe mir schon gedacht, dass es dir hier gefallen würde. Wir kommen schon immer gern hierher. Madeline ist gern hier geschwommen und hat die Windmühlen beobachtet. Und Eliana liebt die Mohnblumen. Aber Angelika zieht es immer zum Meer. Robert auch. Nächstes Jahr will er nach England segeln. Er ist ein hervorragender Segler. – Und du? Was ist dir lieber?»

«Ich mag beides. Ich bin mit beidem aufgewachsen. Gleichermaßen. Auf Fire Island. Mit einer Bucht und mit dem Meer.»

«Also das Beste zweier Welten, was?»

«Ja», sagte ich. «Absolut. Das Beste zweier Welten.»

Eliana, Angelika und ich planten einen Nachmittag am Meer. Robert entschuldigte sich. «Hab Termindruck», sagte er beim Mittagessen. Im Herbst fing sein Masters-Studium in Biogenetik an, und er fürchtete, schon bald nicht mehr viel Zeit für sein Lieblingsprojekt zu haben. Seit seiner Zivildienstzeit, als er Jugendlichen beigebracht hatte, mit Holz zu arbeiten, war Schreinern eine von Roberts Leidenschaften geworden. In dem Geräteschuppen hinter dem Haus baute er einen Tisch für seine neue Wohnung, eine Überraschung für Lisa, die am nächsten Nachmittag, Samstag, zu uns an die Ostsee kommen würde. Das Meisterwerk hatte bislang noch niemand zu Gesicht bekommen. «Heute Abend», sagte er, «wird der Tisch enthüllt, sozusagen als Vorpremiere im Kreis der Familie.»

Die Menschenmassen am Strand waren etwas Neues für mich: Männer und Frauen lagen hier reglos auf dem Sand, rösteten in der Sonne, eine Decke neben der anderen, so eng aneinander, dass man kaum dazwischen hindurchgehen konnte. Der Anblick erinnerte mich an Androiden-Showrooms, wo die verschiedenen Robotermodelle auf den Regalen unter grellen Lampen dicht an dicht ausgestellt wurden.

Angelika bestand darauf, dass ich mich mit Sonnencreme einrieb. «Ist auch gut gegen Mallorca-Akne», sagte sie und klatschte sich eine ordentliche Portion auf jede freie Hautstelle.

«Mallorca-Akne?»

«Nennt man das in Amerika nicht so?»

«Ich weiß es nicht genau», sagte ich.

«Sonnenallergie. Die juckt, und man kriegt Ausschlag und Bläschen.»

Ich wünschte, ich hätte Angelika beruhigen können, dass meine Haut – wie die Haut von fast jedem in meiner Welt, sogar die der Forester – von Schädigungen durch ultraviolette Strahlen geschützt war. Aber das ging natürlich nicht, also drückte ich einen Klecks geleeartige Lotion aus der Plastiktube, die sie mir gab, und cremte mich übertrieben sorgfältig damit ein. Leider fing meine Haut sofort an zu jucken.

Mir gefielen die traditionellen Ostseestrandkörbe mit gestreiften Markisen am Dach, kleinen Klapptischen und Fußstützen. Sie waren praktisch und hielten den Wind ab. Vielleicht sollte ich mir so einen für das Haus auf Fire Island anfertigen lassen.

Es gab in der Tat vieles am Strand zu bestaunen, aber das Highlight meines Nachmittags war der junge Mann mit langem, geflochtenem, blondem Haar, der sich mit schweren Schritten durch das Menschengewimmel schleppte, als würde er gleich einen Hitzschlag bekommen. Er trug Sandalen und Pumphosen im türkischen Stil, und er zog einen Karren hinter sich her. Seine Stimme war schwach, und ich musste die Ohren spitzen, damit ich überhaupt verstand, was er verkaufte. «Energiebällchen», hauchte er müde, als er an uns vorbeikam. «Bio-Energiebällchen jemand?» Eliana, Angelika und ich mussten sehr lachen.

Alle warteten gespannt auf die Enthüllung von Roberts Tisch. Nach dem Abendessen führte uns Robert über die Wiese hinter dem Haus zum Geräteschuppen. Als er feierlich die Tür öffnete, roch ich sofort den harzigen Sägemehlgeruch. Er erinnerte mich an Sternwood Forest und die Forester, an meinen Vater und Mannu. Ich hatte den Geruch immer sehr gemocht.

Robert schaltete das Licht ein. Und da stand er: der Tisch. Anscheinend hatte ich aufgekeucht, denn alle starrten mich an.

Der Tisch war aus Kiefernholz, aber ansonsten eine haargenaue Kopie des Walnussholztisches im Wohnzimmer meines Elternhauses auf Fire Island. Die Ähnlichkeit war frappierend. Als Robert uns auch noch die Geheimschublade zeigte, die sich unter der Tischplatte hervorziehen ließ, war meine Verblüffung nicht mehr zu übertreffen.

«Ist dieses Design heutzutage in Deutschland weit verbreitet?», fragte ich stotternd.

Sie lachten.

«Finn», sagte Eliana, die sich bemühte, ernst zu bleiben, «sei vorsichtig, was du sagst. Sonst ist Robert beleidigt.»

«Das Design habe ich mir selbst ausgedacht», sagte Robert stolz. «Und nein, ich bin nicht beleidigt.»

Den Tisch hätte ich ja noch als reinen Zufall abtun können, aber dann kam der Samstag und bescherte mir Schlag auf Schlag eine ganze Reihe von weiteren «Zufällen».

Der Tag war kühl und bewölkt. Eliana fuhr mit ihrem Vater und Robert nach Rostock, angeblich, um Lisa abzuholen, aber da Eliana mich nicht mitkommen lassen wollte, vermutete ich, dass sie mir ein Geburtstagsgeschenk kaufen wollte. Angelika und ich fuhren derweil nach Zingst.

Zingst war ein belebter Badeort mit Touristencafés und Hotels, Ferienhäusern, Geschäften und einer trubeligen Promenade. Angelika lief einer Freundin aus Berlin über den Weg. Ich musste schmunzeln, weil die Frauen wie Zwillingsschwestern aussahen: braungebrannt, große Sonnenbrillen, schwarze Sandaletten, schwarze Sommerkleider, schwarze Strickjacken. Während Angelika mit ihrer Freundin plauderte, bemerkte ich einige Schmuckläden mit großen Angeboten an Ostsee-Bernstein. Normalerweise hätte mich das kaum interessiert, doch mein Blick fiel auf eine Auslage mit Bernsteinringen, von denen einer sehr dem Ring in dem schwarzen Onyx-Kästchen ähnelte.

«Magst du Bernstein?», fragte Angelika, die wieder neben mich getreten war.

«Es gibt da einen alten Bernsteinring, der seit Generationen im Besitz meiner Familie ist, und der Stein sieht genauso aus wie der da», sagte ich und zeigte auf einen Ring aus sehr klarem, sehr goldenem Bernstein. «Nur dass in unserem eine Biene eingeschlossen ist. Unser Stein sitzt in einem Kreis aus kleineren Steinen, genau wie der da, aber es sind nicht verschiedenfarbige Bernsteinstücke wie hier, sondern schwarze Obsidiane.»

«Klingt interessant. Aber der Stein, den du dir da ansiehst, ist aus falschem Bernstein», sagte Angelika. «Der ist nicht echt.»

«Im Ernst?»

«Das ist ziemlich leicht herzustellen. Du brauchst nur Farbstoff, etwas Silikonkitt und Gießharz, und du kannst sogar etwas darin einschließen, ein totes Insekt oder was auch immer. Das sieht dann ziemlich echt aus. Moment mal, ich zeig dir was.» Ihre Hand tauchte in ihre Handtasche und kam mit einem kleinen, schmalen Etui wieder heraus, so ähnlich wie das Spiegeletui, das Rouge mit ins Jahr 2011 genommen hatte, nur ein bisschen größer. Ich las die Worte «Hotel Majestic» darauf. Angelika zog ein pinselähnliches Utensil aus dem Etui. «Kostümbildner sind wie Pfadfinder – allzeit bereit. Eine Reise-Fusselbürste. Werbegeschenk.» Sie klappte das Teil auf, zupfte ein paar Fusseln von der Bürste und legte sie auf die Verkaufstheke. «Echter Bernstein lädt sich statisch auf, wenn du ihn an Wolle reibst.» Sie nahm einen anderen Ring in die Hand. «Das hier ist echter Bernstein.» Sie rieb ihn an ihrer Strickjacke und hielt ihn dann nah an die Fusseln. Der Ring zog sie an wie ein Magnet. «Siehst du?» Dann nahm sie den Ring, den ich mir angesehen hatte, rieb ihn ebenfalls an ihrer Jacke und hielt ihn an die Fusseln – und nichts passierte.

«Faszinierend.»

«Jetzt weißt du, wie du testen kannst, ob dein Familienerbstück echt ist.»

«Das werde ich tun.»

Es war allerdings nicht die Frage, ob der Bernstein echt war oder nicht, die mich ins Grübeln brachte, sondern das Design. Für mich sah der Ring so aus, als wäre er in derselben Werkstatt hergestellt worden wie der Ring bei mir zu Hause. Ich prägte mir sein Design ein.

Wir gingen Richtung Strandpromenade und kamen durch eine Straße flankiert von Ständen mit Kunsthandwerk. Angelika kaufte einige handgemachte Lavendelsäckchen und ein Leinentischtuch. Wir wollten gerade auf den Supermarkt zusteuern, als mir ein Stand mit Schachbrettern und Kerzenhaltern, Kelchen und Aschenbechern und ähnlichen Gebrauchsgegenständen auffiel. Darunter waren auch schwarze Onyx-Kästchen. Als ich näher trat, sah ich, dass sie mit verschiedenen Motiven verziert waren. Auf dem Deckel des einen war … eine Sonnenblume! Es sah genauso aus wie das bei mir zu Hause, das mit dem Ring und dem schwarzen Füllfederhalter. Ich betrachtete es, nahm den Deckel in die Hand. Ja, es *war* das gleiche. Die Blütenblätter waren aus gelbem, die inneren Staubblätter aus schwarzem Onyx gearbeitet.

Das war unheimlich. Es war eine Sache, den schwarzen Koffer zu entdecken, in dem die Tagebücher gesteckt hatten, und die Stelle, wo er 250 Jahre später gefunden werden würde, aber es war etwas völlig anderes, auf Übereinstimmungen mit der Geschichte meiner eigenen Familie zu stoßen: Roberts Tisch, der Bernsteinring, und jetzt auch noch das Onyx-Kästchen.

«Das ist hübsch, nicht?», sagte Angelika.

«Ja.» Ich versuchte, die Fassung zu bewahren, obwohl ich sehr aufgewühlt war. «Ich habe so eins zu Hause.» Ich wunderte mich, dass ich überhaupt sprechen konnte – so sehr brachte mich diese Entdeckung durcheinander.

«Ach ja?»

«Von meinen Eltern.»

Sie blickte zu mir hoch. «Eliana liebt Sonnenblumen.»

Ich nickte.

«Weißt du was, ich kauf es ihr. Sie hat bestimmt Verwendung dafür.»

«Ja», nickte ich. «Da bin ich mir ganz sicher.»

Als wir nach Hause zurückkehrten, hatte ich zum ersten Mal seit Tagen Zeit für mich allein. Ich legte mich aufs Bett und wollte gründlich über den Tisch, den Ring und das Onyx-Kästchen nachdenken, nickte aber ein. …

Zwei Stunden später küsste Eliana mich wach. «Lisa ist da», sagte Eliana. «Und meine Mutter hat Kuchen gebacken.»

«Was so viel heißt wie?» Ich hob die Hand und strich ihr mit den Fingerspitzen über den Arm, von der sanften Rundung der Schulter bis zum schmalen Handgelenk. Ich hörte sie schlucken und blickte auf. Ihre Wangen waren gerötet, die Augen geschlossen.

«Was so viel heißt wie», sagte sie, «dass wir zu den anderen runtergehen sollten – sobald wir hier oben fertig sind.»

Ich zog sie zu mir aufs Bett.

Es war nicht schwer zu verstehen, warum Robert mit Lisa zusammen war. Sie hatte einen guten Humor – wie seine Mutter, genau genommen. Und sie sah Angelika sogar ähnlich: dunkel, schlank und elegant. Lisa studierte Kultur-

und Medienmanagement, arbeitete nebenbei als Fremdenführerin im Jüdischen Museum und hatte zu vielen Dingen eine Meinung, zu siebzigjährigen amerikanischen Touristen in Tennisschuhen bis hin zu den besten Veranstaltungsorten für Rockkonzerte in London. Robert, der Rudi nicht nur vom Aussehen her ähnelte, sondern auch vom Temperament, lehnte sich gelassen zurück und ließ Lisa reden.

Angelika schnitt auch den Rest des Käsekuchens in Stücke. «Möchte noch jemand? Finn?»

«Ich bin es nicht gewohnt, an drei Tagen hintereinander Kuchen zu essen. Er schmeckt köstlich, aber ich kann nicht mehr.»

«Ich muss dich warnen», vertraute mir Robert an. «Diese Familie hat das Kaffee-und-Kuchen-Gen.» Er nahm ein weiteres Stück Kuchen.

«Ich hoffe schwer, ich habe es nicht geerbt», sagte Eliana und schob ihren Teller weg.

«Das ist ein Witz, oder?», sagte Angelika. «Es gibt doch nicht wirklich ein Gen, das –»

«Mama!», sagte Robert lachend und schüttelte den Kopf. «Sei doch nicht so furchtbar leichtgläubig.»

«Erzähl du nicht so albernes Zeug», entgegnete sie. «Ich dachte, du meinst ein Gen, durch das man gern süß isst oder so.»

Eliana wandte sich an Finn. «Meine Mutter denkt, sie sei die Einzige in dieser Familie, die Witze machen darf.»

«Vergib mir, Mutter», sagte Robert zu Angelika, «denn ich habe gesündigt.»

Wir lachten.

«Obwohl, ihr würdet euch wundern, was man schon alles über das menschliche Genom rausgefunden hat», sagte Robert dann ernsthafter. «In ein paar Jahren laufen hier alle mit ihren eigenen kleinen Benutzerhandbüchern rum. Alles wird haarklein dokumentiert, wo ihre Stärken und Schwächen liegen, welche Erkrankungen ihnen möglicherweise blühen und was sie dagegen tun können.» Er leerte sein Wasserglas. «Und alle lassen ganz selbstverständlich ihren Speichel einfrieren und aufbewahren, weil sie sich klonen lassen wollen. Und vor ihrem Tod hinterlassen sie ihren eigenen Klonen ihr Geld.»

«Großer Gott!», sagte Angelika. «Auf die Idee bin ich noch nie gekommen. Also das ist mal eine verrückte Vorstellung. Dem eigenen Klon das Geld vermachen.»

«Stellt euch vor», sagte Lisa, «man könnte sich klonen lassen und sich dann selbst großziehen. Narzissmus in Reinkultur.»

«Sehr interessant», sagte Angelika. «Kannst du eine Speichelprobe von mir in deinem Genetikinstitut einfrieren, Robert?»

«Eine Blutzelle wäre eigentlich besser.»

Angelika sah Rudi an. «Gibst du ihm auch ein bisschen Blut?»

«Klar!»

«Moment mal!», sagte Eliana zu ihrem Vater. «Ich dachte, Robert und ich erben mal eure Milliarden.»

Rudi schüttelte den Kopf. «Sorry. Nicht mehr. Aus und vorbei.»

«Hier ist die Idee, Papa», sagte Robert. «Wenn du dich klonen lassen würdest und, mal angenommen, Mama bringt dich in vitro zur Welt, dann wäre ich älter als mein Vater, und mein Vater wäre gleichzeitig auch mein kleiner Bruder!»

«Und mein Ehemann», fügte Angelika hinzu, «wäre auch mein Kind. Grauenhaft!»

Alle lachten. Sogar ich. Der Gedanke war natürlich absurd, aber auch nicht völlig aus der Luft gegriffen. Trotz der immer strengeren Klon-Gesetze in meiner Welt war auf den meisten Kontinenten noch immer die ein oder andere Provinz zu finden, in der die regionale Gesetzgebung Lücken aufwies. Hin und wieder kamen Gerüchte auf, dass Menschen sich selbst als Klon großzogen.

Aber ich hatte noch nie von einem Klon gehört, der geerbt hatte. Angesichts der hohen Rate schwerer psychischer Erkrankungen bei Memoklonen würde es wohl noch eine Weile dauern, ehe ihre Spender sich mit dem Gedanken anfreunden würden, ihnen ihren Reichtum zu vererben. Und warum sollte jemand seine Ersparnisse einem Nomoklon mit erwiesenermaßen geringer Selbstachtung hinterlassen? Elianas Kultur trieb unaufhaltsam dem Dark Winter entgegen, aber das Klon-Thema war wenigstens *ein* Übel, das sie nicht mehr erleben würde.

Alle redeten jetzt durcheinander. Eliana klopfte mit ihrem Löffel an die Tasse, damit die anderen ihr zuhörten. «Ich habe eine Frage. Mal angenommen, du würdest ein paar Körperzellen von dir einfrieren und aufbewahren lassen und du würdest Vorkehrungen treffen, damit du nach dem Tod geklont wirst. Der Klon hätte dann deinen Körper und dein Aussehen, aber er wäre doch nicht du, oder? Der Klon hätte nicht deine Erinnerungen. Richtig?»

«Stimmt», antwortete Robert. «Das mit den Erinnerungen wird noch eine Weile dauern – aber wir arbeiten dran. Und irgendwann ist es so weit.»

«Aber sind diese genetischen Depots denn unzerstörbar?», fragte Lisa. «Oder könnten sie bei einem Atomkrieg zum Beispiel vernichtet werden?»

«Denkt dran, was in Japan passiert ist», sagte Eliana.

«Fukushima war noch Wochen nach dem Erdbeben ohne Strom. Das könnte doch auch in einem Gendepot passieren, oder nicht? Und dann würden die ganzen gefrorenen Zellen, unsere Zukunft, einfach wegschmelzen und sterben.»

Sie konnten ja nicht ahnen, dass genau das während des Dark Winter passiert war.

«Aber du kannst deine DNA digital sichern», sagte Robert und ging zum Kühlschrank. «Du kannst sämtliche Informationen auf einem Mikrochip speichern und irgendwo sicher lagern, für die Nachwelt. So ein Ding ist rosinengroß. Oder noch kleiner. Linsengroß. In ein paar Jahren sogar noch kleiner.» Er holte eine Flasche aus dem Kühlschrank. «Du musst nur ein sicheres Plätzchen dafür finden und jemandem verraten, wo der Chip ist, damit sie dich dann wieder ins Leben zurückholen können. Wir müssen bloß ausklamüsern, wie man Erinnerungen runter- und wieder raufladen kann, dann läuft das. Unsterblichkeit, wir kommen.»

Roberts Worte klangen mir in den Ohren, als enthielten sie eine wichtige Botschaft, die decodiert werden musste. Ich wollte weiter darüber nachdenken, doch dann lenkte mich etwas ab.

Folgendes geschah:

Robert stand noch neben dem offenen Kühlschrank. Er wollte gerade die Tür schließen, als Lisa das Milchkännchen hochhielt. «Moment, Flo», sagte sie. «Kannst du noch etwas Milch nachfüllen?»

Robert nahm die Milch aus dem Kühlschrank und goss etwas in das Kännchen.

Flo?

Der Name gellte mir förmlich in den Ohren.

«Flo?», fragte ich.

Robert verdrehte die Augen und reichte Lisa das Kännchen. «Mein zweiter Vorname. Florian. Robert Florian Lorenz.»

«Das ist ein sehr schöner Name», sagte Angelika und betupfte sich die Lippen mit einer Serviette.

Lisa gab Robert einen Kuss auf die Wange und sah dann mich an. «Ich sage immer Flo zu ihm. Mein Bruder heißt auch Robert. Und ich find's einfach komisch, meinen Freund mit dem Namen meines eigenen Bruders anzusprechen. Also sage ich Flo.»

Ich hörte ihr kaum mehr zu. Ich hatte nicht die Kraft dazu. Ich brauchte meine ganze Energie, um nicht in Ohnmacht zu fallen. Plötzlich fügte sich alles zusammen: der Holztisch im Geräteschuppen. Das Onyx-Kästchen. Der Bernsteinring. Robert als Segler. Flo.

War es möglich, dass Robert Lorenz mein Urahn Florian Lawrence war?

Ja. Es war möglich.

Und könnte es sein, fiel mir dann ein, dass Lisas vollständiger Name Alisa war, Alisa wie die erste Frau von Florian Lawrence?

Ich malte es mir so aus: Bei Ausbruch des Dark Winter würde Robert Deutschland mit dem Onyx-Kästchen verlassen, mit Lisa den Ozean überqueren, sie aber würde unterwegs sterben. Jahre später, in Amerika, würde Robert, der sich jetzt Florian nannte, seinen Nachnamen amerikanisieren, den Walnussholztisch bauen, heiraten, sich niederlassen und eine Familie gründen. Meine Familie.

Robert Lorenz war mein Vorfahre.

22 Das Geschenk

Sonntag, 7. August 2011. Fast wäre ich nicht aus dem Bett gekommen. Es war eine Mischung aus Zeitlag und Overkill. Gewaltige Fragen lasteten auf mir, Fragen, die derartig kompliziert zu beantworten waren, dass es mich schon sämtliche Energiereserven kostete, sie nur zu stellen: Was genau war eigentlich meine Mission im einundzwanzigsten Jahrhundert? Hatte die Entdeckung der Ursprünge meiner Familie etwas mit meiner Mission zu tun? Es schien, als wären die Schritte, die ich in meinem Leben gegangen war – und die Schritte, die meine Ahnen vor mir gegangen waren –, einer komplizierten Choreographie durch die Zeit gefolgt, die wir ahnungslos tanzten. Wohin würde dieser Tanz die Familie Lorenz führen – und mich?

«Finn?» Eliana rüttelte mich. «Finn?»

Ich schlug die Augen auf, brauchte aber einen Moment, bis ich klar sehen konnte. «Guten Morgen.»

Sonnenlicht durchflutete das Zimmer, Lichtflecken umflirrten uns im Rhythmus der Brise, die durch die wehenden Gardinen drang. Blätter raschelten an den Bäumen vor dem Fenster. Eliana zog ihr Kleid aus und schlüpfte unter die Decke. «Morgen? Es ist fast Mittag. Und es ist unser letzter Tag hier.»

Ich schaute blinzelnd auf die Uhr. Es war 10.43 Uhr. «Isst du immer so früh zu Mittag?»

Sie lachte und zog mich an sich. Ihr Körper war warm. Wir küssten uns. Ich würde niemals genug davon bekommen.

«Du bist vor Mitternacht eingeschlafen», sagte sie, «bevor ich dir zum Geburtstag gratulieren konnte.»

«Tatsächlich? …»

Ich sah, wie ihr Haar im Gegenlicht leuchtete.

«Finn?»

«Hm?»

«Du bist schon wieder eingeschlafen.»

Ich öffnete die Augen. Oh. Sie hatte recht. Ich musste eingedöst sein. «Ist jetzt Zeit fürs Mittagessen?»

«Fast», kicherte sie. «Du bist genau wie mein Vater.»

Ich drückte die Nase an ihren Hals. «Wie das?»

«Der schläft auch andauernd ein, wenn wir hier sind. Er sagt, das käme von der Seeluft. Und obwohl ihn die Seeluft so müde macht, weigert er sich, irgendwo anders hinzufahren. Manchmal verreisen wir ohne ihn. Frankreich. England. Italien. Albanien.»

«Albanien?»

«Wollte nur sehen, ob du wieder eingeschlafen bist.»

Das war mein Stichwort. «Bin gleich wieder da.» Ich musste mir etwas Wasser ins Gesicht klatschen und eine Zeitlag-Tablette einwerfen.

«Besser?», fragte Eliana, als ich zurückkam.

«Viel besser.» Und dann bewies ich es ihr.

Jetzt war es wirklich fast Zeit zum Mittagessen. Doch so sehr ich die Familie Lorenz auch mochte, am liebsten hatte ich Eliana für mich allein.

«Was hältst du eigentlich davon, dass Robert seinen Namen in Florian geändert hat?», fragte ich, während ich eine Tasse Kaffee trank, die sie für mich nach oben geschmuggelt hatte.

«Wieso geändert?»

«Na ja, irgendwie hat er das doch.»

Sie zuckte die Achseln. «Mir gefallen beide.» Eliana setzte sich auf und lehnte sich gegen das Kopfende. «Robert bedeutet ‹strahlender Ruhm›. Den hatte er in der Schule. Und bei seinem hellen Kopf wird es auch in Zukunft so sein. Und Florian bedeutet Blume.»

«Was er eindeutig nicht ist.»

«Aber der Name gefällt mir trotzdem.»

«Sag mal», wagte ich zu fragen, «heißt Lisa eigentlich Alisa?»

«Ja.»

Tatsächlich. Ich hatte recht.

«Und ‹Finn›? Du weißt doch wohl, was ‹Finn› bedeutet?», sagte Eliana.

«Ja. ‹Hell› oder ‹blond›, was eigentlich nicht richtig zu mir passt.»

«Aber ‹Finn› kann auch ‹Wanderer› bedeuten, und das wiederum passt gut zu dir. In einem Buch stand, dass der Name sich vom Wort ‹finden› ableitet. Vermutlich wurde ein Wanderer als eine Art Entdecker betrachtet, als jemand, der sich auf die Suche nach etwas machte und es dann auch fand.» Sie streckte sich auf dem Bett aus.

Ich stellte meine Kaffeetasse ab. «‹Finn der Wanderer.› Das gefällt mir.»

«Und Eliana bedeutet ‹Licht›.»

«Das wusste ich. Und es bedeutet auch ‹leuchtend›.» Ich

küsste sie. «Und ‹glänzend›.» Ich küsste sie erneut. «Und ‹Tochter der Sonne›.» Wieder ein Kuss.

Sie kicherte. «Dann weißt du auch, dass viele Namen ‹Licht› bedeuten.»

«Du hast dich da richtig eingelesen, was?»

«Eliana. Clara. Ilona. Ellen. Claire. Äh … Brunhilde. Reintraut. Gretel.»

Ich stupste sie in die Rippen. «Brunhilde, Reintraut, Gretel?»

«Wollte nur mal testen, ob du auch wirklich wach bist.» Sie lachte. «Was ist mit Helena? Wie gefällt dir Helena?»

Helena. Schwarzes Leder, Lacklederstiefel mit Stilettoabsätzen, die Herrin von Pitbull Mady. Unweigerlich tat mir das Schlüsselbein wieder weh.

Elianas Finger strichen über die Bartstoppeln auf meiner Wange. «Meine Eltern hätten mich beinahe Helena genannt.»

«Na, ich werde ihnen sagen, wie froh ich bin, dass sie es nicht getan haben!» Mehr als sie je würden ahnen können.

«Aber weißt du, was mein allerliebster ‹Licht-leuchtend-glänzend-Tochter-der-Sonne›-Name ist?», sagte Eliana. «Außer Eliana natürlich?» Sie setzte sich auf und drehte sich herum, sodass sie mich ansah. Sie verschränkte die Beine zum Lotussitz, und die Decke rutschte weg.

Als ich sie da sitzen sah, so nackt, wie sie war, setzte auch ich mich auf. «Nein. Was ist denn dein liebster Licht-Name?»

«Lucia», sagte Eliana.

«Lucia?»

«Ja.»

Ihr Blick war versonnen, und ich fragte mich, ob sie an die geheimnisvolle junge Frau dachte, die sie vor zwei Jahren aufgesucht hatte. Wer *war* eigentlich diese Lucia? Ach, darüber konnte ich später nachdenken. Ich schob mich näher an Eliana heran. «Lucia ist ein wunderschöner Name.»

«Ich glaube, wenn ich mal eine Tochter habe», sagte Eliana, «werde ich sie Lucia nennen.»

Eine Tochter? – Was für ein atemberaubender Gedanke. «Lucia ist perfekt», sagte ich.

Es war fast wie ein Versprechen. Ein Versprechen, das ich niemals halten konnte.

Oder doch?

Ein Windhauch wehte durchs Fenster und wirbelte um uns herum. Die Gardinen blähten sich nach innen und trieben nach außen, machten leise Flattergeräusche. Ich sah, wie sich Elianas Brüste hoben und senkten. Ich nahm ihren Kopf in beide Hände. «Ich liebe dich, Eliana. Ich liebe dich.»

Da. Das war es. So klar. Ich hatte es gesagt.

Sie nickte.

Es gab noch mehr zu sagen. Aber wie? Wie konnte ich es ausdrücken? «Ich liebe dich ... so ... unschuldig, wie ein Mann nur seine erste Liebe lieben kann.»

Sie nickte wieder.

«So furchtlos, wie ein Held seine Heldin liebt, so ... neugierig wie die Sonnenblume der Sonne folgt. So –»

Sie legte mir eine Hand auf die Lippen. «Dito», sagte sie. «Absolut dito. Also, machst du jetzt bitte dein Geburtstagsgeschenk auf?»

Sie griff auf die andere Seite des Bettes und holte ein Paket hervor. Es war so groß, dass eine Suppenschüssel hineingepasst hätte. Ich wünschte, sie hätte kein Geld ausgegeben – ich konnte ja ohnehin nichts mit nach Hause nehmen. Nicht mal ein Sandkorn. Und es war so hübsch verpackt – ein glänzendes orangefarbenes Papier mit einer leuchtend gelben Schleife.

Eliana stellte das Paket vor mich hin. «Mein Vater war dabei, als ich es ausgesucht habe, und er hat gesagt: ‹Ja. Genau das ist es.› Also habe ich es genommen.»

Ich betrachtete das Paket von allen Seiten, überlegte, wie ich es aufbekommen sollte, ohne das Papier zu zerreißen. «Wie mache ich das auf?»

Sie lachte. «Einfach aufreißen!»

«Aber das Papier! Das kannst du doch noch mal benutzen, oder?»

Sie verdrehte die Augen. «Dann mach das Klebeband ab.» Sie zeigte auf einen Plastikstreifen.

Aha, jetzt sah ich, wie man es aufmachte.

Darin steckte eine weitere, kleinere Schachtel, diesmal in gelbes Seidenpapier mit einer magentaroten Schleife verpackt. Darin war wiederum eine Schachtel, schmal, so lang wie meine Hand und in grünes Seidenpapier mit einer türkisfarbenen Schleife verpackt. Als ich Papier und Schleife entfernte, kam eine schmale, elegante, schwarze Pappschachtel zum Vorschein. Ich hob den Deckel. War das möglich? Darin lag auf einem Bett aus schwarzem Samt das Familienerbstück, der antike Füllfederhalter mit den Sternchen. Aber hier und jetzt war er brandneu. Die glatte schwarze Oberfläche war noch makellos. Der Clip aus Platin glänzte. Alle Buchstaben der Gravur waren noch da, klar und vollständig.

Wir Nordstroms hatten immer gedacht, dass die lückenhafte englische Gravur auf dem Füller «Für Florian, in immerwährender Liebe, Alisa» gelautet hätte. Wir hatten die Leerstellen mit unserer Familiengeschichte gefüllt. Aber die vollständige Gravur lautete:

For Finn
In everlasting love
Your Eliana
August 2011

Es war ein Rätsel. Wie konnte der Füllfederhalter hier sein, aber auch in meinem Zimmer im Rubik? Ich staunte über all die wunderbaren Geheimnisse, die unsere Welt mir noch verbarg. Ich sah Eliana an. Ich hatte mir niemals vorstellen können, dass ich so glücklich sein könnte, ohne daran zu sterben. Doch eh mich dieser Gedanke völlig überwältigt hatte, schlug mein Gefühl wieder um, von Glück in tiefe Trauer – denn ich wusste, dass die Frau, die ich liebte, dem Untergang geweiht war.

«Du bist meine Liebe», sagte Eliana. «Für immer.»

«Dito», sagte ich. «Absolut dito.»

23 *Amorivirus nordstromi*

Professor Grossmann schüttelte meine Hand so kräftig, dass sein Bolotie nach vorne schwang und ihm mit einem *Klonk* zurück gegen die Brust schlug. «Willkommen zu Hause, Mr. Nordstrom! Willkommen zu Hause! Wie fühlen Sie sich?»

«Bestens. Gut. Glänzend sogar.» Ehrlich gesagt, fühlte ich mich ein wenig desorientiert, wie meistens bei meiner Rückkehr. Es war ein bisschen so, wie wenn man mitten in einem Traum aufwacht, sich peu à peu an die Einzelheiten erinnert, mal an das eine, mal an das andere Detail, und dann versucht, daraus schlau zu werden. Doch was für ein wunderbarer Traum war das gewesen!

«Gut gemacht!» Der Professor grinste. Ich zuckte die Achseln und verstand nicht so ganz, wofür der Professor mich lobte.

Sein Blick glitt über mein Gesicht. «Meine Güte! Was ist passiert? Sie wirken so … beschwingt.»

Was passiert war? Die Liebe war passiert. Aber das konnte ich natürlich nicht sagen. Er würde es nicht verstehen. «Dieser Reisende hat Bekannte besucht, die ihm ans Herz gewachsen sind. Im Norden. An der Ostseeküste.»

«Ans Herz gewachsen. Würde es Ihnen etwas ausmachen, das genauer zu erklären?»

Ehrlich gesagt, ja, dachte ich.

«Hat es irgendetwas mit der jungen Tagebuchschreiberin zu tun?», hakte der Professor verschmitzt nach.

Ich täuschte ein Gähnen vor, tat so, als ob ich die Frage gar nicht gehört hätte. «Wie spät ist es hier?», fragte ich stattdessen.

«Etwa zwei Stunden, nachdem Sie uns verlassen haben. Es ist noch immer Donnerstag, der 1. Juni 2265 – 13.37 Uhr, um genau zu sein.»

Innerhalb von zwei Stunden hatte ich eine ganze Woche durchlebt. «Wäre es eigentlich möglich zurückzukehren, *bevor* wir aufgebrochen sind?»

Ich dachte an meinen Füllfederhalter. Ich hatte ihn bei Eliana gelassen und ihr erklärt, dass er bei ihr besser aufgehoben wäre, weil ich in den kommenden vier Wochen viel unterwegs sein würde. Wenn mein Füllhalter an zwei Orten gleichzeitig sein konnte, bei Eliana im August 2011 und im Rubik im Juni 2265, konnte ich dann auch an zwei Orten gleichzeitig sein? Ich war vor zwei Stunden ins Jahr 2011 gereist, um 11.30 Uhr. Was wäre, wenn sie mich nicht um 13.37 Uhr zurückgeholt hätten, sondern früher, um 9.00 Uhr? Hätte ich mir dann selbst begegnen können, wie ich mich gerade auf die Reise vorbereitete?

«Um diese Frage zu beantworten, Mr. Nordstrom, sind mathematische Kenntnisse erforderlich, über die sie nicht verfügen. Der langen Rede kurzer Sinn: Nein, Sie können nicht zurückkommen, bevor Sie abgereist sind.» Er legte einen Arm um mich. «Leider können wir momentan nicht genauer auf das Thema eingehen. Setzen wir diese Diskussion doch auf unsere To-do-Liste, ja? Jetzt geht es erst mal nur darum, dass Sie sich eingewöhnen, untersucht werden und möglichst schnell ins Memolabor kommen.» Er schaute mir prüfend ins Gesicht. «Sie haben etwas Farbe bekommen. Schön für Sie.» Er sah Rouge an. «Wann ist Mr. Nordstroms Debriefing, Mademoiselle Moreau?»

«Morgen Nachmittag.»

Er wandte sich mir wieder zu. «Mr. Nordstrom, der Direktor der Europäischen Bibliothek, Dr. Dr. Sriwanichpoom, lässt Ihnen ausdrücklich alles Gute bestellen und hofft, Sie morgen in seinem Büro zu sehen. Sobald Sie Ihren BB hochfahren, werden Sie die offizielle Einladung mit der genauen Uhrzeit vorfinden.»

Der Professor musste in eine Besprechung und konnte mich daher nicht persönlich untersuchen. Seine Mitarbeiter bugsierten mich ins Untersuchungszentrum, um die übliche Serie von Tests durchzuführen. Diesmal wurden sie von Grossmanns persönlicher Assistentin, Dr. Yuka Shihomi, vorgenommen. Ich hatte sie schon öfter gesehen – wie sie hinter dem Professor durch die Gänge hastete und sich dabei immer dicht an der Wand hielt, als hätte sie Angst davor, ihre Deckung aufzugeben, oder wenn sie mich gemeinsam mit dem Professor untersuchte. Heute hörte ich zum ersten Mal mehr von ihr als ein leises «Guten Morgen» oder «Professor Grossmann möchte Sie jetzt sehen» oder «Bitte nach links drehen». Yuka plapperte munter drauflos, als sie mich ins Memolabor führte und die Techniker mich zum Scannen vorbereiteten. Während man meine Erinnerungen herunterlud, gingen meine Gedanken auf Wanderschaft.

Elianas Vater, Rudolf Lorenz, machte mir Kopfzerbrechen. Manchmal schien er anzudeuten, dass er wusste, wer ich in Wirklichkeit war – aber wie konnte er das? Vielleicht spürte er lediglich, dass ich anders war. Vielleicht deutete ich auch einfach zu viel in seine Worte hinein.

Dennoch, während unseres letzten Gesprächs hatte er mir sehr engagiert nahegelegt, eine Rückkehr nach Berlin in Erwägung zu ziehen, und nicht bloß im September, sondern auf Dauer. «Ein junger Mann wie du hätte keine Probleme, hier Arbeit zu finden», hatte er gesagt. «Ich würde dir helfen, Fuß zu fassen. Was hast du denn zu verlieren?»

Ich hatte viel zu verlieren: meine Bewegungsfreiheit, mein Zuhause auf Fire Island, meine Art zu leben, meine Arbeit, meine Freunde und wahrscheinlich auch meine Unsterblichkeit. Gewinnen würde ich Liebe – vielleicht das größte Geschenk überhaupt –, aber nach allem, was ich je über die Liebe gelernt hatte, war sie unberechenbar. Konnte ich wirklich alles aufgeben und ihr einfach nur blind vertrauen? Der Gedanke war mir in dem Moment absurd vorgekommen. Ich hatte Rudi gedankt und es dabei belassen.

Doch auf der Zugfahrt zurück nach Berlin, als Eliana mit dem Kopf auf meiner Schulter schlief, hatte ich mich dabei ertappt, wie ich mir ein Leben mit ihr ausmalte. Ein Teil von mir stellte sich ein sonniges Zuhause vor, voll mit knuddeligen, lustigen Kindern, die nicht in dem Glauben erzogen werden würden, dass bedächtiger Pragmatismus der einziger Weg zu einem ausgeglichenen Leben war. Aber ein anderer Teil von mir fragte sich, ob wir wohl wirklich glücklich wären. Meine große Fähigkeit, handgeschriebenes Deutsch zu entziffern, und mein Spezialgebiet – die Vorzeit des Dark Winter – wären völlig nutzlos in Deutschland der Jahrtausendwende. Würde ich Ar–

«Hallo?», sagte eine Stimme.

Ich machte die Augen auf. Die Tür zur Memoscanner-Kabine stand offen, und Yuka Shihomi lugte herein. «Tagträumereien?», fragte sie.

Hatte Rouge ihr erzählt, ich würde tagträumen?

Ich trat aus dem Memoscanner. «Ist das so erstaunlich? Was habt ihr Quants denn bloß gegen ein bisschen phantasievolles Nachdenken?»

Sie wurde rot. «Nichts. Absolut nichts. Ganz im Gegenteil. Diese Ärztin ist sogar fasziniert.»

«Sie sind kein Quant?»

«Doch. Aber auch Fachärztin für Zeitreisemedizin.»

Ärzte, so dachte ich, waren etwas aufgeschlossener als reine Quants. «Träumen ist gut für den Körper. Das sollten Ärzte wissen», sagte ich etwas neckisch.

Sie rang nervös die Hände. «Möchten Sie das ausführlicher erörtern? Vielleicht beim Abendessen?»

Beim frühen Abendessen unterhielten sich Yuka Shihomi und ich über unsere Arbeit, aber ich glaube nicht, dass ich ein besonders guter Gesprächspartner war. Ich war abgelenkt. Der Bernsteinring ging mir durch den Kopf: Wo konnte ich Fusseln finden, um seine Echtheit zu prüfen? Von meiner Kleidung konnte ich keine abzupfen. Unsere modernen Kleidungsstoffe hatten keine Fasern, die sich aus dem Gewebe lösten. Aber vielleicht kam ja einer von den Dienstrobotern im Rubik irgendwo in Kontakt mit Fusseln. Ich hatte mir gerade eine BB-Notiz gemacht, Joe-Joe den Hausmeister danach zu fragen, als mir einfiel, dass die Werkzeugkiste meiner Mutter auch einen Beutel mit Fusseln aus einem Papierherstellungsset enthielt. Und ein Wolltuch war auch darin.

Als ich nach Hause kam, holte ich die Fusseln und das Tuch heraus und nahm dann das Onyx-Kästchen genau in Augenschein. Es musste zwar gründlich gereinigt werden, sah aber genauso aus wie das Kästchen in Zingst. Ich nahm den Deckel ab und betrachtete den Füllfederhalter. Ja, es war derselbe, nur ein Platinsternchen und einige Buchstaben der Gravur fehlten. Und daneben lag der Bernsteinring. War er echt oder nicht? Ich legte Fusseln auf den Tisch, rieb mit dem Wolltuch über den Bernstein des Rings und hielt ihn an die Fusseln. Nichts passierte. Ich wiederholte den Vorgang, aber der Ring zog die Fasern einfach nicht an. Also bestand der Stein aus irgendeinem Kunststoff des einundzwanzigsten Jahrhunderts. Was mochte Robert (alias Florian) veranlasst haben, ihn zusammen mit meinem Füllhalter in Elianas Kästchen bis nach Amerika mitzunehmen? Hatten diese Gegenstände eine sentimentale Bedeutung für ihn gehabt? Ich betrachtete die im Ring eingeschlossene Biene. Vielleicht war auch sie nicht echt? Wenn sie kein Fossil war, warum war sie dann darin? Barg sie noch etwas anderes? Das Datum auf dem Ring lautete: 20.08.2018. Das war zehn Tage, bevor der Bioangriff ausgelöst wurde, mit dem die Dark-Winter-Zeit begonnen hatte. Bestand da ein Zusammenhang?

Ich räumte das Kästchen mit dem Füllhalter und dem Ring zurück in die Schublade, öffnete ein Schränkchen und holte den großen kurzhalsigen Glasflakon mit Everlasting heraus. Ich nahm den Deckel ab, schloss die Augen und atmete den Duft ein, bis mir schummrig wurde. Ich sehnte mich nach Eliana. Ganz furchtbar. Wann würde ich sie wiedersehen? Womöglich würde die nächste Reise nach Berlin – Landetermin: 8. September 2011 – erst in einem Jahr stattfinden. Oder vielleicht auch nicht. Ich würde Rouge morgen bei dem Debriefing danach fragen.

Ich besprühte mein Kopfkissen mit Everlasting, verschloss den Flakon sorgfältig, und schlief ein.

Am nächsten Morgen weckte mich Rouge mit einer Tasse Pu-Erh-Tee. «Yuka Shihomi hat sich gemeldet», sagte sie. «Sie wollte dich nicht aufwecken. Sie meinte, sie hätte gestern Abend vergessen, dir zu sagen, dass du die nächsten paar Tage keine Zings oder Spicer trinken solltest. Und vor allem nicht heute. Sie hat gesagt, Pu-Erh-Tee sei am besten.»

«Das ist ja was ganz Neues», sagte ich.

«Der Tee?»

Ich setzte mich auf. «Nein. Dass du ihn diesem Freund direkt ans Bett bringst. Und dass Ärzte persönliche Gesundheitsempfehlungen geben. Nett gemeint von ihr – aber nein danke. Pu-Erh schmeckt wie Schlamm.»

Rouge kicherte. «Riecht auch so. Aber sie hat gesagt, er würde deine Konstitution nach so einer langen Zeitreise stabilisieren.»

«Das ist lieb von ihr. Aber Ärzte – mal ehrlich. Die reden auch viel *bunk*.»

«*Bunk*?»

«Nordamerikanisch. Heißt so viel wie Nonsens, Unfug. Frühes zwanzigstes Jahrhundert. Abkürzung für *bunkum*, das ursprünglich von Buncombe County in North Carolina abgeleitet wurde. 1820 wurde Buncombe in der Rede eines Politikers nur aus dem Grund erwähnt, weil er den Wählern schmeicheln und Stimmen gewinnen wollte.»

«Das ist so ähnlich wie *baloney*, ja? Das Wort hast du vor einiger Zeit mal erklärt.»

«Richtig.»

Sie ging ihr Wörterbuch durch. «Kann man bei *baloney* und *bunk* einen Querverweis auf *bullshit* anlegen?»

Ich lachte. «Unbedingt. Ja.»

«Na, dann danke für den Unterricht.» Sie stand auf und nahm den Tee mit, wobei sie die Nase über den Geruch rümpfte. «Yolanda und Severin würden gerne mit dir zusammen frühstücken. Ist dir danach?»

«Klar.»

«Wie wär's mit einem Zing?»

«*Grande.* Extrastark.»

Ich war froh, wieder in Greifswald zu sein. Ich hätte für das kurze Stück vom Swuttle zur Europäischen Bibliothek rasch ein Fahrrad nehmen können, aber ich ging lieber zu Fuß. Es war ein linder Junimorgen, ich war verliebt – was hätte schöner sein können, als allein mit mir und meinen Gedanken den Greenway entlangzuspazieren?

Weiter vorne sah ich, dass eine Robo-Verkäuferin die ersten Sonnenblumen der Saison anbot. Ich blieb stehen, um einen Strauß zu kaufen. Als ich die Transaktion gerade abgeschlossen hatte und wieder auf dem Greenway war und das samtige Gold der Blütenblätter bewunderte, bremste ein Fahrrad neben mir. Renko riss sich die Sonnenbrille herunter. «Wow! Wo hast du denn die Farbe im Gesicht her?»

«Fire Island», flunkerte ich und schüttelte ihm die Hand. «Der Name kommt nicht von ungefähr.»

Renko glitt von seinem Fahrrad. «Aber du solltest in deinem Büro schuften wie wir übrigen Sklaven auch. Nicht faul in der Sonne liegen.» Er programmierte sein Rad, auf dem hinten ein Reiseköfferchen befestigt war, weiter zum Eisberg zu fahren. Dann gab er dem Rad einen Klaps aufs Hinterteil, so wie die Cowboys in den Zelluloids es mit ihren Pferden machten. «Hü!», sagte er, und das Fahrrad sauste davon. Wir gingen weiter gemeinsam zu Fuß. «Wir waren zu Besuch bei der Mischpoche in Struckum», berichtete Renko. «Heute Abend swutteln wir rüber nach Prag, ein paar Kneipen unsicher machen. Hättest du Lust?»

«Gao und du?»

Er nickte – und mir kam der Gedanke, dass Renko und Gao mehr Zeit fürs Bett und somit größere Chancen auf Nachwuchs hätten, wenn sie weniger Zeit mit Arbeit und Kneipentouren verbrächten.

«Schade», sagte ich. «Heute Abend geht's nicht. Wir haben ein Meeting.» Genauer gesagt traf ich mich mit Rouge für das Debriefing, aber das konnte ich ihm ja nicht gut erzählen. Ich konnte ihm rein *gar* nichts erzählen. Ich wurde allmählich zu einem Profi, wenn es ums Erfinden von Halbwahrheiten ging.

Während wir weitergingen, drückte ich meine Nase in die Sonnenblumen. Sie rochen erdig, aber süß, wie Honig mit einem Hauch Vanille. Ich dachte an Eliana und unsere letzte gemeinsame Nacht.

Renko lachte: «Was ist los mit dir?»

«Wieso?»

«Du hast gerade geseufzt wie ein Schulmädchen.»

«Tatsächlich?»

«Und du bist so gut drauf, siehst ... anders aus. So ... so beschwingt. Irgendwas geht mit dir vor.»

«Gar nichts geht hier vor!» Das war keine Halbwahrheit mehr – das war eine Nullwahrheit. Ich schaute den Greenway hinunter zur Bibliothek, um Renkos Röntgenblick zu entgehen.

«Raus mit der Sprache! Was ist los?» Er stupste mich mit der Schulter an.

«Renko, es ist nichts. Wirklich. Nichts, worüber wir reden können. Es ist –»

«Komm schon! Was ist passiert?»

«Die Liebe!», platzte es dann aus mir heraus. «Die Liebe ist passiert!»

Da. Es war mir einfach herausgerutscht. Aber vielleicht hatte ich es auch ein bisschen gewollt. Ich *musste* es jemandem erzählen. Und warum nicht meinem besten Freund? Liebe zu empfinden war kein Verbrechen – nur höchst seltsam.

Renko blieb stehen. «Liebe?»

Ich sammelte mich. «Ja. Unglaublich, aber wahr.»

«Wer ist sie? Jemand aus New York?»

Ich durfte ihm nicht von Eliana erzählen. «Wenn der richtige Zeitpunkt gekommen ist, wirst du es erfahren.»

«Liebt sie dich auch?»

«Es beruht auf Gegenseitigkeit.»

Seine Augen weiteten sich. «Was bedeutet das eigentlich? … Liebe?»

«Es bedeutet –», setzte ich an. Ja, was bedeutete es denn eigentlich? «Liebe bedeutet … den *einen* Menschen gefunden zu haben, der dein Herz zum Singen bringt.»

Er starrte mich an. «Das ist alles?»

«Das ist viel!»

«Nein. Gemeint war: Ist das die einzige Möglichkeit, es zu erklären?»

Ich riss hilflos die Arme hoch, suchte nach den richtigen Worten. «Liebe bedeutet … *alles* an ihr bringt das Herz zum Singen. Ihre Stimme. Ihr Lachen. Wonach sie schmeckt. Wie sie riecht. Ihr eingerissenes Nagelhäutchen. Ihr krauses Haar. Die Art, wie sie mit ihren Sandaletten über den Boden klackert.»

Renko stand der Mund offen. «Die Art, wie sie mit ihren Sandaletten über den Boden klackert? Das ist die Liebe?»

Ich nickte. «Ein wunderbares Geräusch.»

«Oookay», sagte er. Er versuchte, sich auf alles einen Reim zu machen. «Okay. Alles klar. Klickklack.»

Wir gingen schweigend ein paar Schritte. Dann hielt Renko wieder an. «Aber wie *fühlt* sich Liebe an? Inwendig?»

Ich überlegte einen Moment. «Wenn du liebst, fühlst du dich überlebensgroß», sagte ich schließlich.

Er wusste nicht recht, was ich damit meinte. Ich vielleicht auch nicht.

«Als könntest du ewig leben», sagte ich. «Das ist es. Du hast Unmengen an Energie. Du fühlst dich einfach unverwüstlich.»

«Unverwüstlich?», fragte er. «So ein bisschen wie die neue Generation von Androiden?»

Ich seufzte.

Es war eigenartig. Fast jeder schien die Veränderungen an mir wahrzunehmen: Yolanda und Severin hatten morgens beim Frühstück eine Bemerkung gemacht. Dann Renko. Kollegen in der Katakombo-Kantine klopften mir auf den Rücken und wollten wissen, ob ich befördert worden sei. Sogar mein Lieblingsvorgesetzter, Dr. Dr. Rirkrit Sriwanichpoom, bemerkte etwas. «Junger Mann», sagte er, als er mich zu Beginn unserer Besprechung begrüßte, «welches Elixier haben Sie getrunken? Dieser Mann hätte auch gern was davon.» Seine Augen glitten über mein Gesicht. «Das einundzwanzigste Jahrhundert bekommt Ihnen gut.» Er wandte sich dann seinem Bücherschrank zu und schob ihn auf. «Die nächste Folge für Sie.»

Ich konnte mein Herz nicht daran hindern, loszugaloppieren, aber ich zwang es, das möglichst leise zu tun. Doc-Docs Hand förderte ein schwarzes Buch zutage. Ich hatte Eliana darin zeichnen sehen. Ich dachte, es wäre ein Skizzenbuch für eines ihrer Seminare. Ob sie auch über unsere gemeinsame Woche geschrieben hatte?

Er setzte sich, bemüht, seinen weißen Seidenanzug nicht zu zerknittern, und blätterte das Tagebuch durch. Seine langen Finger mit den spitzen, manikürten Nägeln liebkosten die Seiten. Ich hätte ihm das Buch am liebsten aus den Händen gerissen. Stattdessen räusperte ich mich.

Er blickte auf. «Oh, Verzeihung. Handschriften in Deutsch zu lesen ist nicht leicht.» Er beugte sich vor und setzte sein schmieriges Lächeln auf. Unwillkürlich musste ich an das Albinowiesel denken, das ich einmal gesehen hatte. «Sie spricht hier von …» Er schaute wieder nach unten in das Buch. «‹En-er-gie-bäll-chen.› Wissen Sie, was das ist?»

Ich tat so, als würde ich nachdenken. «Nie gehört», sagte ich.

Wusste er, dass ich ihm etwas verschwieg?

Er drohte mir mit dem Finger: «Wollen sie etwas verschweigen?»

Mistkerl! Hatte jemand dieses Buch bereits gelesen und ihm davon berichtet? Vielleicht Dr. Beyer, drüben in Stralsund, der Archäologe, der die Tagebücher angeblich als Erster untersucht hatte?

«Na denn», sagte Doc-Doc, legte das Buch hin und stand auf. «Wir lassen es Ihnen morgen zukommen. Werden Sie hier arbeiten, in Berlin oder in New York?»

Auf die Frage war ich nicht gefasst. «Das ist noch nicht entschieden.»

«Geben Sie uns Bescheid.» Er drückte mir die Hand.

War das alles? Hatte er mich deshalb kommen lassen? Um mir zu sagen, dass das Buch bereitlag?

«Ja», sagte er. «Das wäre alles. Dieser Direktor wollte Sie nach Ihrer Reise nur gern selbst sehen.»

Inzwischen war ich fast daran gewöhnt, dass er meine Gedanken las, also nickte ich und wandte mich zum Gehen. Aber ich wusste, dass er mich noch einmal zurückrufen würde. Das tat er immer.

«Ach, Mr. Nordstrom?», sagte er.

Ich wandte mich um.

«Sie hat eine hübsche Handschrift», sagte er. «Ist sie so hübsch, wie man sich das vorstellt?»

«Sie ist bezaubernd», sagte ich. *Und sie gehört mir*, dachte ich.

Ich war ziemlich sicher, dass er auch diesen Gedanken las, klar und deutlich.

«Was hast du denn bloß mit Yuka angestellt?», fragte Rouge, als wir uns zum Debriefing zusammensetzten. «Sie konnte beim Mittagessen gar nicht mehr aufhören, über dich zu reden.»

«Mit ihr angestellt? Wir haben bloß nach dem Memoscan ein frühes Abendessen eingenommen. Wir haben über unsere Arbeit gesprochen. Wieso? Was hat sie gesagt?»

«Sie hat rein gar nichts gesagt. Das ist es ja gerade. Sie hat einfach immerzu drauflosgeplappert.»

«Über?»

Sie verdrehte die Augen. «Über dich! Über deine Haarfarbe. Deine Augen. Deinen Bizeps. Deinen Charme.»

«Charme?»

«Ja! Stell dir vor. Du? Charmant?»

Ich lachte. «Jetzt machst du Witze.»

«Kluger Junge. Ach so, ja: ‹Finn ist ja so ein kluger Junge. So gefühlvoll. So attraktiv.›» Sie äffte Yuka nach. Es war seltsam, eine Frau mit französischem Akzent zu hören, die den japanischen Sprechrhythmus nachahmte, diesen gleichmäßigen Takt, der sich wie ein Metronom durch die Sätze stampfte.

«Hat sie wirklich ‹gefühlvoll› gesagt?»

«Sie ist verknallt. Wie ein Schulmädchen.» Sie richtete sich auf. «Aber genug davon. Machen wir uns an die Arbeit.» Rouge war wieder ganz sachlich. Sie sah mich mit ihren scharfen Raubtieraugen an. «Also. Erzähl von Anfang an.»

Rouge war wie immer professionell und neutral. Sie stellte Fragen, ich antwortete: Was hast du gegessen? Worüber habt ihr geredet? Wo seid ihr hingegangen? Auch diesmal war das nicht anders. Doch mit jeder Reise wurde es schwieriger, die Fragen zu beantworten. Je größer die Intimität zwischen Eliana und mir wurde, desto weniger wollte ich mich Rouge offenbaren. Normalerweise ging sie schonend mit mir um, aber heute wollte sie nach rund einer Stunde lockerer Plauderei Genaueres wissen: Warum wollte Eliana Verhütungsmittel benutzen? Welche Art von Verhütungsmittel? Wie oft? Und was hatte sie an während des Geschlechts-

«Warum musst du das wissen?» Ich verschränkte die Arme vor der Brust.

«Das gehört zur Doktorarbeit. Keine Sorge, Finn. Es bleibt anonym.»

«Was ist mit dem Professor? Und Doc-Doc? Und jetzt auch noch Yuka?»

«Was hatte sie an, Finn?

Ich schluckte trocken. «Meistens nichts.»

«Und du?»

«Einen Werkzeuggürtel, der im Dunkeln geleuchtet hat.»

Vielleicht glaubte sie mir sogar.

Rouge bestätigte, dass in etwa zwei Wochen, am 19. Juni, ein Meeting mit allen Beteiligten an «Projekt Zeit» stattfinden würde, um die Einzelheiten unserer siebten und letzten Reise ins Berlin des einundzwanzigsten Jahrhunderts zu erörtern. Die Reise sollte einen Zeitraum von zehn Tagen ab dem 8. September 2011 umfassen. Laut Plan würden wir schon Ende Juli 2265 aufbrechen. Ich hatte bis zum Start also rund sechs Wochen Zeit. Sechs Wochen, um Elianas neuestes Tagebuch zu entschlüsseln und zu übersetzen. Aber wichtiger war, dass ich sechs Wochen Zeit hatte, um das Chaos in meinem Gefühlsleben zu ordnen und eine Antwort auf die zentrale Frage zu finden: Wie verabschiede ich mich von Eliana? Diese letzte Reise erforderte einen Abschluss, ein Ende, einen Abgang. Mir graute davor. Aber mehr noch als vor dem Abschied graute mir davor, über das Danach dieses Abschieds in Elianas Tagebuch zu lesen. Als ihr Tagebuch am nächsten Tag geliefert wurde, sah ich als Erstes nach, auf welchen Tag ihr letzter Eintrag datiert war. Erleichtert stellte ich fest, dass es der 7. September war, also einen Tag, bevor ich zum letzten Mal ankommen sollte. Mir würde es also zumindest vorläufig erspart bleiben, zu erfahren, was nach unserem endgültigen Abschied passiert war. Seltsamerweise waren hinten wieder viele Seiten leer. Gab es ein weiteres Tagebuch, oder hatte Eliana einfach aufgehört zu schreiben?

Ich gebe zu, ich war versucht, zu der Woche im August vorzuspringen, die wir gemeinsam verbracht hatten, aber dann gewannen meine Skrupel doch die Oberhand. Elianas intimste Gedanken über mich zu lesen, über uns und unsere Liebesbeziehung, das grenzte an Perversion. Ich schloss die Tru-Copy weg und arbeitete mit digitalen Dokumenten auf meinem BB, die ich von den Einträgen zwischen dem 23. Juni und dem 1. August 2011 gemacht hatte. Letzteres Datum war der Tag vor meiner Ankunft und unserer anschließenden Fahrt an die Ostsee. Damit würde ich eine Weile beschäftigt sein. Die Einträge vom 2. August bis zum 7. September digitalisierte ich ebenfalls, aber ich ersetzte den Namen Finn automatisch durch ‹Swen› und konvertierte die Dateien in Dokumente, die mein Freund Raoul Aaronson auf seinem antiquierten Forester-Computer lesen konnte. Ich schickte sie ihm mit der Bitte, das Deutsch zu entschlüsseln und ins Englische zu übersetzen, falls er die Zeit erübrigen könnte. Ich sei überlastet, schrieb ich ihm.

Dann begann ich mit der Arbeit am ersten Teil des Tagebuchs. Die Einträge befassten sich mit Studienfragen, gelegentlichen Dates, Flirts, Filmen, dem ein oder anderen Konzert. Mein Name kam auf diesen Seiten kein einziges Mal vor – Eliana hatte mich ja seit immerhin vier Jahren nicht gesehen. Sie schrieb recht ausführlich über ihren Wettbewerbsentwurf für die Jugendherberge und hatte sogar einige Zeichnungen des Rubik aus unterschiedlichen Perspektiven eingefügt. Es war der Beweis für ihre künstlerische Urheberschaft am Rubik! Ich fragte mich, ob die Publikation ihr vielleicht posthum einen gewissen Ruhm einbringen würde. In der «Encyclopedia Universa» fand ich wenig über das Gebäude selbst, aber ich schickte eine Anfrage an Renko. Er hatte so seine geheimen Quellen außerhalb von Cyclops und würde möglicherweise mehr über die PAD-Wohneinheit herausfinden.

Während ich arbeitete, traf ich kaum eine Menschenseele. Ich ging zweimal mit Renko und Gao essen, aber die beiden waren meistens mit ihrer Arbeit oder mit sich selbst beschäftigt. Yolanda und Severin, die seit neuestem offiziell Gefährten waren, gondelten mit zwei neuen Fahrradkreationen von Severin durch die deutsche Provinz, und Rouge war völlig von ihren Quant-Projekten in Beschlag genommen. Yuka nahm mehrmals zu mir Kontakt auf, aber ich hielt es für unklug, ihr falsche Hoffnungen zu machen.

Im Norden der deutschen Provinz war der Juni kühl und nass gewesen, das machte es einfacher zu arbeiten. Aber eines Morgens, als ich im Eisberg an einem Zwischenbericht für Doc-Doc über den Rubik und Elianas Anteil an dessen Entwürfen saß, drang die Sonne endlich durch die Wolken. Ich hatte fast zwei Wochen am Stück gearbeitet – ein freier Nachmittag würde mir guttun.

Ich spielte schon seit mehreren Tagen mit dem Gedanken, Fischland-Darß und das Gebiet, das einmal Wustrow gewesen war, zu besuchen. Ich erwischte einen Citygleiter, der mich zusammen mit einer Gruppe Marinearchitekten und Maschinenbaustudenten von der EU Greifswald nach Zingst brachte – und kurz darauf war ich wieder auf der Halbinsel.

Zingst war kein quirliger Touristenort mehr. Ganz im Gegenteil. Es hatte sich mehr oder weniger in einen Metroport für Techniker, Ingenieure und Bauleute verwandelt, die sich auf der Halbinsel aufhielten, um sie in eine Meeresbergbauregion umzugestalten. Ich nahm mir ein Fahrrad, und los ging's.

Dark Winter und das Fehlen eines wirkungsvollen Küstenschutzes hatten Fischland-Darß im Laufe der Jahrhunderte stark verändert. Die Anstieg des Meeresspiegels, Unwetter, Stürme und Überschwemmungen hatten das Land erodiert und neue Erhöhungen und Inseln entstehen lassen. Fischland war jetzt durch die See vom Darß abgeschnitten, aber durch eine Brücke erneut mit ihm verbunden worden. Das Dorf Wustrow lag nicht unter Wasser, aber von der kleinen Gemeinde zwischen Bodden und Meer, die ich kennengelernt hatte, war kaum etwas übrig geblieben. Ich holperte über die unbefestigte Straße, in der die Lorenz-Familie ihr Feriendomizil gehabt hatte, glücklich darüber, den Weg überhaupt gefunden zu haben, und suchte nach dem Fachwerkhaus mit den grün-gelben Fenstern. Aber es war ebenso verschwunden wie alle Häuser drum herum. Ich konnte nicht erkennen, ob der Zahn der Zeit die Häuser zerstört hatte, Dark Winter oder das General Global Government mit seinen Neubesiedelungsplänen.

Ich saß eine Weile an der Stelle, wo früher einmal der Geräteschuppen hinter dem Haus gestanden hatte. Ich blickte über den Bodden und versuchte, mir den harzigen Geruch des Sägemehls von Roberts Tischlerarbeiten in Erinnerung zu rufen, den Geschmack von Angelikas Käsekuchen, den Klang von Elianas kehligem Lachen. Nichts, absolut nichts war von dieser Familie übrig geblieben. Dieses totale Ausgelöschtsein, diese Unerbittlichkeit der Zeit erfüllten mich mit Furcht. Und Trauer.

Mir kam der Gedanke, dass die Endlichkeit unseres Lebens, das Wissen, dass wir sterben werden, das Fundament war, auf dem Generationen ihr Leben aufgebaut hatten. Jetzt jedoch standen wir an einem Scheideweg. Wir flirteten mit der Unsterblichkeit. Meine Generation würde möglicherweise ewig leben können, aber auf dem Weg in die Unendlichkeit hatten wir absurderweise das Geschenk des Lebens aus den Augen verloren. Ich glaubte nicht etwa, dass Elianas Welt ein besserer Ort zum Leben war, aber sie wurde, wie ich jetzt wusste, intensiver empfunden. Ich sehnte mich danach, diese Intensität wieder zu erleben.

Und genau in diesem Moment war mir klar, was ich zu tun hatte.

Ich würde überlaufen.

Würden sie mich bleiben lassen, wenn ich erst fort war? Oder würden sie mich aufspüren und zurück ins Jahr 2265 zappen?

Ich stand auf.

Ja. Ich werde es tun.

Das Meeting am 19. Juni im Olga-Zhukova-Institut hatte noch nicht begonnen. Zunächst stellte man uns eine kleine Gestalt vor, die in der Ecke saß, und ich witterte den Ärger sofort. Es war Mr. Ciucurescu, der pedantische Finanzverwalter des OZI. Professor Grossmann sprach ihn an. «Haben Sie etwas aus der Hauptstadt gehört?»

«Allerdings», antwortete das Männchen mit seiner piepsigen Stimme. «La Palma hat bestätigt, dass ‹Projekt Zeit› gestrichen wird. Das Triple G hat die Finanzierung gestoppt.»

«Das haben wir befürchtet», sagte der Professor.

Gestrichen? Ich wandte mich Rouge zu, doch die schien ihren Nagellack plötzlich weit interessanter zu finden als das Meeting. Ich sah Professor Grossmann an, Dr. Dr. Sriwanichpoom und Yuka Shihomi – alle wichen meinem Blick aus. Offenbar waren sie schon eingeweiht gewesen. «Gestrichen?», rief ich. «Was bedeutet das?»

«Leider», sagte Professor Grossmann, «heißt das, dass wir unser Experiment nicht fortsetzen können. Was natürlich extrem ärgerlich ist. Gerade jetzt, wo wir einige sehr interessante Resultate erzielt haben.»

Im Raum wurde es totenstill. Ich spürte förmlich, wie mir der Boden unter den Füßen wegglitt. «Aber das ist unmöglich!», schrie ich.

Der Professor wandte sich an Rouge. «Wie bereits besprochen, wird das keinerlei Auswirkung auf Ihre Dissertation haben, aber –» Er sah wieder mich an. «Unmöglich oder nicht, es wird leider keine weitere Zeitreise mehr geben.»

Ich glaubte, mich übergeben zu müssen. Ich kämpfte verzweifelt dagegen an und schoss von meinem Sitz hoch. «Keine weitere Reise? Was reden Sie denn da? Das können Sie nicht machen!»

Ich *musste* zurück. Eliana wartete auf mich. Wie konnte ich nicht zu ihr zurückkehren? Wie konnte ich sie enttäuschen? Es würde sie verletzen, es würde sie umbringen. Und es würde auch mich umbringen. Allein der Gedanke war unerträglich.

«Mr. Nordstrom, bitte lassen Sie es uns erklären», sagte Doc-Doc mit seinem üblichen unterkühlten Näseln. «Wir verstehen ja, dass Sie enttäuscht sind –»

«Enttäuscht?»

Doc-Doc ging gar nicht auf meinen Einwurf ein. «... angesichts der Bindungen an die Menschen, die Sie während Ihres Außendiensts kennengelernt haben. Aber da wir mit Ihrem Beitrag zu dem Projekt mehr als zufrieden sind, werden wir Sie gern für Ihre Mühe entschädigen.»

«Sparen Sie sich Ihre Entschädigung. Dieser Mann muss zurück!»

Doc-Doc sprach unbeirrt weiter. «Zum einen planen wir eine neue Ausstellung in der Bibliothek, in deren Mittelpunkt die Tagebücher stehen werden. Der vorläufige Arbeitstitel lautet: ‹Liebe in den Zeiten des Caffè

Latte›. Zum anderen haben wir beschlossen, Sie zum Senior-Historiker zu befördern. Wie Sie wissen, ist das eine außergewöhnliche Ehre für einen Prä-Adult, der weder einen Doktorgrad noch eine Gefährtin vorzuweisen hat, und –»

«Das kann doch nicht Ihr Ernst sein!», fuhr ich dazwischen. «Es sind Pläne gemacht worden! Es sind noch Dinge abzuschließen! Sie müssen diese letzte Reise einfach genehmigen!»

Rouge wandte sich an den Finanzverwalter des OZI. «Besteht denn wirklich gar keine Möglichkeit –»

«Leider nein, Mademoiselle Moreau!», seufzte Mr. Ciucurescu und erhob sich. «Die Entscheidung ist endgültig.» Er sah Professor Grossmann an. «Sind wir dann hier fertig?»

«Vielen Dank», sagte der Professor. «Im Augenblick benötigen wir Sie nicht.» Er seufzte schwer und rieb sich die Stirn.

Der kleine Mann ging Richtung Tür.

«Moment noch! Bitte!», sagte ich und stürzte auf ihn zu. Ich packte seinen Arm. «Können Sie es sich nicht noch mal überlegen?»

Der Finanzverwalter schrumpfte geradezu in sich zusammen, als ich ihn berührte. Er warf mir einen raschen, verstörten Blick zu und floh durch die Tür in Sicherheit.

«Junger Mann», sagte Dr. Dr. Sriwanichpoom.

Ich drehte mich zu Doc-Doc um.

«‹Es sind Pläne gemacht worden?›», äffte er mich nach. «Glauben Sie ernsthaft, Ihre privaten Abenteuer hätten irgendeine Bedeutung für die Wissenschaft?»

«Private Abenteuer? Es war doch der Auftrag. Sie haben gesagt: ‹Folgen Sie Ihrem Herzen.› Genau das ist geschehen. Und jetzt sagen Sie plötzlich: ‹Schalten Sie's wieder ab!› Was für ein Spiel spielen Sie hier eigentlich?»

Es war sehr still im Raum geworden. Doc-Doc schenkte sich ein Glas Wasser ein. Das Geräusch schien von den Wänden widerzuhallen.

«Sie schulden diesem Mann eine Antwort!», tobte ich.

«Mr. Nordstrom», sagte Doc-Doc und rülpste leise. «Wir wussten schon immer, dass Sie etwas überspannt sind. Aber wir hätten nicht gedacht, dass Sie Ihre hehren Ideale gegen ein triviales Melodram eintauschen. Ihr theatralisches Verhalten können wir nun wirklich nicht gebrauchen. Sie haben dem armen Mr. Ciucurescu Angst gemacht.»

«Theatralisches Verhalten?», donnerte ich. «Das ist Zorn! Das ist Enttäuschung! Das ist Frust!»

«Eben! Wir sind pragmatische Menschen, die Probleme lösen. Sie zu kreieren gehört nicht zu unseren Aufgaben. Schon gar nicht mit Hitzköpfigkeit.»

«Aber dieses Problem haben Sie sehr wohl kreiert!» Ich schlug mir mit der Hand auf die Brust, wo mein Herz wild pochte. «Was geht hier vor?»

Der Professor hob eine Hand und wandte sich an Doc-Doc. «Rirkrit, einen Moment bitte. Vielleicht ist es doch an der Zeit, Mr. Nordstrom einiges zu erklären.»

«Vielleicht?», zischte ich.

Der Professor öffnete den Hemdkragen und lockerte seinen Bolotie. An dem Ding baumelte heute eine Brosche, die einen Rinderschädel im Wüstensand darstellte.

«Der langen Rede kurzer Sinn», begann Professor Grossmann, «‹Projekt Zeit› war die gemeinschaftliche Beteiligung der Europäischen Bibliothek und des Olga-Zhukova-Instituts für Angewandte Physik an einem europaweiten Hochschulwettbewerb, der von dem Triple

G finanziert worden ist. Der Wettbewerb trug den Titel ‹Fruchtbarkeit Jetzt!› und sollte als Anreiz dienen, originelle Methoden zu entwickeln, mit denen sich die sinkenden Geburtenraten auf dem Kontinent aufhalten ließen. Wie Sie sehr wohl wissen, Mr. Nordstrom, arbeiten Wissenschaftler in aller Welt fieberhaft an der Verbesserung unserer Klontechnik, eine der aussichtsreichsten Strategien zur Reproduktion der Menschheit. Nun wollen wir das Fruchtbarkeitsproblem jedoch von mehreren Ebenen aus angehen. Ein natürlicheres und weniger kostenaufwendiges Reproduktionsverfahren wäre höchst willkommen. Mademoiselle Moreau, würden Sie bitte unsere Grundthese erläutern?»

Noch immer mied Rouge den direkten Blickkontakt. «Unsere Grundthese lautet», begann sie, «dass zwar die Liebe zwischen Eltern und Kind in den ersten fünfzehn Lebensjahren bis zu einem gewissen Grad in unserer modernen Gesellschaft besteht, dass uns jedoch die Liebe zwischen Mann und Frau – die romantische Liebe, wenn man so will – verlorengegangen ist. Wir vermuten nun, dass diese Liebe – die selbstlose, leidenschaftliche Liebe, um genau zu sein –, die ja in der Vergangenheit eine große Kraft darstellte, auch der Fruchtbarkeit und Reproduktion zuträglich sein könnte. Wenn wir eine Form der romantischen Liebe aus der Vergangenheit in unsere Zeit holen könnten – mit Hilfe von Zeitreisen, beispielsweise über einen Träger –, so könnte dieser Träger die Menschen hier mit einem, nennen wir es mal, ‹Liebeskeim› infizieren. Dieser –»

«Es handelt sich nicht um eine Infektion im herkömmlichen medizinischen Sinne», warf Yuka Shihomi ein, «aber wir hofften, dass sich dieser sogenannte Keim wie ein Virus durch menschlichen Kontakt rasch ausbreiten und im Idealfall zu einem fortpflanzungsfreundlicheren Klima in den infizierten Körpern führen würde.»

«Danke für deinen Beitrag, Yuka», sagte Rouge mit einem eisigen Lächeln. Sie wandte sich mir wieder zu. «Wir gehen davon aus, dass unsere Welt und alle unsere physischen Systeme miteinander verbunden und verschränkt sind und dass sie sich auf tiefen emotionalen Ebenen gegenseitig beeinflussen können. Man spricht von Entanglement. Mit anderen Worten: Der Körper eines Menschen kann positiv reagieren, wenn er den starken Emotionen eines anderen Menschen ausgesetzt wird. Diese emotionale Energie, insbesondere die der Leidenschaft – wir sprechen in dem Zusammenhang von Liebeswellen oder *Unduli amoris* –, interagiert mit unseren Körpern und wirkt sich förderlich auf die Reproduktion aus.»

Professor Grossmann holte ein Taschentuch hervor und wischte sich über die Stirn. «Vielen Dank. Das ist die Sachlage – kurz gefasst.» Er sah mich an. «Natürlich auch eine stark vereinfachte Erklärung.»

Ich war fassungslos. «Ein Liebeskeim? Sie machen Witze!»

«Man kann uns ja vieles nachsagen», erwiderte der Professor, «aber bestimmt nicht, dass wir Witze machen.»

Wenn ich nicht so aufgebracht gewesen wäre, wäre ich sicher in Gelächter ausgebrochen. «Die Liebe, eine virusähnliche Infektion? Wenn überhaupt, dann ist sie ein Heilmittel!»

«Stimmt! Es gibt viele heilsame Viren!», bestätigte Yuka Shihomi und nickte heftig.

Der Professor pflichtete ihr bei. «Dr. Shihomi weiß, wovon sie spricht. Gleichwohl möchten wir klarstellen, dass es sich bei unserem Liebeskeim nicht um ein echtes Virus handelt, auch wenn er sich wie eines verhält. Unsere Entdeckung hat ebenso viel mit Quantenphysik zu tun wie mit Biologie.» Er lächelte Yuka Shihomi an. «Dr. Shihomi hat einen leicht verständlichen Bericht erstellt, in dem sie den neusten Stand der Forschung in Sachen Physiologie des Körpers erläutert und detailliert darlegt, welche Energien, chemischen Prozesse und elektrischen Impulse ausgelöst werden, wenn jemand sich verliebt, und wie das wiederum ein reproduktionsbereites Klima im Körper begünstigt. Sie sollten sich den Bericht mal in Ruhe ansehen. Dr. Shihomi?»

«Übertragung abgeschlossen», sagte Yuka Shihomi und lächelte mich zärtlich an.

Ein Plinkblink erschien auf meinem BB-Raster.

«Wir haben mit einem kleinen aber feinen Biologenteam zusammengearbeitet», sagte Yuka, «darunter auch Dr. Dr. Sriwanichpooms Gattin, Dr. Dr. Gwyneth Elwyn.»

«Eine hervorragende Frau!», bemerkte Professor Grossmann, an Doc-Doc gewandt. «Äußerst kompetent.»

«Danke», sagte Doc-Doc. «Sie erwähnte, dass Sie das Vergnügen haben, sagen wir, eng zusammenzuarbeiten. Bitte fahren Sie fort, Dr. Shihomi.»

«Unser Team», sagte Yuka und schaute wieder mich an, «hat dieser neuen, äußerst virulenten Infektion zwei Namen gegeben. Umgangssprachlich wird sich der Begriff ‹Liebeskeim› durchsetzen. Aber der offizielle lateinische Name lautet nun *Amorivirus nordstromi*, was Nordstroms Liebesvirus bedeutet. Es –»

«Sie haben diesen sogenannten Liebeskeim nach diesem Mann benannt?», fiel ich ihr wütend ins Wort. «Was fällt Ihnen ein? Mit welchem Recht?»

Yuka sah aus, als würde sie gleich in Tränen ausbrechen.

«Wir dachten, Sie wären geschmeichelt», protestierte Doc-Doc. «Wir dachten –»

Auch ihm fiel ich ins Wort. «Sie hatten tatsächlich vor, aus diesem ganz gewöhnlichen Mann, der hier vor Ihnen steht, einen –»

«Aber du bist nicht gewöhnlich!», platzte Yuka heraus. «Du bist ein Dichter, ein Künstler. Du hast starke Instinkte. Und wir hatten eindeutige Beweise, dass du über die Gabe der Liebe verfügst, über die richtige Energie, tiefe Gefühle der Zuneigung zu erzeugen. Wir glaubten, deine Liebe könnte die Welt bevölkern. Es –»

«Jetzt mach aber mal halblang, Yuka», unterbrach Rouge sie und bedachte ihre Kollegin mit einem ihrer vernichtenden Blicke.

Yukas Gesicht lief rosa an.

«Eindeutige Beweise?», fragte ich.

«Finn», sagte Rouge. «Lass uns heute Abend darüber reden, wenn du dich beruhigt hast. Bitte. Es gibt vieles zu bereden. Vieles zu erklären.»

«Warum nicht jetzt? Hatten Sie etwa vor, aus einem gewöhnlichen Historiker eine Art Fruchtbarkeitsgott des dreiundzwanzigsten Jahrhunderts zu machen? Was sollen das überhaupt für Beweise gewesen –»

«Fruchtbarkeitsgott?», schnitt Doc-Doc ihm das Wort ab. «Machen Sie sich nicht lächerlich, Junge. Das hier ist doch kein Voodoo.»

«Aber eindeutig ein Affentheater!», schrie ich.

«Finn», sagte Rouge, «aber es funktioniert doch! Du bist noch keine drei Wochen zurück, und schon erwarten Severin und Yolanda ein Baby! Sie haben es am Freitag erfahren. Du hast Zeit mit ihnen verbracht, hast sie infiziert.»

«Und Ihr Freund ebenfalls», sagte Doc-Doc. «Renko Hoogeveen und seine zukünftige Gefährtin, Gee Dingdong-Jackson.»

«Gao Dongsheng-Johnson», verbesserte ich ihn.

Renko und Gao – schwanger?

«Und wo wir schon dabei sind», sagte der Professor, «können wir auch die Grossmanns mit auf die Liste setzen. Mrs. Grossmann ist guter Hoffnung. Wir haben gestern Bescheid bekommen.»

«Das ist ja wunderbar!», rief Yuka.

«Wir glauben nicht an einen Zufall!», sagte Rouge zu mir. «Du hast unmittelbar nach deiner Rückkehr mit Professor Grossmann gesprochen. Du warst extrem ansteckend. Und er hat seine Gattin mit deinen Liebeswellen, den *Unduli amori,* infiziert.»

«Dann wird es Sie alle interessieren», fügte Doc-Doc hinzu, «dass Mrs. Sriwanichpoom ebenfalls in anderen Umständen ist.»

«Bravo!», gratulierte der Professor.

«Na bitte!», sagte Rouge mit Genugtuung zu mir. «Du warst am Tag nach deiner Rückkehr auf einer Besprechung beim Direktor.»

«Bedauerlicherweise», setzte Doc-Doc giftig hinzu, «ist sie nicht von ihrem eigenen Mann schwanger.» Er wandte sich an Finn. «Ihr Liebesvirus hat das System dieses Mannes bei unserer letzten Begegnung leider *nicht* befallen.»

«Wen wundert's?», murmelte ich.

Doc-Doc warf dem Professor einen vielsagenden Blick zu. «Aber *Ihres* hat offenbar Gwyneths infiltriert.»

«Ups», machte der Professor sichtlich verlegen. «Sorry, Rirkrit. Es ist nichts Persönliches. Ihre Gattin war eben spätabends im Labor, und eins führte zum anderen.»

«Ihr seid ja alle irre!», entfuhr es mir. «Hier geht's ja zu wie in einem Klonhaus! Und eines versteht dieser Historiker nicht. Wenn das Projekt doch so ein Erfolg war, warum wird der Geldfluss abgewürgt?»

«Ha!», sagte der Professor. «Das ist eine ausgezeichnete Frage, Mr. Nordstrom! Dr. Shihomi, wahrscheinlich sind Sie am besten dazu qualifiziert, sie zu beantworten?»

«Gewiss», sagte sie und warf Rouge einen Blick zu, in dem ein Anflug von Häme lag. «Gerade haben wir vom Subkontinent die noch unveröffentlichte Nachricht erhalten, dass Experimente mit temporären Uterustransplantationen erfolgreich waren und ihr Einsatz bei Männern genehmigt wurde. Die komplexe Ausgewogenheit der hormonellen Regulation zwischen Mutter und Kind lässt sich auf Vater und Kind übertragen. Und erstaunlicherweise ist es nun auch gelungen, den Fötus in Männern heranreifen zu lassen, ohne dass unerwünschte hormonelle oder sonstige Nebenwirkungen für den Wirtskörper auftreten. Das ist ein echter Durchbruch und bedeutet, dass sich unsere Chancen auf Bevölkerungswachstum nun verdoppelt haben.»

Professor Grossmann meldete sich jetzt zu Wort. «Am Olga-Zhukova-Institut sind wir nach wie vor der Überzeugung, dass die *natürliche* Empfängnis im biologischen Mutterleib die gesündesten Babys hervorbringt, aber das Triple G hat nun angeordnet, sämtliche Finanzmittel in das Projekt Doppel-M zu stecken.»

«Doppel-M?», wollte ich wissen.

«Projekt MM, oder Männliche Mutter.» Er sah mich an. «Deshalb ist die Finanzierung unseres Zeitreiseprojektes gestrichen worden. Was zugegebenermaßen nachzuvollziehen ist. Zeitreisen sind kostspielig, kompliziert und zeitaufwendig.» Er zwinkerte mir zu. «Das Letztere im doppelten Wortsinn.»

Ich hatte das Gefühl, als hätte ich einen Faustschlag in den Unterleib bekommen – ebenfalls im doppelten Wortsinn. «Es hat mir noch immer keiner verraten, was für eindeutige Beweise Sie gehabt hatten, dass dieser Mann dazu qualifiziert war, der sogenannte Träger eures sogenannten Liebeskeimes zu sein.»

Professor Grossmann erhob sich. Er hatte ein gütiges Lächeln aufgesetzt. «Mr. Nordstrom, unsere Kollegin Rouge Moreau hat bereits angeboten, Ihnen später am Abend weitere Einzelheiten zu erklären. Wir bedauern diese Kürzungen zutiefst und werden alles tun, was in unserer Macht steht, um Ihnen über Ihre Enttäuschung hinwegzuhelfen. Vertrauen Sie uns.» Er blickte in die Runde. «Können wir dieses Meeting damit beenden?»

Also keine Chance, ihnen an diesem Tag noch etwas mehr zu entlocken. Ich wandte mich Rouge zu. «Heute Abend?»

Sie nickte.

Ich ging Richtung Tür.

«Moment», sagte Doc-Doc. «Sie können nicht einfach so gehen.»

Ich drehte mich um. «Wieso nicht?»

«Sie sind unser wichtigster Virusträger», sagte der Professor. «Daher wüssten wir gern, wo Sie sich aufhalten. Die Zeitreisen sind gestrichen worden, nicht das Projekt selbst.»

«In der Tat», sagte Doc-Doc. «Wir haben noch vor, unsere Forschungen an Ihnen fortzusetzen.»

Glaubten die wirklich, dass ich jetzt noch weiter mit ihnen arbeiten würde? Jetzt, wo sie mir mein Glück genommen hatten?

«Kopf hoch, Junge!», sagte Doc-Doc. «Sie leben in der besten aller möglichen Welten! Überlegen Sie doch mal: Sie können sich jederzeit neu verlieben.»

«Was für ein lächerlicher Gedanke!», brach es aus mir heraus. «Das zeigt nur, wie wenig Sie über die Liebe wissen!»

«Ach, Mr. Nordstrom», sagte er. «In Ihrem Kopf stecken so viele törichte Ideen.»

«Und in Ihrem, Doc-Doc, steckt nichts als *bunk*!» Ich wandte mich zum Gehen.

«Doc-Doc?», hörte ich ihn entrüstet sagen. «Sagte er gerade Doc-Doc?»

«*Bunk*?», fragte Professor Grossmann. «Was ist *bunk*?»

Ich öffnete die Tür.

«Ein Synonym für *bullshit*», sagte Rouge zu dem Professor. «Nordamerikanisch. Frühes zwanzigstes Jahrhundert, die Zusammensetzung von ‹Bulle› und dessen Ausscheidungen, das Wort Sch–»

Ich knallte die Tür hinter mir zu.

24 Sternschnuppe im Schmetterlingsnetz

Nur mein Zorn hielt mich davon ab, zusammenzubrechen und mich in Nichts aufzulösen. Auf dem ganzen Weg nach Greifswald und dann fünfunddreißig Kilometer weiter nach Nordwesten bis Stralsund hielt ich mich mit meinem letzten Nanogramm Kraft an diesem Zorn fest.

Einen Forscher wegen eines vertraulichen Projektes aufzusuchen – noch dazu ohne den eigenen Vorgesetzten zu informieren – war ein schwerer Verstoß gegen das Protokoll. Aber gerade jetzt, fand ich, hatte das Protokoll einen schweren Verstoß verdient. Außerdem, so schien mir, benötigte die Europäische Bibliothek meine Dienste nicht mehr. Die Bibliothek und das OZI hatten mich, seit ich an diesem Projekt mitgearbeitet hatte, ständig hintergangen. Jetzt brauchte erst einmal ich eine ehrliche Antwort auf das Geheimnis, das die Tagebücher umgab.

Ich hatte Glück. Dr. Cornelius Beyer arbeitete gerade an einer Ausgrabung auf der Insel Rügen, die ganz leicht über eine Brücke von Stralsund aus zu erreichen war. Während seine Studenten hinter uns in den Ruinen eines Hauses mit Garage Artefakte aus den Jahren 1935–1988 sicherten, saßen wir an einem kleinen Holztisch und tranken gekühlten Spicer. Dr. Beyer sah kleiner aus, als ich ihn in Erinnerung hatte, und älter – er ging auf die neunzig zu –, aber er war so scharfsinnig wie eh und je und hatte noch immer ein Gedächtnis wie der gute alte Elfnt-100gzb MemoryChip.

«Ja», sagte der Archäologe, «wir haben die Tagebücher auf dem Grund des Saaler Boddens gefunden. Sie befanden sich in einem schwarzen Koffer. Gehäuse und Griff des Koffers bestanden aus einem harten Kunststoff, und er war mit Neopren versiegelt. Er lag unter einem Trümmerhaufen, den Überresten eines kleinen Kampfflugzeuges, wie wir feststellen konnten: Ein SL-0815 MiniSpinoFighter der fünften Generation. Der Spino ist wahrscheinlich 2056 abgestürzt, während der Angriffe der Skandinavischen Allianz auf die deutsche Ostseeküste. Wie auch immer –» Er schloss fest die Augen und durchforstete sein Gedächtnis. «Ja. Die Versenkung des Koffers im Bodden konnten wir auf 2018 datieren, und zwar aufgrund unserer Untersuchung der Sedimentschichten, die sich über dem Fund abgelagert hatten. Er war eindeutig absichtlich dort versenkt worden.»

«Absichtlich?»

«Ja. Er war mit schweren Edelstahlblöcken beschwert. Jeder Block wog etwa fünf Kilogramm, und sie waren auf dem Deckel des Koffers mit einem Spezialkleber befestigt: ein Block in jeder Ecke. Anschließend hatte man das Ganze in einen Schaumstoffkern eingepasst. So haben die Tagebücher überlebt.» Er blickte auf. «Schwierige Aufgabe, diese Tagebücher?»

«Allerdings. Aber nicht so schwierig, wie so einen Koffer anzufertigen, möchte man meinen», sagte ich mit einem Lachen.

Er nickte. «Ja. Da hat sich jemand viele Gedanken gemacht. Waren die Tagebücher die ganze Mühe wert?»

«Unbedingt.» Und zwar mehr, als Dr. Beyer jemals ahnen würde.

«Hat die Schreiberin den Dark Winter überlebt?»

«Das wissen wir nicht.» *Noch* nicht.

«Haben Sie ihren Namen herausgefunden?»

«Ja. Eliana. Eliana Lorenz.» Meine Stimme zitterte, als ich den Namen aussprach.

Der Archäologe musterte mich einen Moment, als hätte er gerade einen besonders verblüffenden Fund ausgegraben.

Ich spürte, wie ich rot wurde, und räusperte mich. «Sie hat Architektur studiert», sagte ich und trank einen Schluck von meinem Spicer.

«Die vielen Herzchen und Smileys», sagte Cornelius Beyer, der beschlossen hatte, meine offensichtliche Gefühlsaufwallung zu übergehen. «Die ganze kindliche Albernheit. Wer hätte gedacht, dass sie mal Architektin werden würde? – Dann wurden *Sie* also mit dem Entschlüsseln und Übersetzen beauftragt. Gute Wahl. Sie waren ein schlauer Bursche. Sind es noch immer – hoffentlich?»

Ich zuckte die Achseln.

«Noch immer so bescheiden?»

Wieder zuckte ich die Achseln.

Er faltete die Hände vor sich und sah mich erwartungsvoll an, wartete auf meine nächste Frage.

«Erinnern Sie sich noch, wie viele Tagebücher es insgesamt waren?»

«Acht.»

Dann war das Tagebuch, an dem ich arbeitete, also tatsächlich ihr letztes. Wahrscheinlich der letzte noch vorhandene Beweis ihrer Existenz.

«Mit dem ersten hat sie an ihrem 13. Geburtstag begonnen», sagte der Archäologe. «Und mit dem letzten Anfang September 2011 aufgehört. – Gibt Ihnen dieser Einfaltspinsel Sriwanichpoom die Bücher nur eins nach dem anderen? Fragen Sie deshalb danach?»

«Nun ja –»

«Was für ein Pedant», unterbrach er mich. «Genial, aber überkorrekt. Bei manchen Projekten muss man auch mal ein Auge zudrücken. Macht er Ihnen das Leben schwer? Soll dieser Archäologe mal mit ihm reden?»

«Nein, nein, nicht nötig. Wir sind ohnehin fast fertig mit der Übersetzung. Dieser Historiker hat sich nur gefragt, ob danach noch mehr kommt.»

«Verstehe. – War das dann alles?», fragte er und stand auf. Er wollte wieder an die Arbeit.

«Noch eine letzte Frage, bitte. Sind Sie je dazu gekommen, die Tagebücher zu lesen?» Ich fragte das so ungezwungen wie möglich.

«Nein. Dieser Archäologe hat sie natürlich flüchtig durchgesehen, hier und da ein bisschen darin geblättert, schnell gemerkt, dass ein Spezialist für die Jahrtausendwende besser für die Übersetzung geeignet wäre, und sie daraufhin umgehend nach Greifswald geschickt.»

Ich glaubte ihm. Es gab keinen Grund, es nicht zu tun.

Er begleitete mich zu dem Weg, der zurück zur Hauptstraße führte. «Aber wieso haben die so lange gebraucht, einen passenden Übersetzer zu finden?», fragte er. «Wieso diese Verzögerung?»

«Verzögerung?»

«Wir haben die Tagebücher doch schon vor sechs Jahren gefunden.»

«Vor sechs Jahren?» Mein Magen machte einen Salto rückwärts. Wenn Dr. Beyer mich nicht gepackt und festgehalten hätte, wäre ich glatt in die Ausgrabungsstätte gekippt und auf der gut erhaltenen Karosserie eines Trabant-Automobiles gelandet, das sie gerade ausgegraben hatten.

«Ja», sagte der Professor. «Wir haben die Tagebücher im Sommer 2259 gefunden. Am 17. August. Wann, sagten Sie, haben Sie mit der Übersetzung angefangen?»

Vor sechs Jahren! Die Europäische Bibliothek hatte Elianas Tagebücher fünf Jahre lang in ihrem Besitz gehabt, bevor man mich mit dem Projekt betraute. Zu dem Zeitpunkt hatte ganz sicher schon jemand den Inhalt entschlüsselt und übersetzt. Wer? Und wer hatte die Übersetzung danach gelesen? Doc-Doc hundertprozentig. Professor Grossmann vielleicht. Möglicherweise sogar Rouge. Und warum hatten sie das vor mir geheim gehalten? Je länger ich darüber nachdachte, desto klarer wurde mir alles: Ich war schon immer Teil ihres Plans gewesen. Vielleicht hatte mich sogar die Europäische Bibliothek vor vier Jahren nur deshalb eingestellt. Aber wie lautete der Plan genau? Beschränkte er sich darauf, dass ich diesen sogenannten Liebesvirus mit zurückbringen sollte, oder steckte mehr dahinter? Diese Geschichte mit dem Virus kam mir so weit hergeholt vor.

Diese und andere Fragen gingen mir auf dem Rückweg nach Berlin im Swuttle durch den Kopf, als ein Plinkblink auf meinem BB-Raster erschien. Es waren Renko und Gao. Ich hatte die beiden völlig vergessen. Ich klinkte mich in die Kamera der Einzelkabine ein.

«Hallo, hallo, hallo!», riefen Renko und Gao.

Sie sahen überglücklich aus.

«Finnkins! Wir müssen dir was erzählen!», sagte Gao.

«Wir erwarten ein Kind!», brüllte Renko dazwischen. «Es wird ein Junge!»

Ich gratulierte ihnen, natürlich ohne mir anmerken zu lassen, dass ich es bereits wusste. Gao warf mir einen Kuss zu. «Bis dann, Finnkins. Gynäkologen warten nicht gern. Lass uns morgen feiern!»

«Gute Idee», sagte ich.

«Und weißt du was?», sagte Renko, als Gao gegangen war. «*Breaking news!* Wir sind verliebt!» Er zwinkerte mir zu. «Unglaublich, aber wahr. Um einen guten Freund zu zitieren.»

«Verliebt!» Das war wirklich eine erstaunliche Neuigkeit. Vielleicht war an diesem Virus ja doch etwas dran.

«Diesem Freund … Diesem Freund ist ständig durch den Kopf gegangen, was du über Liebe gesagt hast. Und je länger … je länger dieser Mann darüber nachgedacht hat, desto klarer wurde ihm, dass Gao *the one and only* ist. Und sobald … sobald dieser Mann das erkannt hatte, war es wirklich ganz einfach, in den Liebesmodus einzuschalten und die Liebe auch tatsächlich zu spüren.»

«Und? Wie fühlt sich der Liebesmodus an? Inwendig?», frozelte ich. «Um einen guten Freund zu zitieren.»

Renko schloss die Augen, konzentrierte sich offensichtlich und sagte dann mit großer Zärtlichkeit: «Ein Leben ohne sie ist wie ein falsches Leben im richtigen.»

Ich war gerührt. «Das ist so schön, Renko. Wirklich schön. ‹Ein Leben ohne sie ist wie ein falsches Leben im richtigen.›»

Er lächelte fröhlich. «Danke, Finnkins. Aber leider ist

das nicht von dieser Wenigkeit. Es ist aus einem Buch. Oder vielleicht auch aus einem Zelluloid. Weiß nicht mehr genau.»

«Wenn wir dir so direkt gesagt hätten, dass ‹Folgen Sie Ihrem Herzen› eigentlich hieß ‹Verlieben Sie sich›, was hättest du dann wohl gemacht?», fragte Rouge.

Ich schwieg, ich war einfach zu wütend.

«Du hättest gesagt: ‹Nein danke›», beantwortete sie die Frage für mich.

Wir preschten im Laufschritt durch den Englischen Garten im Museum der Europäischen Kulturen, ohne ein bestimmtes Ziel. Wir hatten uns im Rubik getroffen, aber ich musste einfach raus. Ich brauchte Luft, Bewegung, Freiraum.

Es war ein milder Abend, einen Tag vor der Sommersonnenwende. Obwohl es schon fast 22.00 Uhr war, war es noch nicht dunkel. Das Licht ließ die Wolken rosa erstrahlen. Das Farbenspiel erinnerte mich für einen Moment an die Zuckerwatte, die Mannu und ich einmal auf einem Forester-Jahrmarkt gegessen hatten. Doch diese Erinnerung zerfloss beinahe ebenso schnell wie damals der rosa Flaum in unseren Mündern.

«Außerdem», sagte Rouge, «war uns bewusst, dass die Liebe ein äußerst empfindliches Phänomen ist. Wenn wir dir etwas gesagt hätten, hättest du dich vielleicht unter Druck gesetzt gefühlt, und das hätte vielleicht eine negative Wirkung auf dich und unseren schönen Plan gehabt. Wir wollten einfach nicht riskieren, dass etwas schiefging. So viel hing davon ab.»

«Was denn genau? Deine Dissertation?» Das war gemein von mir. Aber sie hatte es verdient – und das wusste sie auch. Sie hatte zugegeben, dass sie tatsächlich den Inhalt der Tagebücher gekannt hatte – und zwar lange vor mir. Sie hatte mich bewusst getäuscht. Alle hatten mich bewusst getäuscht.

«Finn, wir waren der festen Überzeugung, dass das Überleben Europas vom Erfolg des Projekts abhängt.»

«Finn Nordstrom, der Retter Europas! Das ist doch lächerlich!»

Inmitten eines Meers aus Lilien sah ich weiter vorne den Pavillon des Museums: eine schmiedeeiserne Halbkuppel aus dem zwanzigsten Jahrhundert, Voliere genannt. Ich rannte das Treppchen hinauf, zwei Stufen auf einmal, und ließ mich auf die Bank fallen.

Rouge setzte sich neben mich.

Ich schüttelte den Kopf. «Irgendwas stimmt hier doch nicht. Jeder, der das Tagebuch gelesen hat, wusste, dass Eliana jemanden namens Finn Nordstrom kennengelernt und sich in ihn verliebt hat. Ihr hattet eure ‹eindeutigen Beweise›. Ihr *wusstet*, dass es passieren würde. Also warum die Angst, euer Plan könnte scheitern?»

«Das Multiversum ist sehr empfindlich. Wir wissen noch längst nicht alles darüber. Wir hatten die Befürchtung, du würdest dich vielleicht nicht verlieben und wir könnten uns in eine alternative Welt abspalten. Nirgendwo in Elianas Tagebuch stand: ‹Finn hat mir heute gesagt, dass er mich liebt.› Aber selbst wenn dieser Satz im Tagebuch aufgetaucht wäre, wäre das noch lange kein Beweis dafür gewesen, dass Eliana die Situation richtig eingeschätzt hat. Wir mussten dich beobachten.»

«‹Wir mussten dich beobachten›», äffte ich sie nach. «Laborprobe A: ‹Verliebter Mann.›» Ich war aufgesprungen und tigerte jetzt auf und ab. «Um ein Haar hättet ihr Laborprobe B bekommen: ‹*Toter* verliebter Mann.› Warum um alles in der Welt haben sie uns ins Jahr 2009, in die Parallelwelt geschickt, wenn doch aus dem Tagebuch klar hervorging, dass wir nie dort angekommen sind, wo wir hin wollten?»

«Der Professor dachte, wir würden in einem wunderbaren alternativen Berlin landen, und er war sehr daran interessiert, einen genauen Bericht darüber zu bekommen. Er ist sehr ehrgeizig, auch wenn er das meistens gut überspielt. Und wir wussten ja auch, dass du es lebend überstehen würdest, weil Eliana über deinen Besuch im August 2011 geschrieben hatte.»

«Dieser Besucher im Jahr 2011 hätte ein Klon von Finn Nordstrom sein können. Ein Memoklon», hielt ich ihr entgegen.

Sie blickte entnervt. «Es ist schon schwierig genug, ein normales menschliches Wesen dazu zu bringen, sich zu verlieben. Wieso hätten wir einen Memoklon auf den Fall ansetzen sollen?»

Der Gedanke – ich ein Klon – war natürlich absurd.

Rouge seufzte: «Noch mal: Sie dachten, wir würden in einer besseren Welt landen. Sind wir aber nicht. Es war ein Fehler. Ein großer Fehler. Wir lernen mit jeder Zeitreise etwas dazu.»

«Und dieser Zeitreisende bekommt mit jeder Zeitreise einen hübschen neuen Satz Rippen.» Ich blickte sie zornig an. «Aber mit dem Reisen ist es ja sowieso endgültig vorbei.» Überraschenderweise sah ich in ihrem Gesicht einen Hauch von Mitleid. Das verwirrte mich. War sie nun Freund oder Feind? War ich vielleicht mit ihr zu hart ins Gericht gegangen?

Rouge fuhr sich nervös mit den Fingern durch die roten Locken. «Finn, wir wussten nicht, dass die letzte Reise gestrichen werden würde. Auch wir wollten einen Abschluss. Wir wollten, dass du noch mal zurückgehst.»

«Und was passiert jetzt?» Ich schrie fast. Passanten blieben stehen und schauten in unsere Richtung. «Ging es wirklich nur um dieses Virus-Dings?», fragte ich, jetzt ein wenig ruhiger. «Die ganze Sache ist fünf Jahre lang in der Vorbereitung gewesen. Das erscheint mir viel zu kompliziert, viel zu raffiniert und komplex. Und das alles nur für eine Dissertation über einen Liebesvirus oder einen Beitrag zu einem Hochschulwettbewerb? Da steckt doch mehr dahinter. Oder?»

Aber sie hörte mir gar nicht zu. «Finn, glaube dieser Freundin einfach. Wir wollten, dass du zurückgehst. Auch wir wollten einen richtigen Abschluss.»

Frustriert stand ich wieder auf und schaute hoch in den dämmrigen Himmel, die Finger im schmiedeeisernen Gitter verhakt, das uns umschloss. Ich versuchte, ihre Worte zu verstehen: Auch wir wollten einen richtigen Abschluss. «Wenn die Sache wirklich einen Abschluss erfordert, Rouge, überrede sie bitte dazu, uns auf diese letzte Reise zu schicken.»

Rouge sah mich lange an.

Bestand vielleicht *doch* noch die Chance, dass ich zurückgehen konnte, um wenigstens adieu zu sagen oder sogar – ich traute mich kaum, den Gedanken zu Ende zu denken – in Elianas Zeit zu bleiben?

«Finn», sagte Rouge schließlich, «diese Quant weiß, was dir durch den Kopf geht. Du wärst nicht der Erste, der –» Sie wandte den Blick ab.

«Nicht der Erste, der was?»

Sie schwieg.

Sekunden vergingen. Ich hörte das *Wusch* der vorbeizischenden Fahrräder, das Gluckern des Wassers, das aus den dreistufigen Schalen des Brunnens vor uns herabplätscherte.

«Es wäre Wahnsinn, Finn», sagte sie leise. «Es wäre Wahnsinn, dort zu bleiben.»

Sie wusste es.

«Wir brauchen dich hier», sagte sie.

«Nein, das ist Unsinn! Wozu denn? Um ‹Liebe› zu verbreiten? Das können doch jetzt Yolanda und Severin und Renko übernehmen. Und Professor Grossmann. Der scheint auf dem Gebiet besonders talentiert zu sein.»

«Du könntest nicht mehr frei reisen. Du würdest an einem furchtbaren Zeitlag leiden. Und du bist nicht wie sie. Du bildest dir ein, verliebt zu sein, aber –»

«Du meinst, das sei Einbildung? Das ist eine ungeheuerliche Beleidigung.»

Sie suchte nach Worten. «Jetzt ist das alles ja gut und schön, weil es noch neu und frisch ist, aber … denk doch nur an die Streitereien. Die Tränen. Du bist nicht dafür gebaut. Die vielen Türen, die zuknallen. Die vielen –»

«Die vielen Türen, die sich öffnen!», sagte ich. «Und was weißt du schon von der Liebe?»

Wir sahen uns einen Moment in die Augen.

«Finn, in sieben Jahren wird die Welt, die du dann kennenlernst, untergehen. Du würdest einen schrecklichen Tod sterben.»

Ich war entsetzt. «Weißt du das so genau?»

«Nein. Nein.» Sie schüttelte heftig den Kopf. «Natürlich nicht. Überhaupt nicht. Nein.»

«Na bitte. Vielleicht haben wir eine Chance zu überleben! Das Leben im einundzwanzigsten Jahrhundert ging weiter. Die Welt hörte nicht auf, sich zu drehen. Moon

Zoomer wurden hergestellt, der Weltraum erkundet, der Mensch erschuf sich selbst neu, Körperteil für Körperteil. Menschen haben überlebt, Rouge. Sie lebten ihr Leben. Haben Häuser gebaut, die Liebe gefunden, Kinder zur Welt gebracht, die zu guten, anständigen Menschen heranwuchsen, die weitere gute, anständige Menschen hervorbrachten. Der Dark Winter war nicht nur finster und dunkel.»

Sie rang die Hände. Noch nie hatte ich sie so außer sich gesehen. «Aber vielleicht kommst du nicht mal dort an! Das ist das Entscheidende. Wir können das unmöglich wissen. Dafür gibt es keine Beweise.»

«Was soll das heißen?»

«Die Tagebücher hören auf, daher wissen wir nicht, ob du dort ankommst oder nicht. Wir haben Nachforschungen angestellt. Wir können dich nicht finden. Auch sie nicht. Es ist zu gefährlich, dich zurückzuschicken. Der Übergang zum 8. September 2011 ist inzwischen mit starken Störungen belastetet. Sie sind unkalkulierbar. Früher war das weniger problematisch, weil wir die finanziellen Mittel hatten, irrläufige Zeitreisende aufzuspüren. Aber ohne Finanzierung kann uns keiner holen kommen, wenn wir irgendwo festsitzen. Wir würden nie wieder nach Hause zurückkehren. Deswegen schickt uns das OZI nicht raus.»

«Aber wenn dieser Mann gar nicht mehr nach Hause *will*?»

Sie schoss hoch und baute sich vor mir auf. «Finn, du hörst mir nicht zu. Die Chancen stehen schlecht, dass du da ankommen würdest, wo du hinwillst. Das Multiversum ist voller Rätsel. Und voller fremder Welten. Manche von ihnen – die meisten von ihnen – sind unberechenbar.»

Ich begriff, dass meine Situation aussichtslos war. «Was

soll nun werden?» Ich hörte mich an wie ein verwundetes Tier, wie die sterbenden Ungeheuer in den Zelluloids, die Renko und ich uns so gern anschauten. King Kong. Godzilla. Der Schrecken vom Amazonas. Mir brummte der Kopf, summten die Ohren, ich war schweißnass.

Gab es tatsächlich keinerlei Beweise dafür, dass ich zu Eliana zurückgekehrt war? Robert war mit dem Onyx-Kästchen über das Meer gereist. Warum hatte er es mitgenommen? Und warum hatte er es in die Geheimschublade getan? Was darin war so kostbar? Der Füllhalter war ein Füllhalter. Aber der Ring? War er mehr als bloß ein Ring? Darin war eine Biene eingeschlossen. War irgendetwas in der Biene versteckt?

Irgendetwas musste ich übersehen oder vergessen haben. Aber was? Was wusste ich sonst noch? Ich durchwühlte meine Erinnerungen. Was hatte ich vergessen? Vielleicht irgendwas in Elianas Tagebuch? Etwas, das sie gesagt hatte? Etwas –

Ja.

Lucia.

Eliana hatte gesagt, wenn sie je eine Tochter hätte, würde sie sie Lucia nennen, und dabei hatte sie bestimmt an die geheimnisvolle Frau gedacht, die 2009 zu ihr gekommen war und ihr gesagt hatte, sie solle auf mich warten. Eliana hatte keine Ahnung gehabt, wer die Frau war, aber sie hatte eine seltsame Verbindung zu ihr gespürt. Sie konnte ja nicht wissen, dass diese Frau aus *meiner* Welt gekommen war.

Was, wenn –

Ein unerhörter Gedanke nahm allmählich Gestalt an. Ich beobachtete, wie er heranwuchs, bis er über mir in der Voliere schwirrte, dort in der Luft hing wie eine Hummel mit flirrenden Flügeln. Dann spürte ich, wie der Gedanke sich auf meiner Schulter niederließ und mir ins Ohr zwitscherte: Lucia.

Das war's. Lucia war unser Kind.

Lu-ci-a. In diesen drei Silben hörte ich das Geräusch eines sich drehenden Schlosses. Stift für Stift fiel in die richtige Position – *klink-klank-klonk* –, und eine Tür ging auf. Der Schlüssel war gefunden.

Aber wenn sie unsere Tochter war, wie war sie dann in unsere Zeit gelangt?

Die eingerosteten Zahnrädchen in meinem Kopf begannen zu kreisen.

War ich damals, 2018, Roberts Idee gefolgt und hatte Lucias Gene auf einem Mikrochip gespeichert, den ich dann in die unechte Biene gesteckt hatte, damit er in dem Onyx-Kästchen langsam durch die Zeit, durch die Jahrhunderte reisen konnte? Möglich. Vielleicht war auch Elianas Erbgut darin. Wozu das nütze sein sollte und warum ich es tun würde – oder besser, getan hatte –, das war mir noch nicht klar. Aber es war schlüssig, ergab Sinn, und was noch wichtiger war, es bedeutete, dass ich 2018 da gewesen war. Das war der Beweis, den ich brauchte. Denn wer außer mir hätte wissen können, dass dieser Ring gerettet werden, in das Onyx-Kästchen gelegt und in der Schublade des Walnussholztisches versteckt werden musste? Ich musste derjenige gewesen sein, der Robert angewiesen hatte, diese Gegenstände mit übers Meer zu nehmen. Ich hatte ihm die Idee in den Kopf gesetzt, den Walnussholztisch mit der Geheimschublade zu bauen. Und ich war es gewesen, der Elianas Tagebücher in dem sicheren Köfferchen verstaut hatte.

Zumindest wollte ich das so sehen, denn es bedeutete,

dass ich zurückgekehrt war. Und dass ich geblieben war. Das war der Beweis. Ich wollte daran glauben. Ich musste.

«Finn?»

Ich saß auf der Treppe des Pavillons, ohne zu wissen, wie ich dorthin gekommen war. Rouge saß neben mir.

«Alles in Ordnung mit dir?», fragte sie.

Ich nickte etwas benommen, noch unter dem Bann meiner Gedanken.

Die Dunkelheit hatte sich herabgesenkt, und die Sterne glimmerten schwach. Es war eine wunderschöne Nacht.

«Rouge», sagte ich leise, «was meinst du, wie hoch sind die Chancen, die große Liebe zu finden? Den einen Menschen zu finden, den du liebst und der dich genauso auch liebt?»

«Möchtest du eine exakt ausgerechnete mathematische Lösung?»

Ich grinste – Rouge blieb eben Rouge. «Ungefähr tut's auch.»

«Die Chancen sind ziemlich mager. Kaum vorhanden. Vor allem hier. Aber auch schon damals.»

«Ja. Schlichtweg unerreichbar, nicht?» Ich starrte hinauf in den tiefen schwarzen Himmel. «Genauso gut könnte man versuchen, eine Sternschnuppe mit einem Schmetterlingsnetz zu fangen.»

Wir blieben eine Weile dort sitzen, im Englischen Garten des Museums der Europäischen Kulturen, lauschten dem plätschernden Brunnen, hüllten uns in den Duft der Lilien, bewunderten die Choreographie der Sterne.

«Eins zu 285465», erklärte Rouge.

«Hm?» Sie hatte mich aufgeschreckt.

«Die Gewinnwahrscheinlichkeit beträgt 1 : 285465, den einen Menschen zu finden, der dir alles bedeutet und dem du alles bedeutest. Dort. Hier sind die Chancen noch viel geringer.» Tränen standen in ihren Augen.

«Rouge?»

Ihre Brust hob sich. Und senkte sich. Sie atmete schwer.

Ich nahm ihre Hand. «Rouge?»

«Diese Freundin würde es kaum aushalten können, dich gehen zu sehen.» Sie senkte den Blick auf unsere Hände, die sich umschlangen. «Ich liebe dich, Finn», sagte sie, als könnte sie es selbst kaum glauben. «Schon lange liebe ich dich. Ich weiß nicht, wie es passiert ist. Aber es ist so.» Sie schaute mich an. «Also jetzt weißt du es.»

Ich wusste nicht, was mich mehr überraschte, ihr Bekenntnis oder dass sie die Sätze mit «ich» gebildet hatte.

Wir blieben noch ziemlich lange so sitzen, ihre Hand in meiner, und blickten in die Sterne. Schließlich holte sie tief Luft, setzte sich aufrechter hin, nahm die Schultern zurück, wandte sich mir mit einem tapferen Lächeln zu und sagte: «Okay. Wir werden sehen, was sich machen lässt. Halte dich bereit.»

Es war, als beugte sich der Himmel herab und umarmte mich. «Danke Rouge. Du bist eine gute Freundin», brachte ich heraus.

Sie stand auf. *«Baloney, bunk, bullshit»*, sagte sie und ging in die Nacht, ohne sich noch einmal umzudrehen.

Es war das letzte Mal, dass ich Rouge sah.

Am nächsten Morgen schickte sie mir die Nachricht, dass ich meinen Kollegen an der Europäischen Bibliothek Bescheid geben sollte, wo ich die Arbeit an dem letzten Tagebuch abschließen wollte. Sie sagte, ich sollte mich möglichst unauffällig verhalten und auf keinen Fall mit irgendwem über meine Pläne reden. Die Operation könnte klappen oder auch nicht, aber sie müsste unter allen Umständen geheim bleiben.

Zwei Tage später war ich in Nordamerika. Ich hatte mein Zimmer im Rubik gelassen, wie es war, aber ich hatte die Werkzeugkiste meiner Mutter, Mannus Moon Zoomer, Lulus Teddy, den Slapback-Schläger meines Vaters und das Onyx-Kästchen mit dem Ring wieder nach Fire Island mitgenommen, wo sie hingehörten. Elianas Tagebücher, mein Übungsbuch für Schreibschrift und der große Flakon Everlasting fanden ihren Platz in dem Bücherschrank im Wohnzimmer der Nordstroms. Dieses handschriftliche Buch, der schwarze Füllfederhalter mit den Platinsternchen und eine kleine Abfüllung des Parfüms reisten mit mir zur Forester-Kolonie Sternwood Forest, wo ich hoffte, meine Aufzeichnungen ungestört zu Ende bringen zu können.

Raoul Aaronson bot mir an, im Atelier seiner verstorbenen Frau zu wohnen, einer kleinen Holzhütte hinter seinem Haus. Carmine war vor fast drei Jahren gestorben, doch ihre Papierkunst war noch immer allgegenwärtig: Pop-up-Bücher, Radierungen und Skizzen. Tag für Tag setzte ich mich an ihren Schreibtisch und schrieb dann weiter an diesem Buch mit dem Füllhalter, den Eliana mir vor über 250 Jahren geschenkt hatte. Ich schrieb alles nieder, Buchstabe für Buchstabe, Wort für Wort, Satz für Satz.

Bevor ich mich abends schlafen legte, öffnete ich das Fläschchen Everlasting, träufelte ein wenig auf das Kopfkissen und atmete Elianas Duft ein, den Duft meiner Sonne, meines Lichts, meiner Liebe. Würde ich einen Weg zu ihr zurück finden oder nicht? Wäre Rouge in der Lage, uns zu helfen?

Es war Juli, und die kanadischen Wälder waren voller Erinnerungen an Mannu und meinen Vater und unsere alljährlichen Reisen in die Kolonie. Manchmal machte ich mit dem kleinen Colin einen Spaziergang, während Raoul arbeitete. Einmal kochten wir Polenta – «Ja», sagte ich, «dieser Mann kann das» –, ein anderes Mal schlüpften wir in alte Tarnumhänge und spielten Verstecken, und an einem Nachmittag zeigte ich ihm an dem Teich hinterm Haus, wie man Steine übers Wasser hüpfen lässt.

An einem kühlen verregneten Vormittag, als der Juli fast drei Wochen alt war, kam Raoul mit Colin zu mir ins Atelier. «Die Seiten, die du mir geschickt hast, sind fertig», sagte er und hielt eine Mappe hoch.

Ich hatte fast vergessen, dass ich ihm Teile aus Elianas Tagebuch geschickt hatte, die Seiten mit ihren Tagebucheinträgen während und nach der Zeit meines letzten Besuches.

«Entschlüsselt und übersetzt», sagte Raoul. «Ich habe sie auf dein Brain-Dings geschickt. Wenn du die Kolonie verlässt, bekommst du sie. Willst du diese Hardcopy noch haben?»

Ich muss gestehen, es juckte mich in den Fingerspitzen, die Mappe an mich zu nehmen. Aber ich wehrte ab. Es kam mir zu sehr wie ein Vertrauensbruch vor. «Nein, ist schon in Ordnung», sagte ich. «In der BB-Inbox sind sie gut aufgehoben.» Ich schaute Colin an. «Will hier jemand eine Berryola?»

«Ich, ich!», rief Colin und bat, mit meinem Füllhalter spielen zu dürfen. Er konnte jetzt seinen Namen schreiben und saß manchmal stundenlang da und malte Linien und Buchstaben. Er streckte sich auf dem Boden aus und kritzelte los.

«Da geht's ganz schön zur Sache», sagte Raoul und klopfte auf die Mappe mit den übersetzten Tagebucheintragungen.

«Zur Sache?», fragte ich, während ich Colins rosa Berryola mixte.

«Geil. Echt geil.» Er blickte auf Colin und senkte die Stimme. «Unter uns Erwachsenen: Manche Stellen haben mich ernsthaft scharfgemacht.»

«Ach ja?»

«Na ja. Vielleicht sollte ich gar nicht mit dir über so was reden.»

«Warum denn nicht?»

«Ich meine, ihr Städter steht ja nicht so darauf. Klar, ihr tut es, natürlich, wenn ihr die Zeit dafür findet, aber es ist doch eher so was wie eine Pflichtübung. Oder?»

«Wir sind keine gefühlskalten Automaten, Raoul.»

«Sorry. War nicht böse gemeint.»

Als ich Colin sein Getränk brachte, sah ich, dass er ein ganzes Blatt Papier mit seinem Namen gefüllt hatte: dicke fette Buchstaben. Er sah zu mir hoch und lächelte so zufrieden, dass ich mich bückte und ihn umarmte. Er hielt sich an mir fest. «Du riechst gut», sagte er.

Vielleicht war es das Everlasting von meinem Kissen. «Wie denn?», fragte ich.

Er drückte die Nase an meinen Hals und atmete ein. «Als könnte ich dich für immer und ewig umarmen.»

Die Sonne lugte durch die Wolken und fiel auf das Gesicht des kleinen Colin. Seine Augen leuchteten auf, und ich sah verwundert, dass sie ein strahlendes Türkis angenommen hatten. Türkisfarbene Augen. Das war mir noch nie aufgefallen. Sie erinnerten mich an –

«Hey!», sagte Raoul. «Krieg *ich* keine Berryola?»

«Doch.» Ich ging wieder zur Küchentheke, um uns rote Berryolas zu machen. Als ich mich mit den beiden Gläsern in der Hand umdrehte, starrte mich Raoul immer noch an. «Was denn?», sagte ich. «Was hast du?»

«Ach, nichts.» Er trank einen kräftigen Schluck aus seinem Glas. Die Berryola hinterließ einen dicken roten Schnurrbart auf seinem gebräunten Gesicht, den er mit der Zunge ableckte. Er fing meinen Blick auf und klopfte auf die Mappe. «Bist du sicher, dass du nicht mal ein bisschen darin rumschmökern willst? Es ist wirklich interessant.» Er öffnete die Mappe. «Diese junge Frau ist irre verliebt. Und anscheinend auch glücklich. Sie beschreibt diesen Typen, Swen.» Er sah mich an. «Er erinnerte mich an dich.»

Ich schluckte. «Inwiefern?»

«Sie beschreibt, wie er aussieht. Sein Haar, seine Haut, sein Bizeps.» Seine Augen richteten sich auf die Stoppeln an meinem Kinn, auf das einzelne lange borstige Haar. «Na ja. Es ist nicht bloß sein Aussehen. Es ist auch sein Auftreten. Seine Aura – und was er sagt. Wie er es sagt.»

«Hm», sagte ich unverbindlich.

«Sie schreibt nett über ihn. Und sie ist gut. An einer Stelle musste ich an Carmine denken.»

«So? Wo denn?»

Er blätterte die Seiten durch. «Nur ein Satz, ja? Darf ich einen Satz vorlesen?»

«Okay.»

«Was sie da schreibt, habe ich genau so für Carmine empfunden.» Er sah mich an. «Okay, pass auf.» Er blickte wieder nach unten. «Sie schreibt: ‹Ein Leben ohne ihn ist wie ein falsches Leben im richtigen.›» Er schaute wieder auf. «Schön, was?»

Raoul und Colin halfen mir, die Schweinerei aufzuräumen: meine Berryola und die Glassplitter überall auf dem Boden. Ich war ziemlich unnütz dabei, nicht bloß, weil ich noch nie im Leben irgendwas Verschüttetes beseitigt hatte, sondern auch, weil mir die Hände zitterten.

Renko. Mein bester Freund. Renko kannte die Tagebücher, womöglich hatte er sie sogar übersetzt. Er hatte diesen Satz von Eliana, aus einer Übersetzung, die er wahrscheinlich schon vor fünf Jahren angefertigt hatte. Warum hatte er mir verschwiegen, dass er die Tagebücher kannte? War er ein Verräter? Oder wollte er mich vor etwas schützen? Welche Rolle spielte er in dem ganzen Plan? Und was war das überhaupt für ein Plan?

Leider würde ich die Antworten auf diese Fragen nie erfahren, denn mir blieb keine Zeit mehr, Renko zur Rede zu stellen. Denn nur wenige Minuten nachdem ich Renkos Geheimnis enttarnt hatte, klingelte es. Raoul griff in die Tasche und holte sein Mobiltelefon hervor. Der Anruf war für mich. Es war Rouge.

Es war ganz schön eigenartig, im Jahr 2265 mit Rouge über ein Mobiltelefon zu sprechen. Ich stand unter der Weide an dem Teich hinterm Haus. Wir hatten einen schlechten Empfang. Ihre Stimme war immer wieder weg, und sie musste jeden dritten Satz zweimal wiederholen. Das war nervenaufreibend. Aber ich verstand, dass ich am Mittag des folgenden Tages, dem 22. Juli, im OZI in Berlin sein sollte. Rouge würde nicht dabei sein. Dr. Yuka Shihomi würde den Start leiten und vorher meine Erinnerungen herunterladen. «Vorsichtshalber», sagte Rouge.

«Wieso denn ‹vorsichtshalber›?»

«Wenigstens hätten wir so deine Erinnerungen. Für den

Fall, dass die Zeitmaschine wegen der atmosphärischen Störungen verrücktspielt, dich zu uns zurückspuckt und du dir jeden einzelnen Knochen in deinem sturen Körper brichst, einschließlich den Schädel. Deswegen. Yuka hat nämlich so eine Operation noch nie geleitet.»

«Was?» Ich war schockiert. «Sie kennt sich nicht aus? Ist das dein Ernst?»

Sie kicherte. «Ach, Finn. Das war ein Witz. Entspann dich.»

Ein Witz? Rouge Marie Moreau überraschte mich immer wieder mit neuen Charakterzügen. Wie eine überfürsorgliche Mama beschwor sie mich, auch immer schön meine Zeitlag-Tabletten zu nehmen und mich darum zu kümmern, dass sie da, wo ich landen würde, für mich hergestellt werden würden. Sie erinnerte mich daran, dass die Ferienwohnung um die Ecke von den Lorenz' – natürlich vorausgesetzt, ich landete tatsächlich am Zielpunkt – noch bis zum 30. September gemietet war. Ich würde dort Kleidung vorfinden, Toilettenartikel und ein Starterkit, bestehend aus einem Laptop, einem Facebook-Account – einschließlich 179 Freunden –, einer E-Mail-Adresse, einer Bankverbindung und einer topmodernen elektrischen Zahnbürste. In meinem Rucksack steckten ein Jahresvorrat an Zeitlag-Tabletten, ein bis zum Jahre 2017 gültiger amerikanischer Pass, Bargeld in Euro, eine American Express Gold Card, ein Smart Phone und Kaugummi. «Kondome musst du dir selber kaufen», bemerkte sie. «Und hast du darüber nachgedacht, wie du Eliana erklären willst, dass du dich vom 7. August bis zum 8. September nicht ein einziges Mal bei ihr gemeldet hast?»

«Noch nicht.»

«Dann tu's gefälligst.»

Rouge berichtete dann, dass etliche renommierte Filialen der Europäischen Universität, darunter Berlin, Bologna, Prag und Castrop-Rauxel, sich erfolgreich mit einer Petition gegen die Entscheidung des Triple G ausgesprochen hatten, den Wettbewerb «Fruchtbarkeit Jetzt!» abzubrechen. Leider wurde keine erneute Finanzierung bewilligt, aber es wurden Preise verteilt, und die Gewinner erhielten hochwertige Stipendien. Rouges Wettbewerbsbeitrag hatte zwar nicht den ersten Platz belegt, erhielt aber eine lobende Erwähnung als «Originellste Idee». Und Rouge sagte: «Das macht sich sehr gut in der Vita.»

Das Olga-Zhukova-Institut, so berichtete Rouge, würde Dr. Dr. Rirkrit Sriwanichpoom für seine Mitarbeit an dem Projekt einen Ehrendoktor verleihen. Von nun an war er also Dr. Dr. Dr. h.c. Rirkrit Sriwanichpoom. Rouge hegte den Verdacht, dass Professor Grossmann sich dafür eingesetzt hatte, Doc-Doc-Doc die Ehrendoktorwürde zu verleihen – sozusagen als Wiedergutmachung dafür, dass er die Gattin des Bibliotheksdirektors, Dr. Dr. Gwyneth Elwyn, geschwängert hatte. Jedenfalls gediehen alle Embryos prächtig, Gwyneths, Gaos, Yolandas und Mrs. Grossmanns. Inzwischen waren auch ein Dutzend PAs im Märkischen Viertel guter Hoffnung, sechs davon allein im Rubik, dem Epizentrum des Virusausbruchs.

Der sogenannte Liebeskeim war umbenannt worden, wie Rouge erklärte, und würde nun als *Amorivirus grossmanni* in die Wissenschaftsgeschichte eingehen. Ich war erleichtert, dass mein Name aus dem Spiel war.

«Also, das war's dann, Finn», sagte Rouge. «Alles im Kasten.»

Es war schwer, Rouge adieu zu sagen. Sie würde mir immer ein Rätsel bleiben. Wer war sie? Wie viel Macht besaß sie, dass sie einen Weg gefunden hatte, mich aus dieser Welt hinauszuschmuggeln? Ja, sie blieb mir ein Rätsel.

Inzwischen hatte es zu nieseln begonnen, und ich wusste nicht, ob die Nässe in meinem Gesicht Regentropfen oder Tränen waren.

«Wie geht es dir?», fragte sie.

«Ich bin traurig. Und …»

«Und?»

«Ich habe Angst. Große Angst.»

«Das solltest du auch. Diese Quant fürchtet um dich. Bist du sicher, du willst es durchziehen?»

Ich musste nur an Eliana denken. «Ja. Ganz sicher.»

Ich schreibe jetzt die letzten Seiten meines Buches. Wenn ich fertig bin, werde ich etwas Everlasting darauf träufeln, wie Eliana es einst getan hat. Ich werde es dann in Papier einwickeln und Raoul geben. Ich werde ihn bitten, das Päckchen nach Berlin zu Rouge zu bringen und ihr zu sagen, dass ich möchte, dass sie es liest. Falls mein Bauchgefühl mich nicht täuscht, wird sie Lucias Klon aufziehen, ein wunderbares Mädchen, und sie wird dem Mädchen dann auch das Buch zu lesen geben, wenn es alt genug ist.

Die beiden Aaronsons werden mich zum E-Bus begleiten. Raoul und ich werden uns auf die leicht verlegene Art umarmen, die Männer so an sich haben. Wir werden uns auf den Rücken klopfen und uns dann an den Schultern packen und sagen: «Mach's gut, Alter.»

Der kleine Colin wird ohne zu fragen spüren, dass ich für lange Zeit fortgehe. «Wann kommst du wieder?», wird er besorgt fragen, die Stirn in Falten gelegt wie ein Bulldoggenwelpe.

«Ich weiß es nicht», werde ich antworten.

«Aber wir sehen uns doch wieder, oder?»

Und ich werde ihn hochheben und fest an mich drücken. Seine Augen werden türkis leuchten. «Ich hoffe es, Colin. Du hast ja keine Ahnung, wie sehr.»

Ich werde mit dem E-Bus nach Toronto fahren, von dort das Swuttle nach Manhattan und dann einen Citygleiter nach Fire Island nehmen, wo Magda die Magd mir jeden Wunsch von den Augen ablesen wird und wo Koch Carlo Canelli rasch eine Pasta mit Hummer für mich zaubern wird.

Dann werde ich im Wohnzimmer den Füllfederhalter leeren, reinigen, polieren und ihn neben den Ring auf sein Samtbett legen. Ich werde das Onyx-Kästchen mit der Sonnenblumenintarsie schließen und es in der Geheimschublade des Walnussholztisches verstauen.

Später werde ich draußen am Strand sitzen. Der Sand wird noch warm sein von der Hitze des Nachmittags, die Luft salzgeschwängert, und der Wind wird den Duft des Jasmins im Nachbarsgarten herübertragen. Ich werde zusehen, wie die Wellenkämme in der untergehenden Sonne rosa schimmern und dann silbrig werden, wenn die Nacht dunkel wird und der Mond aufgeht. Ein letztes Mal werde ich in die Sterne blicken, die über dieser Insel leuchten, dann werde ich ins Meer tauchen, hinaus bis zur Boje schwimmen und wieder zurück zum Strand.

Ich werde durch das Haus streifen, mich von diesem Leben verabschieden, von meiner Familie, meiner Vergangenheit. Ich werde Lulus Teddy für Lucia ausklopfen, mich dann in das Bett meiner Kindheit legen, das kleine Fläschchen Everlasting unter dem Kopfkissen, und über die Rätsel des Lebens nachdenken, darüber, dass wir einige enthüllen und andere stets unlösbar bleiben.

Bei Tagesanbruch werde ich nach Berlin fliegen, durch die Straßen der BAD-PAD-Anlage gehen, am Olga-Zhukova-Institut für Angewandte Physik ankommen und mich in die Obhut von Dr. Yuka Shihomi begeben, die mir sagen wird, wie traurig sie darüber ist, dass ich fortgehe. Und dann, verehrte Leser, werden mein Leben und meine Liebe in den Händen der Zeit liegen.

Epilog Die große Verführung

Im Mai 2266, zehn Monate nach Finns Verschwinden, klopfte es an Rouges Rubik-Tür. Seltsam, dachte sie. Gäste kündigten eine bevorstehende Ankunft immer mit einer BB-Nachricht an. Sie riss sich mit einem Seufzer von ihrer Arbeit los. Vielleicht hatte JoeJoe der Hausmeister mal wieder einen Defekt und wusste nicht, wo er hinsollte.

«Was ist denn jetzt schon wieder los?», fragte Rouge unwillig, als sie die Tür aufmachte.

Es war aber nicht JoeJoe. Verdutzt sah Rouge einen Mann und einen kleinen Jungen vor sich stehen. Der Mann hatte eine erstaunliche Ähnlichkeit mit JoeJoe – nur ohne Bart. Sein markantes Gesicht und sein attraktiver Körperbau, bei einer Maschine wie JoeJoe schon auffällig, waren bei einem lebenden Menschen schlichtweg überwältigend. Selten war Rouge einer derartigen Maskulinität begegnet. Gleichzeitig hatte der Mann aber auch etwas Sanftes an sich. Vielleicht war es die beschützende Art, mit der er die Hand des Jungen hielt. Dann bemerkte Rouge die Kleidung der beiden: T-Shirts und Jeans. Und sie trugen Mützen mit einer Art langem steifem Schirm vornedran. Das Outfit erinnerte Rouge an Finns Zeitreisekostüm für 2007–2011. Und dann begriff sie, dass der Mann ein Forester war.

Wieso stand ein Forester vor ihrer Tür?

Aber noch erstaunlicher als das plötzliche Auftauchen des Mannes mit dem Jungen oder seine Ähnlichkeit mit JoeJoe oder seine Kleidung oder die Tatsache, einen Forester vor sich zu haben, war ihre Reaktion auf ihn. Rouge verspürte etwas, das sie noch nie zuvor erlebt hatte, eine Art chemische Reaktion, einen Hormonschub, der drohte, sie aus dem Gleichgewicht zu hauen. Sie spürte Hormone bis hinunter in die Zehenspitzen rauschen und dann wieder hoch in die Fingerkuppen. Sogar ihre Ohren wurden heiß. Es war frappierend. Ihr ganzer Körper war schlagartig ein einziges Verlangen. Es waren höchstens vier Sekunden verstrichen, seit sie den Mann erblickt hatte, und schon stand sie in Flammen. Sie hatte Ähnliches bei Finn erlebt – aber nicht halb so stark. Ihre Gefühle zu Finn hatten sich ganz langsam eingeschlichen. Dieses Gefühl dagegen war ihr völlig neu in seiner Plötzlichkeit und seiner Wucht.

«Rouge Marie Moreau?», fragte der Mann.

Seine Stimme war sonor, unglaublich voll und satt und schien sie förmlich zu umgarnen.

«Ja», sagte sie.

Er streckte seine Hand aus. Rouge nahm sie.

«Raoul», sagte er. «Raoul Aaronson.» Er sah nach unten auf den Jungen. «Und das ist mein Sohn. Colin Aaronson-Aiello.»

Colin hielt ihr seine kleine Hand hin. «Guten Tag», sagte er mit höflicher Zurückhaltung.

Rouge brachte ein Begrüßungslächeln zustande, musste jedoch die meiste Energie darauf verwenden, ihre Knie ruhig zu halten – sie wackelten inzwischen unangenehm. Aber zumindest wusste sie jetzt, wer der Mann war. Im vergangenen Juli, vor einer halben Ewigkeit, wie ihr schien, hatte Finn ihr die Nummer von Raouls Handy gegeben. Er hatte ihr auch irgendwas über die Frau des Mannes erzählt. Eine Tragödie. Sie war –

«Wir sind Freunde von Finn Nordstrom», sagte der Mann.

«Ja», sagte Rouge. «Er hat bei Ihnen gewohnt.» Aha. Jetzt fiel es ihr wieder ein. Die Frau war bei der Niederkunft gestorben.

«Letztes Jahr im Juli, bevor Finn fortging, hat er uns gebeten, Ihnen etwas zu bringen.»

«Kommen Sie rein», sagte sie und trat zurück, um sie in ihre Wohnung zu lassen – und in ihr Leben.

«Ein Buch.» Rouge ließ das braune Packpapier zu Boden fallen. Ihre Finger strichen einen Moment lang über das cognacfarbene Leder, dann öffnete sie es. Sie sah Wörter, Abertausende von Wörtern auf glattem, cremeweißem Papier. Sie wandte sich zu Raoul um. Er saß wenige Meter von ihr entfernt im Sessel, aber darin wirkte er albern. Er war einfach viel zu groß dafür. Seine Knie und Ellbogen ragten in alle Himmelsrichtungen. «Es ist handgeschrieben», sagte sie.

Er beugte sich vor. «Ja. Ich weiß.»

Ja. Ich weiß. Die meisten Forester sprachen wie Städter, wenn sie mit ihnen zu tun hatten. Aber Raoul hatte «ich» gesagt – und das ließ den nächsten Hormonschwall durch sie hindurchrauschen. Sie war eindeutig nicht mehr Herrin ihrer Gefühle. Verlegen blickte sie auf das Buch vor ihr. Warum um alles in der Welt hatte Finn ihr ein Buch geschenkt? Sie versuchte, die Wörter zu lesen, kniff die Augen zusammen und formte mit den Lippen die ersten

Buchstaben. «E-ver-la-», begann sie, doch dann gab sie auf. «Wissen Sie, was da steht?», fragte sie. «Es ist sehr schwer zu lesen.»

Raoul erhob sich zu seiner vollen Größe von zwei Meter zwanzig und ging zu Rouge hinüber, die auf dem Sofa saß. Colin, der mit einem Becher Schokomilch ausgestreckt auf dem Boden vor dem Panoramafenster lag, blickte kurz auf, wandte sich dann aber wieder den Seiten zu, die er gerade las. Sie waren bunt und voller Bilder, mit Blasen über den Köpfen der Figuren, in denen stand, was sie dachten oder sagten.

Rouge reichte Raoul das Lederbuch. «Bitte.»

Es schien, als wäre Raoul unsicher, ob er sich aufs Sofa setzen sollte oder nicht. Er entschied sich dagegen und kehrte mit dem Buch zu seinem Sessel zurück. Er las das Wort vor. «Da steht ‹Everlasting›. Das ist der Titel.»

«Der Titel?»

«Des Buchs.»

«Und was steht darunter?»

Raoul lachte.

Sie wurde rot. Der Mann fand es anscheinend absurd, dass eine offenkundig intelligente Frau keine Handschrift lesen konnte.

Er schien ihre Verlegenheit zu bemerken. «Verzeihung.» Er setzte sich gerade hin. «Darunter steht: ‹Von Finn Nordstrom›.»

«Es ist von ihm?», rief Rouge, vollends überrascht. «Er hat es selbst geschrieben?»

«Ja. Ich hab's mit eigenen Augen gesehen.»

Sie streckte die Hand aus, und Raoul stand auf und gab ihr das Buch zurück. Sie blätterte die Seiten durch. Wie ungewöhnlich. Sie wusste viel über Finn, aber damit hatte sie nicht gerechnet. Everlasting, dachte sie. Finn hatte ein Buch geschrieben und es nach Elianas Parfüm benannt. Während sie weiterblätterte, nahm sie tatsächlich einen Hauch des Parfüms wahr. Hatte er ein wenig von dem Duft darauf gesprüht, so wie Eliana es mit ihrem Buch gemacht hatte? Rouge kannte das Parfüm. Sie hatte ein ganz kleines Fläschchen davon in Finns Nachttisch gefunden. Es lag jetzt in ihrem Nachttisch.

«Everlasting ist ein Parfüm», sagte Rouge, schlug eine neue Seite auf und versuchte, die Buchstaben zu enträtseln. «Ka-pi-tel-E-Ei ... Eins ...» Sie schaute hilfesuchend zu Raoul und schüttelte den Kopf. «Es ist sehr schwer.»

Raoul nickte. «Aber er möchte, dass Sie es lesen. Das hat er mir gesagt.»

«Diese Physikerin ist nicht darin ausgebildet, Handschriften zu lesen.»

«Sie sind ein Quant?»

Sie nickte.

Ein Lächeln erschien auf seinem Gesicht. «Eine moderne Frau», sagte er leichthin, aber mit einer gewissen Hochachtung.

Ihre Blicke trafen sich.

«Das Buch ist von meiner Mutter», sagte Colin. «Sie hat's gemacht.»

Die Stimme des Jungen ließ die beiden Erwachsenen zusammenfahren. «Carmine», fügte Colin hinzu.

«Das ist ein schöner Name», sagte Rouge.

«Ich weiß.»

Rouge betrachtete den Jungen. Irgendwie kam er ihr bekannt vor. Er lächelte sie an, und sie fand ihn hübsch, richtig süß.

«Meine Frau hat mit Papier gearbeitet», sagte Raoul.

«Finn hat es erwähnt.» Sie vermittelte ihm mit ihrem Blick, dass sie vom Tod seiner Frau wusste.

«Es geht uns jetzt wieder gut», sagte er. «Na ja, meistens.»

Sie nickte.

Er trank einen Schluck von dem Tee, den Rouge für ihn gemacht hatte.

Rouge strich mit der Hand über den Buchdeckel. «Könnten Sie sich vorstellen, das Buch vorzulesen?»

«Ihnen vorlesen?»

Sie nickte.

«Wusste Finn, dass Sie keine Handschrift lesen können?»

«Natürlich. Wer kann das schon? Außer Forestern. Und einigen wenigen ausgebildeten Experten.»

Raoul nahm die Mütze ab und fuhr sich durchs Haar. Es war dicht und wellig. «Vielleicht steht da ja was Persönliches drin, das ich nicht wissen soll.»

Sein Haar glänzte in einem warmen Braun. Rouge dachte, dass sie ihm gern mit den Fingern durchs Haar streichen würde. «Sie waren sein Freund», sagte sie. «Er hätte wahrscheinlich nichts dagegen, wenn Sie den Inhalt erfahren.»

Raoul schaute sie intensiv an. «Wo ist er? Wo ist er hin? Wissen Sie es? Kommt er zurück?»

«Lesen Sie das Buch. Bitte. Vielleicht steckt die Antwort darin.»

«Wollen Sie mich damit erpressen?», fragte er lächelnd.

Sie lächelte zurück. «In gewisser Weise – ja.»

«Und wenn sie nicht darinsteckt?»

«Sie werden es erfahren.»

Er lehnte sich zurück. «Er ist ein Schlingel, wissen Sie.

Ein echter Schlingel. Er hätte Ihnen das Buch zuschicken können. Ich denke, Finn wollte, dass ich es Ihnen vorlese. Deshalb hat er es mir gegeben.»

«Ja», sagte sie. «Sieht ganz so aus.»

Sie grinsten sich an.

Raoul bekam ein Gästezimmer im Rubik, brachte Colin zu Verwandten im Bayerischen Wald, und am nächsten Morgen begannen sie mit der Arbeit.

Zu Beginn der Erzählung, als Finn seine widersprüchlichen Gefühle Rouge gegenüber beschreibt, fragte Raoul, ob es ihr auch wirklich nichts ausmachte, dass er das alles las. Sie tat seine Frage mit einer Handbewegung ab.

«Sind Sie sicher?»

«Lesen Sie weiter», sagte sie, «bitte.» Sie wollte nicht, dass er aufhörte. Noch nie hatte sie eine so schöne Stimme gehört wie die von Raoul. Sie war wie Samt. Rouge ertappte sich bei dem Gedanken, wie es wohl wäre, beim Klang dieser Stimme einzuschlafen.

Er saß im Sessel und sie auf dem Sofa. Sie machten eine Mittagspause, eine Teepause und eine, um etwas zu Abend zu essen. Ehe er sich verabschiedete, erwähnte er, wie interessant er das alles gefunden habe, was er über das Olga-Zhukova-Institut gelesen hatte, und dass er das Institut gern mal besichtigen würde. Rouge sagte, sie würde sich erkundigen, ob das möglich wäre.

Am zweiten Tag saß Raoul an einem Ende des Sofas und Rouge am anderen. Als er las, dass Finn durch einen Trick zum Zeitreisenden gemacht worden war, blickte er empört vom Buch auf. «Ihr wart nicht offen mit ihm», stellte er fest.

«Nein. Das waren wir nicht. Es ging nicht anders.»

Am Ende des zweiten Tages waren sie per du.

Am dritten Tag saßen sie beide in der Mitte des Sofas. Raouls Stimme war von dem vielen Lesen heiser, und er sprach leise, aber Rouge fand das besonders attraktiv. Während er las, sog sie seinen fremdartigen erdigen Geruch ein. Er hatte etwas Dunkles an sich, Verbotenes, etwas zutiefst Erregendes.

Am Nachmittag legten sie eine Pause ein, um einen Rundgang durch das OZI zu machen. Rouge war kein bisschen erstaunt, wie rasch Raoul die verschiedenen wissenschaftlichen und technischen Grundkonzepte erfasste. Gegen Abend schlenderten sie durch die Landschaftsausstellung des Museums der Europäischen Kulturen, übersahen die neugierigen Blicke – Forester waren in dem BAD PAD kein alltäglicher Anblick. In der Nähe der Gartenzwergsammlung suchten sie sich eine freie Bank, und mit dem letzten Licht des Tages las Raoul weiter. Als es am Ende des dritten Tages dunkel wurde, saßen sie so dicht beieinander, dass Passanten sie für Gefährten halten mussten. Doch sie sagten sich mit einem einfachen Händedruck gute Nacht.

Am vierten und letzten Morgen lagen sie bäuchlings nebeneinander auf Rouges Bett. Sie wussten, wenn das Buch zu Ende war, würden sie sich trennen müssen. …

«‹Und dann, verehrte Leser›», las dann irgendwann Raoul, «‹werden mein Leben und meine Liebe in den Händen der Zeit liegen.›» Das war der letzte Satz des Buches. Raoul klappte das Werk zu und rollte sich auf den Rücken.

Auch Rouge rollte sich auf den Rücken.

Sie starrten an die Decke, beobachteten durch das Oberlicht ein paar vorbeiziehende Wolken.

«Und?», sagte Raoul schließlich und wandte sich ihr zu. «Sag's mir. Hat er es geschafft oder nicht?»

Sie wandte sich ihm zu. «Er ist in Sicherheit.»

Raouls Gesicht leuchtete auf. «Ist er da, wo er sein wollte?»

«Ja.»

«Bei Eliana?»

«Ja.»

Er setzte sich auf. «Woher weißt du das?»

«Wir haben jemanden in das Jahr 2018 geschickt. Ende Juni 2018. Kurz vor dem Ausbruch des Dark Winter.»

«Warum gerade dann?»

«Es war das einzige Portal, das das OZI hatte. Und wir wollten es wissen. Er ist seit September 2011 dort. Genau wie wir es geplant hatten.»

«Wer ist wir? Du?»

«Wir *alle.*»

Er starrte sie einen Moment lang an. Dann stieß er einen Jubelschrei aus. «Er hat's geschafft, die alte Sau! Er hat gekriegt, was er wollte! Er hat's geschafft!» Er lachte und lachte und konnte gar nicht mehr aufhören.

Rouge betrachtete ihn verwundert. Sie hatte noch nie jemanden so hemmungslos lachen sehen. Vor Lachen liefen ihm Tränen über die Wangen. Er griff in seine Jeanstasche und zog ein Päckchen mit gefalteten Papiertüchern heraus. Genau so eins hatte sie mal in einem schwedischen Forester-Andenkenladen gekauft. Sie sah zu, wie Raoul sich übers Gesicht wischte, die Nase putzte und das Tuch wieder in die Tasche steckte.

«Wir wussten natürlich, dass ihr euch mit solchen Sachen befasst», sagte er. «Und ich komme rum, habe hier und da so einiges aufgeschnappt. Wir wussten es alle, aber … Mannomann! Das muss ich erst mal verdauen.» Er schüttelte den Kopf. Dann sagte er: «Und was haben sie berichtet? Wo haben sie ihn gesehen? Was hat er gemacht?»

«Er wurde letztmalig in einem Bio-Supermarkt in Charlottenburg gesichtet.»

«Ein Bio-Supermarkt.» Er grinste. «Oh, oh, oh.»

«Eliana war bei ihm. Sie haben frischen Spargel gekauft.»

Raoul ließ auch diese Information sacken. «Frischen Spargel.» Er blickte auf. «Das ist alles?»

«Er wurde auch dabei beobachtet, wie er Melonen auf ihre Reife getestet hat. Er hat die Schale betastet. Und das Aroma erschnuppert.»

«Und wie sahen sie aus? Gut? Oder –»

«Der Spargel oder die Melonen?»

Raoul lachte wieder los.

«Was ist denn?», fragte Rouge verwirrt. «Was ist?»

«Finn und Eliana! Wie sahen *die beiden* aus? Gut? Gesund? Glücklich?»

«Ach so.» Rouge wurde rot. «Dem Bericht nach», sagte sie dann, «wirkten Finn und Eliana sehr harmonisch.» Sie stockte einen Moment, dann fügte sie hinzu: «Er trug ein Baby in einem Tragetuch.»

«Ein Baby? Wahnsinn. Schön für ihn. Schön für die beiden. – Lucia?»

«Eliana nannte das Kind ChiChi.»

«Dann hat es also ein Happy End gegeben. Bravo.»

Rouge runzelte die Stirn. «Nun ja …»

«Ach, komm schon! Die beiden schaffen das. Ganz bestimmt. Finn wird wissen, was zu tun ist. Er ist ein cleverer Bursche. Wahrscheinlich verkriechen sie sich irgendwo an der Ostseeküste. Zusammen mit den Schwiegereltern. Was ist eigentlich mit dem Vater? Welche Rolle spielt der?»

Rouge zuckte die Achseln. «Keine Ahnung. Vielleicht gar keine.»

Raoul legte sich wieder hin, verschränkte die Hände hinter dem Kopf. «Die DNA von Baby ChiChi ist also in dem Bernsteinring, und die junge Frau, die mit Eliana in die Cafeteria der Staatsbibliothek gegangen ist, war Chi-Chis erwachsener Klon?»

«Vielleicht.»

«Wirst *du* den Klon austragen? Und aufziehen?»

Sie lachte. «Keine Ahnung.»

«Aber ich dachte, Klons wären problematisch.»

«Nomoklone sind ganz normale menschliche Wesen», sagte sie leicht gereizt, «vorausgesetzt, ihre Selbstachtung wird gefördert. Aber das gilt für jedes Kind.»

«Bin ganz deiner Meinung.» Raoul setzte sich wieder auf.

Rouge blickte zu Raoul hoch. Sie konnte wieder seinen erdigen Duft riechen. Vielleicht schwitzte er, und der Schweiß verstärkte den Geruch. «Ist dir etwa heiß?»

«Ja, sehr.» Er schwang die Beine vom Bett. «Bin gleich wieder da. Ich muss mir mal ein bisschen Wasser ins Gesicht spritzen.» Er setzte eine strenge Miene auf. «Aber schön da bleiben. Ich bin noch nicht fertig mit dir.»

Es klang wie eine zärtliche Drohung – und sie hatte absolut nichts dagegen. Sie zog ihre Nachttischschublade auf und tupfte sich etwas Everlasting auf die Handgelenke und hinter die Ohren. Sie schob den Stöpsel wieder in die Öffnung, zögerte, zog ihn wieder heraus und tupfte sich etwas Parfüm in die Mulde zwischen ihren Brüsten. Dann ging sie in die Küche, um zwei Gläser Eiswasser zu holen. Als sie zurückkam, lief Raoul im Zimmer auf und ab.

«Das Ganze ist mir ein bisschen zu crazy», sagte er. «Als

würdest du dir den Kopf verkehrt herum aufschrauben und dann versuchen, vorwärts zu gehen. Ich krieg schon Kopfschmerzen, wenn ich bloß drüber nachdenke.» Wieder fuhr er sich mit den Fingern durchs Haar. «Und ich werde den Gedanken nicht los, dass du die Möglichkeit hast, sie zu retten. Ich spüre es. Ich weiß, dass du es kannst. Stimmt's?»

Sie schüttelte den Kopf. «Wir haben es jetzt nicht mehr in der Hand, Raoul. Wir unterliegen den Gesetzen der Physik. Der Physik der Zeit. Professor Grossmann sagt immer: ‹Die Gesetze der Physik sind die Gesetze der Physik. Man muss sie nicht mögen, aber man muss ihnen gehorchen.›»

«Nein, nein. Das überzeugt mich nicht», sagte Raoul, und ließ sich aufs Sofa sinken. «Du kannst es. Ich weiß es.»

Rouge seufzte kurz, dann setzte sie sich neben ihn. Sie schwiegen so eine Weile, jeder in seinen Gedanken versunken.

«Du riechst gut», durchbrach Raoul das Schweigen. «Was ist denn das?»

«Everlasting.»

«Ah. Everlasting. Die große Verführung.»

Ihre Blicke trafen sich.

«Du riechst auch gut», sagte sie.

Er lachte. «Schweiß, nehme ich an. Und Zedernholz vielleicht. Wir legen Duftbeutelchen mit Zedernholzspänen zwischen unsere Kleidung, um sie frisch zu halten.»

«Zedernholz», sagte Rouge, als hätte sie das Wort noch nie gehört. «Zedernholz.» Er roch nach Wald. Natürlich.

Raoul machte es sich bequem und legte den Arm auf die Rückenlehne des Sofas. «Ich muss sagen, du hast etwas Undurchsichtiges an dir.»

Rouge konnte die Wärme seiner Hand nah an ihrem Nacken spüren. Sie sah Raoul an. «Das scheint dich aber nicht sonderlich zu beunruhigen.»

Seine Hand glitt auf ihre Schulter. «Im Gegenteil. Ich bin fasziniert.»

Sie spürte seine Finger, die ihr über den Nacken strichen. Auf einmal wollte sie sie überall spüren.

Und dann las er ihre Gedanken und zog sie an sich.

Und sie küssten sich.

Danksagung

Ich danke Judith Grossmann, einer wunderbaren Freundin, die es auf sich genommen hat, etliche frühe, spätere und noch spätere Fassungen meines englischen Manuskriptoriginals auch kapitelweise zu lesen und zu kommentieren; Katharina Naumann für ihre erstaunliche Fähigkeit, den redaktionellen Prozess geduldig zu begleiten und fast zum Vergnügen werden zu lassen; Christiane Steen für ihre frühen und anhaltenden Ermutigungen; Ulrike Wasel und Klaus Timmermann für ihre Begeisterung und ihr behutsames Herangehen an die Übersetzung; Kate Gladstone für ihre beeindruckenden Kenntnisse, was die Kunst und Geschichte der Handschrift angeht; Dr. Wolfgang Crom für seine Auskünfte über die Kartenabteilung der Berliner Staatsbibliothek in der Potsdamer Straße; allen First Readers für ihre Kommentare, wissenschaftlichen Anregungen, ihre Ermunterungen und ehrliche Kritik: Noah Delius, William Grossmann, Wiebke Hellenbrand, Marion Hübinger, Lisa Mannack, Tania Oster, Joachim Pietzsch, Jona Pomerance, Kathi Porst, Katrin Rüger und Anke Sterneborg. Ein ganz besonderes Dankeschön an Eberhard Delius, der das alles mitmachte, meine Hand hielt, köstlichen Borschtsch kochte und mit mir an der deutschen Fassung rührte. Wie immer, ohne ihn: die Sintflut.

Inhaltsverzeichnis

MIX
Papier aus verantwortungsvollen Quellen
FSC® C006701

Das für dieses Buch verwendete FSC®-zertifizierte Papier
Holmen Book Cream liefert Holmen, Schweden.